MOEWIG
ROMAN

Zum Buch

Der Krieg ist gerade sechs Monate zu Ende. In Nürnberg beginnt der größte Prozeß der Weltgeschichte. Angeklagt sind die Mächtigen des Dritten Reiches.

Eine Handvoll ehemaliger SS-Männer und eine aufreizend schöne Frau verschwören sich zu einem Attentat auf das Internationale Militärgericht. Ihr Plan ist raffiniert aufgebaut. Sie wollen vier der Hauptkriegsverbrecher befreien. Ihr Code heißt „Totenkopf". Ihre bedingungslose Treue ist Verblendung.

Ihr Weg besteht aus vergiftetem Fanatismus und sinnlosen Morden. Der Frau unter ihnen fällt eine entscheidende Aufgabe zu: Sie soll die Liebe eines jungen Leutnants der amerikanischen Bewachungstruppen gewinnen, ihn ausspionieren. Sie beschafft heimlich die Abdrücke für die wichtigsten Schlüssel des einer Festung gleichenden Gerichtsgebäudes. Der Tag des „Totenkopfs" ist gekommen...

Der Leser erlebt hautnah die unmittelbare Nachkriegszeit mit ihren Hoffnungen und Verzweiflungen, mit dem heißen Begehren nach Liebe und Geborgenheit, den Entbehrungen, Demütigungen und dem allmählich wiederkehrenden Selbstvertrauen der Menschen. Der Leser hält den Atem an.

Zum Autor

Michael Burk ist als Erzähler ersten Ranges weltweit bekannt. Unvergleichliche Spannung, starke Menschlichkeit und genaue Inside-Kenntnisse zeichnen den hohen Unterhaltungswert seiner Werke aus. Als Moewig-Taschenbücher liegen vor:

„Die nach den Sternen greifen" (Bd. 2130)
„Aller Menschen Sehnsucht" (Bd. 2131)
„Eine herrlich gefährliche Frau" (Bd. 2137)
„Reise in die Zärtlichkeit (Bd. 2152)
„Bis auf die nackte Haut" (Bd. 2170).

Michael BURK

Das Tribunal

MOEWIG

MOEWIG Band Nr. 2188
Moewig Taschenbuchverlag Rastatt

2. Auflage

Umschlagentwurf und -gestaltung: Franz Wöllzenmüller, München
Verkaufspreis inkl. gesetzl. Mehrwertsteuer
Auslieferung in Österreich:
Pressegroßvertrieb Salzburg, Niederalm 300, A-5081 Anif
Printed in Germany 1985
Druck und Bindung: Elsnerdruck GmbH, Berlin
ISBN 3-8118-2188-1

Dieser Roman schildert
Menschen und ihre Schicksale
in unmittelbarem Zusammenhang
mit dem Prozeß des
International Military Tribunal
1945–1946 zu Nürnberg
gegen die Hauptkriegsverbrecher
des Dritten Reiches.

–

Die Dialoge
der Angeklagten, Ankläger
und Richter
sind im Original wiedergegeben.
Die Figuren des Romans
sind frei erfunden.
Ihre Schicksale nicht.

–

Der Versuch eines Attentats
von sieben Angehörigen der SS
gegen den Gerichtshof
mit dem Ziel
der Befreiung von Angeklagten
wurde vom US-Hauptquartier
offiziell bestätigt.
Der Zeitpunkt ist verlegt.

Als Hauptkriegsverbrecher waren angeklagt
In der für den Prozeß festgelegten
Reihenfolge der Sitzordnung:

Hermann Wilhelm Göring, *Reichsmarschall*
Rudolf Heß, *Stellvertreter Hitlers*
Joachim von Ribbentrop, *Außenminister*
Wilhelm Keitel, *Generalfeldmarschall*
Ernst Kaltenbrunner, *SS-Obergruppenführer*
Alfred Rosenberg, *Chefideologe*
Hans Frank, *Generalgouverneur von Polen*
Wilhelm Frick, *Innenminister*
Julius Streicher, *Herausgeber des ›Stürmer‹*
Walther Funk, *Wirtschaftsminister*
Hjalmar Schacht, *Finanzier*
Karl Dönitz, *Großadmiral*
Erich Raeder, *Großadmiral*
Baldur von Schirach
Gauleiter von Wien und ehem. Reichsjugendführer
Fritz Sauckel, *Arbeitsminister*
Alfred Jodl, *Generaloberst*
Franz von Papen, *Botschafter*
Robert Ley, *Organisationsleiter*
Arthur Seyß-Inquart
Kommissar für die Niederlande
Albert Speer, *Rüstungsminister*
Konstantin von Neurath
Protektor von Böhmen und Mähren
Hans Fritzsche, *Chefkommentator*

In Abwesenheit:
Martin Bormann, *Reichsleiter*
Gustav Krupp, *Rüstungsindustrieller*

Robert Houghwout Jackson,
Hauptankläger
für die Vereinigten Staaten von Amerika:

»Denn wir dürfen niemals vergessen,
daß nach dem gleichen Maß,
mit dem wir die Angeklagten heute messen,
auch wir morgen von der Geschichte
gemessen werden.
Diesen Angeklagten einen Giftbecher reichen,
bedeutet, ihn an unsere eigenen Lippen zu setzen.«

–

Gemeinsame Erklärung der Verteidiger
zu den grundsätzlichen
völkerrechtlichen, strafrechtlichen und
prozeßrechtlichen Bestimmungen des Statuts
des International Military Tribunal:

»Gemäß dem 1939 geltenden Völkerrecht
ist Krieg kein strafrechtlich verfolgbares Verbrechen.
Das Statut stellt ein erst nach der Tat
geschaffenes Recht dar.
Die Richter sind nur von der einen Kriegspartei
gestellt, die Schöpfer der Gerichtsverfassung
und der Strafrechtsnormen
sowie Ankläger und Richter zugleich ist.«

Erstes Buch
Die Anklage

1

Der Präsident der Vereinigten Staaten von Amerika saß gedankenversunken am Schreibtisch seines Ferienhauses in Key West. Die Uhr vor ihm zeigte wenige Minuten bis Mitternacht. Er hatte einen beunruhigenden Tag hinter sich.

Mit einer müden Handbewegung schob er das Tablett mit dem halbvollen Glas Safety Harbor und der Schlaftablette von sich. Seine Frau hatte es gut gemeint. Er jedoch war sich darüber im klaren, daß ihm selbst ein starkes Medikament seine Gedanken nicht vertreiben konnte.

Gedanken, die sich auf eine Stadt bezogen, die er nur aus Büchern, Reportagen und hauptsächlich aus den Berichten seiner Vertrauensleute kannte. Überlegungen, die sich mit dem ungeheuerlichsten Vorfall seiner bisherigen Amtszeit beschäftigten.

Das Frühstück an diesem Morgen des Jahres 1946 hatte er noch unbeschwert unter dem Sonnensegel der Terrasse eingenommen. Dann kam der Anruf auf der Sonderleitung, die ihn mit seinem Büro in Washington verband. Von da an überstürzten sich kurzfristig angesagte Besuche höchster Militärs, Konferenzen mit den Chefs des CIC, Telefongespräche mit dem Headquarter in Deutschland und in Geheimcodes verschlüsselte Telegramme.

Erst im Juni vorigen Jahres war es den Vereinigten Staaten endgültig gelungen, Großbritannien, Frankreich und die Sowjetunion von der Notwendigkeit eines Prozesses gegen die deutschen Hauptkriegsverbrecher zu überzeugen.

Wenige Monate später hatte dieser bisher größte Prozeß der Weltgeschichte auch tatsächlich begonnen. Jetzt auf seinem Höhepunkt drohte ihm ein Attentat gegen das Gericht.

Der Präsident nahm seine goldgefaßte Brille ab und rieb sich vor Übermüdung die Augen. Wenn es dem CIC nicht gelang, das Netz der Verschwörer aufzudecken und in Zusammenarbeit mit der Militärpolizei das Attentat zu verhindern, war die ordnungsgemäße Beendigung des Prozesses ernsthaft in Frage gestellt.

Sollte dieser Umstand eintreten, könnte ihn die Weltöffentlichkeit wohl kaum begreifen. Denn nur wenige ausländische Beobachter waren imstande, die Auswirkungen des verlorenen Krieges in Deutschland folgerichtig einzuschätzen. Und nur eine Handvoll Menschen wußte um die Zusammenhänge, die sich schon einige Wochen nach dem Beginn des Prozesses angebahnt hatten.

Wer Deutscher war, durfte ab 22 Uhr die Straße nicht mehr betreten. Die Nacht gehörte der Besatzungsmacht.

Die Menschen innerhalb Deutschlands hatten keinerlei Verbindung zueinander. Keine Eisenbahn. Kein Benzin für noch vorhandene Autos. Kein Telefon. Keine Telegraphen. Die Beförderung von Briefen zog sich oft über Wochen hin.

Nürnberg war zerbombt, zerstört und tot wie Berlin, Frankfurt, Köln und Rotterdam. Die Aufräumungsarbeiten gingen hier wie in Hamburg, Krakau oder Charkow nur schleppend voran.

Acht Monate nach Beendigung des Krieges im Dezember 1945 lagen noch Tausende Leichen unter den Trümmern zwischen Hauptmarkt und Tiergarten.

Kilometerweit bot sich das Bild der verbrannten Erde. Einsam stand das noch benutzbare und von den Amerikanern beschlagnahmte Grand-Hotel in der verödeten Landschaft. Ab und zu heulte ein Jeep mit G.I.s über die wenigen freigeschaufelten Straßen, vorüber an endlosen Reihen verkohlter Grundmauern.

Die Menschen hausten in den Resten baufälliger Zimmer, in den Kellern von Ruinen und zusammengepfercht in den zum Teil bewohnbaren Häusern der Randbezirke.

Das Wetter meinte es gut mit ihnen. Seit Wochen ließ ein anhaltend milder Luftstrom sie vergessen, daß es Dezember war.

Es fehlte an Kohlen, an warmer Kleidung, an Essen.

Hier in dieser Stadt hatte Hitler auf dem Gelände in der Nähe des Dutzendteichs jedes Jahr seine überdimensionalen Parteitage veranstaltet.

Und hier in dieser Stadt vollzog sich auch der von aller Welt mit Spannung verfolgte Schlußakt der Führer und Größen des Dritten Reiches.

Da sich die vier Siegermächte weder auf London noch auf Berlin oder München einigen konnten, wurde Nürnberg zur Stadt des größten Prozesses, den die Welt bis dahin erlebt hatte.

Denn in Nürnberg war der Justizpalast beinahe unversehrt geblieben. Mit einem Kostenaufwand von etwas mehr als einer Million Dollar wurde er für seine neue Bestimmung eingerichtet.

Ein düsterer klotziger Bau. Von einem hohen Eisengitter abgeschirmt gegen die Straße, die Nürnberg mit ihrer Nachbarstadt Fürth verband.

Die Angeklagten streiften ihre schweren Kopfhörer ab, erhoben sich und ließen bewegungslos den Auszug des Gerichts über sich ergehen. Der einzige, der den Blick wandte, war Hjalmar Schacht. Unbefangen sah er dem amerikanischen Chefankläger nach. Die aufmerksameren unter den Besuchern auf den Presseplätzen nahmen ein unauffälliges Kopfschütteln wahr.

Es war 17 Uhr am Mittwoch, dem 20. Dezember 1945. Der 27. Verhandlungstag war zu Ende.

Die Pressetribüne leerte sich heute noch schneller als an anderen Tagen. Keiner der etwa 250 Reporter, Korrespondenten und abkommandierten Beobachter aus aller Welt verspürte Verlangen, länger als unbedingt erforderlich in der Stadt zu bleiben. Die 12 Tage Weihnachtspause hatten alle seit Wochen herbeigesehnt.

Alle bis auf einen. Der Mann, dem seit Beginn des Prozesses der Platz Nr. 3 der ersten Reihe zugewiesen war, blieb sitzen. Mit Genugtuung beobachtete er das Gedränge, das zur hohen Flügeltür hin sichtlich zunahm. In spätestens einer Stunde würde die Stadt ihm allein gehören.

Raoul Clairon lehnte sich zurück, atmete tief die verbrauchte Luft ein und sah mit halbgeschlossenen Augen in den Raum. Der nicht allzugroße, braun getäfelte Saal. Die beiden langen Balustraden für die Angeklagten. Der Richtertisch. Die Glaswände vor den Plätzen der Dolmetscher. Das Stehpult. Die Bündel von Scheinwerfern. Während der Verhandlung das ständig gleichbleibende Stimmengewirr. Er fühlte sich wohl.

Umständlich erhob er sich. Doch am liebsten wäre er sitzen geblieben. Wenn es hätte sein müssen, auch bis zur Wiederaufnahme des Prozesses am 2. Januar.

Er fühlte sich zu Hause hier.

Der BMW 328 fuhr im gleichen Augenblick in den Hof, in dem Clairon aus dem Hinterausgang des Justizpalastes trat. Clinton Keen bremste, daß der Kies aufspritzte und Clairon zur Seite sprang. „Bist du verrückt?"

Clinton stieß die Tür auf und lachte schallend. „Dachte, auch 'n Chefkommentator müßte sich mal von was erschüttern lassen." Dann schob er sich gemächlich heraus und boxte Clairon freundschaftlich gegen den Oberarm. „Schon fertig?"

Raoul Clairon hob das Kinn. Neben der schlaksigen Figur Clintons wirkte er mit seinen 1,74 beinahe klein. „Ja", sagte er, „schon fertig. Und das CIC?"

„Ist schon in Christmas-Stimmung", lachte Clinton. Er holte aus der Tasche seines dunkelblauen Jacketts ein Paket Phillipp Morris, klopfte für Raoul eine Zigarette heraus und gab ihm Feuer.

„Danke", sagte Raoul und sog den ersten Zug voll Genuß ein. Er machte eine Geste auf Clintons Kleidung hin: „Ihr habt's gut."

„Stillschweigendes Abkommen", lachte Clinton, „für Spezialagenten ist die Uniform nur beim Soldempfang wichtig." Er stand im Rang eines Captain, war Leiter des CIC Nürnberg und haßte die Uniform. Wann immer er es einrichten konnte, trug er seinen dunkelblauen Anzug mit offenem weißen Hemdkragen.

Clairon war da anders. Ihn sah man nie ohne seine braune US-Bluse mit dem am Oberarm aufgenähten Streifen ‚Haïti'. Für ihn war die Uniform so etwas wie ein Schild, den er vor sich hertrug.

In seinen Schränken hingen zehn tadellos gebügelte Anzüge für alle Jahreszeiten. Doch er trug sie nie.

„Was machst du heute abend?" fragte Clinton unschlüssig und fuhr sich mit gespreizten Fingern durch den Bürstenhaarschnitt.

„Heute ist für mich ein wichtiger Abend.“

„Frauleins, wie?“

„Auch“, sagte Raoul anzüglich, und seine Augen wurden noch kleiner, als sie es hinter den dicken Brillengläsern ohnehin schon waren.

„Okay, es ist deine Sache“, sagte Clinton und entdeckte Bob Hammersmith, der über den Hof kam.

Lieutenant Bob Hammersmith gehörte zur Truppe von Colonel William Andersen, die für die Sicherheit im Justizpalast verantwortlich war. Sein junges offenes Gesicht strahlte, als er Clinton erblickte.

Sie kannten sich flüchtig aus Texarkana, der Stadt, durch deren Mitte sich die Grenze zwischen Texas und Arkansas zieht. Der Zufall hatte sie hier in Nürnberg zusammengeführt.

„Was Neues aus dem Käfig?“

„Ja“, sagte Bob, „Göring philosophiert.“

Wie für die meisten von seiner Truppe war auch für Bob Hammersmith der ehemalige Reichsmarschall Hermann Göring die interessanteste Figur unter den Angeklagten.

„Okay“, sagte Clinton, „lassen wir Göring philosophieren.“

Er schwang sich hinter das Steuer des BMW, winkte Clairon zu und drückte den Türhebel für Bob herunter.

Der lange Gang war gut vier Meter breit und durch einen ständig unter Strom stehenden stabilen Maschendraht zum nächsthöheren Stockwerk hin getrennt.

Auf beiden Seiten des Ganges lagen die Zellen. Sie waren von 1 bis 23 numeriert. Am jeweils rechten Türstock hatte man starke drehbare Handlampen befestigt. Jede Tür hatte ihr vergittertes rundes Guckloch.

Betrat man die Zelle, so stand links an der Tür die Pritsche mit zwei groben Wolldecken. Unmittelbar am Kopfende schlossen der Tisch und der kantige Stuhl an. Gegenüber befand sich die Kloschüssel.

Hermann Wilhelm Göring, ehemaliger Offizier und Oberbefehlshaber der deutschen Luftwaffe, Luftfahrtminister, Ministerpräsident von Preußen, Präsident des Reichstages, Forstminister und Reichsmarschall, saß auf seiner Pritsche und löffelte Suppe aus einem blechernen Napf, der auf dem Stuhl vor ihm stand.

Er trug noch die graubeige Uniform mit den Reitstiefeln, und er sah müde aus. Vor wenigen Minuten war der Gerichtspsychologe gegangen, mit dem er eine lebhafte Unterhaltung geführt hatte.

Göring hatte ihm seine Gedanken zur Weltpolitik unterbreitet. „Keine Angst", hatte er zu ihm gesagt, „der Tag wird kommen, an dem die Welt anders über all dies denkt. Und auch das deutsche Volk wird die Dinge anders beurteilen. Jetzt reißen sie sich natürlich in Stücke. Vielleicht brandmarken sie uns sogar in ihrer Verzweiflung."

Er sah hoch. Ja, das hatte er ihm gesagt!

Er legte den Löffel in den leeren Napf, schob den Stuhl zurück, erhob sich schwer atmend, nahm den Napf vom Stuhl, spülte ihn notdürftig aus, zog sich die Stiefel aus, schlüpfte in die Hausschuhe und legte sich auf die Pritsche.

Mit einem Mal kam ihm Bad Mondorf in den Sinn. Bad Mondorf, der kleine idyllische Ort in Luxemburg, von dem aus man sie vor nunmehr vier Monaten in zwei amerikanischen Transportflugzeugen der Armee nach Nürnberg gebracht hatte.

Nach Bad Mondorf wünschte er sich zurück. Dort war ihnen noch die Behandlung widerfahren, die er für angemessen hielt. Doch hier –! Unwillkürlich streifte sein Blick durch die Zelle. Ihn schauderte.

Wenn er nur an die heutige Nachmittagsverhandlung dachte . . .

„Attention! The Court!"

Das war die schneidende Stimme des Gerichtsmarschalls, des US-Colonels Charles W. Mays.

Göring drückte die Taste neben seinem Sitz und empfing über den Kopfhörer die gewünschte Verdolmetschung. Taste eins: Originalsprache. Taste zwei: englisch. Taste drei: russisch. Taste vier: französisch. Taste fünf: deutsch.

„Achtung! Das Gericht!" Alle Anwesenden erhoben sich.

Hintereinander kamen die vier Richter und ihre vier Stellvertreter in den Saal. Jedesmal in der gleichen Reihenfolge: zwei Franzosen, zwei Amerikaner, zwei Russen, zwei Engländer. Bis auf die Russen, die in Uniform erschienen, trugen alle schwarze Talare.

Eine leichte Verbeugung zu den Anklägern und der Pressetribüne. Das Gericht nahm Platz.

In der Mitte Lordrichter Sir Geoffrey Lawrence. Er führte den Vorsitz über den Gerichtshof. Eine markante Erscheinung. Kahlköpfig. Mit einem vollen Gesicht. Die Brille meist auf die Nase gerutscht. Mißmutig, doch nicht ohne den trockenen Humor der Briten.

Links neben ihm sein Stellvertreter, Richter Sir Norman Birkett. Neben diesem der russische Generalmajor Iola T. Nikitschenko mit schmalen Lippen und randloser Brille. Ganz außen Oberstleutnant Alexander F. Wolchkow mit vollem, welligem Haar.

Rechts neben Lawrence der Amerikaner Francis A. Biddle mit dem schmalen Bärtchen, und dann sein Vertreter John H. Parker, ein älterer Biedermann.

Außen der greise Franzose Donnedieu de Vabres und sein Stellvertreter Robert Falco, der meistens zu lächeln schien.

Sie hatten sich gesetzt, und Lawrence hatte der Anklage das Wort erteilt. Der US-Ankläger Major Warren Farr hatte an seine Ausführungen von gestern angeknüpft.

Die Anklage gegen die SS, gegen den SD und gegen die Gestapo. Göring war sowohl als Gründer der Geheimen Staatspolizei wie auch als Chef des Reichsforschungsrates davon betroffen.

Erschießung von Kriegsgefangenen durch die Waffen-SS. Liquidierung jüdischer Häftlinge. Brutale Schläge. Schwerverwundete lebendig begraben. Unterkühlungs-Experimente an KZ-Häftlingen . . .

Belegte Zahlen, Daten und Namen. Tatsachen, vor denen er, wenn es helfen würde, die Augen schließen möchte.

Tatsachen, die mit den vor einigen Tagen vorgeführten Filmaufnahmen übereinstimmen. Aufnahmen aus den Konzentrationslagern innerhalb der US-Zone.

Bilder, die nicht zu beschreiben waren. Entsetzliches, für das einem die Worte fehlten. Berge von nackten Leichen. Ausgemergelte Knochengerüste. Von Lastwagen herunter in riesige Gruben gekippt. Namenlos. Seelenlos. Ehemals Menschen.

Ein Alptraum des Grauens.

Während der Filmvorführung war der Saal abgedunkelt gewesen. Nur die Angeklagten saßen in Scheinwerferkegeln. Ihre Gefühlsregungen sollten den Psychologen sichtbar werden.

Als der Film zu Ende gewesen war und im Saal das Licht aufflammte, herrschte auf den Anklagebänken düsteres Schweigen.

Heß, der Stellvertreter Hitlers, hatte zu einer Bemerkung angesetzt, Göring, sein Nebenmann, hatte ihm zugeflüstert, er möge still sein.

Zwanzig Angeklagte saßen mit gesenkten Köpfen. Nur Schacht hatte sich abgekehrt und sah starr zur Galerie hinauf. Er hatte nicht einen einzigen Blick auf die Bilder geworfen.

Clinton Keen und Bob Hammersmith waren wie jeden Abend im Casino der ehemaligen SS-Kaserne am Ende der Allersberger Straße gelandet. Hier hatte die Army ihr großes Heerlager aufgeschlagen. Wagenpark. Troß. G.I.-Unterkünfte. PX war hier so reich bestückt wie selten in der Zone. Das Casino profitierte davon.

Hier floß Dosenbier in unvorstellbaren Mengen. Miller. Schlitz. Es gab keine amerikanische Marke, die es hier nicht gab.

Bob und Clinton bewegten sich hier wie unter ihresgleichen. Hier hatten sie ab und zu das Gefühl, in einem dieser gottverlassenen Nester irgendwo in Illinois oder Wisconsin zu sitzen.

Warum also sollten sie sich in der ausgehöhlten Stadt herumdrücken?

„Captain Keen?“

„Ja?“

„Telefon, Captain.“

Am Apparat war Joe.

„Joe, was soll's? Wir sind mit einem Fuß schon mitten in der größten Orgie!“

„Clin, hör zu, ich hätte dich nicht gestört, wenn es nicht . . .“

„Okay, Joe, spuck's aus." Clinton machte sich nichts vor. Wenn Joe ihn um diese Zeit aus dem Büro anrief, handelte es sich um einen dringlichen Fall.

„Clin, ich kann dir das nicht übers Telefon . . ."

„Na, na", sagte Clinton, als klopfe er dem schmächtigen Joe aufmunternd auf die Schulter, „ist etwa überraschend Rita Hayworth eingetroffen?"

„Clin, es ist ernst!"

Clinton hörte Joes alarmierenden Unterton heraus. „Okay", sagte er kurz, „ich bin in zwanzig Minuten dort."

Zwanzig Minuten später bremste Clinton den BMW in der Kneippstraße vor seinem Büro im Haus mit der Nummer 4. Im Nebenhaus hatte er seine Wohnung. Clinton bat Bob, im Wagen auf ihn zu warten. Im Büro blickte er Joe fragend entgegen.

„Nebenan", sagte Joe mit stoischer Ruhe und machte eine Kopfbewegung zur Tür, die in den Vernehmungsraum führte.

„Und wer ist es?" fragte Clinton, als seine Hand schon auf der Klinke lag.

„Ein Deutscher. Er kommt aus freien Stücken. Mehr hat er mir nicht gesagt."

„Mehr nicht?"

„Tritt sehr selbstbewußt auf."

„Ah!" sagte Clinton und unterdrückte ein schadenfrohes Grinsen, „ich werde es ihm abgewöhnen." Er nickte Joe einladend zu, und sie begaben sich nach nebenan.

Der Vernehmungsraum unterschied sich vom schmucklosen gekalkten Büro nur durch die beiden 1000-Watt-Lampen, die rechts und links auf der Platte des Schreibtisches angebracht und auf den Platz davor eingerichtet waren. Im Augenblick brannten sie nicht.

Clinton blieb mit Joe in der offenen Tür stehen. Der Mann, der auf dem Stuhl vor dem Schreibtisch saß, erhob sich, schlug leicht die Hacken zusammen und machte eine militärisch knappe Verbeugung. Er hatte Clintons Größe, das Gesicht eines Habichts und schütteres blondes Haar. Sein langer grauer Ledermantel schlotterte ihm am Körper.

„Gestatten, daß ich mich vorstelle?" sagte er mit knarrender Stimme. „Nein", schnitt Clinton ihm das Wort ab, „Sie warten, bis ich Sie frage." Mit einer Handbewegung zeigte er Joe an, er möge die Lampen einschalten und den Stenoblock nehmen.

Der Mann im grauen Ledermantel gab ein unwilliges Räuspern von sich. Als hätte er es nicht bemerkt, nahm Clinton hinter dem Tisch Platz und unterzog den Mann einer eingehenden Betrachtung.

Schätzungsweise fünfzig, überlegte er. Nach dem Ledermantel zu schließen, Offizier. Intelligenzquotient unter 90. Doch in diesem Punkt hatte er sich schon zu oft getäuscht, als daß er sich darauf verlassen wollte.

„Okay", sagte er, für sein Gegenüber aus dem Dunkel heraus, „wie ist Ihr voller Name?"

„Harald Erich Steinbronn", sagte die knarrende Stimme, „ich bin freiwillig zu Ihnen gekommen, um . . ."

„Beantworten Sie nur meine Fragen!"

„Jawohl." Der Mann konnte nicht verbergen, daß er mit seiner Behandlung nicht einverstanden war.

„Wann sind Sie geboren?"

„Am 4. April 1894."

„Wo sind Sie geboren?"

„In Stettin. Das liegt in Pommern."

„Ich weiß." Clinton hob unmerklich den Ton an.

„Verzeihung", sagte der Mann und hielt sich die Hand vor die Augen.

„Lassen Sie die Hand unten. Ich möchte Ihr Gesicht sehen."

„Jawohl."

„Was war Ihre Tätigkeit?"

„Sturmbannführer im Reichssicherheitshauptamt."

„Das Reichssicherheitshauptamt war groß."

„Abteilung römisch sechs."

„Sowjetunion", sagte Clinton.

„Ja, Rußland", sagte der Mann.

„SS", sagte Clinton.

„Ja, SS", kam es zögernd.

„Warum sagen Sie es dann nicht? Also noch mal."

„SS-Sturmbannführer im Reichssicherheitshauptamt, Abteilung römisch sechs."

„Okay", sagte Clinton und lehnte sich befriedigt zurück, „dann sagen Sie uns bitte jetzt, was Sie zu uns führt."

Der Mann räusperte sich erneut. Seine Stimme war belegt. Dann griff er in die Tasche des Ledermantels, holte ein Tuch hervor und wischte sich über die Stirn.

„Ich bin hier", sagte er tonlos, „um Sie von einer geplanten Verschwörung gegen den Gerichtshof zu unterrichten."

Etwa zur gleichen Zeit verließ Raoul Clairon an der Allersberger Straße das „Funkstudio Nürnberg". Er hatte es auch heute nicht versäumt, seinen Kommentar zum Prozeß mit einer zynischen Verurteilung des ganzen deutschen Volkes zu schließen. Den Kommentar, der an jedem Verhandlungstag von Radio München für alle deutschen und österreichischen Sender ausgestrahlt wurde.

Zeitungen gab es nur wenige. Die Besatzungsmächte vergaben Lizenzen nur nach strengster Prüfung. Überdies fehlte es den wenigen lizenzierten Blättern an Papier. Sie erschienen nur mittwochs und sonnabends mit je vier Seiten. Lediglich die Nürnberger Nachrichten erhielten für die Dauer des Prozesses eine Sonderzuweisung und konnten dreimal wöchentlich erscheinen. Wie auch „Die Neue Zeitung" im Verlag der US-Army.

Clairons Kommentar war also der einzige tägliche aktuelle Bericht aus dem Gerichtssaal. Und das verhalf ihm dazu, innerhalb weniger Wochen zum meistgehaßten Mann in Deutschland zu werden.

„Fahren Sie langsamer!" Mit langgestrecktem Finger tippte er seinem Chauffeur von hinten auf die Schulter. Er wollte die Fahrt genießen, auskosten auf jedem Meter.

Denn diese Monate gehörten ihm. Im Elend war er geboren. Im Elend hatte er seine Jugend verbracht. Jetzt war er entschlossen, mit dem Elend der anderen seinen großen Triumph zu erringen.

Der Gedanke daran trieb ihn seit Wochen zum Handeln. Seit

dem Tag, an dem die 3. US-Armee in Dachau den KZ-Häftling Raoul Clairon befreit hatte.

Die wilde Entschlossenheit zum Triumph trieb ihn am heutigen Abend zu einer Verabredung, die er sich in Dachau nicht einmal in seinen verrücktesten Träumen hätte vorstellen können.

Daß diese Verabredung für den Prozeß unabsehbare Folgen heraufbeschwören und für ihn, Clairon, zum Ausgangspunkt seines völligen Scheiterns werden sollte, konnte er nicht ahnen. Hätte er es gedacht, er hätte den Gedanken verworfen. Der Zwang, endlich nach oben zu kommen, war zu übermächtig.

In Burgfarrnbach, einem Dorf am Rande Fürths, ließ er anhalten. „Kretzschmer, Sie warten hier."

„Jawohl, Herr Clairon."

„Und Sie werden diese Fahrt vergessen."

„Jawohl, Herr Clairon."

„Sollten Sie aber dennoch ein Wort –!"

„Bestimmt nicht, Herr Clairon."

„Sie wissen, Ihr Bruder war seit fünfunddreißig bei der SA!"

„Ich weiß, Herr Clairon."

„Dann ist es gut."

Der Fachwerkbau des Gasthofs „Zur Post" lag in einer kleinen Einbuchtung an der Würzburger Straße. Clairon ging zielstrebig die ächzende Treppe hoch, die in das erste Stockwerk führte. Er kannte die Zimmernummer, das genügte ihm. Der Wirt rief ihm vom Fuß der Treppe zu, nach wem er hier suche, doch Clairon drehte sich nicht einmal um. Nummer 5. Er klopfte. Von drinnen ertönte eine weich klingende frauliche Stimme. Er trat ein.

Die Frau entsprach in allem seinen Vorstellungen von einer blonden deutschen Mutter. Ein Typ, zu dem er sich seit jeher hingezogen fühlte. Er beherrschte sich, dieses Gefühl jetzt nicht aufkommen zu lassen. Zuviel stand für ihn auf dem Spiel.

Sein Blick streifte durch den Raum, über die Waschschüssel aus Steingut, den Tisch mit den plumpen gedrechselten Beinen, das unförmige hohe Bett, und kehrte zurück zu der Bewohnerin des Zimmers. Nichts an ihr und ihrer Umgebung deutete darauf hin, daß hier eine der ersten Frauen des Dritten Reiches vor ihm stand.

Sie musterte ihn unsicher. Was sie bisher von ihm gekannt hatte, war nur seine Stimme. Eine weiche, aber hämische Stimme. Jetzt sah sie, daß die Stimme aus dem Radio zu dem Mann paßte. Starke Brillengläser, nicht zu erfassende Augen, spinnenhafte Hände.

Sie bot ihm den einzigen Stuhl an und nahm selbst auf der Bettkante Platz.

„Sie nennen sich jetzt Berger?“ eröffnete er das Gespräch.

„Nur bis alles vorüber ist. Solange ich mit Repressalien der Bevölkerung rechnen muß. Andere Frauen der Hauptangeklagten machen das ebenso.“

„Weiß hier im Gasthof jemand, wer Sie in Wirklichkeit sind?“

„Nein, ich glaube, nicht.“

„Wie gut für Sie.“ Umständlich kramte er ein Päckchen Chesterfield hervor, nahm sich eine, zündete sie an und tat so, als hätte er übersehen, seiner Gesprächspartnerin eine anzubieten. „Zigarette?“

„Danke nein. Ich habe mir das Rauchen abgewöhnt . . .“ Sie brach den Satz ab. Clairon wußte ohnehin, was sie meinte. Daß sie auf Zigaretten verzichten wollte, solange es nur die ungenießbaren deutschen und die astronomisch teuren amerikanischen gab.

„Lassen Sie uns zum Thema kommen“, sagte er unbeeindruckt, „über private Kanäle habe ich erfahren, daß Sie Hilfe brauchen?“

„Ja. Seit Wochen versuche ich mit meinem Mann Kontakt aufzunehmen. Sie wissen ja nur zu gut um die Kontrollen, die das unmöglich machen.“

„Auch nicht über seinen Verteidiger?“

„Dr. Vesenstedt? Nein. Er lehnte es ab. Das Risiko, sein Gewissen.“

„Vesenstedt hat Gewissensbisse?“ Clairon sagte es nicht ohne Spott.

„Mister Clairon“, sagte sie und nahm all ihren Mut zusammen, „es handelt sich um . . .“ Sie stockte. Dann nahm sie mit einer schnellen Bewegung eine Streichholzschachtel vom Nachttisch und reichte sie ihm.

Er öffnete sie und hob den Blick, als erwarte er von ihr eine Erklärung.

„Ja“, sagte sie leise, „eine Giftkapsel. Vielleicht haben Sie schon von ihnen gehört?“

Er nickte. „Zyankali. Himmler hat sich damit selbst gerichtet.“

„Ich habe davon in einer Zeitung gelesen“, sagte sie, „Himmler soll sofort tot gewesen sein.“

„Innerhalb von zwölf Minuten“, sagte er sachlich.

„Ich weiß es nicht. Ich weiß nur, daß die Ampullen ungefähr ein Vierteljahr vor Kriegsende vom Sicherheitshauptamt verteilt wurden.“

„Und nur an die allerhöchsten Nazis, es ist mir bekannt. Aber was für eine Kapsel ist das hier?“ Er wog sie prüfend im Handteller. Sie war ungefähr zwölf Millimeter lang und kaum so dick wie eine Zigarette.

„Die Kapsel meines Mannes. Er lehnte es ab, sie zu benützen, und bat mich, sie zu vernichten. Doch ich habe sie aufgehoben. Jetzt könnte sie ihm gute Dienste leisten.“

Erstaunlich, welchen Mut diese Frau hat, dachte Clairon mit einer gewissen Bewunderung. Sie war bereit, ihren Mann sehenden Auges in den Tod zu schicken, um ihm die Schmach zu ersparen, am Galgen zu enden. Denn daß „Berger“ gehenkt würde, darüber gab es für ihn keine Diskussion. „Sehen Sie nur noch so wenige Chancen für Ihren Mann?“ sagte er. „Sind Sie von seinen Verbrechen derart überzeugt?“

„Nein“, erwiderte sie hart, „ich bin nur davon überzeugt, daß die Urteile schon jetzt festliegen. Nach allem, was ich über den Prozeß weiß.“

Clairon überlegte. Sollte er sie aufklären über die Verhandlungsführung? Mit welcher geradezu pedantischen Gründlichkeit die Alliierten vorgingen? Mit welcher Langmut hier über Verbrechen gerichtet wurde, für die es eigentlich nur eine Strafe geben konnte: den Tod? Sollte er ihr wirklich sagen, wie human dieser Prozeß verlief? Er wischte die Gedanken beiseite.

„Von welchem Angeklagten außer von Ihrem Mann wissen Sie noch, daß er diese Kapseln bekommen hat?“

Sie schüttelte den Kopf. „Von keinem. Wir lebten sehr zurückgezogen.“

„Aber vielleicht hat Ihr Mann Ihnen von einem erzählt. Er muß es doch gewußt haben! Denken Sie mal nach!"

„Nein", sagte sie eisig, „er hat mir nichts davon erzählt. Können wir nun zum geschäftlichen Teil kommen, Mister Clairon?"

Ihm schoß das Blut ins Gesicht. „Vertrauen Sie mir?" fragte er mit gepreßter Stimme.

„Ja", sagte sie, „ich habe keine andere Wahl. Sie sind für mich der einzige Mensch, durch den mein Mann diese Post erhalten kann."

„Okay", sagte er und unterdrückte ein geringschätziges Lächeln, „und wieviel ist Ihnen diese Übermittlung wert?"

„Das hier." Sie nahm eine zweite Schachtel vom Nachttisch, eine wesentlich größere, längliche, und klappte sie auf. Ein Halsband wurde sichtbar. „Rubine", sagte sie, „hat einmal zweihunderttausend gekostet."

„Oder gar nichts. Wenn man es einer Jüdin vom Hals gerissen hat."

Sie schluckte. „Es hat zweihunderttausend gekostet! Machen Sie das Geschäft?"

„Allright." Er versenkte Kapsel und Halsband achtlos in der Tasche seiner Uniformjacke. „Sie werden von mir hören."

„Ich danke Ihnen." Ihre Augen füllten sich mit Tränen.

Bis zum Wagen waren es gut hundert Meter. Die wenigen Lampen erhellten die Dorfstraße nur spärlich.

Clairon sah sich um. Die Straße war menschenleer.

Er holte die Kapsel hervor und wog sie prüfend in der Hand. Dann ließ er sie auf das Pflaster fallen und zertrat sie.

2

Der Mann, dessen Frau sich „Berger" nannte, saß am Tisch seiner Zelle und las in einem Buch. Er war mittelgroß, und seine frühere Leibesfülle hatte sich in den vergangenen Monaten auf ein erträgliches Maß reduziert. Zwei Schmisse, die sich vom Haaransatz herunter zur Augenbraue und vom Jochbein quer über die Oberlippe zogen, verliehen ihm einen verwegenen Ausdruck, der täuschte. Denn „Berger" war alles andere als ein Haudegen. Vielmehr galt er von allen Angeklagten als der durchgeistigtste und als eifrigster Benutzer der Gefängnisbibliothek.

Er las, was er bekommen konnte. Plato, Homer, Fontane, Rilke, Stefan Zweig und Franz Werfel. Er las, um sich zu betäuben.

Heute jedoch gelang es ihm nicht, sich zu konzentrieren. Er legte das Buch beiseite. Seine Gedanken waren bei seiner Frau. Es war der 24. Dezember 1945. Heiliger Abend.

Ob Henrike ihn wohl noch achten konnte, nachdem sie von der Wucht der Anklage gegen ihn erfahren hatte? Einer Wucht, die bei der in einigen Wochen bevorstehenden sowjetischen Generalanklage erst ihren Höhepunkt erreichen würde.

Ob Henrike am heutigen Tag in Zuneigung an ihn dachte? Oder ob sie vor ihm erschauderte und die gemeinsam verbrachten 15 Jahre am liebsten aus ihrem Gedächtnis verbannte?

15 Jahre hatten sie eine gute Ehe geführt, getragen von gegenseitigem Verstehen, gegenseitiger Verehrung.

Dann plötzlich das Dunkel. Das Grauen. Die geradezu unerträgliche Scham.

Die erdrückende Anklage des US-Hauptanklägers Jackson. Ein Mann, dem er sogar Ideale zubilligte, der ihm jedoch neben den Briten, Franzosen und vor allem neben den Russen vorkam wie ein einsamer Rufer in der Wüste.

Durch die Zellentür drang ein Scharren. Der Posten vor dem Guckloch hatte gewechselt. „Berger" setzte sich auf die Pritsche. Da sitze ich nun, dachte er, ich der Herr Reichsminister, der sich bei jeder Gelegenheit brüstete, den Kollegen überlegen zu sein. Der über einen Großteil der Wirtschaft bestimmte, über die unbarmherzige Ausbeutung der besetzten Gebiete, über Kunstschätze, hochwertige Materialien und über das Schicksal von Millionen von Menschen.

Er sah sich wieder in Mürwik bei Flensburg. Es ist der 23. Mai dieses Jahres, ein strahlend schöner Frühlingstag. Hitler hatte am 30. April in Berlin Selbstmord begangen. Sein Testament bestimmte Dönitz zum Reichspräsidenten. Dönitz suchte sich sein „Geisterkabinett“ zusammen. Neben Speer, Schwerin von Krosigk und anderen auch „Berger“.

Am 23. Mai gegen 11 Uhr vormittags „tagt“ dieses Kabinett in Mürwik zum letztenmal. Die britische 2. Armee dringt in Flensburg ein. Schwerin-Krosigk, der als geschäftsführender Kanzler fungiert, erläutert seinen „Kabinettsmitgliedern“ einen Lageplan, ohne Kenntnis vom Standort der britischen Truppen zu haben.

Auf einmal stürzen britische Soldaten in den Konferenzraum. Die Herren des Kabinetts sind fassungslos. Nur „Berger“ fühlt sich völlig unbeteiligt. Er betrachtet die Szene wie von einer Loge aus.

Die Briten befahlen „Hosen runter!“

Die Herren blickten sich entsetzt an. Doch die Soldaten verstanden keinen Spaß. Die Männer der letzten deutschen Regierung des Dritten Reiches standen schließlich wahrhaftig in Unterhosen vor ihnen. Auch „Berger“. Ein jämmerlicher Anblick.

Dann wurden sie nach Waffen untersucht und einzeln in einen Nebenraum geführt. Dort erst wurde „Berger“ die Situation bewußt.

Es war das Ende. Ein britischer Feldwebel herrschte ihn an: „Wie ist Ihr Name?“

„Berger“ sagte ihn.

„Und Ihr Rang?“

„Minister.“

„Ziehen Sie die Unterhose aus!“

„Berger“ gehorchte.

„Bücken!“

„Berger“ bückte sich. Eine fremde Hand betastete seinen Körper.

„Hemd aus!“

„Berger“ tat, wie ihm befohlen.

„Arme hoch! Mund auf! Kopf neigen!“

Er hätte es ihnen vorher sagen können: sie fanden bei ihm keine Giftampulle.

Später erfuhr er, daß Generaladmiral von Friedeburg mit Zyankali seinem Leben ein Ende setzte. Unweit von ihm, in einem Waschraum, vor dem britische Soldaten Wache standen.

„Berger" drängte seine Gedanken zurück in die Nürnberger Zelle, und sein Blick ging zum Guckloch.

Die Augen des Postens waren verschwunden. Ob es etwas mit dem Heiligen Abend zu tun hatte?

„Berger" setzte sich erneut an den Tisch, nahm das Buch, schob es nach wenigen Augenblicken wieder weg, erhob sich, legte sich auf die Pritsche, schloß die Augen, faltete die Hände und versuchte zu beten.

... „Ich bin hier", sagte Steinbronn, „um Sie von einer geplanten Verschwörung gegen den Gerichtshof zu unterrichten."

Clinton antwortete nicht sofort. Er spielte erst ausgiebig mit dem Füllfederhalter. „Hübsch", sagte er dann, „äußerst hübsch. Da erscheint also ein SS-Sturmbannführer beim amerikanischen Geheimdienst und kündet eine Verschwörung an. Wirklich verdammt hübsch. Und warum wohl tut das der SS-Sturmbannführer?"

Steinbronn zögerte. „Weil ich – unnötiges Blutvergießen vermeiden möchte. Weil mir die Sache der Gerechtigkeit am Herzen liegt. Weil ich schon immer ..."

„... warum wohl verrät der SS-Sturmbannführer seine Kameraden?"

„Es sind nicht meine Kameraden."

„Aber warum wohl verraten Sie diese Verschwörung? Heraus mit der Wahrheit!"

„Erstens weil ich die Gerechtigkeit ..."

„... und zweitens?"

„Ich dachte mir, daß ich vielleicht ... Das heißt, ich werde mich womöglich in absehbarer Zeit vor einem Ihrer Gerichte verantworten müssen. Und da dachte ich, daß ich vielleicht ... Daß Sie mir vielleicht ..."

„Da dachten Sie, ich würde Ihnen eine Empfehlung ausstellen. Ein großartiger Gedankengang! Für Sie. Aber nicht für mich! Verstehen Sie? Nicht für mich!"

„Ich dachte –" fing Steinbronn von neuem an, und seine Stimme klang auf einmal gar nicht mehr knarrend, „– ich dachte, die Sache würde Sie interessieren."

„Was wissen Sie darüber?" Clinton verschärfte den Ton noch mal.

„Eigentlich", sagte Steinbronn, „eigentlich wenig."

„Wenig?" Clinton war belustigt. „Wenig!" Er lachte zu Joe hin, als hätte er eben einen besonders guten Witz erzählt bekommen.

„Das Licht", sagte Steinbronn und hielt abermals die Hand vor die Augen, „es irritiert mich."

„Okay." Clinton gab Joe einen Wink.

Er schaltete die Lampen ab. „Danke", sagte Steinbronn, „so konnte ich nicht denken."

„Dann denken Sie jetzt um so schärfer. Was also wissen Sie von der angeblichen Verschwörung?"

„Ich habe ein Gespräch mit angehört. Ein Gespräch zwischen zwei Männern, die sich über die Sache unterhielten."

„Wo war das?"

„In Landshut."

„Wo genau?"

„In einem Gasthaus. Der Name ist mir leider entfallen. Aber ich würde es wiederfinden."

„Worüber unterhielten sich die beiden Männer?"

„Sie besprachen so etwas wie den Plan zur Verschwörung. Es fielen zum Beispiel Worte wie ‚Gerichtssaal stürmen', und ‚Handgranaten', und ‚Kaltenbrunner, Frank und Schirach'."

„Ist das alles, was Sie gehört haben?"

„Es ist das, was ich einwandfrei verstanden habe. Das andere war zum Teil undeutlich."

„Unklar?"

„Wie? Ach so. Sie sprachen leise oder ich konnte durch die Geräuschkulisse im Lokal nicht klar verstehen."

„Das ist alles?"

„Nein. Ich habe mich dann in das Gespräch eingeschaltet. Habe mich als Sturmbannführer zu erkennen gegeben. Habe gesagt, wie sehr ich die eben gehörte Sache begrüßen würde und so weiter."

„Wie haben die Männer darauf reagiert?"

„Sie waren zuerst argwöhnisch. Dann haben sie ein kleines Verhör mit mir angestellt. Als sie mich für zuverlässig hielten, ließ ihr Mißtrauen nach. Sie schienen bereit zu sein, sich mit mir offener zu unterhalten."

„Und? Taten sie es?"

„Es kam nicht dazu. Leider. Ein dritter Mann erschien und holte sie ab. Er war in Eile. Wohin er sie holte, weiß ich nicht. Auch nicht, warum."

„Haben Sie die beiden Männer danach noch einmal gesehen?"

„Nein. Es war ja erst vorgestern."

„Und was war gestern?"

„Ich brauchte zwei Tage von Landshut bis Nürnberg. Wir Deutsche haben ja zur Zeit keine Berechtigung. Verzeihung. Ich meine, es fährt kein Zug, kein Omnibus und selbstverständlich auch kein Taxi."

„Wie kamen Sie also hierher?"

„Autostopp. Immer nur kurze Strecken. Meistens Lastwagen. Auch amerikanische."

„Können Sie uns die drei Männer beschreiben?"

„Ja. Der Jüngere der beiden war ungefähr Mitte Zwanzig. Vielleicht auch älter, das kann man heutzutage schwer schätzen. Lassen Sie mich überlegen. Ja! Volle Lippen. Schmächtige Statur."

„Farbe der Haare?"

„Blond. Dunkelblond."

„Irgendein besonderes Kennzeichen?"

„Wenn Ihnen das weiterhilft: der Nagel seines ...", er dachte nach, „seines rechten Mittelfingers war merkwürdig verstümmelt. Wie nach einer schlecht ausgeheilten Verletzung."

„Und der andere Mann?"

„Der andere war gut zehn Jahre älter und führte das Wort. Gewellte Haare. Dicht. Graublond, wenn es das gibt. Kantiges Gesicht. Ja."

„Kein Kennzeichen?"

„Nein. Zumindest keines, das mir auffiel."

„Und der dritte? Der die beiden abgeholt hat?"

„Den habe ich nur flüchtig gesehen. Sehr groß. Ungefähr so wie ich. Infanterie-Stoffmantel. Grauer Hut."

Clinton wandte sich an Joe. Joe nickte. Er hatte alles stenographiert.

„Halt, noch etwas!" Clinton meinte Steinbronn. „Wissen Sie Namen?"

„Nein", sagte er, „nur der Jüngere der beiden, der mit dem verstümmelten Fingernagel, der wurde von dem älteren einmal mit ‚Ralf' angesprochen. Ob er aber so heißt?"

Clinton gab ihm keine Antwort. Er verließ seinen Platz hinter dem Schreibtisch, stand eine Weile unschlüssig am Fenster, als könne ihm der Blick in den Nachthimmel zu einer Entscheidung verhelfen, und gab schließlich Joe den bekannten Wink.

Joe nickte. Er würde den Mann vorerst hierbehalten. Einige Tage Haft konnten ihm unter Umständen die Zunge lösen.

Die Nürnberger des Silvesterabends, der auf das Jahr 1946 überleitete, hatten das Grauen zu sehr am eigenen Leib kennengelernt. Sie konnten dem Prozeß in seinem jetzigen Stadium beim besten Willen nicht mehr als distanzierte Achtung entgegenbringen.

Für die unmittelbar vom Prozeß Betroffenen sollte das jetzige Stadium freilich eines der entscheidenden werden.

Die Zeit der Einleitung war vorüber. Die Ankläger verdichteten ihre Beweisstücke zu einem unerschütterlichen Gefüge. Die Verteidiger hatten sich in das für sie fremde angelsächsische Prozeßrecht eingearbeitet und waren bereit, ihre so gewonnene Sicherheit auszuspielen. Die Richter rundeten sich ihr Bild vom Dritten Reich und von den Angeklagten mehr und mehr ab. Die Angeklagten erkannten von Stunde zu Stunde stärker den Ernst ihrer Lage.

Den Journalisten und Beobachtern wurde klar, daß sie eine außergewöhnliche Aufgabe zu erfüllen hatten, daß sie zu Geschichtsschreibern wurden.

Raoul Clairon hatte die letzten Tage vor der Wiederaufnahme der Verhandlungen dazu benützt, seine Gedanken zum bisherigen Prozeßverlauf niederzuschreiben. Unabhängig von seinen Kommentaren. Freimütig und ehrlich vor sich selbst. Das Manuskript war nicht für die Öffentlichkeit bestimmt. Er verschloß es im Tresor.

Clinton Keen hatte Steinbronn mehrmals verhört. Ohne erkennbaren Erfolg. Wenn es die Gelegenheit ergab, verbrachte er die Abende mit Bob Hammersmith im Casino. Um der Gefühlsduselei der Feiertage zu entgehen, verbissen sie sich in eine Diskussion, die sich über Tage hinzog: die Auswirkungen des Prozesses auf kommende Generationen. Nichts hatte daneben eine Chance. Weder Texarkana noch Baseball, und schon gar nicht die „Frauleins". Doch sie gelangten zu keinem Ergebnis.

Der US-Hauptankläger Robert Houghwout Jackson war während der zwölftägigen Verhandlungspause nach Paris, Tunus, Kairo, Athen und Luxor geflogen und hatte in Bethlehem dem Weihnachtsgottesdienst beigewohnt. Jetzt befand er sich auf dem Rückflug nach Nürnberg.

Henrike „Berger" war sowohl am Heiligen Abend wie an den zwei Weihnachtstagen von Burgfarrnbach nach Fürth und dann mit der Straßenbahn zum Nürnberger Justizpalast gefahren.

Sie hatte stundenlang vor dem Eisengitter gestanden und hinaufgeblickt zu den Fenstern, um ihrem Mann nahe zu sein. Obwohl sie wußte, daß sich der Gefängnistrakt abseits der Straße befand.

Die Angeklagten hatten die Weihnachtszeit unterschiedlich hinter sich gebracht.

Göring verhielt sich nicht anders als an gewöhnlichen Tagen. Er politisierte mit dem Gerichtspsychologen G. M. Gilbert und entwarf weiterhin seine selbstbewußte Philosophie. Die Lehre vom Weihnachtsfest ließ er nicht gelten. Für ihn galt nur die Realität vom Eigennutz der Menschen und Völker.

Hjalmar Schacht gab sich heiter. Er tat, als hätte er erkannt, daß der Prozeß nicht ihn beträfe. Weihnachten im Gefängnis war für ihn nichts anderes als eine irrtümliche Laune seines langen Lebens. Daß er Hitlers Aufstieg finanzpolitisch ermöglicht haben sollte, wies er weit von sich.

Der Angeklagte „Berger" hatte in der Ruhe der Weihnachtstage Bestandsaufnahme gemacht. Hatte er sein Leben gelebt? Verschenkt? Mißbraucht? Forderte ihn nicht sein Gewissen dazu auf, etwas gutzumachen?

Er ging mit sich selbst zu Gericht. Immer und immer wieder verdeutlichte er sich in aller Klarheit seine Stationen im Dienste Hitlers. Er zermarterte sich das Gehirn, um seine Schuld offenzulegen, und gleichzeitig, um einen Ausweg daraus zu finden.

Doch wie er es auch anstellte, er blieb an den Geschehnissen von Dubno hängen.

Dubno gehörte zu Polen. „Berger" lernte den Ort nur aus dem Fond seines BMW heraus kennen. Schon am Tag danach konnte er sich nicht mehr erinnern, ob es ein großer oder kleiner Ort gewesen war, ob er den Ort auf der Hauptstraße durchquert oder auf Nebenstraßen umfahren hatte.

Das einzige, was er von ihm wußte, war, daß Dubno am Rand der Ukraine zwischen Ternopol und Rovno lag, auf einem Hochplateau nahe der russischen Grenze.

Sein Besuch galt den im Bau befindlichen Lagerhallen für Getreide auf dem ehemaligen Flugplatz. Bei einem Routineaufenthalt in Lemberg hatte man ihn von der starken Verzögerung des Baues unterrichtet. Da es von Lemberg nach Dubno kaum drei Autostunden waren, nahm er die Gelegenheit wahr, sich selbst ein Bild vom Stand der Hallen zu machen.

Als sich sein BMW dem Baugelände näherte, hörte „Berger" die Gewehrsalve. Er ließ anhalten. Eine zweite Salve. „Berger" forderte seinen Adjutanten auf, mit ihm zusammen den Schüssen nachzugehen.

Sie kamen an eine kleine Schlucht. Von oben sahen sie, wie etwa hundert Menschen von einigen SS-Männern gezwungen wurden, sich auszuziehen. Sie mußten ihre Kleidung nach Schuhen, Oberkleidung, Unterwäsche und Inhalt der Taschen getrennt auf verschiedene Haufen legen.

Jetzt erkannte „Berger", daß es sich um Juden handelte. Er hatte an ihrer Oberkleidung die gelben Sterne entdeckt. Die Männer, Frauen und Kinder kamen den Befehlen der SS-Männer ohne Weigerung nach. Sie küßten sich und nahmen voneinander Abschied. Frauen zogen ihre Kinder auf die Arme und preßten sie an sich. Eine der Frauen, die ein kaum zweijähriges Kind hielt, wiegte es, und das Kind jauchzte und strampelte vor Freude.

Ein Mann hielt die Hand eines etwa sechsjährigen Jungen und sprach ruhig auf ihn ein. Anscheinend versuchte er, dem Jungen den Abschied zu erklären. Seine Hand deutete zum Himmel.

Die SS-Männer drängten die Familien auseinander, trennten die Männer von ihren Frauen und die Frauen von ihren Kindern und trieben eine Gruppe von Männern hinter einen Erdwall. Dann krachten die Salven.

„Berger" spürte, wie ihm übel wurde. Er ging zurück zum Wagen. Im Baubüro erklärte ihm ein SS-Offizier, die jüdischen KZ-Häftlinge seien für die Verzögerung des Baues verantwortlich gewesen.

„Berger" schwieg. Er stellte keine Fragen. Nicht die Frage, ob denn auch Kinder für den Bau verantwortlich waren. Nicht, ob eine Verhandlung vor dem Kriegsgericht vorangegangen sei. Ja, nicht einmal, wer den Befehl zu den Erschießungen erteilt hatte.

Er schwieg, obwohl ihm bekannt war, daß er die Oberhoheit über alle Arbeiter in diesem Gebiet hatte. Daß er nicht nur zuständig war für die Ankurbelung und Aufrechterhaltung der Versorgung, nein, auch für den generalstabsmäßigen Einsatz der Arbeiter und die Erhaltung ihrer Arbeitskraft.

Er fuhr von Dubno ab und schwieg. Er schwieg in Lemberg, und in Berlin. Er schwieg vor Hitler, und er schwieg vor Himmler und auch vor seinen Kollegen. Ja, er schwieg sogar vor Henrike.

Erst jetzt war ihm dieses Schweigen in seiner völligen Auswirkung zum Bewußtsein gekommen. In der Abgeschiedenheit seiner Zelle faßte er einen Entschluß. Er würde sprechen. Er war bereit, von sich aus vor dem Gericht sein „Nichtschuldig" zu widerrufen und sich zur Schuld zu bekennen.

Am Neujahrstag würde Dr. Vesenstedt ihn aufsuchen. Vor der Wiederaufnahme des Prozesses wollte er mit ihm noch einmal die Marschroute seiner Verteidigung festlegen. Bei dieser Gelegenheit würde „Berger" ihn von seinem Entschluß in Kenntnis setzen.

Heute am Silvesterabend saß er auf seiner Pritsche, faltete die Hände und betete. Für Henrike. Für seine Opfer. Für deren Angehörige. Für sich. Und er konnte wieder beten.

An diesem Abend heulte im Gebiet von Hamburg ein Sturm. Er kam von Nordnordost und trieb Staub, kleine Äste und Abfall vor sich her. Gegen die Ufer der Unterelbe klatschten die Brecher in rhythmischen Abständen.

Nicht weit von hier verlief die Landstraße von Blankenese nach Wedel. Kurz vor Wedel stand abseits der Straße ein Haus. Es war nicht allzugroß, und das Dach reichte beinahe bis auf die Erde, als beschütze es die Bewohner vor allen Gefahren.

Dieses Haus gehörte Dr. Albert Kausen. Bis kurz vor dem Ende des Krieges bewohnte er es mit seiner Frau Käthe allein. Doch nachdem seine Tochter Ilse und ihre Familie in Altona ausgebombt waren, nahmen sie Ilse mit ihrem Mann Gebhard und ihrer Tochter Barbara bei sich auf.

Albert Kausen war jetzt achtundsiebzig. Erst vor drei Jahren hatte er sich aus seiner Anwaltspraxis zurückgezogen. Jetzt führte sie sein Schwiegersohn Gebhard.

Dr. Gebhard Vesenstedt, der in einer Woche fünfundfünfzig wurde, hatte das Glück, den Krieg ohne Einberufung überstanden zu haben. Als juristischer Vertreter eines großen kriegswichtigen Hamburger Unternehmens war er bis zum Schluß UK gestellt. Er war weder Mitglied der NSDAP noch einer ihrer zahlreichen Unterorganisationen gewesen.

Er war sich darüber im klaren, daß das Schicksal ihn bevorzugt hatte. Denn aus Auseinandersetzungen, die für andere Kollegen Entlassung, Berufsverbot und das KZ bedeutet hatten, war er mehr oder weniger unbeschadet hervorgegangen. Wenigstens nach außen hin.

Nur seine Frau Ilse hatte gewußt, wie sehr er unter der Zeit gelitten hatte, wie abgrundtief sein Haß gegen die Nazis gewesen war.

Als die britische Militärregierung ihn jetzt auf die Liste der Anwälte gesetzt hatte, aus der die Hauptangeklagten des Dritten Reiches ihre Verteidiger auswählen konnten, war er beim Stadtkommandanten von Hamburg vorstellig geworden und hatte seine Streichung von der Liste verlangt. Doch der Stadtkommandant hatte seine Einwände zurückgewiesen. „Es gibt für uns nur zwei Möglichkeiten", hatte er ihm gesagt, „entweder wir entscheiden uns für Nazi-Anwälte oder für Anwälte, die keine Nazis waren. Wir haben uns für die zweite Möglichkeit entschieden."

„Einverstanden", hatte Vesenstedt geantwortet, „ich bleibe auf der Liste. Aber weder als Nazi noch als Nazigegner. Sondern einzig und allein als Jurist."

So war er schließlich zum Verteidiger des Angeklagten „Berger" geworden.

An Silvester nun stand Vesenstedt am Fenster seines winzigen Arbeitszimmers in Wedel. Sein Blick ging in den Sturm hinaus, ohne ihn wahrzunehmen. Etwa zur gleichen Zeit wie „Berger" in seiner Zelle in Nürnberg, hatte auch er sich zu einer Entscheidung durchgerungen. Zu einer Entscheidung, die er sich nicht leichtgemacht hatte.

Seine Frau betrat den Raum. „Gebhard", sagte sie leise, wie um ihn nicht zu stören, „der Engländer ist mit dem Wagen vorgefahren. Er sagt, er hätte sich verspätet. Wenn ihr bis morgen nachmittag in Nürnberg sein wollt, ist jede Minute wichtig."

Vesenstedt wandte sich vom Fenster weg. Nichts in seinem Ausdruck ließ darauf schließen, welchen Gedanken er nachhing. „Bitte, sage dem Chauffeur, daß ich nicht mitkomme."

„Du fährst nicht . . .?"

Seine Frau war bestürzt.

„Nein", sagte er ruhig, „ich lege die Verteidigung nieder."

Als er zwei Tage vor dem Heiligen Abend aus Nürnberg zu Hause eingetroffen war, hatte Ilse Vesenstedt die Unruhe ihres Mannes bereits bemerkt. Sie hatte sie auf die Überbelastung durch die ungewohnte Arbeitsweise geschoben, auf die in Nürnberg widrigen Verhältnisse im allgemeinen.

Als die Unruhe jedoch auch nach den Feiertagen nicht nachließ, drückte sie ihrem Mann seinen Mantel in die Hand und machte mit ihm einen Spaziergang entlang der Elbe.

Ilse Vesenstedt hatte ein untrügliches Gespür dafür, wann ihr Mann sie brauchte. An diesem kalten trockenen Dezembernachmittag wußte sie, daß sie das Gespräch mit ihm suchen mußte.

„Es sind nur noch fünf Tage bis zum neuen Jahr, Gebhard", begann sie und hängte sich bei ihm ein. „Du solltest sie benützen, um an etwas anderes zu denken."

„Ilse, es beschäftigen mich drei Probleme. Sie lassen sich nicht miteinander vereinbaren. Und ich sehe keinen Ausweg."

„Das erste Problem?"

„Das erste Problem ist ein rein juristisches. Ein völkerrechtliches. In Nürnberg wird nach einem Gesetz gerichtet, das von den zu Gericht sitzenden Nationen erst geschaffen wurde, nachdem sie die Angeklagten schon in Händen hatten. Wohlgemerkt: nachdem! Nicht etwa, während die Angeklagten ihre Taten begingen oder *bevor* sie ihre Taten begangen hatten!"

„Und das ist unzulässig?"

„Die Zulässigkeit ergibt sich ausschließlich aus der Machtbefugnis der Sieger."

„Und was hast du dagegen unternommen?"

„Ilse, du verkennst meine Position. Du verkennst das ganze Verfahren. Ja, wir Verteidiger haben dem Gericht eine gemeinsam verfaßte Erklärung zukommen lassen. Wir haben in der Erklärung zum Ausdruck gebracht, daß die Richter nur von einer Seite der Kriegsparteien gestellt würden, nämlich von der Seite der Sieger. Von der Seite, die nicht nur die Verfassung des Gerichts schuf, sondern obendrein auch die Norm des Strafrechts festlegte. Nachträglich festlegte! Die Seite, die Ankläger und Richter zugleich ist! Ein Faustschlag in das Antlitz der Justiz!"

„Und wie hat das Gericht darauf reagiert?"

„Es hat die Erklärung lediglich zu den Akten genommen. Die Verlesung wurde nicht gestattet. Dadurch wurde sie der Öffentlichkeit nicht zugänglich gemacht."

„Aber irgend jemand muß doch zu eurer Erklärung Stellung bezogen haben?"

„Nur Jackson. Er ist Hauptankläger für die Vereinigten Staaten. Er tat das Völkerrecht von 1939 als ‚nichtswürdige Doktrin' ab. Er bezog sich dabei auf den Briand-Kellogg-Pakt von 1928, auf das Genfer Protokoll von 1924, auf eine Entschließung des Völkerbunds von 1927 und auf die 6. Panamerikanische Konferenz."

„Treffen denn diese Hinweise zu?"

„Von der Seite der Alliierten aus gesehen, ja. Von deutscher Seite aus, nein. Aber ich muß zugeben, Jackson hat sich mit dem Problem der erst nachträglich geschaffenen Gesetze sehr wohl auseinandergesetzt. Er ist Idealist. Ein reiner Idealist. Eine über jeden Tadel erhabene Eigenschaft. Doch für den Standort des Juristen unbrauchbar."

„Und in welcher Form beweist er seinen Idealismus?"

„Er vertritt die Meinung: das Naturrecht sei Rechtsgrundlage genug. Und er meint es offenbar ehrlich, wenn er sagt: ‚Wir dürfen niemals vergessen, daß nach dem gleichen Recht, mit dem wir die Angeklagten heute messen, auch wir morgen von der Geschichte gemessen werden.' "

„Und dein zweites Problem?" fragte sie ruhig.

„Mein zweites Problem ergibt sich aus meiner rein persönlichen Einstellung. Ich war nie Nazi, wie du am besten weißt, aber ich war auch kein Widerstandskämpfer. Mein Problem ist, ich stehe mehr auf der Seite des Gerichts, mehr auf der Seite der unzureichenden, erst nachträglich beschlossenen Gesetze. Ich verurteile meinen Mandanten. Aber nicht nur, wie ich einen gewöhnlichen Mörder verurteilen würde. Ich verurteile ihn bis in die tiefsten Wurzeln seines Menschseins."

„Dann brauche ich dich nach deinem dritten Problem nicht mehr zu fragen."

„Nein, das brauchst du weiß Gott nicht. Der Jurist, der gegen das erst neugeschaffene Gesetz steht, von seiner Moral auf die Seite der Anklage getrieben wird und nach berufsethischen Grundsätzen seinen Mandanten vor dem Galgen retten soll!" Er schüttelte den Kopf. „Nein, das kann einfach nicht gutgehen!"

Sie waren vor dem Haus angelangt.

„Hast du es schon mit Barbara besprochen?" fragte Ilse.

„Nein", sagte er, „in Nürnberg blieb uns keine Zeit dazu. Und hier wollte ich erst einmal selbst damit fertig werden."

„Barbara hat dir sehr geholfen, ja?“ Seine Tochter hatte ihm in Nürnberg als Sekretärin assistiert.

„Doch, ja.“

Jetzt am Silvesterabend hatte er sich also zu dieser Entscheidung durchgerungen. Im kleinen Arbeitszimmer stand Ilse fassungslos vor ihm.

„Wir haben uns schon lange nicht mehr darüber unterhalten, Gebhard“, sagte sie kaum vernehmlich, „aber als wir das letzte Mal darüber sprachen – war es nicht nach der Beerdigung deines Vaters? –, da bekannten wir uns beide rückhaltlos zum Christentum, zu unseren Religionen.“

„Ich bekenne mich auch heute noch dazu. Heute mehr denn je.“

„Dann bitte ich dich, nur eine Frage zu beantworten. Ohne Einschränkung.“

„Ich weiß, worauf du hinauswillst. Es ist müßig, Ilse, sieh es bitte ein.“

„Würdest du als katholischer Priester einem Sterbenden die Letzte Ölung verweigern?“

„Ilse, so glaube mir, es ist zwecklos –.“

„Bitte, beantworte mir die Frage.“

„Meine Entscheidung gibt ja indirekt die Antwort darauf, so versteh mich doch.“

„Ich möchte die Antwort Wort für Wort aus deinem Mund hören, Gebhard. Würdest du als katholischer Priester einem Verbrecher keinerlei geistlichen Zuspruch zugestehen? Würdest du ihm als Mediziner jede ärztliche Hilfe verwehren?“

„Ilse, ich bitte dich –!“

Ein Geräusch in ihrem Rücken ließ sie den Kopf wenden. In der Tür stand Barbara.

Sie war reisefertig. Durch die strenge Frisur wirkte sie wesentlich älter als zweiundzwanzig Jahre.

Verwundert sah sie von einem zum anderen. „Hier seid ihr? Ich suche euch schon im ganzen Haus. Der Engländer sagt, wir müssen uns beeilen.“

Essenbach war ein kleiner unbedeutender Ort in der Nähe Landshuts. Ein Rathaus. Eine Schule. Zwei Kirchen. Mehrere Wirtshäuser. Die Menschen gehörten zum alten niederbayerischen Schlag. Sie redeten wenig und kümmerten sich nicht um Politik und um die große Weltgeschichte. Der Krieg war an Essenbach vorbeigegangen.

Die letzten Tage vor seinem Ende jedoch hatten – wie alle niederbayerischen Orte – auch Essenbach mit Flüchtlingen aus dem nördlichen Teil Deutschlands überschwemmt. Die meisten von ihnen setzten sich auf Jahre hinaus hier fest, viele für immer. Essenbach war aus seiner Ruhe aufgeschreckt.

Die Einheimischen betrachteten die Fremden mit Argwohn. Einer dieser Fremden war ein junger Mann namens Werner Ruland. Er kam aus Berlin. Da er Meteorologie studierte, war er UK gestellt gewesen.

Seine Eltern und seine beiden Brüder waren bei einem Luftangriff ums Leben gekommen. Er und seine um ein Jahr jüngere Schwester Karin blieben von der Familie übrig. Nachdem sich die russische Armee bis Fürstenwalde bei Berlin herangeschoben hatte, überredete er Karin, mit ihm die Stadt zu verlassen. Sie verstauten die ihnen verbliebenen Habseligkeiten in einen Koffer aus Preßpappe und schlossen die ausgebombte Wohnung an der Lietzenburger Straße hinter sich ab.

Über Magdeburg, Erfurt, Bayreuth und Burglengenfeld kamen sie schließlich nach Essenbach. Hier fanden sie Unterschlupf auf einem Bauernhof. Im Anbau der Scheune richteten sie sich die Gerümpelkammer häuslich ein. Zwei Tage später wurde Essenbach von den Amerikanern besetzt.

Der Koffer aus Preßpappe war in der Zwischenzeit aus allen Fugen geraten. Schnüre und Stricke hielten ihn nur noch dürftig zusammen. Nichts war Werner und Karin von früher geblieben. Ihre geschwisterliche Liebe war das einzige, was ihnen einen Halt gab.

Die ersten Wochen arbeiteten sie beide auf dem Hof und verdienten sich damit Unterkunft und Essen. Als die Ämter in Essenbachs Rathaus die Arbeit wieder aufnahmen, meldeten sie sich an und erhielten Flüchtlingsausweise und Lebensmittelkarten.

Eines Tages fiel Karin einem US-Lieutenant auf. Er überging das Fraternisierungsverbot und riskierte damit seine Degradierung. Er hatte sich in Karin verliebt.

Von da an kamen Werner und sie in den Genuß der amerikanischen Heeresverpflegung: Peanutbutter. Weißbrot, Bohnenkaffee. Lucky Strikes. Schokolade.

Im Oktober nahm er sie auf eine Fahrt nach München mit. Er hatte im Headquarter der Militärregierung für Bayern zu tun. Bei dieser Gelegenheit lernte sie Raoul Clairon kennen.

Als er im Gespräch von ihren Kenntnissen in Stenographie und Maschineschreiben erfuhr, fragte er sie spontan, ob sie für die Dauer des Prozesses in Nürnberg seine Sekretärin sein wollte.

Werner hatte nichts dagegen. Im Gegenteil, er erkannte die einmalige Chance, die ihr geboten wurde. Schon eine Woche später traf die Unbedenklichkeitsbescheinigung der Militärregierung ein. Clairon hatte es in die Wege geleitet.

Anfang November holte Kretzschmer sie ab. Seitdem war sie in Nürnberg und hatte ihren Bruder nicht mehr gesehen.

Jetzt während ihres Weihnachtsurlaubs war ihre beiderseitige Freude um so größer, wieder beisammen zu sein.

Es war schon der Tag ihrer Abreise, als Werner sie zur Pferdekoppel führte. „Kleines, du könntest mir einen Gefallen tun."

„Jeden, Werner, das weißt du." Sie klopfte einem Braunen den Hals.

„Einen Gefallen, der mit deinem Chef zusammenhängt."

„Mit Clairon?" Sie ließ ab vom Pferd.

„Ja. Ich kenne da ein Mädchen. Gisela heißt sie. Gisela Silinski. Sie würde rasend gerne die Arbeit einer Sekretärin beim Prozeß am eigenen Leib erleben."

„Reporterin?"

„Nein. Sekretärin wie du. Vielleicht nicht ganz so hübsch. Vier Jahre älter als ich. Dreißig. Sehr attraktiv. Nicht blond, sondern rotbraun."

Sie unterbrach ihn. „Warum erzählst du mir das alles? Damit ich sie bei Clairon anpreisen kann?"

„Vielleicht."

„Er fliegt nur auf blond.“

„Ernsthaft, Kleines. Gisela möchte gerne für einige Tage deinen Platz einnehmen.“

„Was – ?“ Sie sah ihn mit großen Augen an.

„Ist das so etwas Ungewöhnliches? Viele Mädchen würden gerne in Nürnberg Sekretärin spielen. Sie kennen nur nicht die richtigen Leute. Ich aber bin dein Bruder. Und du kennst Clairon.“

„Aber Werner, wie stellst du dir das vor? Jetzt mitten im Prozeß! Das sind doch Hirngespinste. Clairon gibt niemals seine Zustimmung. Er kann sie auch nicht geben. Ich bin eingearbeitet. Und nur, weil ein Mädchen sich in den Kopf gesetzt hat ...“

„Nicht nur – !“ Er hielt den Atem an. Beinahe hätte er eine nicht wiedergutzumachende Unvorsichtigkeit begangen.

„Sondern wegen was?“

„Ach nichts. Eine private Sache.“ Ob Karin wohl spürte, daß er sie belog? Daß er sie belügen mußte, um sie nicht in Gefahr zu bringen?

„Es tut mir leid, Werner. Für dich. Aber du siehst es ein? Es ist sinnlos, Clairon mit so einer Bitte zu kommen.“

„Du sollst Clairon nicht bitten.“ Sein Blick ging über die Koppel hinweg.

„Dann ist es gut.“

„Du sollst ihn vor die vollendete Tatsache stellen.“

„Ich soll was?“ Ihre Stimme schwankte.

„Es wird ganz einfach sein, Kleines, glaube mir. Du wirst krank. Plötzlich. Über Nacht. Kreislaufkollaps oder ähnliches. Du verständigst Clairon. Sagst ihm gleichzeitig, daß du ihm einen Ersatz bietest. Einen erstklassigen und ausnehmend attraktiven. Einen Ersatz, der die Nürnberger Arbeitsweise aus dem Effeff kennt. Na ja, und nach einigen Tagen kommst du wieder zurück.“

„Werner, das ist doch nicht dein Ernst?“

„Warum denn nicht, Kleines? Den Amis kann man nur mit Phantasie begegnen, hab' ich recht?“ Er nahm sie in den Arm und drückte sie ausgelassen an sich.

„Aber du glaubst doch nicht, daß Clairon auf so etwas eingeht?“ Sie löste sich von ihm.

„Aber es ist die einzige Chance für Gisela.“

„Liegt dir denn so viel an ihr?“

„Ja“, sagte er mit fester Stimme.

„Also gut“, sagte sie, „ich werde dir helfen. Und wann?“

„Es hat noch Zeit. Kommt darauf an, wann Gisela kann. Ich wollte nur erst einmal dein Einverständnis haben. Ich sag’ dir früh genug Bescheid.“

Sie gingen zurück zum Haus. „Bist du nun zufrieden?“ fragte sie.

„Ja“, sagte er und drehte dabei sein Gesicht weg, und sie dachte, wie schön, es ist das erstemal, daß Werner ernsthaft in ein Mädchen verliebt ist.

Hätte sie geahnt, daß Werner das Mädchen überhaupt nicht kannte, sie wäre an ihm verzweifelt. Hätte sie vom Besuch eines jungen Mannes in Essenbach gewußt, bei dem der Nagel des rechten Mittelfingers merkwürdig verstümmelt war . . .

. . . es war am 20. Dezember, einen Tag vor dem Besuch Karins bei Werner Ruland. Er schüttete gerade den Schweinen Kartoffelabfälle in den Trog. Mit einem Mal hörte er hinter sich ein Geräusch.

Im Halbdunkel des Stalles zeichnete sich die Silhouette eines Mannes ab. Sein deutscher Militärmantel reichte ihm bis zu den Knöcheln. „Kennst du mich noch?“

„Menschenskind, Ralf, du?“

„Ja. Ich.“

„Mann, Ralf, wo kommst du her?“

Einen Herzschlag lang standen sie stumm voreinander. Dann lagen sie sich in den Armen und feierten das Wiedersehen zweier Schulkameraden.

Werner tischte in seiner Unterkunft die halbe Flasche Rotwein auf, die ihm der Bauer geschenkt hatte, und sie ließen die Zeit in Berlin hochleben. Sie hatten sich seit mehr als acht Jahren nicht gesehen. Jetzt saßen sie sich gegenüber, als kämen sie aus verschiedenen Welten. Werner Ruland, im groben Leinenhemd des Bauern, schon wieder etwas zu Kräften gekommen. Ralf Schilling in einer zerschlissenen Uniformjacke, von der Spiegel und Abzeichen entfernt waren, abgemagert, mit tiefliegenden flackernden Augen.

Die Dämmerung zog schon herauf, als Ralf Schilling auf den wahren Grund seines Besuches zu sprechen kam.

„Werner, ich habe zwar durch Zufall von dir erfahren. Aber dieser Zufall paßte wie maßgeschneidert in mein Konzept. Genauer gesagt, in unseres."

„Unseres? Wen meinst du damit?"

„Unsere Organisation. Waffen-SS."

„Du warst bei der Waffen-SS?"

„Sagen wir, ich bekam mit ihr Fühlung. Im letzten Jahr des Krieges."

„Und was habe ich damit zu tun? Du weißt, Ralf, daß ich mich für die Nazimasche nie begeistern konnte."

„Ja, ich weiß es. Aber du weißt auch, daß ich zuletzt immerhin HJ-Bannführer war."

„Das ist mir neu." Werner erhob sich, er wollte das Gespräch beenden.

„Und was du damit zu tun hast, will ich dir gerne erklären", sagte Ralf Schilling und blieb sitzen, „du mußt nur genau zuhören." Sein Ton war auf einmal kühl und sachlich, und Werner fühlte sich ihm unterlegen.

Ralf Schilling hatte in den letzten Wochen des Krieges eine Einheit von Hitlerjungen befehligt, die zusammen mit Resten der 17. SS-Division, einer ehemaligen Elitetruppe, die sogenannte Alpenfestung verteidigen sollte.

In der Nähe von Rosenheim war für ihn der Krieg zu Ende. Gemeinsam mit einigen SS-Führern schlug er sich bis München durch. Dort tauchten sie unter, um einer Haft durch die Amerikanern zu entgehen. Sie lebten vom schwarzen Markt. Nach und nach stellten sie eine illegale Organisation ehemaliger Angehöriger der Waffen-SS auf die Beine. Sie sollte dazu dienen, den Aufbau der Besatzungsmacht zu stören. Bombenanschläge auf amerikanische Unterkünfte, Sabotage an Elektrizitätswerken und Wasserspeichern waren geplant.

Die Amerikaner jedoch hatten davon erfahren und konnten die

Organisation zerschlagen. Bis auf ihren harten Kern. Dieser Kern wurde nun in den vergangenen Wochen zu einem Netz über alle vier Besatzungszonen erweitert.

„Ziel der neuen Organisation ist es", sagte Schilling gedehnt, „den Nürnberger Prozeß, sagen wir's milde, zu beeinflussen."

„Ihr seid ja verrückt", sagte Werner Ruland und erschrak über seine ihm fremde, belegte Stimme.

„Es steht dir frei, uns so zu bezeichnen, wenn du willst", sagte Ralf Schilling, „aber eines Tages wirst auch du begreifen, daß wir für Deutschland gehandelt haben." Er stand auf und trat zum kleinen Fenster. „Und für Deutschland ist kein Risiko zu groß!" Mit einer schnellen Bewegung drehte er sich Werner Ruland zu. „Merk dir das: wir gehen aufs Ganze! Wer sich uns in den Weg stellt, ist zum Tod verurteilt!"

„Du wolltest mir erklären, was ich damit zu tun habe", sagte Werner lächelnd. Er hatte sich wieder in der Gewalt. Ralf Schillings Erzählungen erschienen ihm als Auswüchse eines kranken Gehirnes, die nicht ernst zu nehmen waren.

„Zur Erkundung des Geländes war ich in Nürnberg", sagte Schilling ungerührt, „und da sah ich Karin. Ein paar Tage später wußte ich, daß sie im Justizpalast arbeitet, wo sie wohnt, mit wem sie verkehrt, alles über Clairon und das ganze Drumherum. Ich komme zu dir mit einer simplen Bitte. Du hast weiter nichts zu tun, als Karin zu einer Krankheit zu überreden."

„Verrückt!"

„Solltest du dich allerdings weigern oder nicht dichthalten, geben wir Karin keine drei Tage mehr." Er griff in die Tasche seines weiten abgetragenen Militärmantels und hielt Werner eine Mauser unter die Nase. „Wir haben ein von den Amis vergessenes Depot der SS-Divison ‚Flandern' ausgehoben. Willst du noch mehr wissen?"

„Nein", sagte Werner tonlos, „wenn du nicht zuviel von mir verlangst."

Da erzählte Ralf Schilling von dem Mädchen, das Gisela Silinski hieß.

3

Das Counter Intelligence Corps wurde am Anfang des Jahres 1942 aufgestellt. Es ging aus der Intelligence School hervor, die im Camp Ritchie in Pennsylvania schon Jahre vorher bestand.

In dieser Intelligence School wurden unter anderem Verhöre deutscher Kriegsgefangener ausgewertet, Kriegsverbrechen registriert und psychologische Kriegführung gelehrt.

Das CIC wurde der Armee angegliedert. Es setzte sich aus Zivilisten und Angehörigen der Streitkräfte zusammen.

Das CIC Headquarter für Deutschland war in Oberursel bei Frankfurt am Main. Dort fanden auch Verhöre der führenden Nationalsozialisten statt.

Die US-Besatzungszone war in 7 CIC-Regionen unterteilt: Hessen, Nordbaden-Nordwürttemberg, Bremen, Berlin, Oberbayern-Schwaben, Niederbayern-Oberpfalz und Franken.

Das Headquarter für die Region Nummer 6 befand sich in Bamberg. Das CIC Nürnberg zählte als seine Nebenstelle.

Dennoch fühlte sich Clinton Keen als sein eigener Herr. Er war seit den ersten Anfängen dabei und einer der wenigen, die mit geradezu verbissener Zielstrebigkeit die Aufnahme in das CIC beabsichtigt hatten.

Er fühlte sich als so etwas wie ein „Gründungsmitglied".

Clintons Vater hieß Andreas Scharf und stammte aus dem Nürnberger Vorort Buchenbühl. Er war mit 21 Jahren in die Staaten ausgewandert. Innerhalb weniger Jahre fühlte er sich als Amerikaner und änderte seinen Namen in „Keen" um.

Als er es mit neunundzwanzig zum Manager einer Brotfabrik gebracht hatte, heiratete er Millicent Howler, die Tochter des Besitzers. Sie bekamen drei Söhne. Clinton war der jüngste. Nachdem er erfahren hatte, daß sein Vater aus Deutschland stammte, überfiel ihn ein geradezu unstillbares Interesse an diesem Land und seinen Menschen. Alles, was er darüber in Erfahrung bringen konnte, begeisterte ihn.

Mit zwanzig lernte er seine deutschen Großeltern kennen, die über den Ozean zu einem Besuch nach Texarkana kamen. Er verehrte sie von der ersten Minute an. Nachdem sie wieder nach Deutschland zurückgekehrt waren, hielt er mit ihnen einen regen Briefverkehr aufrecht. An der Universität von Dallas studierte er die deutsche Sprache. Sieben Jahre nach der Rückreise der Großeltern, genau am 11. März 1937, kam dann ein Brief mit dem Poststempel von Rotterdam. Der Brief war von Freunden seiner Großeltern. Die Großeltern waren tot. Niedergeknüppelt und gestorben in einem von Hitlers Lagern für politisch Andersdenkende, einem Lager bei einem Ort mit dem Namen Papenburg.

Von diesem Tag an haßte Clinton die Deutschen. Er schwor sich, sie diesen Haß, wo immer er Gelegenheit finden würde, spüren zu lassen.

Am 11. Dezember 1941 erklärte Hitler den Vereinigten Staaten den Krieg. Noch am selben Tag meldete sich Clinton freiwillig zur Army. Seine guten Deutschkenntnisse und seine mehrmaligen Anträge, in Europa Dienst tun zu dürfen, bewirkten, daß er nach einer kurzen Grundausbildung dem CIC zugeteilt wurde. Ab Oktober 1942 befaßte er sich innerhalb der Gruppe der Deutschland-Spezialisten mit Ermittlungen über die Stadt Nürnberg.

Jetzt am letzten Tag des Jahres 1945 war Clinton in seinem BMW 328 auf den Weg zu Bob Hammersmith, um mit ihm den Abend zu verbringen. Mit einem Mal überfiel ihn Mißtrauen gegen sich selbst. Ein Mißtrauen, das durch das letzte Gespräch mit Bob ausgelöst worden war.

Am Laufertorgraben hielt er an. Benahm er sich in seinem Haß gegen die Deutschen in bezug auf Steinbronn etwa verblendet? Konnte er in seiner abgrundtiefen Feindschaft nicht mehr klar denken und handeln? Setzte er sich damit nicht über die Anordnungen seiner Dienststelle hinweg? War er berechtigt gewesen, Steinbronn einzusperren, ohne seinen Aussagen auf der Stelle nachzugehen?

Das Gefühl, in seiner blindwütigen Abneigung gegen alles Deutsche einen Fehler begangen zu haben, ließ Clinton nicht mehr los. Er wünschte es zur Hölle. Da kam ihm ein Gedanke.

Mit einer schroffen Bewegung schaltete er auf den ersten Gang, riß den BMW herum und fuhr anstatt zu Bob zum Büro zurück. Durch die Wache ließ er Joe verständigen.

Joe war in einer knappen halben Stunde zur Stelle, Clinton erklärte ihm sein Vorhaben, und Joe begab sich umgehend an die Arbeit, um das Nötige einzuleiten.

Als von der Kirche in Ziegelstein dünne Glockentöne zum Einläuten des neuen Jahres herüberklangen, hatte Joe den Mann ausfindig gemacht, der für Clintons Unternehmen in Frage kam: Richard Billsteiner, ein deutscher Kriminalbeamter aus der Zeit vor 1933. Joe weihte ihn in die Sache ein.

Clinton ließ Steinbronn im Vernehmungsraum vorführen. Billsteiner beobachtete ihn durch ein Guckloch von Joes Büro aus.

Harald Erich Steinbronn hatte nichts von seinem Selbstbewußtsein verloren. Nach wie vor begrüßte er Clinton mit einer exakten militärischen Verbeugung. Sein Kinn war angehoben, die Miene seines Habichtgesichts undurchdringlich, und die Stimme klang knarrend, als befände er sich auf einem Kasernenhof.

Clinton setzte sich auf die Kante des Schreibtisches und streckte seine langen Beine von sich. Wie um den Auftakt zu seinem Gespräch zu geben, fuhr er sich mit gespreizten Fingern durch den Bürstenhaarschnitt. „Steinbronn, ich lasse Sie frei."

„Danke."

„Allerdings nur bedingt. Wie sagt man bei Ihnen? Auf Ehrenwort."

„Bedeutet das, daß ich Nürnberg nicht verlassen . . .?"

„Im Gegenteil. Das bedeutet, daß Sie Nürnberg verlassen müssen. Daß Sie von uns unauffällig nach Landshut geschleust werden. Daß Sie in Landshut die Verbindung zu einem Ihrer drei angeblichen Verschwörer aufnehmen. Daß Sie uns alles Material über sie liefern. Daß Sie sozusagen in unsere Dienste treten."

Steinbronn überlegte. „Und Sie vertrauen mir?"

„Nein. Das tue ich nicht. Sie werden unter ständiger Beobachtung stehen. Durch einen unserer Männer. Er wird Sie nicht aus den Augen lassen."

„Aber ist das nicht gefährlich für Sie?"

„Machen Sie sich darüber keine Gedanken. Der Mann wird im

Hintergrund bleiben. Sie selbst werden nicht wissen, wer unser Mann ist."

„Aber ich könnte ihn zum Beispiel entdecken, ausschalten und fliehen."

„Nein", sagte Clinton hart, „das können Sie nicht. Sie kämen nicht aus Landshut heraus. Sie wären ein toter Mann. Ganz abgesehen davon", lenkte er ein, „wollen nicht nur wir etwas von Ihnen, sondern auch Sie eine ganze Menge von uns."

„Kann ich das etwa so verstehen, daß ich bei guter Arbeit ein dementsprechendes Papier ausgestellt bekomme?"

„Das heißt soviel wie: wir werden darüber reden können."

„Und wenn es mir nicht gelingt, einem der drei Männer zu begegnen?"

„Sie werden einem von ihnen begegnen. Einem oder womöglich sogar allen dreien. Seien Sie unbesorgt. Die Bewegungsfreiheit für Deutsche ist nicht allzugroß." Im stillen setzte er ein „Gott sei Dank" hinzu.

„Na schön", sagte Steinbronn und straffte seinen Oberkörper, „ich werde mein möglichstes tun. Wie soll die Sache im einzelnen ablaufen?"

„Sie werden noch heute nacht nach Landshut gebracht. Im Vorort Achdorf werden Sie abgesetzt. Dort gibt es einen Gasthof ‚Zum Zollhaus', da quartieren Sie sich ein."

„Und wenn ich kein Zimmer bekomme?"

„Es ist alles vorbereitet. Sie treten unter Ihrem Namen und Ihrem ehemaligen Dienstgrad auf."

„Von was werde ich leben?"

„Sie bekommen Geld. Sollten Sie danach gefragt werden, erklären Sie es als finanzielle Unterstützung einer großen illegalen Nazi-Organisation."

„Wie nehme ich mit Ihnen Kontakt auf?"

„Landshuts größte Kirche ist die Kirche von St. Martin. Ihre Schäden sind nicht allzugroß. Wenn Sie die Kirche durch den ersten Seiteneingang der Kirchgasse betreten, ist links neben dem Eingang eine Nische. In dieser Nische steht ein doppelter Beichtstuhl. Im rechten Beichtstuhl ist das Brett der Kniebank locker.

Unter diesem Brett ist Ihr Briefkasten. Dorthin legen Sie alle Ihre Nachrichten. Der Briefkasten wird dreimal am Tag geleert. Unsere Befehle erhalten Sie auf dem Weg über Ihre Unterkunft."

„Wieviel Zeit geben Sie mir?"

„Eine Woche. Wenn Sie innerhalb einer Woche keinen Erfolg aufweisen können, werden wir Sie aller Voraussicht nach hierher zurücktransportieren. Das ist alles, was Sie zu wissen haben."

„Ich habe nur noch eine Frage", sagte Steinbronn, und um seine Mundwinkel spielte ein flüchtiges Lächeln, „wie ist es Ihnen möglich, mir derart detaillierte Angaben zu machen? Zum Beispiel über die Kirche?"

Clinton lachte. Es war das erste Mal, daß er es in Steinbronns Gegenwart tat. „Aber Herr Sturmbannführer!" lachte er, „auch in Landshut gibt es ein CIC. Und tote Briefkästen haben doch auch Sie in aller Welt gebraucht, oder täusche ich mich?"

„Entschuldigen Sie bitte", sagte Steinbronn verstört. Er erkannte, daß er eine Dummheit begangen hatte. Ob dieser CIC-Beamte ihm daraufhin den SS-Sturmbannführer noch glaubte?

Für Clinton stellte sich diese Frage nicht. Ob Steinbronn tatsächlich im Reichssicherheitshauptamt gearbeitet hatte oder irgendwo anders, war ihm im Augenblick gleichgültig. Er benützte ihn nur als Lockvogel. Als Lockvogel, der, ohne es zu wissen, unter Umständen sein Leben aufs Spiel setzte.

Der britische Sergeant fuhr den Humber-Staffcar an den Straßenrand. Er drehte sich halb zu seinen Fahrgästen im Fond um.

„Batterie!"

„Was können wir tun?" Vesenstedts Frage galt sowohl dem Fahrer als auch seiner Tochter Barbara, die neben ihm saß.

„Ich sehe zu, irgendwo eine Batterie aufzutreiben", sagte der Sergeant und stieg in die dunkle Nacht hinaus.

„Hast du eine Ahnung, wo wir sind?" fragte Vesenstedt seine Tochter.

„Wenn ich mich nicht täusche", sagte sie, „habe ich vorhin ein Schild ‚Elze' gesehen."

„Elze", sagte Vesenstedt, „dann wären wir ja schon ein ziemliches Stück hinter Hannover." Er schlug den Kragen seines Mantels hoch und drückte sich in die Ecke des Fonds, um sich vor der Kälte zu schützen.

Es war kurz nach 3 Uhr morgens. Sicherlich schlief Ilse jetzt tief und fest. Ob sie wohl mit seinem Hals über Kopf geänderten Entschluß einverstanden gewesen war? Oder ob sie ihn jetzt nach all den Jahren für einen Mann ohne Grundsätze hielt?

Sein Blick ging zu Barbara.

Barbara, dachte er, das Mädchen, das eigentlich ein Junge hätte werden sollen und das dann nach und nach ein jungenhaftes Mädchen geworden war.

Wenn Barbara nicht gewesen wäre, säße er jetzt nicht in dunkler kühler Nacht in einem Wagen ohne Fahrer und ohne brauchbare Batterie, an einer einsamen Straße in der Gegend von Elze. Wenn Barbara ihn nicht wirklich überzeugt hätte, wäre er mit Gewißheit nicht mehr zu einer Fahrt nach Nürnberg bereit gewesen.

Barbara hatte gestutzt, als er keine Anstalten gemacht hatte, mit ihr zum Wagen zu gehen.

„Ich bleibe", hatte er gesagt, „ich lege meine Verteidigung nieder."

Ja, und damit hatte die Diskussion mit ihr begonnen. Sie dauerte gut und gerne eine halbe Stunde. Ihrem abschließenden Argument mußte er sich schließlich beugen. „Paps, gib es zu", hatte sie gesagt, „dies ist nicht nur ein Prozeß gegen die Hauptangeklagten, sondern auch gleichzeitig ein Prozeß gegen die von den Hauptangeklagten vertretenen Organisationen."

„Ja", hatte er geantwortet, „das stimmt."

„Die Urteile dieses Prozesses wirken sich auf die Urteile der Personen aus, die diesen hier mitangeklagten Organisationen angehörten. Paps, kannst du es tatsächlich mit deinem Gewissen vereinbaren, Tausende dir unbekannter Menschen, ja vielleicht sogar Hunderttausende, im Stich zu lassen, nur weil du berechtigten Abscheu vor deinem einen Mandanten empfindest? Mußt du dich nicht vielmehr zusätzlich als Verteidiger der mit deinem Mandanten angeklagten Organisationen fühlen und als Verteidiger derer, die ihnen unschuldig im Sinne der Anklage angehörten?"

Das hatte den Ausschlag gegeben.

Dr. Gebhard Vesenstedt hatte die Rückreise nach Nürnberg angetreten.

Sie saßen jetzt schon beinahe eine Stunde fest. Seitdem war nur ein Lastwagen vorbeigekommen und hatte mit seinen Scheinwerfern die Szenerie im Inneren des Humber-Staffcar erhellt.

Vesenstedt drehte sich zu Barbara hin. „Schläfst du?"

„Nein", kam es aus der Dunkelheit, „ich denke nach."

„Und worüber?" Er war nicht abgeneigt, sich mit ihr zu unterhalten. Ein Gespräch würde das Warten verkürzen.

„Ich denke darüber nach", sagte sie leise, „ob einer der Angeklagten wohl die Chance hat, dem Galgen zu entgehen. Sie müssen doch mit dem Henker rechnen, oder etwa nicht?"

„Ja", sagte er, „ich glaube nicht, daß man ihnen eine militärische Exekution zubilligt."

„Wem von ihnen gibst du also eine Chance? Göring vielleicht? Oder gar Frank? Glaubst du, daß einer von ihnen davonkommt? Dönitz? Raeder? Schirach? Speer?"

„Du weißt, Barbara", sagte er, „daß ich mich dagegen sträube, den Prozeß als Kollektivanklage zu sehen. Wenn einen auch die bisher von der Anklage vorgebrachten Fakten oftmals zu einer solchen Sicht verleiten."

„Gut. Nehmen wir Göring. Welche Chance hat er?"

„Ich kann nicht hinter die Stirn des Gerichts sehen. Meiner Meinung nach hat er keine Chance. Er trug nicht nur große Verantwortung, er ist auch nach wie vor durchdrungen vom unseligen Geist dieser Katastrophe."

„Muß man ihm nicht naive Wichtigtuerei zugute halten?"

„Nicht, wenn dadurch ein ganzes Land in Brand gerät."

„Und Schacht? Hat Schacht etwa auch das Volk verführt?"

„Bei Schacht liegen die Dinge anders. Die einen sagen, er gehöre überhaupt nicht auf die Anklagebank. Die anderen sind der Meinung, er war der Ursprung allen Übels. Denn ohne Geld macht bekanntlich die schönste Revolution pleite."

„Aber Schacht hat sich doch schon frühzeitig von Hitler distanziert."

„Aber er steht für das deutsche Großkapital. So wie Schirach für die Hitlerjugend steht, obwohl er längst Gauleiter von Wien war. Und Fritzsche für Goebbels. Oder Kaltenbrunner für die SS, obwohl sein Einfluß dort lange nicht so groß war wie der von Himmler, Heydrich oder beispielsweise Müller als Chef der Gestapo."

„Aber Kaltenbrunner war Chef des Reichssicherheitshauptamtes, der Sicherheitspolizei und des SD."

„Das Reichssicherheitshauptamt entstand erst 1939. Es war die Verwaltung verschiedener Ämter wie Gestapo, Kripo, weltanschauliche Forschung, SD."

„Soll das als Entschuldigung für Kaltenbrunner gelten?"

„Nein, auf gar keinen Fall. Ich wollte nur andeuten, daß neben Schacht auch noch andere Angeklagte für etwas standen, für das eigentlich auch andere stehen könnten."

„Wem also gibst du eine Chance? Kann überhaupt einer dem Galgen entkommen? Einer außer Ley?"

„Außer Ley", sagte er nachdenklich, „vielleicht hast du recht." Er erinnerte sich, was er von einem Nürnberger Kollegen erfahren hatte.

Es war der 25. Oktober 1945. Wenige Wochen vor Beginn des Prozesses. Den Angeklagten ist die Anklageschrift zugeleitet worden. Sie befinden sich schon in ihren Einzelzellen, in denen sie schließlich fast auf den Tag genau zwölf Monate verbringen sollten.

Dr. Robert Ley, ehemaliger Führer der Deutschen Arbeitsfront und Reichsorganisationsleiter der NSDAP, ist der einzige Angeklagte, der nach Kenntnisnahme der Anklage seelisch zusammenbricht. Er trägt Filzpantoffeln und eine US-Feldbluse. Sein früher praller Ausdruck ist völlig erloschen. Klein, nur noch mit der Andeutung eines Bauches, läuft er gespensterhaft in der Zelle rastlos hin und her.

Der Gerichtspsychologe sucht ihn auf. Er hält ihm eine Kopie der Anklageschrift hin. Wie alle anderen Angeklagten soll auch Ley darauf eine erste spontane Stellungnahme niederschreiben. Wie Raeder weigert sich auch Ley.

„Wie soll ich mich wegen Verbrechen verteidigen, wenn ich nichts gewußt habe?“ schreit er. Die Erregung läßt seinen alten Sprachfehler wieder aufflackern. „Stellt uns an die Wand und erschießt uns!“ ruft er mit kippender Stimme, „aber warum soll ich vor einen Gerichtshof geschleppt werden, wie ein – wie ein . . .“

Er sackt in sich zusammen. Das Wort „Verbrecher“ wollte ihm nicht über die Lippen gehen. Er wirkt wie ein gehetztes Tier.

Noch einige Tage vorher brachte er seine politischen Gedankengänge zu Papier. Erstens: Deutschland muß ein Teil der Vereinigten Staaten werden. Zweitens: Amerika soll bei sich einen vom Antisemitismus gereinigten Nationalsozialismus als Regierungsform einführen und damit seine Führungsrolle in der Welt sichern.

Drittens: Dr. Robert Ley soll mit der Durchführung dieses Planes beauftragt werden und einen Stab von Mitarbeitern bekommen, mit denen er die Aktion vom Nürnberger Gefängnis aus leiten würde.

Zusätzlich verfaßte er ein Bewerbungsschreiben an Henry Ford. Als Organisator des Volkswagenwerkes wollte er in der amerikanischen Automobilindustrie Fuß fassen, sobald der Prozeß vorüber war.

Jetzt am Abend des 25. Oktober 1945 hat der Gerichtspsychologe die Tür hinter sich geschlossen. Ley ist allein. Nach wie vor geht er ruhelos auf und ab. Der Posten fragt ihn durch das Guckloch, warum er nicht schlafe.

„Schlafen?“ ruft Ley. „Millionen Fremdarbeiter – mein Gott – Millionen Juden – millions of jews – all killed – alle umgebracht – murdered – all murdered – alle ermordet – wie soll ich schlafen?“

Eine halbe Stunde später hatte er sich erhängt.

Der Posten und ein Mastersergeant mit zwei G.I.s finden Ley vornübergebeugt neben dem Sitz der Toilette. Er hatte den Reißverschluß aus seiner Feldbluse gerissen und ihn am Spülhebel des Wasserrohrs befestigt. An den Reißverschluß hatte er eine Schlinge aus Streifen eines Militärhandtuchs geknüpft. Mund, Nase und Ohren waren mit Fetzen seiner Unterhose verstopft.

Der deutsche Gefängnisarzt Dr. Ludwig Pflücker und der Zahnarzt Dr. Heinz Hoch kommen hinzu. Pflücker gibt Ley eine Spritze von einem Kubikzentimeter Cardiazol und eine von einem Kubikzentimeter Lobulin. Hoch beginnt mit Wiederbelebungsversuchen.

Doch Ley ist tot.

„Ja", sagte Vesenstedt in die Dunkelheit zu seiner Tochter hin, „wahrscheinlich ist Ley der einzige, der dem Galgen entgeht."

„Du meinst, sie könnten ihn noch nachträglich symbolisch hängen?" Barbaras Stimme war kaum vernehmlich.

„Möglich ist alles. Keiner weiß, was am Ende des Prozesses steht."

„Ob es da Krupp besser hat?"

„Weil man ihm Vernehmungsunfähigkeit bescheinigte? Ich weiß es nicht. Ich weiß nur eines: Hitler, Himmler, Bormann und Goebbels hätten vor dem Gericht nicht die Spur einer Chance."

Ein Wagen hielt. Der britische Sergeant kam zurück. Er hatte eine Batterie aufgetrieben. Die Fahrt ging weiter. Es schneite naß.

Gegen acht Uhr abends trafen Vesenstedt und seine Tochter in ihrem Nürnberger Quartier ein. Ihre Gesichter und Hände waren bläulich vor Kälte.

Werner Ruland saß in Essenbach an seinem Tisch. Im flackernden Schein eines „Hindenburglichts" versuchte er seiner Schwester Karin einen Brief zu schreiben. Das Blatt vor ihm war übersät mit ausgestrichenen Sätzen. Wie immer er auch den Brief begonnen hatte, er hatte es wieder verworfen.

Zuerst wollte er ein freimütiges Bekenntnis ablegen. Vom Besuch Ralf Schillings erzählen. Von der illegalen SS-Organisation. Doch wußte er, ob der Brief nicht zensiert wurde? Ob er Karin damit nicht womöglich in große Schwierigkeiten brachte?

Dann schrieb er so etwas wie eine Entschuldigung. Eine Zurücknahme seiner Bitte an sie. Schrieb von überhasteten Gedanken und strich es wieder aus.

Er schob die Schuld auf das ihm fremde Mädchen Gisela Silinski und strich den Satz gleich darauf durch.

Er wollte Karin von ihrer Zusage entbinden, sie die Entscheidung noch einmal in aller Ruhe überlegen lassen. Ja, er wollte ihr sogar vorschlagen, ihren Posten aufzugeben und gemeinsam mit ihm den Versuch zu unternehmen, aus Deutschland herauszukommen und sich irgendwo in einem fernen Land niederzulassen.

Er stützte den Kopf in die Hände und kam zu keinem Entschluß. Dann stand er auf, entkleidete sich, blies das Talglicht aus und legte sich ins Bett. Um vier Uhr früh würde er das Vieh versorgen müssen.

Er nahm sich vor, den Brief ungeschrieben zu lassen und Karin bei der nächsten Gelegenheit die Wahrheit zu sagen.

Er konnte nicht wissen, daß es zwischen ihm und Karin keine „nächste Gelegenheit" mehr geben sollte.

Mittwoch, der 2. Januar 1946. Die Welt sah wieder auf Nürnberg.

Über der Stadt spannte sich wie die Tage vorher ein beklemmender Föhnhimmel.

Gebhard Vesenstedt hatte sich den Wecker auf 6 Uhr gestellt. Die zwei Zimmer, die er mit seiner Tochter Barbara bewohnte, waren von den Amerikanern beschlagnahmt, hatten statt Glas Bretter und Pappe an den Fenstern und waren ungemütlich kalt. Er erhob sich, zog sich seinen Wintermantel über und ging leise durch das Zimmer, in dem Barbara schlief, auf den Flur und von da in das eiskalte Badezimmer. Er schaltete die 40-Watt-Deckenlampe ein, rasierte sich, ohne den Mantel abzulegen, spülte sich den restlichen Schaum vom Gesicht, wusch sich die Hände mit dem Stück Einheitsseife KD, das ihm seine Frau neben ähnlichen Kleinigkeiten zu Weihnachten geschenkt hatte, ging zurück in Barbaras Zimmer und weckte sie.

„Ist es schon acht?" Sie war noch im Halbschlaf und sprach mit geschlossenen Augen.

„Nein", sagte er behutsam, „zwanzig nach sechs. Ich will dir nur sagen, daß ich mir vorgenommen habe, die erste Straßenbahn nach Fürth zu erreichen."

„Was tust du in Fürth?" Sie schob die Decke vom Gesicht.

„Von Fürth aus fährt manchmal um diese Zeit eine Draisine nach Burgfarrnbach."

„Eine Draisine?“

„Zur Gleiskontrolle. Wenn ich Glück habe, fährt sie auch heute.“

„Du willst zur Frau deines Mandanten?“ Sie schlug die Augen auf. „Um halb sieben Uhr morgens?“

„Ja“, sagte er leise, wie um sie nicht vollends aus dem Schlaf zu reißen, „mich drückt mein Gewissen. Ich hatte ihr versprochen, ihrem Mann Weihnachtsgrüße von ihr auszurichten. Nun ist es aber nicht mehr dazu gekommen, und da möchte ich wenigstens am ersten Tag – du verstehst?“ Und wie als Entschuldigung setzte er hinzu: „Das ändert nichts an meiner Meinung über ihn. Aber die Frau kann schließlich nichts dafür.“

„Und der Prozeßbeginn?“ Barbara hob halb den Kopf.

„Bis zehn bin ich längst wieder in Nürnberg. Bei meinem Charme als Anhalter . . .“ Er drückte ihr flüchtig einen Kuß auf die Wange, und sie schlief weiter.

Er erreichte die erste Straßenbahn und auch die Draisine und war nach einer zugigen Fahrt gegen 8 Uhr in Burgfarrnbach.

Henrike „Berger“ machte den Eindruck, als hätte sie ihn erwartet. Sie empfing ihn angezogen, frisiert und frisch, und ihr Zimmer war aufgeräumt.

„Seitdem ich hier in Burgfarrnbach bin“, sagte sie und bat ihn mit einer Geste, sich zu setzen, „seitdem stehe ich jeden Tag mit den Hühnern auf. Bevor ich wach im Bett liege, beschäftige ich mich lieber.“

Er erzählte kurz von seiner Reise nach Hamburg und kam dann ohne Überleitung auf ihren Mann zu sprechen.

Sie sagte ihm, daß sie sich Sorgen um ihn mache, große Sorgen, daß sie während der Feiertage kaum ein Auge zugetan hatte und für ihren Mann das Schlimmste befürchte.

„Wir müssen abwarten“, beruhigte er sie, ohne die geringste Anteilnahme am Schicksal seines Mandanten zu empfinden, „bis jetzt haben wir nur die amerikanische Anklageerhebung gehört. Ungefähr in der zweiten Hälfte des Januars beginnt die französische, sie wird sich für Ihren Mann nicht so schwerwiegend auswirken.“

„Aber die russische“, sagte sie, und ihre Hände zitterten.

„Ja“, antwortete er mit ruhiger Stimme, „die russische, die kann uns unter Umständen zu schaffen machen. Doch noch wissen wir nicht, wie die Russen taktieren werden. Ob sie ähnlich wie die Amerikaner ins Detail gehen oder ob sie mehr eine Sammelanklage gegen Deutschland vorbringen.“

Sie gab ihm einen Brief. „Ich habe alle meine Gedanken für ihn aufgeschrieben.“ Er wollte sie unterbrechen, doch sie winkte ab. „Ich weiß, daß Sie ihm den Brief nicht geben können. Aber vielleicht vorlesen. Und wenn die Zeit zu knapp ist, dann vielleicht wenigstens auszugsweise. Glauben Sie, Doktor Vesenstedt, daß Sie Gelegenheit finden werden, den Brief zu lesen, bevor Sie meinen Mann sprechen?“

„Ich verspreche es Ihnen.“

„Danke“, sagte sie, „ich habe es von Anfang an gefühlt. Bei Ihnen liegt das Schicksal meines Mannes in guten Händen. Einen besseren Verteidiger kann er sich nicht wünschen.“

Vesenstedt sah zu Boden. Es war ihm, als hätte sie ihn ins Gesicht geschlagen. Sein Mund preßte sich zu einem Strich zusammen, und seine Backenknochen traten noch stärker hervor. Er mußte an sich halten, um nicht die Kontrolle über sich zu verlieren. Um nicht der Frau, die ihn gläubig ansah, zu zeigen, wie er ihren Mann verachte, ihr zu sagen, wie uneingeschränkt er ihn verurteile.

„Sie brauchen mir nicht zu danken“, sagte er, und es hörte sich für ihn an, als käme der Satz aus weiter Ferne, „ich tue nur meine Pflicht.“ Dann stand er vom Stuhl auf. „Sie verstehen, daß ich es eilig habe.“

Auch Clinton Keen war an diesem Morgen für seine Verhältnisse ungewöhnlich früh aufgestanden. Er hatte es sich in den Kopf gesetzt, sich mit Clairons Sekretärin zu unterhalten, noch bevor sie ihren Dienst wieder aufnahm.

Jeden Tag war er zwischen Weihnachten und Neujahr quer durch die Stadt in die Rothenburger Straße gefahren und hatte im Haus mit der Nummer 56 nach Karin Ruland gefragt. Und jeden Tag mußte er sich anhören, daß sie von der Fahrt zu ihrem Bruder noch nicht zurück sei.

Die Angelegenheit „Steinbronn“ bedrückte ihn stärker, als er es sich eingestand. Seine Meldung an die Dienststelle in Bamberg war überfällig. Spätestens nach Ablauf von Steinbronns Frist in Landshut mußte er sie abschicken. Die Sekretärin Karin Ruland hatte gewiß nicht direkt mit der „Steinbronn-Affäre“ zu tun. Sie war jedoch sein einziger, winziger Anhaltspunkt, um womöglich doch noch einen indirekten Fingerzeig zu erhalten und nicht allein auf einen Erfolg Steinbronns angewiesen zu sein.

Kurz vor acht schob Clinton wie schon so oft an den vergangenen Tagen seinen schlaksigen Körper durch die hohe Tür des Hauses Nummer 56, Rothenburger Straße, und drückte den Klingelknopf aus Messing an der Wohnung im Parterre rechts.

Heute hatte er Glück. Karin Ruland öffnete ihm selbst. Sie war eines jener Mädchen, die er als „typisch deutsch“ abtat. Blonde kurze Haare. Blondes rundliches Gesicht. Eine blonde gedrungene Figur. Er streifte sie mit einem abschätzenden Blick.

„Ich bin ein Bekannter von Mister Clairon.“

„Ich dachte es mir schon“, sagte sie und lächelte ihn freundlich an, „ich kenne hier in Nürnberg außer Mister Clairon keinen Menschen. Höchstens von der Ferne ein paar Kolleginnen im Gerichtssaal. Aber kommen Sie herein. Stimmt es, daß Sie schon öfter hier waren?“

„Ja“, sagte er, „obwohl es sich um eine völlig unbedeutende Sache handelt.“

„Na ja“, sie lachte ihm offen ins Gesicht, „ganz so unbedeutend wird's schon nicht sein.“

Ohne daß er es vermeiden konnte, schoß ihm kurz das Blut in den Kopf. Er ärgerte sich darüber und fühlte sich ertappt.

Karin beachtete es nicht. Sie schob den Stuhl für ihn zurecht, und räumte ihre Kaffeetasse weg. „Nescafé“, sagte sie, „bekomme ich ab und zu von Mister Clairon.“

Clinton war dankbar für die Überleitung. Er hätte sich ohrfeigen können, daß er sich diesem deutschen Mädchen gegenüber so idiotisch benahm.

„Schenkt Ihnen Mister Clairon noch mehr außer ein bißchen Nescafé?“

„Kaum. Nur wenn er gut gelaunt ist vielleicht eine Camel oder eine Lucky Strike.“ Sie sah zur Anrichte hin, als suche sie dort nach einem Beweis.

„Und wann ist er gut gelaunt?“ Er merkte, wie leicht es sich mit ihr redete.

„Oh“, sagte sie, und machte eine abwehrende Handbewegung, „das kommt ganz auf seine Freundinnen an.“

„Gehören Sie nicht dazu?“

„Nein. Ob Sie es glauben oder nicht: nein. Aber gehen Sie am hellichten Morgen in die Wohnungen fremder Mädchen, um sie das zu fragen?“

„Nein. Ich wollte Sie Verschiedenes fragen. Ist Ihnen in letzter Zeit irgend etwas Bemerkenswertes zugestoßen?“

„Sind Sie vom CIC?“ Sie musterte argwöhnisch seinen saloppen dunkelblauen Anzug mit dem offenen weißen Hemdkragen.

„Sie haben mir meine Frage nicht beantwortet“, sagte er und wußte, daß es keinen Zweck hatte, um den heißen Brei herumzureden.

„Gut“, sagte sie, „ich beantworte Ihre Frage. Aber Sie beantworten auch meine.“

„Okay“, gab er zu, „ich bin vom CIC. Und nun beantworten Sie meine Frage. Ist Ihnen in letzter Zeit irgend etwas Bemerkenswertes zugestoßen?“

„Nein.“

„Versuchten fremde Personen mit Ihnen Kontakt aufzunehmen?“

„Nein.“

„Haben Sie in Ihrer Umgebung irgendwelche verdächtigen Gespräche gehört?“

„Nein.“

„Sind Ihnen merkwürdige Fragen gestellt oder Anträge gemacht worden?“

„Nein.“

„Kennen Sie einen Mann namens Ralf?“

„Nein.“

Ohne sich dessen bewußt zu sein, kam er mit seiner nächsten

Frage ganz nahe an das Problem Steinbronn heran. Derart nahe, daß es ihm wahrscheinlich ein leichtes gewesen wäre, die Verschwörung, an die er immer noch nicht so recht glaubte, in einem Zug aufzurollen.

„Hat irgend jemand von Ihnen irgend etwas Außergewöhnliches verlangt?“ fragte er.

Karin hielt seinem Blick stand. Auch bei seiner letzten Frage.

„Nein“, sagte sie, „ich habe nichts erlebt, was Ihnen weiterhelfen kann.“

„Okay“, sagte er, atmete tief durch und erhob sich, „dann entschuldigen Sie bitte, daß ich Sie so früh am Morgen gestört habe.“

4

Jetzt am 2. Januar 1946 wurde die durch die Ferien unterbrochene Anklage gegen die Gestapo und den SD fortgeführt. Für Vesenstedt war diese Anklage von äußerster Wichtigkeit. In bezug auf die an Fremdarbeitern begangenen Greueltaten berührte sie zum Teil auch seinen Mandanten.

Am Ende des Prozeßtages hatte Barbara elf engbeschriebene Seiten mitstenographiert, die sie am Abend in ihrer Unterkunft auf der Adlermaschine abschreiben mußte.

Vesenstedt hatte für die Zeit unmittelbar nach der Verhandlung eine Besprechung mit „Berger“ beantragt.

Er ging den breiten Flur entlang, durch dessen große Fenster man hinuntersah in den Hof. Die spiegelglatten Pfützen zeigten an, daß es aufgehört hatte zu regnen. Er freute sich schon auf den Fußweg nach „Hause“.

Fünf Stufen – und er stand vor den beiden Sprechräumen.

Die Leibesvisitation durch den Posten war streng wie immer. Bereitwillig knöpfte Vesenstedt sein Jackett auf, öffnete die Aktentasche, legte die Dokumente vor und durfte den Sprechraum betreten.

Der große, hohe Raum wurde durch den langen „Sprechtisch“

geteilt. Die Unterseite des Tisches war abgedichtet. Obenauf waren die „Sprechboxen“ angebracht. Engmaschiges Drahtgitter trennte die Angeklagten von ihren Verteidigern. Durch einen Schlitz konnten Dokumente und Papiere hin und her geschoben werden. Ein US-Posten kontrollierte vorher die Dokumente auf ihren Inhalt und holte dann die abschließende Erlaubnis von seinem Offizier, der im Vorraum Dienst tat.

Vesenstedt trat an den US-Sergeant heran, der an einem abgesonderten Tisch saß, und übergab ihm seine Dokumente und Papiere zur genauen Einsicht. Der Posten nahm sich eingehend Blatt für Blatt vor.

„Berger“ saß auf dem Platz der 6. Box, für Vesenstedt von links gerechnet. Sie begrüßten sich mit einem Kopfnicken, und Vesenstedt berichtete vom Inhalt des Briefes, den ihm die Frau seines Mandanten anvertraut hatte. Eine Passage daraus übermittelte er wörtlich. „Für was immer Du auch zur Verantwortung gezogen werden solltest, was immer Du auch tatsächlich getan haben solltest, zu welcher Strafe sie Dich auch verurteilen, wie und wann immer Du einmal sterben wirst, denke daran, daß nichts auf der Welt mir die Achtung vor Dir nehmen kann.“

„Danke“, sagte „Berger“, „danke, daß Sie das für mich getan haben.“

„Ihre Frau hat mich darum ersucht“, antwortete Vesenstedt kühl. Das Zitat aus dem Brief war ihm nur schwer über die Lippen gegangen.

„Allerdings“, sagte „Berger“ nachdenklich, „ein Gedanke dabei –.“ Er sah Vesenstedt voll ins Gesicht. Doch Vesenstedt ging nicht darauf ein. „Der Gedanke, ‚wie und wann immer Du einmal sterben wirst‘, diesen Gedanken meine ich . . .“

„Und?“

„Vielleicht denke ich zuviel hinein“, sagte „Berger“, „aber will sie mir mit diesem Gedanken nicht etwas sagen, was ich womöglich nicht begreife?“

Ein Räuspern in seinem Rücken ließ Vesenstedt sich umwenden. Vor ihm stand der Posten. Seine Miene war unmißverständlich.

„Sie scheinen neu hier zu sein“, sagte Vesenstedt zu ihm, ohne aufzustehen, „die Sprechzeit zwischen Verteidigern und Angeklagten ist unbegrenzt. Zeitlich und thematisch. Solange ich meinem Mandanten keine Dinge zustecke, die nicht geprüft wurden, kann ich mich verhalten, wie ich es für richtig halte.“

„Es sei denn, Sie schieben ein Dokument hinüber.“

„Das wird dann zuerst Ihr Kollege auf der anderen Seite in Augenschein nehmen. Abgesehen davon hatte ich nicht die Absicht, meinem Mandanten ein Papier oder sonst etwas zuzuschieben.“

Der Posten zog sich einen Schritt zurück.

Vesenstedt war sich darüber im klaren, daß er heute übertrieben vorsichtig sein mußte. Wenn ihm auch die Verordnung unbegrenztes Sprechen mit seinem Mandanten erlaubte, so hatte es doch der Posten in der Hand, eine Ausnahmesituation zu konstruieren und das Gespräch vorerst unterbinden zu lassen.

„Kennen Sie Clairon?“ Er wandte sich „Berger“ zu und sprach den Satz betont laut, so daß der Posten ihn verstehen konnte. „Den Radiokommentator in der ersten Reihe der Pressetribüne?“

„Ja. Er gehört zu den auffallenden Figuren im Saal.“

„Ich meine, kennen Sie ihn näher? Vielleicht persönlich?“

„Nein. Wie kommen Sie darauf?“ „Berger“ stellte die Frage, obwohl er ahnte, daß Vesenstedts Gespräch irgendwie mit dem Brief seiner Frau zusammenhing.

„Oder kennen Sie jemanden aus Ihrem Bekanntenkreis, der eine Verbindung zu Clairon haben könnte?“

„Nein. Ganz gewiß nicht. Warum fragen Sie?“

„Vielleicht eine Verbindung, die über Ihre Frau zustande gekommen sein könnte?“

„Auch das nicht. Ich verstehe Ihre Frage nicht.“

„Ich bin mir selbst nicht schlüssig“, sagte Vesenstedt, drehte den Kopf kurz zum Posten hin und sprach dann auf das Gitter zu, „ich tappe im dunkeln. Vielleicht fällt Ihnen zu Clairon doch etwas ein. Ich meine, bis wir uns das nächstemal sprechen.“

Er hatte die Frage nach Clairon nicht gestellt, weil er etwa Anteil am Schicksal seines Mandanten nahm. Es war mehr ein unbestimmtes Gefühl, das ihn dazu veranlaßt hatte. Die Verbindung zwischen Henrike „Berger“ und diesem Clairon war für ihn einfach zu ungewöhnlich, um darüber hinwegzugehen.

„Ich glaube nicht“, sagte „Berger“, „daß ich Ihnen mit aufschlußreichen Hinweisen dienen kann.“

Vesenstedt ging nicht darauf ein. Er lenkte auf das sogenannte Hossbach-Dokument über. Zwangsläufig kam ihm dabei ein Satz aus Jacksons Einführungsrede in den Sinn: „Die Anklageschrift enthält nicht einen Punkt, der nicht durch Bücher und Aufzeichnungen belegt werden kann. Die Deutschen waren von jeher peinlich genau in ihren Aufzeichnungen, und die Angeklagten teilten durchaus die teutonische Leidenschaft für Gründlichkeit, Dinge zu Papier zu bringen. Die Anklage hatte mit etwa eintausend Dokumenten gerechnet, zu ihrer Überraschung fielen ihr aber etwa dreitausend für ihre Zwecke nützliche Dokumente in die Hand.“

Das Hossbach-Dokument hatten die Alliierten zu einem der zehn Key Documents, Schlüsseldokumente, der Anklage gemacht, zu einem der entscheidendsten Beweisstücke im ganzen Prozeß.

„Berger“ sah den Augenblick für gekommen, seinen Verteidiger von seinem Entschluß zu unterrichten, das Nichtschuldig zu widerrufen. „Ich bin bereit“, setzte „Berger“ an, „alle Schuld auf mich . . .“

„Selbst wenn Sie alle Schuld auf sich nehmen, so müssen Sie dennoch zu den Einzelheiten Stellung beziehen. Es sei denn, Sie verhalten sich wie Heß und plädieren auf Paragraph 151.“

„Ich habe mich entschlossen“, sagte „Berger“ mit allem Nachdruck, „mein Nichtschuldig zu widerrufen.“

Vesenstedt horchte auf. Sollte er sich in diesem Mann getäuscht haben? War er etwa nicht der gefühlskalte, erbärmliche, feige Schreibtischmörder, für den er ihn bis zu diesem Augenblick gehalten hatte? War er nicht mehr der Mann, der vor der Generalanklage der Russen um sein bißchen Leben gezittert hatte? Sollte sich in ihm eine Wandlung vollzogen haben? Eine Wandlung, bereit zur Sühne?

„Das kommt für mich zwar überraschend“, sagte Vesenstedt, „doch ich bin bereit, mit Ihnen die sich daraus ergebende neue

Marschroute durchzugehen. Dazu muß ich Ihnen aber einige Fragen stellen. Sind Sie sich darüber im klaren, zum Tode verurteilt zu werden?"

„Damit rechne ich seit der Eröffnung des Prozesses."

„Zum Tod am Galgen? Zum Tod unter womöglich unehrenhaften Umständen?"

„Ja." „Berger" sah sein Gegenüber durch die Maschen des Drahtgitters mit festem Blick an.

„Haben Sie noch immer Angst vor der russischen Generalanklage?"

„Ja. Die habe ich. Unsagbare Angst. Auch Todesangst. Aber vor allem die Angst, Dinge über mein Leben, über meine Arbeit zu erfahren, die ich bisher überhaupt nicht kenne, die ich nicht verkraften könnte."

„Damit müssen Sie rechnen", sagte Vesenstedt. Er sprach leise, beinahe einfühlsam. Der Entschluß seines Mandanten, sich schuldig zu bekennen, hatte ihm mit einem Mal einen Zugang zu ihm geöffnet. „Dann revidieren Sie damit auch Ihre schriftliche Stellungnahme zur Anklageschrift?" Diese spontan niedergeschriebenen Meinungen der Angeklagten zur Anklageschrift waren für ihn unfaßbar gewesen.

Ribbentrop, der ehemalige Außenminister: „Die Anklage richtet sich gegen die verkehrten Personen."

Dönitz, der ehemalige Großadmiral: „Eine amerikanische Marotte!"

Göring: „Der Sieger wird immer der Richter und der Besiegte stets der Angeklagte sein!"

Keitel, der ehemalige Chef des Oberkommandos der Wehrmacht: „Für einen Soldaten sind Befehle Befehle."

Heß, Hitlers Stellvertreter: „Ich kann mich nicht erinnern."

Kaltenbrunner, Chef des SS-Reichssicherheitshauptamtes: „Ich fühle mich nicht schuldig an irgendwelchen Kriegsverbrechen, ich habe nur meine Pflicht als Sicherheitsorgan getan und weigere mich, als Ersatz für Himmler zu dienen."

Schacht: „Ich verstehe überhaupt nicht, warum ich angeklagt bin."

Rosenberg, der Partei-Philosoph: „Die antisemitische Bewegung war nur eine Schutzmaßnahme."

Vesenstedt legte die Blätter seiner Dokumente aufeinander. Die Unterredung war für ihn beendet. Ab jetzt würde er seine Kraft als Verteidiger in dem Bewußtsein einsetzen, einem Mann behilflich zu sein, der bereit war, zu sich selbst zu finden.

„Sie gehen?" fragte „Berger".

„Ja, ich gehe", sagte Vesenstedt, „morgen, nach der Verhandlung sprechen wir uns wieder."

„Ich wollte Ihnen nur sagen ..." „Berger" senkte den Kopf.

„Ja?"

„Ich wollte noch sagen, daß ich natürlich meine erste Stellungnahme nicht aufrechthalte."

„Ach so, ja." Vesenstedt hatte über den Zitaten der anderen Angeklagten seine ursprüngliche Frage vergessen.

„Wie Sie wissen", sagte „Berger", habe ich geschrieben: ‚Ich erwarte den Prozeß reinen Gewissens. Meine Aufgabe bestand nur darin, einen Teil der Versorgung des Reiches und der besetzten Gebiete zu sichern.' Sobald ich Mister Gilbert sehe, werde ich ihn bitten, eine neue Stellungnahme abgeben zu dürfen."

„Schön", sagte Vesenstedt, „dann bis morgen." Er hatte es eilig.

„Meine jetzige Meinung lautet", sagte „Berger" unbeirrt, „ich unterwerfe mich dem Prozeß als zwingendes Gericht und bitte Gott, mich noch für würdig zu erachten, sein Urteil entgegennehmen zu dürfen."

Vesenstedt erhob sich: „Wir sprechen morgen darüber".

„Ich habe noch eine Bitte", sagte „Berger".

„Ja?"

„Bitte fragen Sie meine Frau, wie es unserem Sohn geht."

„Ihrem Sohn? Sie haben einen Sohn?"

„Wußten Sie das nicht?"

„Nein." Vesenstedt hatte sich nicht sonderlich für das Privatleben seines Mandanten interessiert.

„Ja", sagte „Berger", „einen vierzehnjährigen Sohn."

„Gut", sagte Vesenstedt, „ich werde Ihre Frau fragen." Dann gab er dem Posten ein Zeichen, daß er gehen wollte.

„Berger“ hatte es nicht so eilig. Auf ihn wartete nichts und niemand. Nur seine Zelle, die quälenden Gedanken und eine Nacht, vor der er Angst hatte.

Zwei Tage später, am Freitag den 4. Januar, traf der junge US-Lieutenant Bob Hammersmith auf Karin Ruland. Die Nachmittagsverhandlung war zu Ende. Karin überquerte den Hof des Justizpalastes.

Sie hatte den Blick gesenkt und prallte im nächsten Augenblick gegen Bob Hammersmith, der auf dem Weg zu seinem Jeep war.

„Oh, Verzeihung“, sagte Karin, und Bob merkte ihr an, wie peinlich ihr der Vorfall war.

„Macht nichts“, sagte er und bemühte sich zu lächeln, doch es wollte ihm nicht recht gelingen. Mädchen gegenüber war er einfach zu schüchtern.

„Ich habe Sie auf den Fuß getreten“, sagte Karin und bemerkte, wie Clairons Wagen zum Tor hinausfuhr, „ihr Stiefel hat allerhand abgekriegt.“

„Das bißchen Schmutz.“ Bob sah an sich herunter. „Nicht weiter schlimm.“

„Dann bin ich beruhigt“, sagte Karin und ging weiter.

Wenig später, in der Fürther Straße auf der Höhe des Veit-Stoß-Platzes, bremste ein Jeep hart neben ihr. Es war der junge Lieutenant von vorhin.

Bob konnte es hinterher selbst nicht sagen, was ihn dazu bewogen hatte, anzuhalten, wie er den Mut dazu aufgebracht hatte, das Wort an sie zu richten. „Hello“, rief er aus dem Jeep heraus, „haben wir nicht zufällig den gleichen Weg?“

„Ich weiß nicht, wohin Sie fahren.“ Karin war überrascht von der plötzlichen Einladung.

„Ich fahre Sie nach Hause“, sagte Bob mit gepreßter Stimme. Wäre er sich nicht albern vorgekommen, hätte er am liebsten das Gaspedal gedrückt und wäre ohne nähere Erklärung davongefahren.

„Das ist sehr freundlich von Ihnen“, sagte Karin, „aber auch ziemlich gefährlich für Sie.“

„Fraternisierungsverbot, ich weiß“, sagte Bob hastig, „doch wir beide arbeiten schließlich im selben Bau. Machen Sie schnell, bevor eine MP kommt.“

„Danke“, sagte Karin, stieg ein, und Bob fuhr los.

„Mein Name ist Bob Hammersmith“, sagte er artig und vermied es, sie anzusehen, „ich gehöre zur Sicherungstruppe von Colonel Andersen. Ich glaube, wir haben uns schon mal gesehen.“

„Kann sein“, sagte Karin, „ich heiße Karin Ruland und arbeite als Sekretärin für Mister Clairon. Kennen Sie ihn?“

„Ja“, sagte Bob und sah starr durch die Windschutzscheibe auf die Straße, „aber ich mag ihn nicht.“

Dieser Satz führte dazu, daß sie sich von ihm überreden ließ, die Fahrt auszudehnen. Das Thema „Clairon“ interessierte sie.

Bob lenkte den Jeep an der Einfahrt zur Rothenburger Straße vorbei und fuhr bis hinaus nach Reichelsdorf und dann erst zurück zu Karins Adresse.

Karin redete munter drauflos und riß Bob geradezu mit. Von der Wandlung, die in ihm vorging, hatte sie keine Ahnung. Zwar fand sie ihn zuvorkommend und im weitesten Sinn „ganz nett“, doch im Grunde genommen war er ihr gleichgültig. Für jüngere Männer hatte sie noch nie etwas empfunden.

Doch „Clairon“ war ein Thema, das für sie unerschöpflich war. Nachdem Bob seine Meinung dazu unmißverständlich geäußert hatte, blieb es nicht aus, daß sie ihm die ihre ausführlich erklärte.

Clairon war für sie ein Ding, eine Sache, aber beileibe kein Mann. Seine Allüren als Chef nahm sie als vergnügliche Aufhellung ihrer trockenen Arbeit im Gerichtssaal. Außerhalb der Arbeit jedoch sah sie zwischen ihm und sich eine undurchdringliche Wand aus Glas. Solange er vor ihr mit seinen Liebesaffären prahlte, tat er ihr wenigstens leid. Sobald er jedoch glaubte, mit ihr flirten zu müssen, war er ihr nur noch widerlich.

„Schwierig“, sagte sie, „verdammt schwierig, glauben Sie mir, Bob. Vor allem, nachdem ich ihn jetzt irgendwann einmal mit einer persönlichen Bitte behelligen muß.“

„Ach?“ sagte Bob anteilnehmend, „und mit welcher?“

„Ach nichts.“ Sie biß sich auf die Unterlippe. Dann erzählte sie schnell von Clinton Keen und seinem vorgestrigen Besuch bei ihr. „Er wollte mich ausquetschen", sagte sie, „aber er geriet bei mir an die falsche Adresse."

„So?" sagte Bob nur, und das Blut hämmerte mit einem Mal in seinen Schläfen.

„Darf ich Sie wiedersehen?" fragte er, als er in der Rothenburger Straße bei der Nummer 56 anhielt.

„Wir sehen uns sicher mal wieder auf dem Hof oder irgendwo im Gewirr der Flure. Schönes Wochenende und danke für die Spazierfahrt. Gut, daß uns keine MP erwischt hat."

„Es hat mir Spaß gemacht", sagte er, „ich wünsche Ihnen ebenfalls ein schönes Wochenende."

Er wendete mit Vollgas und fuhr zurück in Richtung Justizpalast.

An diesem Abend erschien Clinton Keen etwas später als gewöhnlich. Er kniff die Augen zusammen, wie um sich auf Bob konzentrieren zu können.

„Probleme?" fragte Bob.

„Hm." Clinton gab Gas, daß der BMW zum Tor hinaus auf die Fürther Straße schoß.

Im Casino war heute nicht allzuviel los. Sie bekamen einen Tisch für sich allein, abgeschirmt gegen alle anderen. Nach dem zweiten Bier kam Clinton auf Bobs Frage zurück. Bob hatte das Gefühl, der Freund sei ihm direkt dankbar, sich endlich mit ihm darüber aussprechen zu können.

„Ich weiß nicht", sagte Clinton und fuhr sich wie abwesend mit der Hand über die Stirn, „was ich dir schon über Steinbronn erzählt habe . . ."

„Nur, daß er ein hohes Tier der SS war und sich freiwillig gestellt hat."

„Ja." Clinton nahm einen Schluck. „Er ist freiwillig gekommen, um seine Kameraden zu verpfeifen. So wenigstens hat er es dargestellt. Nichts Aufsehenerregendes. Kommt in unserer Besatzungszone beinahe jeden Tag vor."

Bob schwieg.

„Soweit, so gut", sagte Clinton, lehnte sich mit den Ellenbogen auf den Tisch und nahm das Glas in beide Hände, „jetzt aber kommt der Haken." Mit gedämpfter Stimme erzählte er in wenigen Worten von der angeblichen Verschwörung gegen den Prozeß.

Bob sah ihn nachdenklich an. „Und was sagt deine Dienststelle in Bamberg dazu?"

„Das ist es ja." Clinton atmete durch, trank das Glas leer und stellte es hart auf den Tisch. „Ich werde es melden müssen. Morgen. Spätestens übermorgen."

„Du hast es noch nicht . . .?"

„Wenn alles gelaufen wäre, wie ich es mir vorgestellt hatte", hörte er Clinton wie durch eine Mauer von Watte sagen, „könnte ich ihnen antworten: was wollt ihr? Ich habe es deshalb nicht gemeldet, weil ich den Fall zuerst einmal prüfen wollte. Soll ich wegen einer Lappalie eine ganze Maschinerie in Gang bringen? Jetzt, da ich den Fall geprüft habe, könnte ich ihnen antworten, weiß ich auch mehr dazu zu sagen. Entweder der Kerl lügt, oder er ist ein Psychopath. Oder an der Sache ist tatsächlich etwas dran, und ich kann mit Namen aufwarten."

„Und was willst du nun machen?" Er sah Clinton fragend an.

„Nichts", sagte er, „was kann ich schon machen? Ich muß auf Steinbronn warten. Noch zwei Tage. Vielleicht noch drei. Dann sage ich denen in Bamberg Bescheid. Ich habe nur diesen Steinbronn, sonst nichts. Die Sekretärin unseres Freundes Clairon erwies sich als Fehlanzeige."

„Die Sekretärin Clairons? Was hat sie damit zu tun?"

„Ich weiß es nicht. Sie war mein einziger Anhaltspunkt. In so einem Fall muß man den idiotischsten Kleinigkeiten nachgehen."

„Die Sekretärin Clairons?"

„Ja. Kennst du sie denn?"

Bob spürte, wie ihm das Blut in den Kopf schoß. Noch am Nachmittag war er entschlossen gewesen, die Begegnung mit Karin Ruland nicht zu erwähnen. Zumindest nicht heute. Jetzt, da Clinton an ihn die direkte Frage richtete, mußte er sie bejahen, mußte er darüber sprechen, ihm alles erzählen.

„Ja", sagte er, und schluckte, „ich habe sie heute kennengelernt." Dann schilderte er die Begegnung in allen Einzelheiten.

Als er geendet hatte, sah Clinton hoch, holte ein Paket Phillipp Morris aus der Seitentasche seines Jacketts, klopfte zwei heraus, hielt das Paket Bob hin, der sich eine nahm, und zündete sich die andere an.

Er nahm einen tiefen Zug. „Das ist eine verdammt gute Nachricht, Bob. Da hast du gute Arbeit geleistet. Und ich muß mich bei dir bedanken", sagte Clinton, „denn ohne dich wäre ich mit Gewißheit nicht auf die Idee gekommen, mir das Mädchen noch mal vorzuknöpfen."

Der Zug ratterte über die Brücke. Harald Erich Steinbronn stand an einem der winzigen Fenster seines Zimmers, und sein Blick ging zur Brücke hoch. Er konnte den Zug nur hören. Der Blickwinkel war zu steil. Der Gasthof „Zum Zollhaus" wurde von der Eisenbahnbrücke beinahe überdacht.

Es war ein einfaches Wirtshaus. Parterre, ein Stockwerk und darüber, in der Mitte des Hauses, ein kleiner Giebel mit zwei Zimmern. Das verwaschene Gelb der Fassade stellte den einzigen Farbtupfer dar. Im stets dunklen Hausflur roch es nach Bier. Linker Hand war die Tür zur verräucherten Gaststube. Weiter hinten ging die Treppe zu den paar Fremdenzimmern nach oben. Hier waren in diesen Tagen Flüchtlingsfamilien mit all ihrer Habe untergebracht.

Wenn man durch den Hausflur ging, kam man in den Hof. Vier Kastanien. Eine eiserne Wäschestange. An der Hauswand gestapelte Bierfässer. Unmittelbar hinter dem Hof stieg der Klausenberg an.

Von der Treppe aus gesehen bewohnte Steinbronn das linke der beiden Giebelzimmer. Nebenan hatte der Schankkellner seine Schlafstelle. Steinbronn hatte schon ihn in Verdacht gehabt, Clinton Keens Verbindungsmann zu sein.

Die Frage nach diesem Verbindungsmann nahm für Steinbronn den weitaus größten Teil des ersten Tages ein. Wen hatte Keen auf ihn angesetzt? Den Wirt? Die Blonde, die zu einer der Flüchtlingsfamilien gehörte? Den Schankkellner?

Für Steinbronn wurde die Frage zur Denksportaufgabe. Wen

auch immer er im Gasthof kennenlernte, den verdächtigte er. Er hatte sich in den Kopf gesetzt, Keens Mann zu entlarven. Schon allein, um Rückenfreiheit zu gewinnen.

Billsteiner jedoch hatte er noch nicht wahrgenommen. Obwohl er ihn am Nachmittag einmal kurz gesehen hatte.

Steinbronn hatte einen Blick in den Hof geworfen. Unter den Kastanien standen drei junge Burschen beisammen. Einer von ihnen hielt ein Fahrrad. An der Einfahrt zum Hof schob gerade eine dicke Frau einen Handkarren vorüber. Über den Hof des Nebenhauses ging ein grauhaariger Mann mit einem Eimer.

Dieser Mann war Billsteiner gewesen.

Das Haus neben dem Gasthof schloß sich nahtlos an ihn an. Es war ein Bauernhaus. Mit Stallungen und einer dreistöckigen Tenne, die sich im rechten Winkel zum Haus über den Hof erstreckte.

Der ehemalige Kriminalhauptwachtmeister Richard Billsteiner hatte in einer Kammer neben der Tenne Quartier bezogen. Von einem winzigen Fenster aus konnte er eines der Fenster von Steinbronns Zimmer beobachten. Er konnte erkennen, wie der Vorhang von Steinbronn auf- oder zugezogen wurde, er sah, wann Steinbronn Licht machte oder es ausschaltete. Mehr nicht.

Er war darauf angewiesen, von dem Jungen mit dem Fahrrad benachrichtigt zu werden, sobald Steinbronn den Gasthof verließ.

Das CIC Landshut hatte sowohl die Quartierfrage für Steinbronn als auch die für Billsteiner geregelt. Billsteiner stand der Apparat des örtlichen CIC zur Verfügung, um mit Keen in Nürnberg in Verbindung zu treten.

Noch bis vor einigen Wochen hätte er es sich nicht träumen lassen, mit 56 Jahren plötzlich in die Dienste eines amerikanischen Geheimdienstes zu treten. Er schaute in den Spiegel mit dem breiten dunklen Rahmen. Die grauen Haare und buschigen Augenbrauen ließen ihn älter erscheinen. Sein Körper jedoch war drahtig. Vor allem, nachdem er seinen Bauch verloren hatte.

Joe Stevens hatte Billsteiner aus der Kartei der Nürnberger Kriminalbeamten ausgewählt. Seitdem hatte Clinton Keen Richard Billsteiner zweimal eingesetzt. Beide Male für verhältnismäßig einfache Recherchen über ehemalige Altparteigenossen der

NSDAP. Beide Aufgaben hatte Billsteiner zu Keens Zufriedenheit gelöst.

Die jetzige Aufgabe war seine bisher schwerste. Aber auch die wesentlich interessantere, wie Billsteiner meinte. Eine Aufgabe, die seiner früheren Tätigkeit am nächsten kam.

Denn der Reiz seines Berufes als Kriminalbeamter hatte für ihn seit jeher darin bestanden, die Psychologie der Menschen und ihre sich daraus ergebende Verhaltensweise zu studieren. Auch mit Steinbronn hatte er sich unter diesem Gesichtspunkt befaßt.

Der ehemalige SS-Sturmbannführer, der im Reichssicherheitshauptamt als Experte für Rußland dem Amt VI angehörte, hatte sich wie angeordnet mit seinem vollen Dienstgrad beim Wirt des Gasthofs eingeführt. Der Wirt, der nur wußte, daß er auf Anweisung der Militärregierung ein Zimmer für diesen Gast freizumachen hatte, nahm dessen Dienstgrad gelassen hin.

Landshut: In wenigen Wochen hatten mehr als 10 000 Flüchtlinge die Stadt überschwemmt. Flüchtlinge aus dem Norden, aus Schlesien, aus Polen, aus dem Sudetenland. Ströme von Menschen, denen die für die Stadt verantwortlichen Männer hilflos gegenüberstanden. Massen von Alten und Gebrechlichen, von Kindern ohne Eltern, von Frauen und Männern, die nicht wußten, wo sich ihre Angehörigen befanden, ob sie überhaupt noch am Leben waren.

Bis auf die restlose Zerstörung des Bahnhofs und des daran anschließenden Wohnviertels, bis auf die in den letzten Kriegstagen gesprengten Brücken über der Isar und einige Schäden durch Artilleriebeschuß war die Stadt vom Krieg verschont geblieben.

Nur so ist es zu verstehen, daß sich die unkontrollierbaren Flüchtlingsströme gerade in diese Stadt ergossen, daß so viele Menschen Unterschlupf bei den Einheimischen fanden.

Die Gesichter wechselten, der Zug der Flüchtlinge brachte täglich neue, kaum einer der Menschen kannte den anderen. Niemand kümmerte sich um Billsteiner und Steinbronn.

Richard Billsteiner hatte sich nach einigen Stunden sein Bild von Steinbronn zurechtgelegt. Er war für ihn der Inbegriff eines sich darstellenden Mannes. Nicht dafür geschaffen, sich im geheimen zu bewegen. Er brauchte Publikum. Wenn auch vielleicht nur unbewußt. Und wenn auch auf Kosten der Gefahr, die er mit dieser Verhaltensweise für sich heraufbeschwor. Für Billsteiner war Steinbronn ein „bequemer Klient".

Am Tag der Ankunft verließ Steinbronn kurz nach dem Mittagessen den Gasthof. Billsteiner folgte ihm.

Steinbronn ging an der Isar entlang bis zum Ländtorplatz. Ab und zu sah er sich um, ob ihm jemand folgte, doch Billsteiner war darauf vorbereitet. Er hielt gebührenden Abstand, und Steinbronn bemerkte ihn nicht.

Vom Ländtorplatz an war es belebter. Für Billsteiner wurde die Verfolgung noch einfacher.

Der Weg Steinbronns führte durch die schmale Theaterstraße zu Landshuts Hauptstraße, die „Altstadt". Billsteiner kannte die Stadt aus früheren Jahren und war auch auf den Anblick der unzerstörten alten Häuser vorbereitet. Dennoch war er tief beeindruckt.

Wenn er über die Menschen hinwegsah, hatte er mit einem Mal das Gefühl, als hätte es den Krieg nie gegeben.

Die „Altstadt" wirkte wie eine breite Marktstraße im Mittelalter. Die eng aneinandergedrängten, schmalen gotischen Giebel, die spätgotischen Laubengänge, das Rathaus mit seinem Erker aus der Renaissance, gegenüber die zierlichen Staffelgiebel des Pappenbergerhauses, die Residenz mit ihrer Fassade aus dem frühen Klassizismus. Es war Billsteiner, als sei hier die Zeit vor 400 Jahren stehengeblieben.

Steinbronn bog in die Rosengasse ein und kam in die Neustadt. Die Neustadt verlief parallel zur Altstadt und war wie sie ein breiter, platzartiger Straßenzug mit gotischen Giebelhäusern, Barockbauten und den dicken Mauern der Toreinfahrten zu den alten Gasthöfen.

Steinbronn und nach ihm Billsteiner gingen an einem schmalen Haus mit geschwungenem Giebel vorbei, ohne zu ahnen, daß sie hier ihren Nachforschungen am nächsten waren. In diesem Haus befand sich die Pension „Moosmüller". Hier wohnte einer der Männer, die Steinbronn suchte. Der Mann mit dem verkümmerten Nagel am rechten Mittelfinger.

Steinbronn jedoch überquerte die Neustadt und steuerte auf den Gasthof „Goldene Sonne" zu. Er erinnerte sich, daß es der Gasthof war, in dem er die drei Männer getroffen hatte. Er betrat die Toreinfahrt.

Billsteiner stellte sich hinter den Mauervorsprung des Nebenhauses.

Steinbronn ging die drei Stufen hoch und öffnete die Tür zur Gaststube. Ein Schwall von Stimmen, dichte Rauchschwaden und starker Biergeruch schlugen ihm entgegen. Wie zur Abwehr hob er flüchtig die Hand vor die Augen. Dann durchkämmte er den Raum nach einem der drei Männer. Doch es war keiner da.

Er verließ den Gasthof und setzte seinen Weg fort. Billsteiner hatte den Eindruck, Steinbronn streife nun ziellos durch die Stadt und hoffe auf den großen Zufall.

So kamen sie über die beiden provisorischen Isarbrücken und dann am Kloster Seligenthal vorbei bis weit hinaus in die Seligenthaler Straße. An der Flußmulde bog Steinbronn ab in die Luitpoldstraße. Das planlose Herumlaufen brachte seiner Meinung nach nichts ein. Er wollte zurück zum „Zollhaus".

Damit entging ihm der große Zufall. Hätte er sich entschlossen, die wenigen Schritte bis zum zerstörten Bahnhof weiterzugehen, wäre er auf zwei der drei Männer gestoßen, die er zu finden hoffte.

Einer der letzten Bombenangriffe des Krieges hatte den Landshuter Bahnhof in eine Wüste aus Kratern, Steinen, geschwärzten Mauerresten, geborstenen Lokomotiven und Geleisen verwandelt.

Die jetzt schon wieder spärlich verkehrenden Züge wurden einige hundert Meter außerhalb des ehemaligen Bahnhofsgeländes unter freiem Himmel abgefertigt.

Als der Zug aus München bremste, ging ihm Ralf Schilling entgegen.

Kaum stand der Zug, wurden die Türen aufgestoßen, und die Menschen sprangen wie befreit aus den überfüllten Abteilen auf den Schotter zwischen den Geleisen.

Aus einem Abteil des drittletzten Waggons sprang ein untersetzter Mann mit dichtgewellten graublonden Haaren. Er hatte ausgeprägte Backenknochen und harte Augen. Ralf Schilling winkte ihm über die Menschen hinweg zu, und der Mann gab durch ein Handzeichen zu verstehen, daß er ihn gesehen hatte.

Sie gaben sich kurz die Hand, und der Graublonde erklärte, daß er das nächstemal einen Wagen zur Verfügung haben werde. Dann gingen sie schweigend nebeneinander her über die Geleise hinweg der Bahnhofstraße zu. Erst als sie sich aus der Menge der Reisenden gelöst hatten, in der Nikolastraße in der Höhe der evangelischen Volksschule, richtete Ralf Schilling das Wort an seinen Begleiter.

„Was Neues, Hauptsturmführer?"

„Ja", sagte Ulrich Lainz, „Schirach ist abgelehnt."

Der 36jährige Lainz war ehemaliger Hauptsturmführer der 38. Panzergrenadierdivision, einer der Eliteeinheiten der Waffen-SS. Wie Schilling trug auch er noch seinen Soldatenmantel. Doch sein Mantel war aus glattem grauen Leder. Selbstverständlich waren an ihm alle Hinweise auf die frühere Zeit entfernt.

„Schirach abgelehnt?" wiederholte Schilling beflissen. Trotz seines ehemaligen Rangs als Bannführer der Hitlerjugend fühlte er sich als Untergebener. Vor allem, da der Hauptsturmführer Ulrich Lainz innerhalb der Kampfgruppe ihrer Verschwörerorganisation das Kommando hatte.

„Ja", sagte Lainz, „die Führung hat ihn abgelehnt."

Die „Führung" war für ihn die Spitze ihrer Untergrundorganisation, die ihre Zentrale nach dem Neuaufbau der Organisation in Frankfurt am Main hatte.

„Und warum abgelehnt?" fragte Schilling.

„Schirach war noch nie der harte, kompromißlose Verfechter unserer Sache. Und schon gar nicht mehr als Gauleiter in Wien. Alles, was man jetzt aus Nürnberg über ihn hört, deckt sich damit. Wir sind an Schirach nicht mehr interessiert."

Sie führten das Gespräch mit besonderer Vorsicht. Kamen sie in die Nähe von Menschen, dämpften sie die Stimmen oder brachen unverzüglich ab.

Daß die Führung nicht mehr an Baldur von Schirach „interessiert“ war, bedeutete soviel wie, sein Name war von der Liste der zu Befreienden gestrichen.

„Also nur noch Kaltenbrunner, Frank und Seyss-Inquart?“ Schilling bemühte sich, Schritt zu halten.

„Auch Frank ist fraglich. Durch sein Bekennertum scheidet er sich allmählich von selbst aus.“

„Dann nur noch zwei?“

„Nein, vier.“

„Und wer?“

Lainz nannte den Namen von „Berger“.

„Das finde ich gut. Er gehört zu uns. Und der vierte?“ Schilling sah ihn fragend an.

„Unter Umständen Göring.“

„Göring?“

„Ihre Frage ist berechtigt. Die Führung will sein Verhalten beim Prozeß auch vorerst noch weiterbeobachten. Sind Sie gut untergebracht?“

„Jawohl, Hauptsturmführer. Pension Moosmüller.“

„Unter Ihrem Namen?“

„Selbstverständlich nicht, Hauptsturmführer.“

„Steht der Besitzer auf unserer Seite?“

„Ich weiß es nicht. Eher vermute ich das Gegenteil.“

„Wenn Sie sich vorsehen, wäre es nicht weiter schlimm.“

„Sie können sich auf mich verlassen, Hauptsturmführer.“

„Schon was von Peters gehört?“

„Er ist schon da.“

„Sehr gut. Klappt ja wie am Schnürchen.“

„Wohnt außerhalb der Stadt. In einem Gasthof in Kumhausen.“

„Kumhausen? Und wie trifft er uns?“

„Sind nur fünf, sechs Kilometer. Peters ist gut zu Fuß. Er hat sich über meine Deckadresse den Befehl geholt.“

„Deckadresse?“

„Habe ich eingerichtet. In der Fleischbank hinter dem Rathaus. Einer der Angestellten war bei der 17. Division.“

„Ausgezeichnet. Gratuliere, Schilling.“

„Danke, Hauptsturmführer." Schillings Augen bekamen einen schimmernden Glanz.

Sie gingen unter den Bögen der Altstadt. Lainz fragte, was er inzwischen bei der Sekretärin von Clairon erreicht habe. Schilling berichtete von seinem Besuch bei Werner Ruland und von dessen Bereitschaft, seine Schwester im Sinne der Organisation zu beeinflussen.

„Und? Hat er es getan?" Lainz warf ihm einen flüchtigen Blick zu.

„Ich hatte die Absicht, ihn morgen aufzusuchen."

„Gut. Tun Sie es. Wir müssen klarsehen. Sie wissen, ich habe Ihnen in dieser Sache freie Hand gegeben. Wenn es geklappt hat, kommen Sie sofort nach München."

„Jawohl." Schilling verschluckte die Anrede „Hauptsturmführer". Hier war es zu belebt. „Und das andere Mädchen?" fragte er und hatte Mühe, sich an den Menschen vorbeizudrängen und neben Lainz zu bleiben.

„Sie meinen Gisela Silinski?"

„Jawohl."

„Geht in Ordnung. Man hat es mir noch mal ausdrücklich bestätigt."

„Wann wird sie kommen?"

„Hängt von oben ab."

„Haben Sie sie schon kennengelernt?"

„Nein. Sind Sie mit Kinast klargekommen?"

Kinast war der Mann, der von Harald Erich Steinbronn gegenüber Clinton Keen als der „dritte Mann" der Verschwörergruppe bezeichnet worden war. Der Mann, der Lainz und Schilling im Beisein von Steinbronn aus der Gaststube abgeholt hatte.

„Kinast ist ausgestiegen", sagte Schilling mit kleiner Stimme. Die Frage nach Kinast hatte ihm schon seit Stunden Unbehagen bereitet.

„Ausgestiegen?" Lainz verhielt den Schritt.

„Er fühlte sich zu schwach. Wenn Sie mich fragen: Gewissensbisse."

„Menschenskind, Schilling!" Lainz zog den anderen zur Seite

und dämpfte die Stimme. „Das darf Ihnen doch nicht passieren! Ausgestiegen! Für was haben Sie denn Ihre . . .?"

Schilling wußte, was Lainz meinte: seine Waffe. Er hätte sich am liebsten in die Erde verkrochen vor Schuldgefühl.

„Schilling, wir dürfen ihn nicht laufenlassen! Verstehen Sie? Wir können uns das nicht leisten! Der Mann kann uns in Teufels Küche bringen!" Lainz ging weiter. „Sagen Sie, wie weit ist es eigentlich noch bis zur Burg?"

„Nach der Martinskirche noch gut zweihundert Meter und dann links hoch."

„Sie werden das mit Kinast erledigen, ja?"

„Jawohl." Schilling war wie von einem Druck befreit.

Die Burg Trausnitz erhebt sich steil über den Dächern. Die Anfänge ihrer Bauzeit reichen zurück bis ins 13. Jahrhundert. Mit dem äußeren und inneren Hof, ihren Wehrgängen am Zwingerweg, dem breiten viereckigen Wittelsbacher Turm und der spätromanischen Kapelle bildet die Burg neben der Kirche von St. Martin das Wahrzeichen der Stadt.

Jetzt allerdings ragten aus manchen Fenstern Rohre von Kanonenöfen, und über die Höfe spannten sich Seile, an denen die Wäsche zum Trocknen hing. Teile der Burg waren zum Flüchtlingslager geworden.

Hier wimmelte es von Menschen. Hierher hatte Ralf Schilling den Mann namens Peters zum Treffpunkt mit Hauptsturmführer Lainz befohlen.

Bruno Peters war wie Schilling 26 Jahre alt und hatte der 17. SS-Division im Rang eines Oberscharführers angehört. Auch er trug noch seine ehemalige und jetzt abgeänderte Uniform. Er überragte Lainz und Schilling um gut einen Kopf, und seine hagere Figur und das knochige gelbliche Gesicht gaben ihm das Aussehen eines Magenkranken.

Nachdem sie sich im äußeren Burghof getroffen hatten, zeigte Schilling den Weg, der zum Hofgarten führte. Im sogenannten Hofgarten, dem Gebiet im Rücken der Burg, waren sie unbehelligt. Das wellige Gelände mit seinem dichten Baumbestand lag zum Teil noch unter einer dünnen Schneedecke. Außer einigen spielenden Kindern war der Hofgarten so weit der Blick reichte menschenleer.

Die drei Männer unterhielten sich in knappen Sätzen über die Unterbringung von Peters in Kumhausen, dann kam Lainz auf den Kern seines Besuches zu sprechen.

„Erstens: von jetzt an stehen wir unter ständiger Alarmbereitschaft. Verstanden?"

„Verstanden, Hauptsturmführer." Schilling und Peters antworteten im Chor und deuteten „stramme Haltung" an.

„Zweitens: Landshut kann nur noch mit meiner Zustimmung verlassen werden."

„Jawohl, Hauptsturmführer."

„Drittens: Befehle erhalten Sie nur über mich direkt."

„Jawohl, Hauptsturmführer."

„Viertens: bis zur Verlegung in den Raum Nürnberg bleiben Sie in Ihren derzeitigen Quartieren. Verstanden?"

„Verstanden, Hauptsturmführer."

„Fünftens: seit drei Tagen hat unser Unternehmen einen Decknamen! ‚Kampfgruppe Edelweiß'. Klar?"

„Deckname unseres Unternehmens ist ‚Kampfgruppe Edelweiß'", sagte Schilling militärisch, und Peters wiederholte es.

„Brauchen Sie Geld?"

Schilling und Peters sahen sich an. „Nein, Hauptsturmführer."

„Wenn Sie Geld brauchen, wenden Sie sich an meine Münchner Adresse."

„Jawohl, Hauptsturmführer."

„Irgendwelche Fragen?"

„Wann, glauben Sie, wird es soweit sein?" Peters vergrub die Hände in den Taschen seines Soldatenmantels. Ihm war kalt.

„Nächste Woche", sagte Lainz und zuckte mit den Schultern, „vielleicht übernächste. Vielleicht auch erst in ein, zwei Monaten, ich weiß es nicht. Der Befehl kommt von oben. Wir sind nur die Kampfgruppe, das wissen Sie doch."

„Jawohl, Hauptsturmführer", sagte Peters, „werden wir in dieser Besetzung bleiben?"

„Nein“, sagte Lainz, „die Kampfgruppe wird auf sieben Mann erhöht. Wann die restlichen vier Mann kommen, kann ich nicht sagen. Es ist auch möglich, daß sie erst in Nürnberg zu uns stoßen. Zum Teil habe ich sie schon ausgewählt. Prima Kerle. Noch etwas?“

„Ja“, sagte Peters, „meine Luger.“

„Was ist damit?“

„Ich habe nur zwei Magazine Munition.“

„Ich werde daran denken. Sie können mit fünfzig Schuß rechnen.“

„Danke, Hauptsturmführer.“

„Noch etwas?“ Lainz wandte sich an Schilling.

„Jawohl, Hauptsturmführer, die Vorbereitung.“

„Ich wollte eben darauf zu sprechen kommen. Fest steht, wie ich Ihnen ja schon sagte, daß die Kampfgruppe aus sieben Mann bestehen wird. Drei davon werden sichern, vier werden je einen Gefangenen befreien. Gleichzeitig mit uns werden andere Teile der Organisation losschlagen. Ablenkungsmanöver. In Würzburg, Wiesbaden, Passau, Kempten, Augsburg und so weiter. Insgesamt rund eintausend Mann.“

„Steht schon fest, daß vier befreit werden?“ fragte Peters.

„Ich sagte es schon Schilling, es steht noch nicht endgültig fest. Die Haltung Görings wird erst noch beobachtet. Die Führung war sich nicht einig über seine Moral. Sollte er jedoch weiter wie bisher einen guten Eindruck machen, dann bin ich davon überzeugt, daß wir auch Göring mit herausnehmen. Sie, Peters, werden in jedem Fall auf Kaltenbrunner angesetzt.“

„Danke, Hauptsturmführer.“

Der Angeklagte Nummer 6, Ernst Kaltenbrunner, der frühere Rechtsanwalt aus Linz in Oberösterreich, saß in seiner Zelle und versuchte einen Brief zu schreiben. An wen er diesen Brief richtete, wer ihn erhalten sollte und warum er ihn schrieb, konnte er sich selbst nicht erklären. Er stand unter dem Zwang, seine Gedanken zu Papier bringen zu müssen. Seine Gedanken, die sich seit Wochen ausschließlich mit seiner Verteidigung beschäftigten.

Er ahnte nicht, daß seine Befreiung geplant war. Nicht, daß sich im Dschungel dieser Tage aus Resten ideologischer Fanatiker eine SS-Untergrundorganisation gebildet hatte. Nichts von einer „Kampfgruppe Edelweiß“. Nicht, daß es einen ehemaligen Oberscharführer der 17. SS-Division gab, der ihm ähnelte und der dazu ausersehen war, seine Befreiung zu ermöglichen.

Ernst Kaltenbrunner war hochgewachsen, ein Mann mit schmalem ernsten Gesicht und glatten dunklen Haaren. Er hätte Manager der Industrie gewesen sein können.

Verhältnismäßig spät, 1932, stieß er zu den Nationalsozialisten. Er war Polizeipräsident von Wien, Nieder- und Oberösterreich. Staatssekretär für Sicherheit in Österreich und Chef der Polizei. Dann Mitglied des deutschen Reichstages, General der Polizei und General der SS und schließlich als Nachfolger von Reinhard Heydrich Leiter des Reichssicherheitshauptamtes und Chef der Geheimen Staatspolizei, genannt Gestapo, und des Sicherheitsdienstes, genannt SD.

Am 15. Mai 1945 hatten ihn US-Truppen in Österreich gefangengenommen.

Die Anklage gegen ihn bezog sich auf die Punkte 1, 3 und 4. Verschwörung, Kriegsverbrechen und Verbrechen gegen die Menschlichkeit.

Er nahm erst vier Wochen nach der Eröffnung des Prozesses an den Verhandlungen teil. Er hatte einen Schlaganfall infolge einer Gehirnblutung erlitten.

An diesen für ihn ersten Prozeßtag dachte er nur mit Schaudern zurück, denn seine Mitangeklagten drehten sich von ihm ab und taten, als bemerkten sie ihn nicht.

Am Geschehen im Saal hatte er an den ersten drei Tagen kaum Anteil genommen. Der vierte Tag jedoch hatte seine volle Aufmerksamkeit erzwungen. Unvermittelt trifft ihn die Anklage mit ihrer ganzen Kraft.

Der US-Ankläger John Harlan Amen ruft ihn auf. „Was hatten Sie mit der endgültigen Vernichtung des Warschauer Gettos zu tun? Nichts, wie üblich?“

Kaltenbrunner beugt sich vor und stützt sich mit beiden Händen auf die Balustrade. „Ich hatte nichts damit zu tun." Seine Stimme klingt belegt.

„SS-Brigadeführer und General der Polizei Jürgen Stroop war ein recht guter Freund von Ihnen, nicht wahr?"

„Ich habe Stroop in meinem ganzen Leben vielleicht zwei- oder dreimal gesehen, beim Reichsführer Himmler."

„Wir werden ausfindig machen, ob Stroop bestätigt, was Sie dem Gericht zu erzählen versuchen." Amen legt dem Gericht eine eidesstattliche Erklärung Stroops vor, in der Kaltenbrunner beschuldigt wird, Himmlers Befehle vom Reichssicherheitshauptamt aus an die Sicherheitspolizei von Warschau zur Exekution weitergeleitet zu haben.

„Sagen Sie nun, daß diese Aussage von Stroop wahr oder falsch ist?" fragt Amen ihn.

Kaltenbrunner wird kreidebleich. „Sie ist unwahr."

Daraufhin überreicht der US-Ankläger William F. Walsh dem Gericht einen tagebuchartigen Bericht von Stroop. Der Bericht ist auf schwerem Bütten gedruckt, vielfältig illustriert und umfaßt 75 Seiten. Er ist in nüchternem, kühlem Amtsdeutsch abgefaßt und hat den Titel „Es gibt keinen jüdischen Wohnbezirk in Warschau mehr!".

Der Bericht wird verlesen. Kaltenbrunner dröhnen die Ohren.

Hinterher kann er sich nur noch an einzelne Teile aus dem Bericht erinnern. Einige Sätze jedoch gravieren sich wie mit Meißeln geschlagen in seinem Gehirn ein.

„Der jüdische Wohnbezirk in der Stadt Warschau – das Getto – ein Gebiet von vier Kilometer Länge und zweieinhalb Kilometer Breite – wurde von etwa 400 000 Juden bewohnt. Es befanden sich in ihm 27 000 Wohnungen mit einem Zimmerdurchschnitt von zweieinhalb Zimmern. Es war von dem übrigen Stadtgebiet durch Brand- und Trennmauern und durch Vermauerung von Straßenzügen, Fenstern, Türen und Baulücken getrennt.

Vor dem Beginn der Großaktion waren die Grenzen abgeriegelt, um einen Ausbruch der Juden zu verhindern.

Am 19. April 1943 fuhren wir mit drei Geschützen und drei Panzerwagen ins Getto ein.

Schon nach den ersten Tagen erkannte ich, daß der Plan nicht durchführbar war. Die Juden kämpften um ihr Leben.

Am 23. April 1943 erging von Himmler der Befehl, die Durchkämmung des Gettos in unnachsichtiger Zähigkeit durchzuführen. Ich entschloß mich deshalb, die totale Vernichtung durch Abbrennen durchzuführen.

Es war nicht selten, daß die Juden sich so lange in den brennenden Häusern aufhielten, bis sie es wegen der Hitze und aus Angst vor dem Verbrennungstod vorzogen, aus den Stockwerken herauszuspringen. Mit gebrochenen Knochen versuchten sie dann noch über die Straße in Häuserblocks zu kriechen, die noch nicht oder nur teilweise in Flammen standen.

Auch der Aufenthalt in den Kanälen war schon nach den ersten acht Tagen kein angenehmer mehr. Zahlreiche Juden, die nicht gezählt werden konnten, wurden in Kanälen und Bunkern durch Sprengungen erledigt.

Je länger der Widerstand andauerte, desto härter wurden die Männer der Waffen-SS, der Polizei und der Wehrmacht, die auch hier in treuer Waffenbrüderschaft unermüdlich an die Erfüllung ihrer Aufgaben herangingen.

Wenn man berücksichtigt, daß die Männer der Waffen-SS zum größten Teil vor ihrem Einsatz nur eine drei- bis vierwöchige Ausbildung hinter sich hatten, so muß der von ihnen gezeigte Schneid besonders anerkannt werden.

Es ist festzustellen, daß auch die Pioniere der Wehrmacht die von ihnen vorgenommenen Sprengungen in unermüdlicher einsatzfreudiger Arbeit vollbrachten.

Immer wieder konnte man beobachten, daß trotz der großen Feuersnot Juden und Banditen es vorzogen, lieber ins Feuer zurückzugehen, als in unsere Hände zu fallen.

Die Großaktion wurde am 16. Mai 1943 um 20 Uhr 15 mit der Sprengung der Warschauer Synagoge beendet.

Nur durch den ununterbrochenen und unermüdlichen Einsatz sämtlicher Kräfte ist es gelungen – bei nur insgesamt 16 Mann Verlust –, insgesamt 56 065 Juden zu erfassen beziehungsweise nachweislich zu vernichten. Dieser Zahl hinzuzusetzen sind noch die

Juden, die durch Sprengungen, Brände und so weiter ums Leben gekommen, aber zahlenmäßig nicht erfaßt werden konnten.

Da auch nach der Großaktion damit zu rechnen ist, daß sich unter den Trümmern noch vereinzelte Juden aufhalten, muß durch Vernichtung aller Schlupfwinkel und durch Abdrosselung des Wassers den noch verbliebenen Juden jede weitere Daseinsmöglichkeit genommen werden."

Lainz, Schilling und Peters waren vom Hofgarten in die Stadt hinuntergegangen. Sie saßen jetzt im Gasthof „Goldene Sonne" und tranken Dünnbier. Lainz hatte bestimmt, daß ab sofort nicht mehr in der Öffentlichkeit über das Vorhaben „Kampfgruppe Edelweiß" gesprochen werden durfte.

So erzählten sie sich deftige Männerwitze, tauschten ihre Erfahrungen im Sexualleben aus und benahmen sich im übrigen nicht anders als die anderen Gäste auch.

Ihr Tisch stand unmittelbar an der Durchreiche zur Küche. Von hier aus war das Lokal gut überschaubar.

Die Kellnerin räumte gerade die leeren Teller ab, da sah Ulrich Lainz zur Tür. Mit dem Ellenbogen stieß er Ralf Schilling an. „Kennen wir den nicht?"

Schillings Blick folgte seinem. „Ja", sagte er, „den kennen wir."

Harald Erich Steinbronn hatte die Gaststube betreten.

Er tat, als suchten seine Augen einen freien Stuhl. In Wirklichkeit jedoch hatte er längst die drei Männer am Tisch neben der Durchreiche entdeckt. Wie von ungefähr drängte er sich an den Rücken der Gäste vorbei zu ihnen vor.

„Gestatten?" sagte er höflich und wechselte den Ton. „Oh, welche Überraschung! Darf ich?"

Schilling sah Lainz an. Lainz nickte. Steinbronn zog seinen Mantel aus, setzte sich linkisch, bestellte sich ein Bier und gab sich hoch erfreut über das Wiedersehen. Er riß das Gespräch an sich und kam nach kurzer Zeit auf den Krieg und seine Tätigkeit im Reichssicherheitshauptamt zu sprechen.

Weder Lainz noch Schilling noch Peters hegten Verdacht. Auch dann nicht, als Steinbronn auf ihre Unterhaltung vor nunmehr 14

Tagen anspielte. Lainz unterbrach ihn lediglich mit dem Hinweis auf die anderen Gäste. Steinbronn gab zu verstehen, daß er gern Näheres über ihre damalige Unterhaltung erfahren würde, da er unter Umständen „an der Sache mitarbeiten" wolle.

Lainz sagte, daß er persönlich zwar in einer halben Stunde – um 16 Uhr 30 – zurück nach München fahren müsse. Schilling jedoch bleibe hier in Landshut und sei seine rechte Hand. Steinbronn möge sich mit ihm für morgen verabreden.

Steinbronn willigte ein, und Schilling schlug vor, sich um elf Uhr zu treffen.

„Gut", sagte Steinbronn, „elf Uhr. Und wo?"

„Im Hofgarten", sagte Schilling, „hinter der Burg Trausnitz."

Lainz drängte zum Aufbruch, zahlte für Steinbronn mit. Sie verabschiedeten sich von ihm und verließen das Lokal.

Steinbronn blieb noch sitzen. Er war mit sich zufrieden. Nach einer Weile holte er sein Notizbuch aus der Jackentasche, riß ein Blatt heraus und schrieb darauf: „Erfolg gehabt. Verabredung morgen 11 Uhr Hofgarten."

Dann steckte er das Notizbuch in die Jacke zurück, behielt das herausgerissene Blatt in der Hand, stand auf, zog seinen langen grauen Ledermantel an, versenkte das Blatt in der Manteltasche und ging aus der Tür.

Auf der Straße sah er sich um, ob ihm womöglich einer der drei Männer oder ein anderer auflauerte und folgte. Als er nichts dergleichen bemerkte, machte er sich auf den Weg zur Kirche St. Martin.

An Clinton Keens Verbindungsmann dachte er jetzt nicht. Doch Billsteiner, der wie beim erstenmal geduldig in der Toreinfahrt des Nebenhauses gewartet hatte, blieb ihm auf den Fersen.

Wie angeordnet, betrat Steinbronn die Kirche durch das erste Seitenportal von der Kirchgasse her. Das schmale, hohe gotische Schiff mit den überaus schlanken Pfeilern nahm ihm für einen Augenblick den Atem.

Dann wandte er sich nach links und erkannte die von Keen beschriebene Nische mit dem doppelseitigen Beichtstuhl. Er vergewisserte sich, daß ihn niemand beachtete, und betrat den rechten

Stuhl. Mit der einen Hand zog er das Blatt Papier aus der Manteltasche, mit der anderen stellte er fest, daß das Brett der Kniebank tatsächlich locker war. Er hob es an und schob das Blatt mit der Nachricht darunter.

Dann verließ er die Kirche und ging am Hauptportal vorbei die zwei Stufen zu den Lauben hoch, die zum Dreifaltigkeitsplatz führten. Von dort aus war es nicht mehr weit nach Achdorf.

Auf der anderen Straßenseite löste sich aus dem Eingang zu den Kronprinz-Lichtspielen ein junger Mann in einem Soldatenmantel. Er ging ebenfalls in Richtung Dreifaltigkeitsplatz und ließ Steinbronn nicht aus den Augen. Es war Ralf Schilling.

Richard Billsteiner hatte an der Ecke Kirchgasse-Altstadt gewartet, bis Steinbronn wieder aus der Kirche gekommen war.

Jetzt betrat er sie und holte sich das Blatt mit Steinbronns Nachricht.

5

In Nürnberg hielt Captain Clinton Keen mit seinem BMW 328 kurz vor 17 Uhr vor dem Justizpalast. Bis die Nachmittagsverhandlung zu Ende war, bis Clairons Sekretärin das Gebäude verlassen würde, blieben ihm noch einige Minuten.

Er steckte sich eine Zigarette an und lehnte sich in den Sitz zurück. Er hatte am Vormittag Karin Rulands Personalbogen eingesehen. Er wußte nun, daß sie aus Berlin kam, daß sie 25 Jahre alt war, daß ihre Eltern tot waren, daß sie früher bei einem Architekten als Sekretärin gearbeitet hatte, dann in einen Rüstungsbetrieb abkommandiert worden war, daß sie englisch sprach, daß sie weder Mitglied der NSDAP noch des BDM und nur von 1940 bis 1941 Mitglied der Deutschen Arbeitsfront war und daß sie noch einen Bruder hatte, der bis gegen Ende des Krieges vom Militärdienst freigestellt war, da er Meteorologie studierte, ebenfalls keiner NS-Organisation angehörte außer dem NS-Studentenbund und jetzt in Essenbach bei einem Bauern arbeitete.

Ein eigenartiges Mädchen, dachte Clinton und schnippte die Zigarette nach wenigen Zügen aus dem Wagenfenster. Ein Mädchen, das offensichtlich keine Nationalsozialistin war, das eine freimütige, beinahe treuherzige Ausstrahlung hatte und das ihn dennoch belogen hatte.

Er hatte ihre Augen noch genau vor sich. Sie waren klar, rein, fast jungfräulich. Dazu aquamarinblau. Warum hatte dieses Mädchen ihn angelogen? Er war entschlossen, es heute herauszubekommen. Mit allen Mitteln. Denn seine Zeit war knapp. Die Meldung nach Bamberg konnte er nicht mehr länger aufschieben.

Die Nachmittagsverhandlung war beendet. Durch das eiserne Tor begann ein reger Verkehr. Clinton erkannte den Chevrolet, mit dem Lordrichter Lawrence täglich abgeholt wurde. Dann Biddle, den ehemaligen US-Attorney-General, den ein G.I. in einem Jeep fuhr. Den Humber des Schweizer Journalisten, den Wagen des belgischen. Dann den NSU von Clairon, jedoch ohne Karin Ruland.

Sie kam erst nach gut fünf Minuten, in einer Gruppe von Mädchen. Clinton stieg aus und ging auf sie zu.

„Fräulein Ruland?"

„Ja?" Sie blieb stehen. Die anderen Mädchen gingen weiter.

„Erinnern Sie sich an mich?"

„Natürlich . . ."

„Ich muß Sie bitten, mit in mein Büro zu kommen."

„In Ihr Büro? Um was handelt es sich denn?"

„Das werde ich Ihnen dann erklären. Bitte steigen Sie ein."

Sie stieg auf den Sitz neben ihm, er setzte sich ans Steuer und fuhr los.

Sie hielt ihre Schreibmappe auf dem Schoß, und ihr Blick ging geradeaus. Als sie in die Sulzbacher Straße einbogen, fragte sie ihn, ob er kurz anhalten könnte.

„Anhalten? Warum?"

„Heute ist Kürbishonig aufgerufen", sagte sie. Da er sie ärgerlich ansah, setzte sie hinzu, „auf Abschnitt E der Lebensmittelkarte. Wenn ich mich nicht beeile, gehe ich leer aus."

„Tut mir leid", sagte er und fuhr durch bis in die Kneippstraße.

„Bitte steigen Sie aus.“ Er führte sie in sein Büro, gab Joe einen Wink, den Stenoblock zu nehmen, hielt die Tür zum Vernehmungsraum auf, ließ sie vorangehen und auf dem Stuhl vor dem Schreibtisch Platz nehmen.

Auf das Einschalten der 1000-Watt-Lampe verzichtete er. „Fräulein Ruland“, sagte er hart, „Sie waren kein Mitglied der NSDAP?“

„Nein, ich war kein Mitglied.“ Sie sah ihn verständnislos an.

„Auch nicht Mitglied einer der angeschlossenen Organisationen?“

„Doch“, sagte sie, „Deutsche Arbeitsfront. Ich verstehe nicht, warum Sie fragen.“

„Warum waren Sie bei der Deutschen Arbeitsfront?“

„Was blieb mir anderes übrig? Ich war Sekretärin. Warum sind die Menschen in anderen Ländern in den Gewerkschaften?“

„Die Deutsche Arbeitsfront war keine Gewerkschaft.“

„Aber sie war an die Stelle der Gewerkschaften getreten. So jedenfalls hat man es uns erklärt.“

„Als Mitglied der Deutschen Arbeitsfront waren Sie für den Nationalsozialismus.“

„So kann nur jemand folgern, der die Situation in Deutschland nicht gekannt hat.“

„Ich habe diese Situation sehr gut gekannt! Zu gut! Ich habe mich lange genug damit beschäftigt. Ich weiß, daß Hitler mit 99,9 Prozent aller Stimmen gewählt wurde.“

„Aber nicht von mir. Damals war ich noch gar nicht wahlberechtigt.“

„. . . und ich weiß, daß jetzt niemand für den Nationalsozialismus gewesen sein will. Wo sind sie nur plötzlich, die ganzen Nazis? Weg! In Luft aufgelöst! Es hat sie nie gegeben!“ Er merkte, wie er sich von ihr in einen Unmut hineinsteigern ließ, der ihn nicht weiterbrachte.

„Okay“, sagte er, „Sie waren also keine Nationalsozialistin.“

„Nein, das war ich nicht.“

„Vielleicht Ihr Vater?“

„Nein, der auch nicht. Sonst wäre es uns bessergegangen.“

„Soviel ich weiß, ging es Ihnen nicht schlecht, Ihr Bruder konnte studieren . . .“

„Das ist kein Beweis. Werner wollte nicht zum Militär. Da kam er auf die Idee mit der Meteorologie. Dadurch wurde er UK gestellt. Soviel ich weiß, waren Meteorologen knapp.“

„Wen kennen Sie hier in Nürnberg?“

„Niemand.“

„Sie kennen zum Beispiel Mister Clairon.“

„Das wissen Sie ja.“

„Und Sie kamen zum Beispiel in einer Gruppe von Mädchen aus dem Justizpalast.“

„Davon kannte ich nur zwei.“

„Fräulein Ruland!“ Er hob seine Stimme an. „Ich habe Sie eben gefragt, wen Sie hier in Nürnberg kennen, und Sie haben mit ‚niemand‘ geantwortet. Und jetzt wissen wir schon drei Leute, die Sie hier kennen! Ich frage Sie noch einmal: welche Menschen kennen Sie in Nürnberg? Ich möchte sie alle genannt bekommen! Jeden einzelnen. Auch wenn er Ihnen noch so unwichtig erscheint! Auch wenn Sie vielleicht nicht wissen, warum ich Sie hierher gebeten habe! Also!“

„Das eine Mädchen heißt Gertrud. Den Nachnamen kenne ich nicht. Von dem anderen Mädchen weiß ich nicht einmal den Vornamen.“

„Wen kennen Sie noch? Doch Ihre Wirtin, ja?“

„Ich habe keine Wirtin. Die Wohnung ist von der Militärregierung beschlagnahmt. Sie soll früher einem Herrn Wegscheider gehört haben. Ich habe ihn noch nie zu Gesicht bekommen.“

„Kennen Sie zum Beispiel nicht auch einen Angehörigen der US-Army?“

„Höchstens vom Sehen.“

„Keinen Lieutenant?“

„Lieutenant? Sind das die mit dem . . .?“ Sie tippte mit dem Finger gegen ihren Oberarm.

„Ja, das sind die mit dem . . . Also?“

„Da nahm mich gestern einer freundlicherweise in seinem Wagen mit. Ein junger. Wir sind auf dem Hof des Justizpalastes zusammengeprallt. Er sagte mir, daß er zur Sicherungsgruppe von Colonel Andersen gehört. Sein Name ist Bob – lassen Sie mich mal überlegen – nein, der Nachname fällt mir nicht mehr ein. Jedenfalls war es ein mehrsilbiger."

Clinton verzog keine Miene. Ihre Auskunft stimmte. Anscheinend hatte Bob keinen nachhaltigen Eindruck hinterlassen.

„Nun wissen wir schon von vier Leuten, die Sie hier kennen", fuhr Clinton sie an, „wen kennen Sie also noch?"

„Lassen Sie mir Zeit zum Überlegen."

„Überlegen Sie. Aber überlegen Sie gut!"

„Niemand", sagte sie nach einer Weile, „außer diesen vier Leuten kenne ich in Nürnberg wirklich niemanden mehr."

„Sie wollen mir doch nicht allen Ernstes einreden, daß Sie allein essen, allein ins Kino gehen, allein Ihre Freizeit verbringen!"

„Doch", sagte sie trotzig, „das tue ich. Ich esse allein. Ich verbringe meine Freizeit allein. Und im Kino war ich, seit ich hier bin, nur einmal. ‚Die ewige Eva', mit Deanna Durbin und Charles Laughton. Offensichtlich machen Sie sich falsche Vorstellungen von der Tätigkeit einer Sekretärin bei Mister Clairon. Daß er mir heute schon freigab, war eine reine Gefälligkeit von ihm. Er wollte mir Gelegenheit geben, den aufgerufenen Kürbishonig zu kaufen." Sie sah ihn herausfordernd an.

Er tat, als bemerkte er es nicht. „In welcher Funktion ist das Mädchen Gertrud im Justizpalast tätig?"

„Sie ist Sekretärin eines der Verteidiger oder Verteidigerassistenten, ich weiß es nicht so genau."

„Wie heißt dieser Verteidiger?"

„Keine Ahnung. Ich esse mit Gertrud nur ab und zu in der Kantine. Da sprechen wir nicht über die Arbeit."

„Und das Persönliche?"

„Das drehte sich bisher um Erinnerungen an früher, um die Liebe und so."

„Und diese Gertrud ist Nationalsozialistin?"

„Keine Ahnung. Das war für uns kein Thema."

„Okay." Er war bereit, zum Schluß zu kommen. „Sie erinnern sich an unser erstes Gespräch?"

„Ja.“

„Da stellte ich Ihnen eine Frage, die Sie mir nicht wahrheitsgetreu beantwortet haben. Genaugenommen waren es mehrere Fragen zu einer zusammengefaßt.“ Sein Blick verhieß nichts Gutes.

Sie schwieg. Sie hatte das Gefühl, als wisse sie, worauf er hinaus wollte. Es war ihr klar, daß sie sich eine Erklärung zurechtlegen mußte. Daß sie Werner unter keinen Umständen preisgeben durfte.

„Ich stelle Ihnen diese Frage jetzt noch einmal.“ Er beobachtete eingehend ihre Augen. Nichts in ihnen deutete auf eine Unsicherheit hin. „Versuchten in letzter Zeit fremde Personen zu Ihnen Kontakt aufzunehmen? Haben Sie irgend etwas Bemerkenswertes erlebt?“

„Ich erinnere mich an die Fragen. Lassen Sie mich nachdenken.“ Sie sah an ihm vorbei, als ordne sie ihr Gedächtnis. „Nein“, sagte sie, „ich kann Ihnen die Frage nicht anders beantworten als bei unserem ersten Gespräch.“

„Okay“, sagte er scharf, „wie erklären Sie sich dann den Satz ‚er wollte mich ausquetschen, aber er geriet bei mir an die falsche Adresse‘? Das sagten Sie zu Lieutenant Bob Hammersmith.“

Das war es also! schoß es ihr durch den Kopf, diesen Fehler hatte sie also dummerweise begangen! Sie mußte lächeln. „Dieser Satz bezog sich tatsächlich auf Sie“, sagte sie dann gedehnt, „aber nicht auf Ihre Frage nach dem ‚Bemerkenswerten‘, das ich erlebt haben sollte. Sondern nur auf Ihre unmögliche Art, zu fast nachtschlafender Zeit mit mir flirten zu wollen.“

„Waas?“ Er war auf jede Ausrede vorbereitet, nur nicht auf diese unverfrorene.

„Wollten Sie es etwa nicht?“ Sie gab sich arglos.

„Ist das alles, was Sie zu antworten wissen?“ Er sprach mit einem Mal so unbeherrscht laut, daß er selbst erschrak.

„Ja“, sagte sie, „das ist alles. Lassen Sie mich bitte nach Hause bringen? Meinen Kürbishonig bekomme ich jetzt leider nicht mehr. Die Läden haben schon zu.“

Er spürte, daß es wenig ergiebig gewesen wäre, sie noch weiter hierzubehalten, und gab Joe ein Zeichen. Joe fuhr sie nach Hause.

Dann blätterte Clinton die Personalbogen aller Mitarbeiterinnen der Verteidigung durch, bis er auf die einzige mit dem Vornamen Gertrud stieß. Es war die Sekretärin Gertrud Dittmayer. Doch sie hatte weder der NSDAP noch einer ihrer Organisationen angehört.

Der Hofgarten war menschenleer wie am Tag zuvor. Nicht einmal spielende Kinder waren zu sehen.

Ralf Schilling verschnaufte. Die steile Fürstentreppe, die im Volksmund „Ochsenklavier" hieß, hatte ihm den Atem genommen. Sein Blick ging über die sanft ansteigenden Wiesen hinweg. Steinbronn war noch nicht da.

Seine Gedanken kamen nicht von dem hinter ihm liegenden Morgen los. Er hatte Kinast ausfindig gemacht und wortlos niedergeschossen. Dann hatte er die Leiche in die reißende Isar geworfen.

Er war darauf vorbereitet, mit Steinbronn ähnlich verfahren zu müssen.

Seine rechte Hand faßte in der Manteltasche nach der Mauser.

Er wollte das Gespräch schnell hinter sich bringen, denn er hatte sich für heute noch eine weitere dringende Sache vorgenommen. Den Besuch in Essenbach.

Ob Peters schon seinen Posten bezogen hatte? Es war festgelegt, daß er ihm Rückendeckung geben sollte. Gewiß stand er schon hinter einer der weit ausladenden Ahorngruppen, oder er beobachtete ihn aus einem der dichten Büsche heraus.

Er hatte den Gedanken noch nicht zu Ende gedacht, da trat Steinbronn durch die Eingangspforte nahe dem Haupttor der Burg. Sein Gang ist unverkennbar der eines höheren Offiziers, sagte sich Schilling, so von sich eingenommen bewegt sich kein normaler Mensch.

Sie gingen aufeinander zu.

„Wir wollen es kurz machen", sagte Schilling formlos. Seine Stimme klang nicht unterwürfig wie gegenüber Lainz. Hier bei diesem Gespräch fühlte er sich als der Überlegene, gleichgültig, welchen Dienstrang Steinbronn auch gehabt haben mochte.

„Das kommt mir entgegen“, sagte Steinbronn und fuhr sich mit der Hand durch sein schütteres Haar.

„Ich bin von meinem Vorgesetzten angewiesen, Ihnen einige Fragen zu stellen.“

„Bitte fragen Sie.“

„Sie behaupten, beim Reichssicherheitshauptamt gewesen zu sein? Können Sie das beweisen?“

„Ich habe keinen Ausweis mehr, wenn Sie das meinen. Ich kann Ihnen nur sagen, daß ich Sturmbannführer bin beziehungsweise war, und daß ich in der Abteilung römisch sechs als Rußlandexperte gearbeitet habe.“

„Können Sie diese Angaben erhärten? Durch Namen oder interne Hinweise?“

„Nützt es Ihnen etwas, wenn ich Ihnen Namen wie Sturmbannführer Dr. Augsburg oder Brigadeführer Professor Dr. Six vorbete? Wohl kaum. Wenn wir einander nicht trauen wollen, hat das Gespräch keinen Sinn.“

Lainz hatte Schilling auf eine derartige Reaktion Steinbronns vorbereitet.

„Gut“, sagte Schilling, „dann beenden wir die Unterredung.“

„Aber das ist doch absurd!“ lenkte Steinbronn ein, „ich verstehe ja Ihre Vorsicht völlig. Na schön, bleiben wir bei Professor Dr. Franz Six. Er kam aus Mannheim. Sein Vater war Polsterer. Brigadeführer Six war Gesandter im Auswärtigen Amt, dann Amtschef römisch sieben, Gegnerforschung. Außerdem Präsident des Deutschen Auslandswissenschaftlichen Instituts und Dekan der Auslandswissenschaftlichen Fakultät der Universität Berlin. Wenn ich mich recht entsinne, war seine Frau eine geborene Offenbach. Seine Referenten waren Dr. Horst Mahnke und Dr. Rolf Oebsger-Röder. Genügt das?“

„Wir werden es nachprüfen. Sie sagten gestern, Sie hätten Interesse, bei uns mitzuarbeiten?“

„Ja, das habe ich. Das heißt . . .“

Schilling sah ihn fragend an.

„. . . das heißt“, fuhr Steinbronn mit knarrender Stimme fort, „wenn ich nach Kenntnis einiger Details . . .“

„Als Sturmbannführer sollten Sie wissen, daß so etwas nicht möglich ist“, unterbrach Schilling schroff, „entweder Sie entscheiden sich für uns, dann dürfte Ihnen der Treueschwur bekannt sein. Oder . . .“

„Lieber Freund“, sagte Steinbronn leutselig, „nicht nur Sie müssen eine gewisse Vorsicht walten lassen, auch ich. Außerdem darf ich Sie höflich darauf hinweisen, daß Sie noch vor kaum vierzehn Tagen sehr freimütig Ihr Vorhaben in einem öffentlichen Lokal diskutierten.“

Ralf Schilling merkte, wie ihn von neuem Unruhe befiel. Er ärgerte sich. Er hatte nicht die Absicht gehabt, sich mit Steinbronn in lange Debatten einzulassen. Nun steckte er in einer Sackgasse.

„Ich glaube kaum“, sagte er, „daß Sie von unserem damaligen Gespräch allzuviel mitbekommen haben. Und wenn, waren es sicher nur allgemein politische Anschauungen, die Sie heute an jedem Stammtisch hören können. Die Details unserer Organisation sind geheim.“

„Schön“, sagte Steinbronn, „wie soll's weitergehen? Machen Sie einen Vorschlag.“

„Sie werden in den nächsten Tagen Gelegenheit bekommen, für uns zu arbeiten. Wir werden Sie benachrichtigen. Wo können wir Sie erreichen?“

Steinbronn nannte die Adresse des Gasthofs „Zum Zollhaus“.

„Und wo kann ich Sie finden?“

„Mich?“ fragte Schilling. „Ich wüßte nicht warum.“

„Weil ich womöglich meinen Standort verlegen muß“, log Steinbronn. „Ich gehöre nämlich ebenso wie Sie einer SS-Untergrundorganisation an und muß beweglich sein.“

Schilling war verwirrt. Diese Wendung hatten sowohl er als auch Lainz außer acht gelassen. „Damit kommen Sie erst jetzt heraus?“ sagte er grob.

„Sie sehen, auch wir wissen, auf der Hut zu sein. Unsere Organisation erstreckt sich hauptsächlich über Österreich. Sie dient dazu, gefährdete Kameraden nach Südamerika zu schleusen. Aus rein persönlichen Gründen bin ich aber bereit, in Ihre Sache einzusteigen. Das heißt, wenn sie tatsächlich mit dem Prozeß in Nürnberg zu tun hat." Steinbronn sprach wohlüberlegt und ohne Hast, und es klang für Schilling überzeugend.

„Gut", sagte er, „Sie erreichen mich über die Fleischbank. Die Fleischbankgasse ist das kleine Gäßchen hinter dem Rathaus. Wenn Sie von der Grasgasse kommen, ist es der zweite Metzger. Sie fragen nach Vitus. Der nimmt die Nachricht für mich entgegen."

„Einverstanden", sagte Steinbronn, „aber sind Sie wirklich davon überzeugt, hier in Landshut im Untergrund bleiben zu können?"

„Zumindest bis Sie Ihr Probestück für uns abgelegt haben, Sturmbannführer", sagte Schilling kühl, wandte ihm den Rücken zu und drehte sich noch einmal flüchtig um. „Wir melden uns." Dann ging er den abschüssigen Weg in Richtung der Bernlochner Schlucht davon. Er vertraute auf Peters, der Steinbronn ab jetzt nicht mehr aus den Augen lassen würde.

Hinter einem der Durchblicke in der Burgmauer verschwanden zwei Augen mit buschigen Brauen. Richard Billsteiner war mit sich und der Welt zufrieden. Er würde jetzt den Mann, mit dem Steinbronn gesprochen hatte, unter hundert anderen herauskennen. Wie mit Clinton Keen verabredet, begab er sich augenblicklich zur Landshuter CIC-Dienststelle, um die Beschreibung des Mannes an Keen durchgeben zu lassen.

Wäre er allerdings Steinbronn gefolgt, hätte er unter Umständen auch den zweiten Mann entdeckt und ein Verhängnis abwenden können.

Steinbronn ahnte von alledem nichts. Er ging hinunter zur Kirche St. Martin und legte abermals eine Nachricht in Keens Briefkasten.

Peters beobachtete hinter einem Pfeiler hervor, wie Steinbronn aus dem Beichtstuhl trat und die Kirche verließ. Es war für ihn ein leichtes, unter der Kniebank den Zettel zu finden.

Die Nachricht war knapp, jedoch aufschlußreich. „Alles läuft – Vitus bei 2. Metzger Fleischbank – melde mich wieder."

Es war für Peters klar, daß er sich auf dem schnellsten Weg mit Schilling in Verbindung setzen mußte.

Er erreichte ihn, als er gerade die Pension „Moosmüller“ in der Absicht verließ, sich auf der Regensburger Straße einen Wagen in Richtung Essenbach zu winken.

Schilling hörte sich den Bericht von Peters an und las den Zettel. Es stand für ihn außer Frage, daß Steinbronn ein Spitzel war.

Eiskalt ordnete er seine Gedanken. Es blieb ihm keine Zeit, Lainz zu verständigen. Er mußte blitzschnell handeln. Zu groß war die Verantwortung, durch Zögern womöglich das ganze Projekt „Nürnberg“ aufs Spiel zu setzen. Er allein hatte jetzt zu entscheiden. Umgehend und ohne Hilfe. Mit dem Ziel, für die Kampfgruppe jedes Risiko auszuschalten.

Er war sich bewußt, was er jetzt zu tun hatte.

Eine Stunde darauf war Steinbronn tot.

Bis Achdorf hatten sie keine 10 Minuten gebraucht. Der Gasthof „Zum Zollhaus“ war jedem Kind bekannt. Peters hatte Steinbronn den Auftrag überbracht, in 20 Minuten an den Isarauen neben der Münchner Straße auf Höhe des Kilometersteins 1,5 zu sein.

Steinbronn war pünktlich. Nichts an ihm deutete darauf hin, daß er erkannte, worum es ging. Auf einen Wink von Peters, der in Deckung der Auen stand, sprang er ungelenk die Böschung hinunter, stolzierte auf die kahlen Gebüsche zu und teilte sie mit großen Bewegungen, als befinde er sich auf dem Exerzierplatz.

Schilling machte es kurz.

„Geben Sie zu, daß Sie unsere Organisation ausspionieren wollten!“

„Ich?“

Steinbronn wurde wachsbleich. Sein pergamentenes Habichtsgesicht glich plötzlich einem Totenkopf.

Schilling hielt ihm den Zettel hin. „Leugnen ist zwecklos!“

„Ich ... Nein ...!“ Steinbronn rang nach Luft. Seine Stimme versagte.

„Seit wann ist ein Sturmbannführer feige! Gestehen Sie es schon ein!“ Schilling gab zu erkennen, daß er nicht gewillt war, sich anlügen zu lassen.

„Ja“, sagte da Steinbronn leise und senkte den Kopf, „ich gebe es zu. Aber ich wurde vom CIC dazu gezwungen, das schwöre ich bei allem, was mir heilig ist.“

Beim letzten Wort des Satzes drückte Schilling ab. Er behielt dabei die Mauser in der Manteltasche. Vorsorglich hatte er um ihre Mündung einen Stofflappen gewickelt. Die Schüsse bellten merklich gedämpft.

Steinbronns Körper wurde nach hinten gerissen, drehte sich um die halbe Achse und fiel dann plump auf nasses Laub.

Mit den Füßen schoben Schilling und Peters feuchte Erde, Geäst, Steine und Laub über ihn und halfen mit den Händen nach, bis sie ihn völlig bedeckt hatten.

Erst Wochen später fand eine alte Frau den Toten. Er war schon in Verwesung übergegangen.

Von Landshut nach Essenbach waren es 12 Kilometer. Gegen 16 Uhr sprang Ralf Schilling von dem US-Lastwagen, der ihn bis zur Grenze des kleinen Ortes mitgenommen hatte. Er winkte den beiden G.I. im Führerhaus zu und machte sich auf den Weg zu Werner Ruland.

Um diese Jahreszeit mußten auf dem Hof alle Arbeiten verrichtet werden, die während der Sommer- und Herbstmonate liegengeblieben waren. Der Tag begann für Werner jeden Morgen um vier. Und jeden Abend um sechs fiel er hundemüde ins Bett. Werner ging in seine Kammer und hielt sein Gesicht in das eisigkalte Wasser der Porzellanschüssel. Er nahm das Handtuch und rieb sich das Gesicht ab. Obwohl ihm die schwere Arbeit auf dem Hof guttat und sein Körper festes Fleisch und Muskeln bekommen hatte, obwohl er einen robusten und widerstandsfähigen Eindruck machte, war er doch empfindsam und sensibel geblieben. Hätte es seine Schwester Karin nicht gegeben, dann hätte er wohl schon mehrmals aufgegeben. Er lebte für Karin. Er wollte sie beschützen.

Und ausgerechnet ihr gegenüber hatte er sich als Schwächling erwiesen. Er hatte sie angelogen und einer geradezu ungeheuren Gefahr ausgesetzt. Er wollte Karin bitten, das letzte Gespräch zwischen ihnen zu vergessen. Erst dann würde ihm wieder wohl sein.

Es klopfte.

In der Tür stand Ralf Schilling. Er hatte auch heute seinen viel zu langen, abgetragenen Militärmantel an und hielt die rechte Hand in der Tasche. Sein Gesichtsausdruck verhieß nichts Gutes.

„Darf ich?"

„Komm rein." Werner nickte unbehaglich.

„Ich bin hier, um von dir zu hören, daß die Sache mit Karin in Ordnung geht."

Werner schwieg. Er fühlte sich außerstande, über Karin zu reden. Nicht jetzt und nicht mit Ralf Schilling.

„Du verkennst deine Lage", sagte Schilling drohend, „ich habe dich etwas gefragt."

„Setz dich", sagte Werner, „ich will es dir erklären."

„Ich pfeife auf deine Erklärung. Wir müssen wissen, was mit deiner Schwester ist. Hast du mit ihr gesprochen?"

„Ja", sagte Werner kaum vernehmlich, „das habe ich."

„Und?" herrschte Schilling ihn an.

„Ja." Werner nickte. Er schämte sich vor sich selbst.

Es war die alte Angst, die in ihm hochkroch. Das Gefühl, das er längst überwunden zu haben glaubte. Der Druck, den ihm Hitlers Deutschland täglich eingehämmert hatte.

Ralf Schilling war für ihn zum verlängerten Arm des toten „Führers" geworden.

Werner hob den Blick. Er hätte etwas darum gegeben, wenn er den Mut aufgebracht hätte, sich auf seinen ehemaligen Schulkollegen zu stürzen, ihm seinen überheblichen Ausdruck aus dem Gesicht zu schlagen, ihn, wenn es sein mußte, auch umzubringen. Aber er wußte, daß er zu schwach dazu war, zu feige.

„Ist das alles, was du mir zu sagen hast?" Schillings Stimme zerschnitt seine Gedanken.

Es war ihm, als tauche er aus einem unendlichen Sumpf an die Oberfläche hinauf. „Verlaß den Hof! Sofort! Und laß dich hier nie wieder blicken!"

„Aber Werner", sagte Schilling mit kaltem Lächeln, „das ist doch nicht dein Ernst! Du bist doch nicht so dumm und verlangst das wirklich! Du warst schon immer ein vernünftiger Mensch! Ich komme da eben von einer Unterredung, die sehr unerfreulich verlief. Äußerst unerfreulich. Für meinen Gesprächspartner. Na, war ja auch ein Fremder. Wir aber sind doch Schulkameraden. Und Schulkameraden müssen zusammenhalten!" Und dann ruckartig: „Hast du schon mal einen Menschen getötet?"

„Nein", sagte Werner mit ruhiger Stimme, „niemals."

„Aber ich! Dutzende! Mit Granatwerfern. Gewehr. Pistole. Zwei mit dem Messer. Und einen meiner Jungen habe ich sogar aufgeknüpft. Mit meinen eigenen Händen. Am eisernen Rollo eines Kolonialwarenladens. In den letzten Monaten des Krieges hieß es nur noch ‚du oder ich'! Da habe ich so viele getötet, daß es mir jetzt auf einen mehr oder weniger nicht mehr ankommt. Es liegt an dir, es nicht dazu kommen zu lassen!"

„Töten!" Werner legte seine ganze Verachtung in das Wort. „Töten, das ist alles, was ihr könnt!"

„Aber das können wir perfekt", sagte Schilling zynisch, „das mußt du zugeben!"

„Ihr habt nichts dazugelernt. Ihr glaubt noch immer an den Endsieg. Ihr solltet endlich aufwachen aus eurem Traum, erkennen, welch traurige Figuren ihr abgebt, das Soldatenspielen endgültig aufgeben!"

„In einer Beziehung hast du recht", sagte Schilling, „wir spielen noch immer so etwas wie ‚Soldaten'. Aber nicht aus einem Traum heraus! Sondern einzig und allein, weil es in unserem Land Männer geben muß, die sich gegen das jetzt herrschende Unrecht zur Wehr setzen. Und diese Männer sind wir. Wir ganz allein. Unterschätze uns nicht. Unsere Organisation wächst mit jedem Tag. Nicht alle deutschen Männer ziehen sich wie feige Memmen in ihre selbstgebastelten Schneckenhäuser zurück. Nicht alle lassen sich treten und erniedrigen und küssen den Besetzern dafür noch die Füße. Noch gibt es Männer, die kämpfen. Noch hat sich Deutschland nicht in sein Schicksal ergeben. Du wirst es noch eines Tages bereuen, nicht auf unserer Seite gekämpft zu haben."

„Auf eurer Seite. Auf der Seite der totalen Verblendung!"

„Was weißt denn du! Ist man etwa verblendet, wenn man den sogenannten Prozeß in Nürnberg als das erkennt, was er ist: als die infamste Lüge, die sich die Amerikaner je geleistet haben?"

„Nur die Amerikaner?“ sagte Werner, und er spürte, wie er zusehends an Sicherheit gewann. „Nicht die ganze Welt?“

„Die ganze Welt! Nichts weiter als Staffage ist deine ganze Welt! Dieser Lügenprozeß ist allein die Rache der Amerikaner. Aug‘ um Aug‘, Zahn um Zahn! Wir werden dieses für Deutschland unwürdige Schauspiel beenden! Wir werden dieses Gericht seiner gerechten Strafe zuführen!“

„Ihr seid nicht normal!“

„O doch, mein lieber Ralf, wir sind normal. Mehr als normal. Wir urteilen messerscharf. Wir unterscheiden sehr wohl auch bei den Gefangenen von Nürnberg zwischen Männern wie Kaltenbrunner und Keitel. Zwischen Männern, für die es sich lohnt zu kämpfen, und Männern, die in unseren Augen keine Männer sind. Nimm zum Beispiel Göring. Was hältst du von Göring?“

„Ich verstehe die Frage nicht.“

„Du verstehst sie sehr gut. Du willst sie nur nicht verstehen. Gehört Göring in deinen Augen auf unsere Seite oder auf die Seite der Idioten und feigen Memmen?“

„Ich arbeite vierzehn Stunden schwer am Tag. Zur Verfolgung des Prozesses fehlt mir die Zeit.“

„Ah, darauf ziehst du dich zurück! Sehr geschickt! Aber ich will dich informieren: Göring schwankt. Er ist so labil, wie er es während der ganzen letzten Jahre war. Eine selbstgefällige, fette Memme. Ab und zu allerdings schlägt er Töne an, die aufhorchen lassen. Dann schimmert der Göring der ersten Kampfzeit durch. Diese Töne sind es auch, warum wir ihn noch nicht aufgegeben haben. Wir werden ihn noch einige Zeit beobachten. Dann wird sich sein Schicksal entscheiden. Durch uns entscheiden, Werner, durch uns ganz allein!“ Er redete sich in eine derartige Erregung, daß er nicht mehr darauf achtete, wie er indirekt Einzelheiten seiner Kampfgruppe preisgab. Der Drang, den anderen überzeugen zu wollen, ließ ihn die Vorsicht kurz vergessen.

Werner prägte sich jedes Wort ein. Sobald er Zeit finden würde, nach Nürnberg zu fahren, wollte er Karin dieses Gespräch lückenlos berichten. Über den Mann, der sich mit der Macht seiner Untergrundorganisation brüstete. Der für ihn aus dem Nebel aufgetaucht war und mit Bestimmtheit auch auf dieselbe Weise verschwinden würde.

In den Nebel?

Eine Eingebung ließ ihn fragen: „Wie kommst du eigentlich nach Hause?"

Schilling war verblüfft. „Wie ich nach Hause komme?"

„Ja."

„Komische Frage."

„Ich meine nur, es geht auf fünf zu. Es wird dunkel. Bist du zu Fuß? Mit der Bahn? Hast du ein Fahrzeug?"

„Warum machst du dir darüber Gedanken?" Schilling wurde hellhörig. „Hast du Angst, ich könnte hier übernachten wollen?"

„Vielleicht", log Werner und setzte hinterher, „ich dachte nur, die Sperrstunde . . ."

„Ich kann dich beruhigen", lachte Schilling, „bis zur blöden Curfew bin ich zehnmal zurück. Länger als eine Stunde habe ich noch nie auf einen Amiwagen gewartet."

„Und wenn du umsteigen mußt?"

„Auf dieser Strecke nicht. Zufrieden?"

„Ja", sagte Werner, denn er wußte nun genug. Nach Schillings Antworten zu schließen, konnte es sich bei dem Ort, zu dem er wollte, nur um Landshut handeln. Regensburg, Straubing, Deggendorf oder Kelheim waren zu weit entfernt. Da mußte er unter Umständen nicht nur mit einem einmaligen, sondern mit mehrfachem Umsteigen rechnen. Und daß er nicht in einem kleineren Ort wohnte, stand für ihn außer Zweifel. In Marktflecken wie Postau, Ergoldsbach oder Weihmichel ließ es sich nicht untertauchen.

Es war gut zu wissen, wo der Gegner zu finden war.

„Dann werde ich jetzt gehen", sagte Schilling und knöpfte sich den Mantel zu, „die Sache mit Karin läuft also?"

Von neuem fühlte Werner, wie er außerstande war, mit Schilling über Karin zu sprechen, wie ihm der Magen durchzusacken drohte.

„Läuft es? Gib Antwort!" Schilling machte einen Schritt auf ihn zu.

„Ich habe es dir doch schon gesagt."

„Ich will es aber noch mal hören! Klipp und klar! Läuft es?"
„Ja." Werner sah den anderen herausfordernd an. „Aber laß mich in Zukunft in Ruhe!"
„Das hängt einzig und allein von dir ab, mein lieber Werner." Schilling hielt die Hand auf der Klinke. „Wenn du mir keine Scherereien machst, kannst du meinetwegen dein Leben lang den Bauerntrottel spielen!"

Zweites Buch
Die Verteidigung

1

Sie war gerade vier Jahre alt, da gaben die Ärzte sie auf. Die Hirnhautentzündung hatte das Stadium der Genickstarre bereits überschritten. Das Fieber kletterte auf 40,3.

Sie wußte von alledem nichts. Sie schlief.

Wann immer sie die Augen aufschlug, nahm sie vor sich auf der Decke ihres Bettes eine große, feste Hand wahr und fühlte sich von einer dunklen, wohlklingenden Stimme liebkost.

Sie kam das erstemal ganz zu sich. Die große feste Hand fuhr ihr voll Zärtlichkeit über das Gesicht. Die Hand gehörte einem Mann, der seitlich von ihr auf einem Stuhl saß. Der Mann sagte: „Wie schön, daß du wach bist." Seine Stimme klang dunkel und angenehm.

Unter Anstrengung drehte sie den Kopf. Der Mann, der an ihrem Bett saß, war ihr Vater.

Ermattet schloß sie die Augen und schlief weiter. Über ihr Gesicht breitete sich ein Lächeln der Geborgenheit.

Die nächsten 14 Monate verbrachte sie in einem Sanatorium in der Nähe großer Wälder.

An jedem Sonnabend kam ihr Vater. Einmal brachte er ihr einen kleinen Bären aus Stoff mit, das andere Mal eine winzige Lokomotive aus Holz. Die Lokomotive war hellblau angemalt und hatte einen Haken aus blinkendem Messing.

Ihr Vater setzte sich zu ihr, erzählte heitere Geschichten, hielt ihre Hand und blieb bis zum Sonntagabend.

Ohne Murren ließ sie während der Woche die Behandlung über sich ergehen. Sie freute sich auf das Wochenende.

Ihre Genesung machte Fortschritte. Es waren noch vier Wochen bis Weihnachten. Ihr Vater brachte ihr einen Adventskalender. Da fragte sie ihn nach ihrer Mutter. Er sagte ihr, daß sich ihre Mutter auf einer Weltreise befinde, auf einer Reise, die sie in bunte Städte führte.

Die 14 Monate waren um. Sie war gesund. Die Ärzte sprachen von einem Wunder.

Ihr Vater holte sie ab. Mit einem Pferdewagen fuhren sie bis zum nächsten Bahnhof und von dort mit dem Zug in eine große Stadt. Die Stadt hieß Breslau. Auf seinen kräftigen Armen trug ihr Vater sie zur Straßenbahn und dann von der Haltestelle bis zu einer Hütte in einem Schrebergarten.

Am Abend dieses ersten Tages zu Hause wurde ihr Vater mit einem Mal ernst. „Ich habe dich angelogen“, sagte er, „deine Mutter macht keine große Reise. Deine Mutter ist schon vor mehr als einem Jahr gestorben.“

Der Schrebergarten lag zwischen den beiden Kesseln der Gasanstalt-III und den Eisenbahnwerkstätten-II direkt an der Bahnlinie nach Oels. Ihr Vater zeigte ihr, wie man Salat pflanzt und eine Pfeife aus Hollerstauden schnitzt. An den Sonntagen gingen sie in die Innenstadt, spazierten über die Ohlauer Straße und den Ring, und sahen sich das Rathaus und die Denkmäler von Friedrich dem Großen und Friedrich Wilhelm III. an.

Mit sieben Jahren kam sie zur Schule. Nach einiger Zeit fragte sie ihren Vater, warum er denn für sie viel mehr Zeit habe als manche Väter anderer Mädchen für ihre Kinder. „Ich bin arbeitslos“, sagte der Vater.

1929, an ihrem 13. Geburtstag, kam er freudestrahlend nach Hause. Er hatte eine Gelegenheitsarbeit gefunden. Ohne ordentlichen Verdienst zwar, doch immerhin für ein Taschengeld, das sie gut gebrauchen konnten. Er war eine Art Laufbursche in einem Büro.

„In welchem Büro?“ fragte sie.

„Im Büro einer Partei“, sagte er.

Es dauerte nur wenige Wochen, da erhielt er kostenlos eine neue schwarze Hose, ein neues weißes Hemd, ein festes Koppel mit Schulterriemen und eine blutrote Armbinde mit einem schwarzen Hakenkreuz im weißen Kreis. Er war Sekretär geworden.

Sie hatte die Volksschule beendet und Vater wurde Zugführer

der Sturmabteilung und kaum ein halbes Jahr später sogar Sturmführer. Er trug jetzt eine braune Hose und ein braunes Hemd. Daß er kaum noch Zeit für sie fand, verstand sie.

Wenn er zwischen seinen Arbeiten kurz in ihre Hütte kam, hatte sie das Essen bereit, zog ihm die schweren Stiefel aus und gab ihm Feuer für eine Zigarette. Dann streichelte er ihr über das Haar, und sie wußten, sie waren für einander da.

Sie erhielt eine Anstellung als Lehrmädchen im jüdischen Kaufhaus Tietz. Er wurde zum Obersturmführer ernannt.

Als sie 17 Jahre alt war, erlebte sie ihn das erstemal betrunken. Es war der 30. Januar 1933.

Im Juni zogen sie um nach Berlin. Ihr Vater trug eine neue Uniform. Sie war schwarz und an der Mütze war ein Totenkopf aus Weißblech. Es sei die Uniform der Polizei, erklärte er ihr. Natürlich wußte sie längst, daß es die Uniform der Schutz-Staffeln war, auch wenn sie sich nicht sonderlich für die Partei interessierte. Ihr Vater aber sah sie noch immer als kleines Mädchen.

Eines Tages änderte sie ihre Frisur, schminkte sich und zog sich einen Pullover mit tiefem Ausschnitt an. Da erkannte er, daß sie erwachsen war. Sie war hübsch geworden. Er erklärte ihr den Aufstieg der Partei und wollte sie überreden, mitzuarbeiten. Sie verspürte dazu keine Lust. Das pulsierende Leben in der Weltstadt Berlin gefiel ihr zu gut. Sie wollte es genießen. Ohne Arbeit und Verpflichtungen. Ihr Vater ließ sie gewähren.

Sie war 20 Jahre alt. Ihr Vater wurde zum Sturmbannführer ernannt und war von nun an für das Auswärtige Amt tätig. In Berlin fanden die Olympischen Spiele statt. Sie war begehrt, trug die schönsten Kleider, und ihr Vater schenkte ihr einen BMW-Sportwagen. Es war ihr, als gehöre ihr die Welt. Sie genoß das Leben in einem Taumel von Glückseligkeit.

1938 machte ihr Vater sie mit seiner Sekretärin bekannt. „Ich werde sie heiraten." Sie spürte die Kälte, die ihr von seiner zukünftigen Frau entgegenschlug. Doch sie sah ein, daß er nicht für alle Zeiten allein bleiben konnte, und nahm sich eine eigene kleine Wohnung. Auf der Hochzeit überwogen die Uniformen. Sie verliebte sich in einen jungen SS-Offizier. Er hieß Jürgen. Sie verließen die Hochzeitsgesellschaft und fuhren in ihrem BMW hinaus an den Wannsee. Sie saß am Steuer. Auf der Avus kam sie von der Fahrbahn ab. Der Wagen prallte gegen einen Baum. Jürgen wurde herausgeschleudert und kam mit einigen Rippenbrüchen davon. Sie schwebte in Lebensgefahr.

Gegen den Willen seiner Frau sagte ihr Vater die Hochzeitsreise ab und kümmerte sich ausschließlich um seine Tochter. Er erreichte, daß Professor Sauerbruch sich ihrer annahm. Die Operation dauerte drei Stunden. Nach genau 99 Tagen saß sie wieder am Steuer. In einem neuen BMW, den sie sich von ihrem Vater gewünscht hatte.

1939 begann der Krieg. Jürgen mußte an die Front. Ihren Vater bekam sie nur noch selten zu Gesicht. Am Ostermontag 1940 verabschiedete er sich von ihr. Er übernehme eine große Aufgabe in Krakau, erklärte er. Sie blieb allein in Berlin zurück.

Im Herbst 1941 erhielt sie von Jürgen den Brief, in dem er sie bat, seine Frau zu werden. Sie entschlossen sich zu einer Ferntrauung. Vier Wochen nach der Ferntrauung kam die Nachricht von seinem Tod. „Gefallen für Führer und Vaterland bei Safonovo vor Moskau." Ihr Vater war Standartenführer geworden.

Sie absolvierte einen Kurs für Stenografie und Maschinenschreiben, meldete sich freiwillig zum Einsatz an der Front, und wurde Nachrichtenhelferin der Luftwaffe in Kiew.

Ein Jahr später bekam sie ihren ersten Heimaturlaub. Ihr Vater konnte es einrichten, daß sie in Berlin zusammentrafen. Er war jetzt Brigadeführer. Seine Frau war in Krakau geblieben. Es wurde ein rauschendes Wiedersehen. Sie fühlten sich zurückversetzt in vergangene Zeiten. Es gelang ihnen sogar, noch einmal die Stimmung auferstehen zu lassen, in der sie im Schrebergarten zwischen Gaswerk und Eisenbahnwerkstätten gelebt hatten.

Es war das letztemal, daß sie ihren Vater sah.

Ende 1943 begann der Rückzug in Rußland. Sie wurde nach Paris versetzt. 10 Monate später marschierten die alliierten Truppen in Paris ein. Sie geriet in französische Gefangenschaft.

Am 5. Mai 1945 wurde sie mit 6000 anderen deutschen Kriegsgefangenen von französischen Maquisards einen Berg hinaufgetrieben. Das Lager Chauvenerie, Depot 91, bei Poitiers, hatte sie aufgenommen.

Sie mußte als Frau die gleiche schwere körperliche Leistung vollbringen wie die Männer. Täglich um 4 Uhr morgens wurden sie unter Seitengewehrhieben an die Straße Poitiers–Argenton geführt. Gegen 19 Uhr kamen sie ins Lager zurück.

Sie war oftmals zu ermattet, ihre wenige Verpflegung zu sich zu nehmen. Nach zwei Monaten war sie so abgemagert, daß sie vor sich selbst erschrak. Sie wußte, daß im Lager täglich Dutzende Gefangene an Unterernährung starben.

Sie meldete sich zum sogenannten „Wartekommando". Es war in ihren Augen die einzige Chance, dem sicheren Tod zu entgehen.

Aus dem „Wartekommando" suchten sich die Bauern der Umgebung ihre Arbeitskräfte aus. Wer ihnen brauchbar erschien, den nahmen sie mit, gaben ihm Unterkunft und zahlten für ihn an die Lagerleitung pro Tag 10 Francs.

Obwohl Frauen kaum genommen wurden und sie sich vor Schwäche fast nicht mehr auf den Beinen halten konnte, hatte sie Glück. Ein alter Bauer aus Loudun blieb vor ihr stehen. Er hieß sie, den Mund zu öffnen. Sie tat es. Nach der Beschaffenheit ihres Gebisses schätzte er ihr Alter ab. Dann wandte er sich an den Posten und zeigte auf sie.

Der Posten führte sie zu ihrem Schlafplatz. Sie wickelte den Eßnapf in ihre Decke, ging in die Baracke der Lagerleitung und meldete sich auf Zeit ab. Sie wußte, daß sie nie mehr hierher zurückgehen würde. Mochte kommen, was wollte.

Loudun war ein Ort mit rund 7000 Einwohnern und lag zwischen Poitiers und Tours. Nach vier Wochen hatte sie sich einigermaßen erholt.

Bei der Arbeit auf dem Feld lernte sie einen deutschen Kriegsgefangenen namens Willmann kennen, der wie sie aus dem Lager Chauvenerie abgestellt war. Sie freundete sich mit ihm an. Er gab vor, ein ehemaliger Feldwebel der 4. Kompanie des Fallschirm-Pionierbataillons 1 zu sein. Es war ihr gleichgültig. Entscheidend für sie war, daß sie einen Partner gefunden hatte, mit dem sie ihren Plan verwirklichen konnte: die Flucht aus Frankreich.

Sie beschafften sich bäuerliche Kleidung, stahlen sich 220 Francs, und machten sich in der Nacht vom 8. auf den 9. August aus Loudun davon.

Am 2. Oktober überquerten sie die Grenze bei Moulin Neuf und waren in Lauterbach. Der „Feldwebel“ gestand ihr, daß er in Wirklichkeit Rainer Harst heiße, Obersturmführer der Waffen-SS gewesen war und das Glück hatte, unter dem Arm die Blutgruppen-Tätowierung nicht erhalten zu haben.

Sie nannte ihm den Namen ihres Vaters. Er sagte, daß er von ihm nur Großes gehört habe. Er nahm sie mit in die Wohnung eines ehemaligen SS-Angehörigen. Dort wurden sie neu eingekleidet und mit genügend Geld versehen.

Harst schlug ihr vor, sich mit ihm nach Neckargemünd durchzuschlagen. Ein Mann namens Delius habe dort ein Sägewerk. Er stellte ihr in Aussicht, bei ihm etwas über den Verbleib ihres Vaters zu erfahren.

Am Tag ihres Aufbruchs erstand sie sich in einer Drogerie einen Lippenstift. Als sie die Drogerie verließ, legte sich eine Hand auf ihre Schulter. Ein französischer Militärpolizist fragte sie nach ihrem Ausweis. Sie hatte keinen. Er nahm sie mit zu einem Verhör in die Kaserne. Sie schwieg auf alle Fragen.

In einem Citroën wurde sie ins nahe Saarbrücken gebracht. Im Haus Nummer 7 der Heinestraße residierte die Brigade de la Surveillance du Territoire. Commissaire Rebrière nahm sie in Empfang. Er war ihr wohlgesinnt. Warum, das sollte sie nie erfahren.

Er fragte sie nach ihrem Namen. Sie nannte den Namen, den sie seit ihrer Ferntrauung trug.

Er machte ihr den Vorschlag, statt einer Einweisung in ein französisches Gefangenenlager für ihn zu arbeiten. Als Agent provocateur. Sie sagte zu. Mit dem Hintergedanken, die Verbindung nur zu benützen, um den Aufenthalt ihres Vaters zu ermitteln.

Zwei Wochen später kannte sie ihn. Ihr Vater befand sich in britischer Gefangenschaft. Spezial-Internierungslager Bad Nenndorf. Er zählte zu den großen Kriegsverbrechern. Als sie im einzelnen von den Verbrechen erfuhr, die ihm zur Last gelegt wurden, war es ihr, als bleibe ihr das Herz stehen.

Sie glaubte es nicht. Sie konnte es nicht glauben. Ihr Vater war für sie nach wie vor der Mann, der ihr beigebracht hatte, wie man Salat pflanzt und Pfeifen aus Hollerstauden herstellt. Ihr Vater war ihr ganzes Leben lang nur gut zu ihr gewesen.

Sie nahm sich vor, nach Bad Nenndorf zu fahren und ihn aus der Gefangenschaft zu befreien. Sie überquerte noch in derselben Nacht in der Nähe von Bruchmühlbach die saarländische Grenze nach Deutschland. Ihr Ziel war Neckargemünd.

Den Mann namens Delius gab es nicht mehr. Er war 1944 gefallen. Doch im Sägewerk wußte man von einem Mann, der sich Willmann nannte und vor ungefähr drei Wochen nach Delius gefragt hatte. Er hatte gesagt, er wolle weiter nach Sinsheim.

In Sinsheim traf sie ihn. Harst hatte mittlerweile schon über ehemalige SS-Kameraden vom Schicksal ihres Vaters erfahren. Er wußte auch, wie berüchtigt das Spezial-Internierungslager Bad Nenndorf war. Gefangene wurden mit Schlägen, Kaltwasserduschen und Entzug der Verpflegung zu Geständnissen gebracht. Sie erzählte ihm von ihrem Plan und bat ihn, ihr dabei zu helfen. „Dafür gibt es nur einen Mann", sagte er, „Hemmersbach." Er brachte sie nach Frankfurt und mit dem im Untergrund lebenden ehemaligen SS-Standartenführer Hemmersbach zusammen.

Er unterzog sie einem Verhör. „Wie heißt Ihr Vater mit vollem Namen?" Daß er mit ihm befreundet gewesen war, sagte er ihr nicht.

„Heinrich Franz Olciomek."

„Richtig. Und seine Frau?"

„Meine Mutter?"

„Nein, die zweite."

„Gerda. Geborene Krones. Lebt sie?"

„Wir wissen es nicht. Und Ihr Name?"

„Nach meiner Ferntrauung?"

„Ja."

„Bernsdorff. Ingeborg Bernsdorff."

„In welchem Jahr kam Ihr Vater nach Berlin?"

„Lassen Sie mich nachrechnen." Sie sagte es ihm.

„Stimmt. Soweit ich mich erinnere, hat Ihr Vater eine besondere Leibspeise. Kennen Sie sie zufällig –?"

„Schur, Schrotmehlsuppe, auf Stampfkartoffeln", sagte sie spontan.

„Ja", sagte er, „das genügt."

Sie wohnte einige Wochen in der Wohnung eines Vertrauensmannes von Hemmersbach. Sie erhielt eine Ausbildung an Pistolen, Gewehren, Handgranaten und MG 43. Sie konnte es nicht mehr erwarten, endlich ihren Vater zu befreien.

Hemmersbach sagte ihr, daß sie noch Geduld aufbringen müsse. Es sei eine umfassende, einheitliche Aktion geplant, doch die Zeit dafür sei noch nicht gekommen. Sie wurde fotografiert.

Nach weiteren für sie endlosen Wochen des scheinbaren Nichtstuns suchte sie Hemmersbach am Morgen eines regnerischen Sonntags in ihrer Wohnung auf.

„Hier." Er hielt ihr einen Paß hin. „Das ist Ihr neuer Name. Es hat etwas gedauert, bis wir ihn hereinbekommen haben. Aber wir müssen jedes Risiko ausschalten. Sie sind in Dresden geboren."

„Verstehe." Sie warf einen Blick auf das Photo. Es war eine der Aufnahmen, die von ihr angefertigt worden waren.

„Ich hoffe, es gefällt Ihnen", sagte Hemmersbach.

„Ja", sagte sie gleichgültig, und dann drängend, „wie geht es meinem Vater? Ich kann die Warterei nicht mehr ertragen."

„Wir haben Nachricht, daß Ihr Vater nach Dachau überstellt werden soll."

„Nach Dachau?"

„Dort sollen ausschließlich Prozesse gegen höhere SS-Führer vorbereitet werden."

„Was hat er zu erwarten?"

„Wenn man den Prozeß in Landsberg zugrunde legt, das Todesurteil."

„Todesurteil?" Sie erstarrte. Dann brach es aus ihr hervor. „Ich halte das hier nicht mehr länger aus! Ich kann nicht zulassen, wie mein Vater behandelt wird! Begreifen Sie denn nicht, daß ich ihn herausholen muß!"

„Ich habe es Ihnen versprochen. Und ich halte mein Wort. Wir werden Ihren Vater herausholen. Sobald er in die amerikanische Zone gebracht wird, sobald er in Dachau ist."

„Warum erst dann?"

„In unserer Zone haben wir alle Fäden in der Hand. In Bad Nenndorf könnte es womöglich schiefgehen."

„Und hier nicht?" Sie sagte es zwischen Zweifel und Hoffnung.

„Nein", sagte Hemmersbach, „hier in der amerikanischen Zone verbürge ich mich für ein Gelingen der Aktion."

„Wann soll mein Vater überstellt werden?"

„Das kann täglich sein. In einer Woche. In zwei. Wir müssen warten. Ihr Sondereinsatz allerdings beginnt schon heute."

„Heute?" Ihre Wangen glühten.

„Ja. Sie fahren noch heute nach München. Ohne Gepäck. Alles Persönliche lassen Sie hier in der Wohnung. Sie verstehen? Alles! Der Auftrag ist zu riskant. Außer Ihrem neuen Paß nehmen Sie nichts mit!" Er warf einen flüchtigen Blick auf den Sekretär, auf dem in einem kleinen Rahmen ein vergilbtes Photo ihres Vaters stand.

„Hören Sie, nichts, aber auch gar nichts Persönliches! Sie müssen mir das versprechen! Keine Briefe! Keine Dokumente und seien sie noch so unwichtig. Keine Photos!"

„Ich verspreche es. Was habe ich in München zu tun?"

„Sie gehen in die Herzog-Rudolf-Straße. Im Haus mit der Nummer zwei nehmen Sie die vordere Treppe. In der ersten Etage ist an der linken Tür ein Schild mit dem Namen ‚Peikert'. Bei Herrn Peikert fragen Sie nach Barbarossa und bestellen einen Gruß von Messer. Alles Weitere wird sich ergeben. Haben Sie verstanden?"

„Ja", sagte sie und wiederholte den Auftrag.

„Noch eins", sagte er, „Sie dürfen nur handeln, wie man Ihnen befiehlt. Nicht eigenmächtig!"

„Sie können sich auf mich verlassen."

Jetzt, am 8. März 1946, einem Freitag, stand sie also in München vor dem Haus Nummer zwei in der Herzog-Rudolf-Straße. Sie ging durch die Toreinfahrt, in der es nach Fäulnis roch und stieg die sich steil nach oben windende Treppe aus Holz hinauf. Die Dielen knarrten.

Die Wohnungstür hatte ein vergittertes Fenster mit einer Innengardine. Unterhalb des Fensters befand sich der Schlitz für den Briefkasten. Neben dem Briefkasten war mit Reißnägeln ein Pappschild befestigt. Darauf stand „Peikert".

Sie drückte den Knopf aus Messing. Es dauerte einige Zeit, bis sie das Schlurfen von Schritten hörte. Ein Mann mit schlohweißem Haar öffnete einen Spalt. „Sie wünschen?"

„Ich möchte gerne Barbarossa sprechen."

„Einen Moment." Der Alte drückte die Tür zu.

Sie hörte, wie eine andere Tür ging, hörte erneut Schritte, diesmal leise, vorsichtige. Sie fühlte sich wie durch ein Guckloch beobachtet, konnte allerdings keines entdecken.

Dann wurde die Tür geöffnet. Vor ihr stand ein untersetzter Mann in Hemdsärmeln und Hosenträgern. Sein Gesicht war voll Energie. Seine Haare waren graublond. Es war der ehemalige Hauptsturmführer Ulrich Lainz.

Mit einer Hand hielt er die Tür, die andere hatte er wie von ungefähr hinter dem Rücken. Er warf einen schnellen Blick ins Treppenhaus und vergewisserte sich, daß sie allein war.

„Ich soll Ihnen einen Gruß von Messer ausrichten."

„Wer sind Sie?" fragte er.

„Mein Name ist Gisela Silinski", sagte sie.

Dr. Gebhard Vesenstedt bereitete sich auf die Beweisaufnahme der Verteidigung vor.

Es war 8 Uhr morgens. Er saß im Wintermantel am Tisch seines eiskalten Zimmers, blätterte den hektografierten Anklagevorgang „Berger" durch und machte sich Notizen.

Barbara kam aus dem Bad. „Du wirst dich erkälten."

Vesenstedt sah hoch. „Du bist schon angezogen?"

„Glaubst du denn, daß es überhaupt Sinn hat, für deinen Mandanten eine Beweisführung anzutreten?" Sie setzte sich halb auf die Kante des Tisches. „Hast du keine Angst, daß er dir in den Rükken fällt?"

„Du meinst, weil er vor dem Gericht sein ‚Nichtschuldig' widerrufen hat?"

„Ja. Er kann mit einem Satz deine ganze Arbeit zunichte machen."

„Nein, das wird er nicht. Sieh mal, Barbara, es geht mir ja nicht um den Gesamtkomplex. Es geht mir um einzelne wichtige Punkte. Um für meinen Mandanten klärende Punkte und um für die Organisation entscheidende Punkte."

„Wenn er aber mit dem einen Satz, ‚ich nehme alle Schuld auf mich' –."

„– dann ist noch lange nicht bewiesen, wie es zu dieser Schuld kam."

„Ist das denn noch wichtig?"

„Aber Barbara! Daß gerade du das fragst! Es ist sogar von äußerster Bedeutung. So wie Hitler sich nicht hätte hinstellen und durch die Übernahme der gesamten Schuld das Volk von seiner Mitschuld hätte befreien können, so kann es auch mein Mandant nicht. Dabei sind nicht nur mögliche Folgen für seine Untergebenen, sprich Organisationen, zu bedenken. Auch für seine Mitangeklagten könnte sein generelles Schweigen unübersehbare Auswirkungen haben."

„Du hast mich überzeugt. Gehen wir jetzt zum Nescafé? Ich vergehe außerdem vor Hunger."

„Das ist ein Grund."

Er klappte den Aktendeckel zu, verstaute ihn mit seinen Notizen in der Pappmappe und erhob sich.

„Ich habe dich noch gar nicht gefragt, was du gestern in Rodach erreicht hast?" Sie ging in das Zimmer nebenan, um ihren Mantel zu holen.

„In Rodach?" Daran wurde er ungern erinnert. Der Besuch in Rodach lag ihm im Magen. In zwei Tagen würde er „Berger" gegenübersitzen und ihm davon erzählen müssen.

Die Beweisführung begann am 8. März um 10 Uhr vormittags.

An jenem Tag, an dem das Mädchen, das sich jetzt Gisela Silinski nannte, in München mit dem ehemaligen SS-Hauptsturmführer Ulrich Lainz zusammentraf.

Raoul Clairon eilte über den Hof des Justizpalastes. Alles an ihm war gespannte Erwartung: vom heutigen Tag an würde er endlich auch die Verteidigung mit beißender Kritik vernichten können.

Schräg neben ihm ging Karin Ruland.

Hinter einem der hohen Fenster des zweiten Stockwerkes stand der junge US-Lieutenant Bob Hammersmith. Er sah, wie Karin die Stufen zum Eingang hinaufhastete und in der Tür verschwand. Er nahm sich vor, heute endlich die seit langem von ihm ersehnte „zufällige Begegnung“ mit ihr herbeizuführen.

Clinton Keen begab sich in sein Badezimmer und drehte die Dusche voll auf. Er war mit sich zufrieden. Seit er die Meldung nach Bamberg durchgegeben hatte, war der Druck des schlechten Gewissens von ihm gewichen. Daran hatte auch die Nachricht von Steinbronns Ermordung nichts ändern können. Um sicherzugehen, hatte er Billsteiner noch in Landshut gelassen. Ohne greifbaren Erfolg allerdings. Die angeblichen Verschwörer schienen sich in Luft aufgelöst zu haben.

Clinton ließ das Wasser gegen seinen Körper prasseln. Seine Gedanken beschäftigten sich mit dem gestrigen Abend. Wie beinahe jeden Abend war er mit Bob im Casino gewesen. Bob hatte das Gespräch auf Karin Ruland gebracht. Ohne es sich erklären zu können, hatte Clinton plötzlich das Verlangen verspürt, dieses Mädchen wieder einmal zu sehen.

Jetzt, wo der kalte Strahl der Dusche seinen Geist wachtrommelte, glaubte er, sich dieses Verlangen erklären zu können. Es ist weiter nichts als die Begleichung einer noch offenstehenden Rechnung, redete er sich ein. Karin Ruland war ihm zweimal überlegen gewesen. Ihre scheinbare Abgebrühtheit reizte ihn. Obwohl sie eine Deutsche war. Oder gerade deshalb. Noch heute mittag wollte er sich mit ihr für den frühen Abend verabreden; unter dem Vorwand, erneut mit ihr über die alte Sache sprechen zu müssen.

Ulrich Lainz hatte Gisela Silinski in die Wohnung gebeten. Jetzt saß sie auf dem Plüschsofa, dessen Bezug abgewetzt und dessen Federung durchgesessen war. Lainz hatte ihr in groben Zügen ihren Auftrag erklärt.

„Sind Sie etwa mit dem Auftrag nicht einverstanden?" Seine Stimme klang kühl. Er war von Anfang an gegen den Einsatz einer Frau gewesen. Seiner Meinung nach hatte eine Frau bei dieser Aktion nichts zu suchen. Er hatte die „Führung" vergebens beschworen, auf ihre Beteiligung zu verzichten. Eine Frau war ein zu großes Risiko. Das Auskundschaften der Situation hätte auch ohne sie geschehen können. Sogar besser. Davon war er überzeugt.

Jetzt allerdings war der gesamte Plan auf diese Frau gestellt. Jetzt war nichts mehr zu ändern. „Haben Sie etwa plötzlich Angst?"

Sie sah hoch. „Nein."

„Was ist es dann? Haben Sie sich eine größere Rolle versprochen? Mehr Draufgängertum? Mehr Romantik?" Er lachte geringschätzig.

„Nein", sagte sie tonlos, „ich hatte gehofft, meinen Vater befreien zu können."

„Ihren Vater?"

Sie erzählte ihm von Bad Nenndorf, von der zu erwartenden Überführung nach Dachau, von ihrem unbeugsamen Willen, ihren Vater aus der Gefangenschaft zu holen, gleichgültig wie hoch dabei ihr Einsatz sein würde.

Er stand mit dem Rücken gegen das Fenster, hielt die Arme auf der Brust verschränkt, und wartete, bis sie mit ihrem Bericht zu Ende war.

Er fühlte sich durch ihren Bericht bestätigt: es war ein Wagnis, die Aktion mit einer Frau durchzuführen. Noch dazu, wenn sie mit diesen persönlichen Motiven ein Abenteuer dieser Art einging.

Er überlegte, ob er nicht ein letztes Mal versuchen sollte, die Männer der „Führung" umzustimmen. Er verwarf den Gedanken. Er kannte die Einwände. Sie setzten auf die weibliche Psyche, auf das Einfühlungsvermögen, auf den bewährten Faktor „Liebe".

Es war ein Versuch für sie, ein Abschätzen der Situation. Würde sie nicht erfolgreich sein, würden sie die ganze Aktion abbrechen.

„Ihr Vater wird befreit werden, Sie können sicher sein. Die Gesamtaktion ist nicht nur auf Nürnberg gerichtet. Wir schlagen an zehn verschiedenen Orten der Zone zugleich los. Unter anderem auch in Dachau. Dort mit einer besonders starken Gruppe. Sie wurden als einzige Frau ausgewählt. Ihr Einsatz in Dachau wäre verfehlt. Die Aktion ‚Dachau' wird kampfmäßig durchgeführt. Sie können sicher sein, daß Ihr Vater befreit wird. Die Kampfgruppe ‚Edelweiß' ist auf das Nürnberger Justizgebäude angesetzt. Wir sind nur sieben. Es wäre sinnlos, den Gerichtssaal mit sieben Männern stürmen zu wollen. Wir müssen psychologisch vorgehen. Ihnen fällt dabei die entscheidende Aufgabe zu. Nur durch ein Ineinandergreifen der Einzelaktionen kann die Gesamtaktion zum Erfolg führen. Auch zur Befreiung Ihres Vaters. Sie sehen, wie wichtig Ihr Einsatz sein wird? Auch für Ihren Vater?"

„Ja." Sie schluckte. Er merkte, daß es noch eine Weile dauern würde, bis sie sich von dem Gedanken trennen würde, ihren Vater persönlich aus dem Lager herauszuholen.

„Sie können einige Tage hier übernachten. Dann fahren Sie nach Nürnberg. Einer unserer Männer wird in ihrer Nähe sein. Er heißt Schilling. Er wird Ihnen Ihr Quartier zeigen und Ihre Begegnung mit der Sekretärin von Clairon vorbereiten. Ich bestimme den Zeitpunkt Ihres Einsatzes. Je eher Sie dann Ihren Auftrag durchgeführt haben, desto eher kann die Gesamtaktion starten."

„Und wie heißt der Amerikaner?"

„Ein junger Leutnant. Gehört zur Wachmannschaft. Ziemlich naiv. Aber Sie dürfen nichts überstürzen! Erst wenn Sie ihn völlig in der Hand haben, können wir loslegen."

„Ich habe begriffen. Und was ist, wenn er aus irgendeinem Grund ausfällt? Soll ich dann selbständig –?"

„Nein! Dann bekommen Sie einen neuen Befehl. So, und jetzt koche ich uns erst einmal eine Suppe. In München ist Dörrgemüse aufgerufen worden."

„Kann ich Ihnen dabei helfen?"

„Bestimmt nicht." Er hob abwehrend die Hände. „Kochen ist meine ganz große Leidenschaft." Er ging hinaus in die Küche.

Ingeborg Bernsdorff, geborene Olciomek, jetzige Gisela Silinski, war allein. Ihre Blicke nahmen die Einrichtung des Zimmers auf.

Den Sekretär mit den gedrechselten schweren Säulen. Den runden Spiegel. Die Photos in den kleinen Rahmen, die eine ganze Wand bedeckten. Den runden Tisch in der Mitte des Zimmers. Darauf die Klöppeldecke und die Vase in der Form einer Tulpe. Die Stühle rund um den Tisch, neben dem Sekretär, rechts und links neben dem Sofa, neben der Tür und in der Ecke am Fenster.

Es ist gut, dachte sie, daß ich hier gelandet bin, daß ich vor vier Monaten nicht eigenmächtig versucht habe, Vater zu befreien.

Nach und nach fand sie sich mit dem Gedanken ab, seiner Befreiung besser zu nützen, wenn sie im Hintergrund blieb.

2

Special Internity Camp of the British Army.
Bad Nenndorf. Akte II / 187 / 4.
Heinrich Franz Olciomek,
geboren am 22. November 1889 in Peiskretscham bei Gleiwitz.
Verheiratet mit Anna Wistok am 4. November 1913.
Anna Wistok gestorben am 13. März 1921.
Verheiratet mit Gerda Krones am 10. Mai 1938.
1 Kind mit Anna Wistok: Ingeborg Olciomek.
Ingeborg Olciomek verheiratet mit SS-Untersturmführer Jürgen Bernsdorff am 3. Oktober 1941.
Höchster Rang von Olciomek:
SS-Brigadeführer. Gesandter im Auswärtigen Amt. Höherer SS-Führer und Leiter der Sicherheitspolizei im erweiterten Gebiet von Krakau.
NSDAP: Eintritt am 11. Mai 1929
SA: Eintritt am 12. Mai 1929
SS: Eintritt am 5. Juli 1933
Anklage
1. Verschwörung: Olciomek war als hoher SS-Führer und Angehöriger des A.A. Organisator, Anstifter und Mittäter an der Ausarbeitung oder Ausführung eines gemeinsamen Planes, der darauf abzielte, die Völker Europas zu unterdrücken.

2. Verbrechen gegen den Frieden: Olciomek war als Höherer SS-Führer und Leiter der Sicherheitspolizei im erweiterten Gebiet von Krakau Anstifter und Ausführender des Überfalls auf Polen.
3. Kriegsverbrechen: Olciomek war als Höherer SS-Führer und Leiter der Sicherheitspolizei in Krakau verantwortlich für die Ermordung und Mißhandlung der Bevölkerung in besetzten Gebieten, wobei Erschießen, Erhängen, Vergasen, Aushungern, übermäßiges Zusammenpferchen, planmäßige Unterernährung, unzureichende Hygiene, Prügel, Folter und Experimente hervorgehoben werden. Hinzu kommen Massenmord an Gruppen von Juden und Polen, Verhaftung und Freiheitsentzug ohne Gerichtsverfahren sowie unmenschliche Haft in Konzentrationslagern.
4. Verbrechen gegen die Humanität: dieser Anklagepunkt ist eine Erweiterung des Anklagepunktes 3 und umfaßt die Ermordung, Ausrottung, Versklavung und Deportation von Zivilbevölkerung vor oder während des Krieges sowie Verfolgung aus politischen, rassischen oder religiösen Gründen.
Zu den Punkten 1 und 2: Olciomek war Teilnehmer der berüchtigten Wannsee-Konferenz vom 20. Januar 1942. Hier wurden vom SS-Obergruppenführer und Chef der Sicherheitspolizei Reinhard Heydrich unter anderem folgende Ausführungen über die „Endlösung“ gemacht:
„Im Zuge der Endlösung der europäischen Judenfrage kommen rund 11 Millionen Juden in Betracht.
In großen Arbeitskolonnen, unter Trennung der Geschlechter, werden die arbeitsfähigen Juden straßenbauend in die Gebiete des Ostens geführt, wobei zweifellos ein Großteil durch natürliche Verminderung ausfallen wird.
Der endlich verbleibende Restbestand wird entsprechend behandelt werden müssen, da dieser, eine natürliche Auslese darstellend, bei Freilassung als Keimzelle eines neuen jüdischen Aufbaus anzusprechen ist.“
Zu den Punkten 3 und 4: Olciomek war als Höherer SS-Führer im erweiterten Gebiet von Krakau übergeordneter Verantwortlicher für die Konzentrationslager Majdanek und Treblinka.
Olciomek hat unter anderem einen Einspruch des Erzbischofs Sa-

pieha von Krakau gegen die unmenschlichen Zustände in den beiden Lagern zurückgewiesen. Er sagte dem Erzbischof, er habe sich persönlich vom Gegenteil überzeugt.
Die Zeugen Maria Lomza und Leo Gregor haben unter Eid ausgesagt: Olciomek hat am 15. Januar 1944 vor ihren Augen drei Häftlinge des Lagers Treblinka eigenhändig mit einer Pistole erschossen. Anscheinend wollte er seinen Untergebenen zeigen, daß sie noch viel zu human waren.
Strafantrag für Olciomek: Tod durch den Strang.

Warum es ihm geraten schien, seinen Mandaten mit der vollen Wahrheit über seinen Sohn zu konfrontieren, erklärte sich Vesenstedt ein letztes Mal, als er die Freitreppe hinunter in das Stockwerk ging, auf dem die beiden Sprechräume lagen.

Befand sich sein Mandant nicht in einem Zustand, bei dem schon die kleinste innerliche Regung genügte, um eine unüberlegte Handlung hervorzurufen? Mit anderen Worten: wie stark war „Bergers“ Wille zum Weiterleben? Hatte er nicht gerade in diesem Zustand ein Recht darauf, alles über seinen Sohn zu erfahren?

Im Sprechraum waren die Boxen verändert worden. Der obere Teil des Drahtgitters war durch Glas ersetzt. Die Gesprächspartner konnten sich jetzt besser sehen.

„Berger“ saß schon an seinem Platz.

Vesenstedt nickte ihm zu und rückte seinen Stuhl zurecht. Der Posten, der sich neben ihn setzte, rückte seinen Stuhl nach.

„Es geht um Ihre Zustimmung zu meiner Beweisführung“, eröffnete Vesenstedt das Gespräch.

„Ich weiß“, sagte „Berger“. Er wirkte auf Vesenstedt jetzt noch teilnahmsloser als während der Sitzungen.

„Sind Sie damit einverstanden, daß ich nur einen einzigen Zeugen benenne?“ sagte Vesenstedt.

„Ja.“

„Den Mitangeklagten Frank.“

„Frank?“

„Die gefährlichsten Anklagepunkte für Sie sind die, die sich auf

Ihre Tätigkeit im polnischen Generalgouvernement beziehen. Frank als oberster Herr des Gouvernements müßte darüber am besten Bescheid wissen."

„Haben Sie ihn schon gefragt?"

„Das ist nicht erlaubt. Ich kann nur mit seinem Verteidiger sprechen, Herrn Doktor Seidl. Zuvor wollte ich aber Ihre Einwilligung haben."

„Sprechen Sie mit Doktor Seidl."

„Die nächste Sache –." Vesenstedt sah flüchtig auf seine Notizen. „Haben Sie nicht doch von sich aus den Wunsch, zusätzlich noch einen Zeugen zu benennen, der die Dienstwege innerhalb und oberhalb Ihres Ministeriums darstellen kann?" Er hob den Blick.

„Wenn Sie darauf hinauswollen, daß diese Wege an mir vorbeigelaufen sein könnten –."

„Es ginge dabei nicht nur um Ihre Person."

„Wenn sie tatsächlich an mir vorbeigelaufen sind, dann trage ich dafür die Schuld. Von dieser Schuld kann mich niemand freisprechen."

„Ich kenne Ihre Ansicht. Ich darf wiederholen, es geht um dreierlei: um den Einzelvorwurf gegen Sie, um das alliierte Gesetz Nummer Zehn, demzufolge schon die bloße Zugehörigkeit zu einer Organisation als Verbrechen strafbar ist, und um den Vorwurf der Gesamtschuld des Volkes."

„Ich erkenne nicht, was die Dienstwege meines Ministeriums damit zu tun haben sollten?"

„Sie könnten unter Umständen beweisen, daß nicht einmal in einem der wichtigsten Ministerien die entscheidenden Stellen von allem wußten, daß die Aufsplitterung der Kompetenzen so geschickt und die Geheimhaltung so perfekt waren, daß unmöglich der letzte Beteiligte, sprich Angehörige einer Organisation, und schon gar nicht das gesamte Volk zur Verantwortung gezogen werden können."

„Ich sehe es ein. Vielleicht gelingt es Ihnen, einen glaubwürdigen Mitarbeiter meines Ministeriums ausfindig zu machen. Ich kenne keinen."

Immer deutlicher spürte Vesenstedt, wie sich sein Mandant gegen jede Art von Beweisführung sträubte. Er war nahe daran, von neuem die Niederlegung seiner Verteidigung zu erwägen. Diesmal aus rein juristischen Gründen. Wenn der Mandant sich totstellt, ist der Verteidigung der Boden entzogen.

„Wir haben dann noch einige Dokumente durchzusprechen, auf die ich meine Beweisführung aufbaue." Er reichte dem Posten neben ihm drei Schriftstücke. Der Posten sah sie durch, gab sie zurück. Er schob sie durch den Schlitz seinem Mandanten hinüber.

Das eine Schriftstück war von „Berger" unterzeichnet. Es beinhaltete klare Richtlinien für die Behandlung von Zwangsarbeitern in den seiner Dienststelle unmittelbar unterstellten Betrieben des Gebietes von Tschernowitz. Nichts an dem Befehl deutete auf Unmenschlichkeit hin.

Die beiden anderen Dokumente waren monatliche Aufstellungen der ihm unterstellten Arbeitskräfte. Es war dabei von Arbeitsfähigen, Kranken und Verstorbenen die Rede. Die Quote der Kranken und Verstorbenen entsprach durchaus normal anzusehenden natürlichen Gegebenheiten.

„Woher haben Sie diese Unterlagen?"

„Auf dem Umweg über den Verteidiger von Sauckel."

„Und wie kommt der daran?"

„Da fragen Sie mich zuviel. Vielleicht ist Sauckel bereit, bis zuletzt um seinen Kopf zu kämpfen?"

„Berger" schob die Dokumente zurück. „Ich bin nicht dafür, sie zu benützen."

„Und warum nicht?"

„Weil sie gefälscht sein könnten."

„Sie sind aber nicht gefälscht."

„Und wie wollen Sie das beweisen?"

„Sie werden es unter Eid bestätigen!"

Die beiden Männer sahen sich an.

Keiner sprach ein Wort. Jeder wußte, was im anderen vorging.

„Wie ist das Wetter?" „Berger" senkte den Kopf.

„Das Wetter?" Vesenstedt tat, als hätte er nicht verstanden.

Er war sich darüber im klaren, wonach „Berger" ihn jetzt fragen würde. Als könne er die Frage damit abwenden, schilderte er ihm das Wetter in aller Ausführlichkeit.

„Null Grad, sagen Sie? Und Schneematsch?"

„Und trüb und bedeckt und zwischendurch Regen", sagte Vesenstedt, „ein Mistwetter."

„Ein Wetter, bei dem man es niemandem zumuten kann, eine Reise ins Ungewisse zu machen."

„Doch", sagte Vesenstedt, „ich war dort."

„Sie waren bei Claudius?" „Bergers" Gesicht leuchete.

„Ja", sagte Vesenstedt, „ich habe mir bei Ihrer Frau die Adresse geholt und war in Rodach und habe Ihren Sohn gesehen."

„Haben Sie auch mit ihm gesprochen?"

„Ja, ich habe auch mit ihm gesprochen."

„Und? Erzählen Sie! Wie sieht er aus? Wie geht es ihm?"

„Er sieht gut aus. Gut und kräftig und ausgeglichen. Er wohnt bei einer Bekannten Ihrer Frau."

„Dann ist es vielleicht Frau Günther?"

„Ja, Frau Günther. Ihr Sohn hat es sehr gut bei ihr. Er hat viele Freunde und lebt das normale Leben eines vierzehnjährigen Jungen."

„Geht er zur Schule?"

„Ja, er geht zur Schule. In Coburg. Frau Günther sagte mir, er lerne ausgezeichnet."

„Haben Sie Claudius gesagt, wer Sie sind?"

„Nein. Ich habe gesagt, ich sei ein Bekannter Ihrer Frau."

„Erzählen Sie, was hat er gesagt? Hat er – hat er gefragt? Nach mir?"

„Ja, er hat gefragt."

„Und was haben Sie ihm gesagt?"

„Ich habe ihm gesagt, daß Sie sehr viel an ihn denken. Daß Sie wissen, wie gut er in der Schule sei. Daß Sie aufmerksam seinen Tagesablauf verfolgen. Und daß Sie sich schon darauf freuen, bald wieder bei ihm sein zu können."

„Sie haben ihm gesagt, daß ich bald wieder –?"

„Ja. Ich hielt es für richtig. Der Junge hängt an Ihnen."

„Ich wußte es", sagte „Berger" wie zu sich selbst, „ich wußte es schon immer, daß er an mir hängt." Er hob den Blick. „Hat er Sie auch gefragt, warum ich hier –?"

„Nein. Danach hat er mich nicht gefragt. Nur, ob ich wüßte, wie es Ihnen geht. Ob ich wüßte, wie Sie aussehen, ob Sie genug zu lesen haben."

„Ob ich genug zu lesen habe? Er weiß also Bescheid?"

„Ja, er weiß Bescheid."

„Und durch wen? Durch das Radio? Durch die Zeitung?"

„Vielleicht auch durch das Radio und durch die Zeitung."

„Durch wen noch? Sagen Sie es schon! Durch Frau Günther?"

„Durch seine Freunde."

„Seine Freunde? Doktor Vesenstedt, Sie verschweigen mir etwas! Ich spüre es!"

Vesenstedt gab sich einen Ruck. „Er hatte eine Auseinandersetzung mit seinen Freunden."

„Meinetwegen?"

„Ja. Seine Freunde zeigten ihm ein Photo von Ihnen im Gerichtssaal."

„Und?"

„Sie stichelten. Wie das Jungen eben tun. Er hat Sie verteidigt. Es kam zu einer Schlägerei. Er hat ein paar Jungen verprügelt."

„Und er?"

„Er wurde leicht verletzt."

„Verletzt? Schwer?"

„Ich sage doch, leicht. Am Arm. Trägt einen Verband. Er ist stolz darauf. Auf den Verband – und auf den Vater."

„Stolz. Ich habe schon immer gewußt, daß er an mir hängt." „Berger" wischte sich über die Augen. „Ich danke Ihnen", sagte er.

Vesenstedt nickte ihm zu und packte seine Unterlagen zusammen. Die Besprechung war zu Ende.

Wie er anschließend vom Sprechraum auf die Fürther Straße gekommen war, wußte er hinterher nicht mehr.

Sein Kopf dröhnte. Wie in Trance ging er in Richtung Plärrer. Er empfand Abscheu vor sich. Er war wieder feige gewesen und hatte es nicht übers Herz gebracht, „Berger" den wahren Ablauf des Tages in Rodach zu schildern, zu sagen, daß sein Sohn mit einem Schädelbasisbruch in der Klinik liegt und wohl kaum am Leben bleiben wird.

Karin Ruland wunderte sich. Keen brachte sie diesmal im Vorort Erlenstegen nicht in das Haus Kneippstraße Nummer 4, sondern in das Haus nebenan.

„Hier wohne ich", sagte Clinton in der Diele und nahm ihr Tasche und Mantel ab, „bitte –." Er zeigte zum Wohnraum und sie ging voran. „Darf ich Ihnen einen Drink anbieten?"

„Einen Drink?"

„Manhattan. Bloody Mary."

Clinton streifte sie mit einem flüchtigen Blick. Ein merkwürdiges Mädchen, dachte er, im Aussehen deutsch, wie es deutscher wohl kaum möglich war, doch in der ungezwungenen Art anziehender als manche der Pariserinnen, die er während seiner Stationierung im 7. Arrondissement kennengelernt hatte.

Er fragte sich, ob es richtig gewesen war, sie hierherzubringen. Denn sie war und blieb für ihn eine Deutsche, auch wenn sie ihm noch so anziehend erschien. Mit einer Deutschen aber wollte er nichts zu tun haben. Es sei denn, er würde sie benützen wie seine Kollegen die „Frauleins". Benützen, bezahlen und wegschicken.

„Manhattan? Bloody Mary? Oder vielleicht ein Bier?"

„Wenn ich unbedingt etwas trinken soll, dann gern ein Bier."

Er öffnete zwei Dosen, goß den Inhalt in Gläser, und reichte ihr das eine. „Wie sagt man in Deutschland? Prost!" Es sollte abfällig klingen, doch sie nahm es von der heiteren Seite.

„Ihr Amerikaner seid komisch. Ihr gebt vor, dem fortschrittlichsten Land der Welt anzugehören und habt Komplexe bis über den Hut."

Sein Gesicht verfärbte sich vor Erregung. „Und Ihr Deutsche singt ‚Deutschland, über alles in der Welt' und gebraucht diese Überheblichkeit als Alibi, um sieben Millionen Juden umzubringen!"

Sie sah ihn entgeistert an und stellte ihr Glas auf den Tisch. „Sie wollten mich verhören. Bitte stellen Sie Ihre Fragen."

„Es ist nicht neu, daß ein Deutscher die Wahrheit nicht verträgt."

„Für mich ist es absolut neu, daß ich ein Bier angeboten bekomme mit dem Hinweis, daß ich sieben Millionen Juden umgebracht habe."

„Habe etwa ich damit zu leben oder Sie?"

„Wenn Sie schon so gestelzt fragen, dann möchte ich sagen: wir alle."

„Die typisch deutsche Spitzfindigkeit! Auf diese Weise versucht auch Göring, seinen Hals aus der Schlinge zu ziehen!"

„Ich habe meinen Hals nicht in der Schlinge. Dennoch ist es meine Meinung."

„Weil Sie noch immer nichts dazugelernt haben."

„Von wem denn? Von den Amerikanern vielleicht?"

„Sehr richtig, von den Amerikanern. Gerade Sie sollten es wissen. Sie sitzen doch mitten im Prozeß."

„Ach, hören Sie mir mit dem Prozeß auf! Oder haben Sie etwa nicht mitbekommen, daß die Russen die große Anklage nur wegen Katyn inszeniert haben? Hinterher mußten sie froh sein, daß die Richter es nicht zugelassen haben, die Erschießung der siebentausend polnischen Offiziere näher zu erforschen."

„Eines der deutschen Ablenkungsmanöver."

„Wer hat denn Katyn zur Sprache gebracht? Die Russen oder die Deutschen?"

„Die Russen mußten sich gegen die Unterstellung wehren, sie hätten die Morde begangen!"

„Hat nicht eine unabhängige Ärztekommission die Gräber untersucht? Waren es nicht Ärzte aus Belgien, der Schweiz, Ungarn und Holland, die einwandfrei den Zeitpunkt der Erschießungen feststellten? Einen Zeitpunkt, an dem Katyn noch in der Hand der Russen war? Und haben die Russen nicht ihre Anklage fallenlassen?"

„Wollen Sie etwa behaupten, daß ein Mord nur deswegen weniger verbrecherisch ist, weil auch ein anderer einen Mord begangen hat?"

„Das will ich natürlich nicht sagen, das wissen Sie ganz genau.

Ich sträube mich nur dagegen, den Prozeß einseitig sehen zu sollen. Und ich sträube mich gegen die Kollektivschuld, die ihr uns anhängen wollt."

„Ich habe von keiner Kollektivschuld gesprochen."

„Sie haben mich in Zusammenhang mit den Morden an sieben Millionen Juden gebracht."

„Und Sie haben mich in Zusammenhang gebracht mit den Komplexen einiger meiner Mitbürger." Clinton hatte sich beruhigt. Er sah ein, daß es sinnlos war, das Gespräch in dieser Weise weiterzuführen. Er hob das Glas. „Cheers!"

„Prost!"

Sie tranken. Er behielt das Glas in der Hand. „Sie sind eine zähe Gegnerin."

„Es macht mir Spaß, mit Ihnen zu diskutieren."

„Wie ist eigentlich Ihr Vorname?" Er tat, als kenne er ihn nicht.

„Karin. Warum?"

„Ein typisch deutscher Name."

„Sie irren. Es ist die schwedische Kurzform des griechischen Namens Katharina. Und wie ist der Ihre?"

„Clinton."

„Typisch amerikanisch. Habe ich recht?"

„Ja", sagte er, und mußte lachen, „Sie haben recht."

Die Unterhaltung verlief sich in friedliche Bahnen. Clinton erzählte von Texarkana, von seinem deutschen Vater, von den Großeltern und ihrem tragischen Schicksal im Lager bei Papenburg.

Karin war ihm dankbar. Jetzt konnte sie sich seinen umfassenden Haß auf alles Deutsche wenigstens erklären. Sie spürte so etwas wie Mitleid.

Sie erzählte von Berlin, von der Flucht mit Werner, von der Zeit in Essenbach und dem Zusammentreffen mit Raoul Clairon.

Sie tranken Bier und ließen sich bei der Unterhaltung nicht aus den Augen. Er entdeckte an ihrem Aussehen nach und nach mehr schwedische als deutsche Züge. Sie war angetan von seiner offenen Art zu lachen.

Draußen war es längst dunkel, da bat sie ihn, sie nach Hause zu bringen. „Ich muß noch waschen und etwas nähen."

„Nicht Knodel kochen?“ sagte er, und es schimmerte noch immer eine leise Abneigung gegen alles Deutsche durch seine Ironie, „ich dachte, die Deutschen stopfen sich ihre Bäuche nur mit eisenharten Knodel voll?“

„Knödel müssen nicht unbedingt eisenhart sein“, sagte sie, „da haben Sie ganz schlechte Erfahrungen gemacht.“

„Ich habe überhaupt keine Erfahrungen gemacht.“

„Sie maßen sich ein Urteil über Knödel an und haben noch keine gegessen?“

„Knodel stehen nicht auf dem Speiseplan der amerikanischen Armee. Und in deutschen Lokalen bin ich noch nie gewesen.“

„Dann lassen Sie sich eben privat welche kochen.“

„Von wem? Von Joe?“

„Wenn es sich wirklich nicht vermeiden läßt, von mir.“

„Also sind Sie doch eine Knodelspezialistin?“

„Nein. Ich habe es nur in Essenbach gelernt.“ Sie schnurrte das Rezept herunter. „Ein Pfund rohe Kartoffeln. Zehn Gramm Salz. Ein Ei. Zweihundert Gramm Mehl. Etwas Milch. Die geschälten Kartoffeln reiben. Im Tuch auspressen. Salz, Ei, Mehl und Milch dazugeben. Teig durchkneten. Mit der Hand die Knödel formen. In siedendem Wasser sechs bis acht Minuten kochen lassen. Fertig. Wann soll ich antreten?“

„Morgen abend. Ich hole Sie zur gleichen Zeit wie heute ab. Okay?“

„Okay.“ Sie erschrak. Erst jetzt kam ihr zu Bewußtsein, daß Clinton kein Verhör geführt hatte. –

Wie verabredet, holte er sie am nächsten Tag ab und brachte sie zu sich nach Hause. „Bitte –!“ Mit großer Geste öffnete er die Tür zur Küche.

Einen Atemzug lang schaute sie verdutzt, dann brach sie in ein schallendes Gelächter aus.

Exakt in einer Reihe standen auf dem Tisch die Zutaten für Kartoffelknödel: Ein Sack mit zehn Kilo Kartoffeln. Eine Tüte mit zwei Kilo Salz. Ein Korb voll Eier. Ein Sack mit zehn Kilo Mehl. Und eine schwere eiserne Kanne frischer Kuhmilch.

Das Knödelessen wurde ein großer Erfolg. Am darauffolgenden Abend wiederholten sie es mit der gleichen Begeisterung in der Wohnung von Karin.

Von da an verbrachten sie jeden für Clinton freien Abend gemeinsam. Meistens bei ihm, um den Streifen der Militärpolizei zu entgehen, denn das Verbot der Fraternisation bestand noch immer.

Dann kam der Abend, an dem sie den Beginn der Sperrstunde verpaßten.

„Sollen wir es darauf ankommen lassen, daß sie uns kontrollieren?“ fragte er.

„Nein“, sagte sie, „die Verantwortung kann ich nicht übernehmen.“

„Dann bleibt mir nichts anderes übrig, als mir im Wohnzimmer ein Lager zu machen.“

Als sie im Bett lag, klopfte es sittsam an die Tür des Schlafzimmers. Sie schwieg. Sie hatte das Licht ausgeschaltet und träumte mit offenen Augen gegen die Decke. Es war ihr klar, daß sie sich nun entscheiden mußte.

Es fiel ihr nicht schwer. Von der ersten Sekunde an hatte sie das Zusammensein mit Clinton anders empfunden als ihre Bekanntschaft mit dem US-Lieutenant in Essenbach. Spätestens als sie ihm angeboten hatte, Kartoffelklöße für ihn zu kochen, wußte sie, daß er ihr als Mann nicht gleichgültig war.

Er klopfte erneut. Da sie auch weiterhin schwieg, öffnete er leise die Tür. Das Gegenlicht der Diele zeichnete die Umrisse seines Körpers. Er war nackt.

„Komm rein“, sagte sie, „du wirst dich erkälten.“ Sie hielt ihm die Decke auf.

Als er einschlief, wurde es schon allmählich hell. Sie genoß die Erinnerung an die Nacht und blieb wach. Kurz nach sieben Uhr schlüpfte sie aus dem Bett, und verließ auf Zehenspitzen das Zimmer. In der Küche machte sie einen starken Kaffee, trank eine Tasse davon, stülpte eine Wärmehaube über die Kanne, und stellte sie mit Tasse, Milch und Zucker auf den Servierwagen. Dann schrieb sie auf einen Zettel mit dem Rest ihres Lippenstifts in großen Buchstaben das Wort OKAY, klemmte den Zettel zwischen Kanne und Tasse, und stellte den Wagen vor die Tür des Schlafzimmers. Im Bad machte sie sich zurecht und kleidete sich an. Als sie aus der Wohnungstür ging, schlief Clinton noch.

Peters fuhr den 2-Liter-Adler an den Rand der Straße. Ralf Schilling, der mit Gisela Silinski im Fond saß, beugte sich vor.

„Was ist los?"

„Siehst du doch. Er kocht!" Peters sprang heraus, riß die Motorhaube auf und drehte den Kühlverschluß. Ein Dampfstrahl zischte ihm entgegen.

Sie befanden sich kurz vor Nürnberg, auf der Höhe von Feucht.

„Soll ich versuchen, Wasser zu organisieren?" Gisela hatte die Hand schon am Drücker der Tür.

„Sie bleiben hier. Das mache ich." Schilling zwängte sich aus dem Wagen.

„Trauen Sie mir das etwa nicht zu?"

Er hatte das „Nein" schon auf den Lippen, verschluckte es und entfernte sich, als hätte er ihre Frage nicht gehört. Er glaubte, daß sie sich bei einem auch harmlosen Gespräch verraten könnte.

Er hatte diese Meinung von Ulrich Lainz übernommen. Wie er war er strikt dagegen, daß bei ihrer Aktion eine Frau eine wichtige Rolle übernahm. Wie Lainz hatte er sich bis zuletzt gegen die Teilnahme von Gisela Silinski gesträubt. Allerdings mit dem Unterschied, daß er sich im Gegensatz zu Lainz von ihr angezogen fühlte.

Für ihn war sie der Inbegriff der sinnlichen Frau. Und sinnliche Frauen hatten ihn schon seit jeher in quälende Unruhe versetzt. Es war ihm unangenehm, sich an seine Gefühle zu erinnern, wie Gisela Silinski in der Wohnung von Lainz plötzlich vor ihm gestanden war. Wie sein Blick ihre langen Beine gestreift hatte, über den schlanken Körper hinauf zu dem ausdrucksstarken, von rotbraunen Haaren umrahmten Gesicht gegangen war. Wie jedesmal bei triebhaft wirkenden Frauen hatte er sich unterlegen gefühlt. Dafür verachtete er sich.

Nach kurzer Zeit war das Kühlwasser aufgefüllt, und sie setzten die Fahrt fort. In Nürnberg ließ Schilling neben der Klinik an der

Hallerwiese halten. Zu Fuß brachte er Gisela in ihr vorbereitetes Quartier zum Haus Nummer 3 der Frauenholzstraße. Die Frauenholzstraße war eine kurze Straße im Stadtteil Sankt Johannis, in direkter Nähe des Johannis-Friedhofs.

Danach fuhr er mit Peters zur Rothenburger Straße, sie parkten den Wagen in einer der Seitenstraßen, und sie stellten sich in die Toreinfahrt gegenüber dem Haus mit der Nummer 56.

Eine Stunde später sahen sie Karin Ruland kommen. Sie überquerten die Straße, gingen ihr ins Haus nach zur Wohnung rechts im Parterre, und Schilling sprach sie in dem Augenblick an, in dem sie ihre Tür geöffnet hatte.

„Kennst du mich noch, Karin?“

Es war ihr, als spüre sie im Rücken einen eisigen Hauch. Sie erkannte die Stimme. Jetzt ist also der Zeitpunkt gekommen, dachte sie, vor dem ich mich wochenlang gefürchtet habe.

Sie drehte sich um. „Ja, Ralf, ich kenne dich noch“, sagte sie, „ich habe dich schon erwartet.“

„Um so besser.“ Er drängte sie in die Wohnung und Peters ging hinterher.

Sie standen sich in der Küche gegenüber. Karin hatte das Fenster geschlossen, die Vorhänge zugezogen, das Licht eingeschaltet. Sie machte keinerlei Anstalten, ihnen Platz anzubieten oder sie zu bitten, den Mantel abzulegen.

„Du weißt, weshalb wir hier sind?“ fragte Schilling zynisch.

„Ja.“

„Dann verständige noch heute Clairon, daß du krank bist.“

„Und wenn es nicht klappt?“

„Es klappt. Du liebst deinen Bruder zu sehr.“

„Was hat Werner damit zu tun?“

„Aber Karin!“

„Wenn ihr Werner etwas antut, dann –!“

„Also, heute?“ Für Schilling war die Sache klar.

„Ja“, sagte sie zögernd, „aber es wird knapp werden. Schon allein, bis ich bei der Straßenbahn bin. Und nach sieben fahren kaum noch welche.“

„Wir nehmen dich im Wagen mit“, sagte er entschlossen.

Im Fond des Wagens fand Karin Zeit, ihre Lage zu überdenken. Wäre es nicht besser, wenn sie Clinton verständigen ließe? Würde sie nicht Gefahr laufen, daß er ihr bisheriges Schweigen falsch verstand? War es nicht naheliegender, Ralf Schilling seinen Willen zu lassen?

Sie schloß einen Kompromiß mit sich. Sie würde Ralf Schilling nicht herausfordern und bei der nächsten günstigen Gelegenheit behutsam bei Clinton vorfühlen.

Raoul Clairon war zu Hause. Zuvorkommend bat er sie herein, sagte ihr, wie sehr er sich über ihren Besuch freue, nötigte sie auf das Sofa, machte ihr einen Drink, und ließ sie gar nicht erst zu Wort kommen.

„Ich habe gewußt, daß Sie eines Tages kommen!“ Seine Bewegungen waren ausgelassen und seine Augen blitzten hinter den starken Brillengläsern.

„Mister Clairon, ich muß Sie enttäuschen –.“

„Ganz gewiß nicht, mein Kind, ich bin davon überzeugt, daß du –.“

Sie bemerkte, daß er betrunken war.

„Ich bin krank, Mister Clairon.“

„Krank?“ Er zuckte zurück.

„Ich habe Masern.“

„Masern?“ Unwillkürlich entfernte er sich von ihr bis zur Kommode.

„Ja. Und deshalb bin ich gekommen, um Ihnen den Vorschlag zu machen –. Ich habe eine Bekannte. Eine sehr hübsche Bekannte. Ich habe schon mit ihr gesprochen –.“

„Sie glauben doch nicht etwa, daß Ihre Bekannte –?“

„Doch. Sie ist eingearbeitet. Das heißt, sie hat den Prozeß von Anfang an verfolgt. Mit mehr Interesse als ich. Sie ist perfekt. Perfekt in jeder Beziehung.“

„Wann kann sie kommen? Noch heute abend?“ Er sprach laut, wie um seine Gedanken zu übertönen.

Es war ihr sofort klar, warum er mit einem Mal zu einem Austausch bereit war. Seine Blicke verrieten ihn.

„Ich werde gleich zu ihr fahren.“

„Mit der Straßenbahn? Das dauert zu lange! Ich bringe Sie hin.“

„Nein!“ Siedend heiß schoß es ihr durch den Kopf, was geschehen würde, wenn Clairon und Ralf Schilling aufeinanderprallten, wenn Clairon das Komplott durchschaute. „Nein, es ist besser, ich fahre allein. Ich werde mich beeilen. Es ist nicht gut, wenn ein Mädchen spürt, wie sehr man auf sie angewiesen ist.“ Sie vermied es, einen Doppelsinn in die Worte zu legen, doch Clairon verstand sehr gut.

Sie fuhr mit Schilling und Peters zum Haus Nummer 3 der Frauenholzstraße, Schilling erklärte ihr, wo Gisela Silinski wohnte. Sie sollte allein zu ihr gehen.

Sie läutete an der Wohnungstür und war überrascht. Gisela machte auf sie keineswegs den Eindruck, als arbeite sie mit einem zwielichtigen Mann wie Ralf Schilling zusammen. Ihr Blick war zu ehrlich, ihre Art, sich auszudrücken, direkt und offen.

Karin erklärte ihr die Situation, verschwieg allerdings den Grund, warum Clairon sie noch heute abend zu sich bat, und Gisela griff sich ihren Mantel.

Eine Stunde später hielt der 2-Liter-Adler wieder in einer der Seitenstraßen nahe der Wohnung von Clairon. Schilling erklärte, daß von nun an Gisela Silinski alle Verantwortung trage und er mit Peters wie verabredet verschwinde. Daß sie zurück nach München fahren würden, sagte er vor Karin nicht.

Clairon hatte die Wohnungstür angelehnt. Er empfing seine Besucherinnen in der Badewanne. Karin stellte Gisela Silinski irritiert vor. Sie bemerkte noch, wie sehr er von ihr angetan war, verabschiedete sich und ließ die beiden allein. Die Tür fiel ins Schloß.

„Sie also sind die vielgepriesene Aushilfe.“

„Ja“, sagte Gisela, „ich hoffe, daß ich Ihren Erwartungen entsprechen werde.“

„Bis jetzt ja. Ich bin gerne von hübschen Menschen umgeben. Ich habe eine Bitte –.“

„Ja?“

„Gehen Sie in die Küche. Vor dem Fenster stehen zwei Flaschen Champagner. Moët et Chandon. Sie dürften kalt genug sein. Holen Sie uns eine davon mit zwei Gläsern?“

„Gern." Sie blieb an der Tür stehen. „Wollen Sie hier im Bad?"

„Warum nicht? Es schafft Impulse."

Sie brachte den Champagner. Er entkorkte ihn und goß ihn in die Gläser, bis er überschäumte.

„Auf gute Zusammenarbeit! Setzen Sie sich hierher, und lassen Sie mich wissen, mit wem ich es zu tun habe."

Gisela setzte sich auf den Rand der Wanne und erzählte ihm den Lebensbericht, den sie sich zurechtgelegt hatte. Er animierte sie zum Trinken. Sie erkannte, worauf er es anlegte und war nicht gewillt, seinen Bedürfnissen nachzugeben. Mit sanftem Nachdruck schob sie seine Hand zurück, die sich auf ihren Oberschenkel legte.

„Sie machen mich naß."

„Na und? Ziehen Sie sich aus und kommen Sie herein."

„Ich bin hier, um mich Ihnen vorzustellen."

„Und ich bin hier, um Sie in Ihrer ganzen Schönheit zu bewundern. Und wenn ich etwas Schönes bewundere, will ich es auch besitzen. Dort hinten hängt ein Badetuch. Ich meine nur, falls Sie prüder sind als ich annehme."

„Es geht nicht um das Badetuch." Obwohl sie sich vorgenommen hatte, um der Befreiung ihres Vaters willen jede Erniedrigung auf sich zu nehmen, gelang es ihr jetzt nicht, sich zu überwinden.

„Wenn Sie nicht prüde sind, um was geht es Ihnen dann?"

„Es geht mir zu schnell", sagte sie, und wußte im gleichen Atemzug, daß sie Clairon mit diesem abgegriffenen Einwand nicht überzeugen konnte.

„Ich glaube Ihnen nicht." Er goß ihr das Glas voll. „Und Sie wissen genau, daß ich Ihnen nicht glauben kann. Was haben Sie eigentlich zu verlieren? Etwa Ihre Unschuld?"

Sie sagte nichts. Sie trank. Sie hatte sich ihren „Einsatz" anders vorgestellt. Sie war darauf vorbereitet, das Vertrauen eines vorbestimmten US-Lieutenant gewinnen zu müssen, ihn auszuhorchen, die Gegebenheiten innerhalb des Gerichtsgebäudes und des Gefängnistraktes zu erkunden, Waffen in den Justizpalast zu schmuggeln.

Sie wußte, daß die niederen Arbeiten im Gerichtsgebäude von kriegsgefangenen Männern der Waffen-SS ausgeführt wurden. Es war ihr bekannt, daß US-Lastwagen diese Männer täglich vom Lager in Hersbruck heranfuhren. Sie war darüber informiert, daß diese Gefangenen zum Teil noch ihre ehemaligen weiten Tarnanzüge trugen. Sie war im Bilde, wie, wo und wann sie am unverfänglichsten mit ihnen Kontakt aufnehmen und sie wissen lassen konnte, was sie am Tag X in ihren Tarnjacken zu verstecken hatten, um das Eindringen der Kampfgruppe „Edelweiß“ vom Inneren des Gebäudes her zu unterstützen.

Sie hatte ihren Plan genau im Kopf. Ohne Frage gehörte dazu, daß sie sich, wenn es die Situation erforderte, als Frau völlig aufgab. Damit hatte sie sich abgefunden.

Und dennoch zögerte sie jetzt.

Aus den Augenwinkeln heraus betrachtete sie Clairon. Er starrte sie begierig an.

„Was ist? Sind Sie auf einmal stumm?“ Er schlug ihr mit dem Handrücken einen Schwall Wasser gegen den Schoß. „Nun sind Sie doch naß genug – oder etwa nicht?“

Sie drehte ihm ihr Gesicht zu. „Wo, sagten Sie, hängt das Badetuch?“

„Ich habe es gewußt!“ Seine Augen flackerten. Er versuchte nach ihr zu greifen.

Da läutete es.

Er verhielt in der Bewegung.

Es läutete erneut. Und nach einer Pause ein drittes Mal, anhaltend. „Wo ist das?“ Sie sah ihn an.

„An der Wohnungstür.“

„Wer kann es sein?“

„Keine Ahnung. Ist auch egal.“ Er wußte tatsächlich nicht, wer ihn um diese Zeit noch sprechen wollte. Besuch erwartete er jedenfalls nicht.

Es läutete wieder. Schrill hallte es durch die geräumige Wohnung.

„Okay. Geben Sie mir das Tuch.“

Sie reichte es ihm. Er stieg aus der Wanne, wickelte sich ein, und ging in die Diele. Das Läuten hielt an.

„Wer ist da?“ Er fragte durch die Tür.

„Ist dort Mister Clairon?“ Eine weibliche Stimme.
„Ja. Was ist?“
„Hier ist Henrike Berger. Ich muß Sie unbedingt sprechen.“

3

Am 16. März 1946, einem Sonnabend, hatte Dr. Vesenstedt Henrike „Berger“ in Burgfarrnbach aufgesucht. Er war von Coburg gekommen, wo er sich nach dem Zustand von Claudius erkundigt hatte. Nach wie vor schwebte Claudius in Lebensgefahr.

Als sie ihn nach ihrem Mann gefragt hatte, war Vesenstedt ausgewichen. „Ihrem Mann geht es den Verhältnissen entsprechend gut.“

„Hat er mir kein Zeichen gegeben?“

„Nein“, hatte Vesenstedt gesagt, „noch immer nicht.“

Sie war beunruhigt. Ihrer Meinung nach widersprach es völlig dem Charakter von Friedrich, daß er sie in Ungewißheit ließ. Die ganze Nacht dachte sie darüber nach. Sie fand keine Erklärung. Gegen Morgen schlief sie erschöpft ein.

Eine Stunde später schreckte sie hoch. Sie war in Schweiß gebadet. Sie hatte Friedrich am Galgen hängen sehen.

Ihr Entschluß stand fest. Sie wusch sich, frühstückte und ging zur Bahnstation. Der Mittagszug fiel heute aus. Erst gegen 15 Uhr kam sie nach Fürth, um 16 Uhr war sie in Nürnberg. Sie ruhte nicht, bis sie die Adresse hatte. Mittlerweile war es dunkel. Zu Fuß ging sie zur Harsdörffer Straße. Das Haus mit der Nummer 1 hatte eine graue, verrußte Fassade. Die Treppe in das 1. Stockwerk war aus Stein. Die Etagentür hatte eine Füllung aus schwerem Holz. In der Mitte der Füllung blinkte matt ein Griff aus Messing.

Henrike „Berger“ drückte den Klingelknopf.

„Sie? Was wollen Sie denn hier?“ Raoul Clairon hatte die Tür geöffnet. Er hielt das Badetuch über seiner Blöße zusammen.

„Entschuldigen Sie bitte die Störung, Mister Clairon, aber ich muß Sie unbedingt sprechen.“

„Jetzt?" Er ärgerte sich, daß er an die Tür gegangen war. Das Badewasser tropfte von ihm ab.

„Es ist vielleicht besser, wenn ich es Ihnen nicht hier . . ."

Er gab sich einen Ruck. „Kommen Sie herein."

Sie trat in die halbdunkle Diele, und er schloß die Tür. „Warten Sie hier, bis ich . . ." Er zeigte zur offenstehenden Tür des Wohnzimmers.

„Danke. Und entschuldigen Sie bitte noch mal . . ."

Er beachtete sie nicht.

Er ging nach hinten. Gisela stand neben der Wanne und hielt noch ihr Glas. „Soll ich gehen? Es ist schon bald Curfew."

„Gehen? Quatsch! Sie bleiben natürlich. Am besten, Sie legen sich einstweilen schon ins Bett. Hier." Er drückte ihr die Flasche Champagner in die Hand.

Sie sagte nichts und ging mit der Flasche im Arm und dem Glas ins angrenzende Schlafzimmer. Es war dunkel. Ein Fenster hatte die jetzt übliche Verkleidung aus Pappe. Das andere war heil und stand offen. Die Helligkeit der Mondnacht fiel in den Raum.

Gisela verzichtete auf die elektrische Beleuchtung. Sie tastete sich um das Bett herum und stellte die Flasche auf den Nachttisch. Nachdenklich streifte sie sich die Kleidungsstücke vom Körper und kroch mit einer schnellen Bewegung unter die Decke.

Sie hatte sich damit abgefunden, Clairon nicht entkommen zu können.

Eine Weile lag sie unbeweglich. Ihr Blick ging in die Nacht hinaus. Dann goß sie sich Champagner ein und stürzte ihn hinunter. Undeutlich hörte sie die Stimmen aus dem Wohnzimmer.

Clairon hatte sich halb auf die Armlehne eines der dick gepolsterten verschlissenen Sessel gesetzt. Er betrachtete Henrike „Berger" abschätzend. „Sie glauben also, Ihr Mann hat die Kapsel nicht erhalten?"

„Ich weiß es."

„Okay. Und warum sind Sie hergekommen? Um mir das zu sagen?"

„Auch."

„Und warum noch?" In seiner Jugend hatte er einmal davon geträumt, Staatsanwalt zu werden. Jetzt stellte er sein Können unter Beweis.

„Ich bin auch gekommen, um Ihnen eine Frist zu setzen."

„Ach? Sie setzen mir eine Frist? Sie mir?"

„Es sind jetzt beinahe drei Monate her, daß wir das Geschäft miteinander eingegangen sind. Ich setze Ihnen eine Frist bis morgen abend. Wenn mein Mann die Kapsel bis dahin nicht in Händen hat, dann . . ."

„Was, dann . . .?"

„Dann zeige ich Sie an."

„Was tun Sie? Sie zeigen mich . . .?" Er schüttelte sich vor Lachen. „Sie zeigen mich an! Eine grandiose Idee!" Er lachte, daß es durch die Wohnung dröhnte bis ins Schlafzimmer zu Gisela. Sie hatte gerade ihr Glas wieder an den Mund gesetzt und hielt in der Bewegung inne. Ein Schauder lief ihr über den Rücken. Sie kippte den Champagner in sich hinein, wie um das gellende Lachen hinwegzuspülen.

Clairon schlug sich auf die Schenkel. „Sie zeigt mich an! Sie mich! Und wie bitte, wenn ich fragen darf, und wo bitte?"

„Bei der Militärregierung." Henrike „Berger" stand zwei Schritte von ihm entfernt und sah auf ihn hinunter. Sie blieb völlig ruhig.

„Bei der Militärregierung!" Er gebärdete sich, als hätte er eben den Witz des Jahres gehört. „Und weshalb, wenn ich fragen darf?"

„Wegen Diebstahls."

„Es wird ja immer schöner! Und was habe ich gestohlen?"

„Mein Halsband aus Rubinen."

„Liebe gnädige Frau!" Seine Stimme troff vor Ironie. Er rutschte vom Sessel und trat so dicht an sie heran, daß sie seinen Atem spürte. Er hob mit dem Zeigefinger ihr Kinn an. „Hören Sie mir gut zu! Ich habe von Ihnen weder eine Kapsel erhalten noch irgendeine Art von Halsband. Wenn Sie es ganz genau wissen wollen – wir haben nicht einmal miteinander gesprochen. Ich kenne Sie erst seit heute. Seit einer halben Stunde. Sie sind zu mir gekommen, weil man Ihnen gesagt hat, daß Sie mein Typ sind. Daß es mir ungeheuren Spaß macht, mit vollschlanken Nazi-Muttchen ins Bett zu gehen. Sie haben erkannt, daß darin Ihre einzige Chance liegt. Lassen Sie doch mal sehen, ob Sie wirklich eine Chance haben." Er riß ihr die Bluse auf. Sie tat, als nehme sie es nicht wahr. „Na bitte . . .", sagte er, „Sie haben sogar mehr als nur eine Chance!"

Er stieß sie mit dem Zeigefinger leicht von sich und ging hinüber zum Buffet. „Kognak? Whisky?"

Sie sah an ihm vorbei und brachte sich in Ordnung, so gut es ging.

„Ich habe Sie etwas gefragt."

„Ich trinke nicht."

„Um so besser. Ich habe nämlich jetzt sowieso keine Zeit. Und ich will mir doch wirklich genügend Zeit nehmen für Sie. Wollen wir uns eine Frist setzen? Ja, ich setze uns eine Frist, ich! Sagen wir, morgen? Wenn Sie morgen abend nicht hier erscheinen, dann . . ."

„Was dann?" Sie zuckte zusammen.

„Na sehen Sie, jetzt haben Sie die Sache mit der Frist begriffen. Wenn Sie nicht kommen, dann werde ich Sie in meinem Abendgebet im Radio gebührend erwähnen." Er hielt ihr die Tür auf. „Natürlich werde ich auch Ihren Mann von Ihrer Freizügigkeit in Kenntnis setzen. Ich bin sicher, er brennt darauf, endlich einmal wieder etwas über Ihren wirklich ansehnlich vollen Busen zu erfahren."

Sie wollte an ihm vorbei, doch er hielt sie am Oberarm zurück. „Sollten Sie aber kommen, dann gebe ich Ihnen mein Ehrenwort, daß Ihr Mann die Kapsel übermorgen erhält. Abgesehen davon, daß ich Ihnen eine wirklich amüsante Nacht verspreche. Und als Zugabe zwei Flaschen echten französischen Champagner. Also . . .?"

Sie wartete, bis er sie losließ, und ging dann durch die Diele zur Wohnungstür. Sie hatte die Tür schon geöffnet, da fuhr es ihm blitzschnell durch den Kopf, ob es nicht doch richtiger gewesen wäre, sie hierzubehalten und im Schlafzimmer mit dem Mädchen Gisela Silinski zusammenzuführen.

Noch bevor er den Gedanken zu Ende gedacht hatte, fiel die Tür ins Schloß.

Gisela Silinski arbeitete schnell und gut. Schon am Tag nach der fast schon vergessenen Nacht mit Clairon lernte sie Bob Hammersmith kennen.

Sie hatte für das Zusammentreffen mit dem jungen US-Lieutenant jede Möglichkeit einkalkuliert. Sie war darauf gefaßt, daß er sie ablehnte, daß er schüchtern war oder eine gewisse Anlaufzeit brauchte. Sie hatte damit gerechnet, daß sie sich überwinden mußte, daß sie von ihm abgestoßen war. Doch sie hatte keinen Augenblick daran gedacht, daß sie sich vielleicht in ihn verlieben könnte.

Nach Schluß der Nachmittagssitzung richtete sie es ein, daß sie Clairon im Gedränge verlor. Sie entfernte sich in entgegengesetzter Richtung und strich durch die Gänge der einzelnen Stockwerke, in der Hoffnung, auf den US-Lieutenant zu stoßen. Das Gebäude leerte sich zusehends.

Da sah sie unbewußt durch eines der großen Fenster in den Hof hinunter. Bob Hammersmith überquerte eben den Parkplatz.

Sie lief zur Treppe vor, nahm zwei, drei Stufen auf einmal und kam außer Atem unten an.

Er stieg in seinen Jeep. Sie verzögerte den Schritt und kam genau in dem Augenblick vor den Kühler des Wagens, als Bob Gas gab. Sie sprang scheinbar entsetzt zur Seite. Er bremste. „Sorry!"

„Es ist alles in Ordnung bis auf den Fuß." Sie machte eine schwache Geste auf ihren linken Knöchel hinunter.

„Ihr Fuß?" Er ärgerte sich, daß er antwortete, daß er nicht einfach gestartet war.

„Ich habe ihn mir vertreten. Hoffentlich komme ich damit nach Hause."

Er hielt ihr die Tür auf. Ohne es zu wollen, streifte sein Blick ihre Beine. Sie waren für ihn vollendet wie die von Marlene Dietrich.

Gisela setzte sich neben ihn und betrachtete ihn ungeniert. Er spürte ihren Blick auf sich, startete und sah starr geradeaus.

Sie fand sein jungenhaft ernstes Gesicht ausgesprochen komisch, sagte es ihm, und er mußte lachen. Sie hatten die Frauenholzstraße noch nicht erreicht, da hatte sie ihn schon dazu gebracht, daß er sie nach einem „date" fragte.

„Es muß ja nicht gleich heute abend sein", setzte er hinzu.

„Warum nicht?“ sagte sie, „wer weiß, ob wir morgen noch Lust dazu haben?“

Um Unannehmlichkeiten des Fraternisationsverbots zu entgehen, besuchte er sie gegen 20 Uhr in ihrem Zimmer. Da die Wohnung einem Vertrauensmann von Lainz gehörte, waren sie ungefährdet.

Sie verstanden sich sofort. Sie sprachen miteinander, als wären sie Jahre eng befreundet gewesen und hätten sich jetzt nach langer Trennung wieder getroffen.

Bob staunte über sich selbst. Seine angeborene Schüchternheit gegenüber Mädchen schien es nie gegeben zu haben. Auf den Gedanken, daß Gisela geschickt Regie führte, kam er nicht. Für ihn war sie ein Wesen, das er im Unterbewußtsein seit seinem 16. Lebensjahr herbeigesehnt hatte.

„Gisela?“

„Ja?“

„Ich muß dir etwas sagen.“

„Dann sag es.“

„Ich möchte über dein Haar streichen.“

„Dann tu es.“ –

Die Tage vergingen und sie waren an allen Abenden zusammen. Sie trafen sich jedesmal im Anschluß an die Nachmittagssitzung auf dem Weg zwischen Justizpalast und Plärrer, und verbrachten Stunden im Zimmer von Gisela. So entgingen sie einem Gerede, was beiden angenehm war. Ihm wegen Clinton und Colonel Andersen, ihr vor allem wegen Clairon.

Sie hatte es bisher zu vermeiden gewußt, mit Clairon über die Nacht bei ihm zu sprechen. Sie kam immer erst knapp vor Sitzungsbeginn in den Presseraum, richtete es ein, daß sie in den Pausen nie allein mit ihm war, und ging ihm auch ansonsten aus dem Weg. Ihre Arbeit jedoch erledigte sie zu seiner Zufriedenheit. Sie gab sich freundlich und heiter, und weder bemerkte noch vermißte er, daß sie keine persönliche Unterhaltung miteinander führten.

Henrike „Berger“ allerdings hatte sich bei ihm nicht wieder gemeldet. Es war ihm egal. Irgendwann würde sie ihm schon noch einmal begegnen, sagte er sich, dann wollte er nachholen, was er mit ihr versäumt zu haben glaubte. Jetzt aber hatte er zwei deutsche Zwillingsschwestern aufgetan, jung und blond, und fühlte sich fürs erste ausgelastet. –

Clinton fand durch das Zusammensein mit Karin Ruland kaum Gelegenheit, mit Bob ein paar Worte zu wechseln. So fiel es ihm nicht auf, daß Bob keine Zeit für ihn hatte.

Bob und Gisela führten schon nach wenigen Tagen so etwas wie eine wilde Ehe. Er hatte sich einen zweiten Rasierapparat zugelegt, hing seinen Zivilanzug in ihren Schrank, und brachte kartonweise Lebensmittel und Trinkbares ins Haus, so daß sie von der Außenwelt unabhängig waren.

„Hier ist unser Versteck“, sagte er am vierten Abend, und überreichte ihr einen Flacon Parfum aus Paris.

Sie merkte, daß sie von Tag zu Tag weniger an Ulrich Lainz und Ralf Schilling dachte. Ihr Auftrag und die Kampfgruppe „Edelweiß“ schienen zu einem früheren Leben zu gehören. Erst der Gedanke an ihren Vater brachte ihr zum Bewußtsein, daß Bob ihr Gegner, ihr Feind zu sein hatte.

Doch sie war zu schwach, um gegen ihre Liebe anzukämpfen.

Sie kam sich gemein und niederträchtig vor.

Je mehr sie sich ihm aber verschloß, um ihn nicht ständig belügen zu müssen, desto stärker wurde sein Drang, sich ihr bis in den letzten Winkel seiner Seele mitzuteilen.

Er überhäufte sie mit Beweisen seines restlosen Vertrauens, „du bist der erste Mensch, mit dem ich so spreche“, und offenbarte ihr auf diese Weise seine Liebe.

Sie genoß diese Liebe und sog sie in sich ein, als müsse sie eines Tages von ihr zehren. Sie hätte etwas darum gegeben, dem Mann Bob Hammersmith zu einer anderen Zeit und in einer anderen Welt begegnet zu sein.

Er ahnte keinen dieser Gedanken. Er war für Gisela da, und das füllte ihn aus.

Clinton bemerkte die Veränderung bei Karin sehr bald. „Warum bist du seit einigen Tagen so still?“ Er saß an ihrem Bett.

„Darf man nicht still sein, wenn man krank ist?“

„Du siehst nicht sehr krank aus." Er lachte.

„Ich bin es aber."

Sie gab sich Mühe, ihre Verstimmung zu unterdrücken, doch es gelang ihr nicht. Das Gespräch mit Ralf Schilling und ihre vorgetäuschte Krankheit machten ihr mehr zu schaffen, als sie sich eingestehen wollte.

„Hast du Kummer?"

„Wie kommst du darauf?"

„Könnte doch sein. Zum Beispiel mit Clairon."

„Mit Clairon?" Ihr Herz schien stillzustehen. Ihr war, als hätte er sie durchschaut.

„Ja, mit Clairon", sagte er arglos, „oder ist er etwa ein Chef ohne Fehler? Wer vertritt dich eigentlich bei ihm?"

„Eine Bekannte. Bitte, Clin, laß mich jetzt schlafen. Ich will morgen wieder auf den Beinen sein."

„Okay. Ich laß dich schlafen. Aber ich schau später noch mal herein, wie es dir geht, ja?"

„Ja." Sie beugte sich vor und sie küßten sich.

Nachdem er die Wohnungstür hinter sich zugezogen hatte, sprang sie aus dem Bett und holte sich Schreibmaterial. Sie war bereit, das Problem „Ralf Schilling" loszuwerden.

So schrieb sie einen Brief an Werner. Er war der einzige Mensch, dem sie in diesem Fall ihr Herz ausschütten konnte.

Sie rechnete damit, daß der Brief womöglich die Zensur passieren mußte, und gebrauchte Formulierungen, die Dritten keine Hinweise geben konnten. Sie schrieb von den Bedenken, die ihr jetzt, nach „Erledigung der Sache", gekommen waren, und von der Angst, die sie hatte, daß Werner einen „Fehler begangen haben könnte".

Es wurde ein Brief der umständlichen Worte. Werner jedoch nahm ihn als das, was er sein sollte: als den Hilferuf der Schwester an ihren Bruder.

Er las den Brief mehrmals. Dann stand sein Entschluß fest. Er ging zur Bäuerin. „Ich muß drei Tage frei haben."

„Drei Tage frei? Du spinnst!" Sie stand am Waschtrog und sah kaum von ihrer Arbeit hoch.

„Also ich fahre."

„Du weißt genau, daß das nicht geht. Nicht, solange der Bauer noch krank ist und der Knecht noch nicht wieder da . . ."

„Also gut", sagte er, „dann wenigstens einen Nachmittag."

„Einen Nachmittag?" Sie stützte sich mit beiden Armen auf das Waschbrett und sah ihn an. „Wenn du bis zum Füttern wieder da bist."

„Ja, das bin ich."

Er hatte es sich überlegt. Wenn er keine drei Tage frei haben konnte, um zu Karin nach Nürnberg zu fahren, dann wollte er wenigstens nach Landshut, um Ralf Schilling ausfindig zu machen. Wenn es ihm glückte, wollte er ihm unmißverständlich sagen, daß Karin und er mit seiner Organisation nichts mehr zu tun haben wollten, daß er sie ein für allemal in Frieden lassen und sich zum Teufel scheren sollte.

Viermal fuhr er vergeblich mit dem Fahrrad die 12 Kilometer. Am fünften Nachmittag traf er auf Ralf Schilling. Er sah ihn schon von weitem. Schilling überquerte den Steg am Maxwehr in Richtung Kraftwerk. Werner lehnte sein Fahrrad an den nächsten Baum, schloß es ab, und folgte ihm. Das Rauschen des Wassers verschluckte seine Schritte auf den hölzernen Bohlen.

Schilling ging zur Neustadt vor. Er hatte den Kragen seines Soldatenmantels hochgeschlagen, die Hände in den Taschen, und war in Eile.

Vor wenigen Minuten hatte ihm Peters eine Nachricht von Lainz überbracht: ihr Standort in Landshut sei aufzulösen. Sie sollten so schnell wie möglich nach Nürnberg übersiedeln.

Jetzt war Schilling im Begriff, sein Gepäck aus der Pension Moosmüller zu holen.

Als er den Hausflur der Pension betreten wollte, stellte Werner sich ihm in den Weg.

„Was machst du denn hier?" Schilling kniff die Augen zusammen.

„Ich muß mit dir reden."

„Hab keine Zeit." Er ging in das Halbdunkel des Flures hinein auf die Treppe zu.

„So kannst du mir nicht kommen, Ralf! So nicht!"

Schilling drehte sich flüchtig um, „hau ab!" und ging weiter.

Werner war außer sich. „Wenn ich nicht sofort mit dir reden kann, dann lasse ich euch hochgehen!" Er schrie, daß es von den Wänden hallte.

Schilling blieb stehen. „Schrei nicht so!" zischte er verhalten, und ging zu ihm zurück. „Ist ja schon gut." Er klopfte ihm auf die Schulter. „Mußt doch verstehen. Hab einen wichtigen Termin." Er sprach leise und sah sich um, ob jemand kam.

„Ich will mit dir über Karin reden!"

„Nicht hier. Komm mit." Er zog ihn hinaus auf die Straße. „Wir gehn zur Isar, da sind wir ungestört."

Sie gingen die Neustadt entlang, an der Ursulinenkirche vorbei, bis sie zum Kraftwerk kamen. Schilling blieb stehen. „Hier die Böschung hinunter hinter die Büsche, da sind wir unter uns."

Werner zögerte. „Ich brauche mich nicht zu verstecken."

„Aber ich. Nun komm schon." Schilling packte ihn am Oberarm und schob ihn vor sich die Böschung hinunter und in das Dickicht der Gebüsche hinein.

Werner ließ es geschehen. Er war sich der Gefahr nicht bewußt. Er erkannte zwar, daß hier das Dröhnen des Wasserfalles einem undurchdringlichen Vorhang gleich ihr Gespräch abschirmen würde. Er begriff, daß sie hinter den Gebüschen vor den Blicken der Fußgänger sicher waren. Doch er dachte nicht einen Atemzug lang daran, daß Ralf Schilling ihn hier einfach abknallen würde. Ohne Erklärung.

Als Schilling abdrückte, waren die Gedanken von Werner gerade bei Karin. Er sah sie vor sich und nahm sie schützend in seine Arme.

Da spürte er den brennenden Schmerz in der Brust. Unwillkürlich griff er sich ans Herz, drehte sich zur Seite, und sah in den Lauf der Pistole.

Er wollte fragen, was das zu bedeuten hätte, wollte Ralf in die Augen blicken, wollte davonlaufen, nach Nürnberg zu Karin fahren, sie um Verzeihung für seine Lügen bitten, sie nie mehr allein lassen, wollte . . .

Seine Augen weiteten sich. Seine Hände wurden starr. Er drehte sich um die eigene Achse und fiel vornüber.

Um sicherzugehen, schoß Schilling ihm noch zwei Kugeln durch den Kopf. Doch Werner Ruland war schon tot.

4

Karin erfuhr vom Tod ihres Bruders erst auf Umwegen. Richard Billsteiner war von Clinton Keen aus Landshut zurückbeordert worden. Er hatte nichts mehr über die angebliche Verschwörergruppe zu melden gewußt. Beim abschließenden Gespräch mit Keen erwähnte er nebenbei den Mord in der Nähe des Kraftwerkes und beschrieb den Toten. Clinton wiederum erzählte beiläufig Karin davon. Sie wurde aufmerksam.

Clinton ließ nachforschen. Wenig später erhielt sie die Bestätigung: der Tote war Werner.

Sie brauchte einige Tage, bis sie wieder ansprechbar war. Sie fühlte sich schrecklich allein. Wäre Clinton nicht gewesen, sie hätte an Selbstmord gedacht.

Nachdem sie den ersten Schmerz überstanden hatte, fragte er sie, ob sie sich den Mord erklären könne. Sie verneinte. Sie nahm sich vor, ihr Andenken an Werner hochzuhalten, es nicht durch eine nachträgliche Untersuchung zu belasten.

Sie hatte Zweifel, ob sie richtig handelte. Es schien ihr aber das einzige zu sein, was sie für Werner noch tun konnte.

Clinton fragte nicht weiter, denn er sah zwischen dem Mord an Werner Ruland und dem an Harald Erich Steinbronn keinen Zusammenhang. Daß beide Morde mit einer Waffe desselben Kalibers ausgeführt worden waren, konnte er nicht wissen. An der schon in Verwesung übergegangenen Leiche von Steinbronn hatten die Beamten in Landshut den Schußkanal nicht mehr einwandfrei bestimmen können.

Karin mußte Gisela Silinski sogar um eine Verlängerung ihrer Aushilfe bitten. Gisela kam die Bitte gelegen. Sie sagte zu.

Die nächsten Tage mit Bob vergingen für sie wie in einem Rausch. Sie fürchtete sich vor dem Ende ihrer Beziehung, das sie unaufhaltsam auf sich zukommen sah.

„Weißt du, was heute für ein Tag ist?“ Er kam zur Wohnungstür herein. Sein Ausdruck war ernst.

Sie erblaßte. Ob sich die Frage auf sie bezog? Ob er etwas über sie erfahren hatte? „Nein, Darling, sag es mir.“

Er gab ihr einen Kuß auf die Wange. „Heute vor einem Jahr ist Franklin Delano Roosevelt gestorben. Er war einer unserer besten Präsidenten.“ Er zog sie ins Zimmer. „Und heute vor einem Jahr hat Harry S. Truman seinen Amtseid geleistet. Er hat es nach Roosevelt sehr schwer.“ Er drückte sie sanft auf das Sofa. „Und heute vor einem Jahr hat unsere neunte Armee Hannover besetzt, und die Sowjets haben bei Wien den Donaukanal überschritten.“

Er machte Drinks, reichte ihr einen, hob sein Glas „Cheers!“, trank, und stellte es hart auf die Anrichte des Buffets. „Sag mal selbst, war es nicht ein verrücktes Jahr? Einen neuen Präsidenten, nach Europa gekommen, den Krieg gewonnen, in einer fremden Stadt zu Hause, und . . .“ er beugte sich zu ihr hinunter und küßte sie auf den Mund, „. . . und die Frau meines Lebens kennengelernt!“

Er sah sie fragend an, doch sie wich seinem Blick aus. „Mein entscheidendes Jahr, Darling! Mein alles entscheidendes Jahr! Und daran bist du schuld, du ganz allein! Was ist? Ist dir nicht gut?“ Er fuhr ihr über das Haar.

„Nichts. Es ist nichts.“ Sie konnte ihm schlecht von der Nachricht erzählen, die sie auf dem Tisch vorgefunden hatte, als sie nach Hause gekommen war. Sie hatte nur aufgeatmet, daß sie ausgerechnet heute das Zimmer nicht gemeinsam betreten hatten, und Bob noch zur P.X. gefahren war. Was sonst geschehen wäre, mochte sie erst gar nicht zu Ende denken.

Die Nachricht war auf die Rückseite eines Kalenderblatts aus dem Jahr 1943 geschrieben. *‚Heute 19 Uhr Karte an Kasse – Victoria-Kino – E.‘*

„Aber du siehst ganz verstört aus . . .“ Er setzte sich zu ihr und drückte zärtlich ihren Kopf gegen seine Schulter.

„Es ist nichts." Sie entschlüpfte seinem Arm. „Ich muß nur weg." „Weg?"

„Ja. Für eine Stunde. Oder zwei."

„Wann?"

„Jetzt gleich."

Er sah sie fest an. „Wohin?"

„Bitte frag nicht. Glaub mir, es ist unwichtig."

„Ein anderer Mann?"

Sie lachte. „Nein. Nicht, was du denkst." Sie überlegte krampfhaft, wie sie sein Mißtrauen zerstreuen konnte. „Ich habe dir erzählt, daß mein Vater vermißt ist. Daß er Bankdirektor in Dresden war. Erinnerst du dich?"

„Ja."

„Ich treffe mich mit einem ehemaligen Mitarbeiter von ihm. Vielleicht erfahre ich etwas über meinen Vater. Keine Angst, Darling, der Mitarbeiter ist weit über die sechzig."

„Okay." Er war beruhigt. „Ich fahre dich."

„Nein. Du wartest hier auf mich. Ich möchte nicht, daß wir zusammen gesehen werden. Du verstehst mich doch?"

„Okay. Ich warte." Er zog sie an sich.

Ulrich Lainz betrat kurz nach 19 Uhr das Victoria-Kino. Gespielt wurde ein abendfüllender Kulturfilm über das Leben von Arturo Toscanini. Die Vorstellung war ausverkauft.

Gisela Silinski hatte schon ihren Platz mit der Nummer 19 in der letzten Reihe eingenommen. Lainz setzte sich auf den Klappstuhl mit der Nummer 20.

Es lief der Vorfilm mit dem Titel „Schilf im See".

Sie beugten sich zueinander und dämpften ihre Stimmen, so daß sie von ihren Nachbarn nicht zu hören waren.

„Wie weit sind Sie mit Ihrem Partner?" fragte er.

Die Frage schnürte ihr die Kehle zu. Sie konnte nicht antworten.

„Haben Sie mich verstanden?"

„Ja."

„Also?"

Sie schwieg.

Er wiederholte die Frage. „Wie weit sind Sie mit Ihrem Partner?"

Sie war sich darüber im klaren, daß sie nicht ewig schweigen konnte. Doch so sehr sie sich auch dagegen sträubte, sie sah Bob vor sich.

Lainz legte seine Hand auf ihren Unterarm und kam mit seinem Mund nahe an ihr Ohr. „Sind Sie mit Ihrem Partner schon so weit, daß Sie Ihren Auftrag ausführen können?"

Sie schluckte. „Ja."

„Was ist mit Ihnen? Sind Sie krank?"

„Nein."

„Also, was schätzen Sie wie lange Sie brauchen werden?"

„Zwei, drei Wochen."

„Viel zu lange. Denken Sie an Ihren Vater."

Ihr Vater! Der Hinweis auf ihn bestürzte sie. Seit einiger Zeit hatte sie jeden Gedanken an ihren Vater verdrängt. Sie war entschlossen gewesen, ihr Glück mit Bob zu verteidigen.

„Wie geht es ihm?" Ihre Stimme war klein.

„Seine Angelegenheit soll nächste Woche beginnen."

Nächste Woche? durchzuckte es sie, o Gott, dann bleiben mir ja nur noch wenige Tage, nur noch ein paar kurze Stunden mit Bob!

„Nächste Woche?" hörte sie sich flüstern, „dann bleiben mir ja nur noch wenige Tage?"

„Wenn wir Ihren Vater bei seiner Überstellung besuchen wollen, dann ja. Sehen Sie zu, daß Sie es in spätestens drei Tagen schaffen."

Sie ließ sich mit der Antwort Zeit. Dann sagte sie: „Ich werde mein möglichstes tun."

„Gut. Ich melde mich von jetzt an jeden Tag."

„Aber bitte nicht mehr bei mir zu Hause, da kann es schieflaufen."

„Na schön, ich finde einen Weg." Er drückte ihr ein zusammengefaltetes Stück Papier in die Hand. „Hiervon die Details." Und abschließend: „Sie erreichen mich Wiesentalstraße fünf, bei Klein. Ganz in Ihrer Nähe." Dann erhob er sich, und drängte sich an den Knien fremder Menschen vorbei zur Reihe hinaus.

Der Vorfilm ging zu Ende. Gisela wartete den Beginn des Toscanini-Films ab und verließ dann ebenfalls den Zuschauerraum.

Im schwachen Licht der Halle entfaltete sie das Papier. Es war der Grundriß des Justizpalastes. Sie steckte ihn in die Tasche. Zu Hause würde sie ihn hinter dem Schrank unter der Tapete verstekken.

Bob lag auf dem Sofa. Er war eingeschlafen. Sie weckte ihn mit einem sanften Kuß. Wie wird wohl der letzte sein, den wir uns geben werden, ging es ihr durch den Kopf. Flüchtig? Innig?

„Du bist schon da?“

„Ja“, sagte sie, „ich habe den Mann leider nicht getroffen.“

„Und jetzt?“

„Nichts. Jetzt muß ich warten, ob er sich noch mal meldet.“

Ulrich Lainz hatte die „Victoria“-Lichtspiele verlassen. Zielbewußt ging er durch die dunklen Straßen, stieß hie und da an einen Ziegelstein, der ihm im Weg lag, und überquerte die Geröllhaufen eines Trümmergrundstücks.

An der Ecke zur schmalen Andreasstraße, schräg gegenüber der Gustav-Adolf-Kirche, befand sich im Parterre eines unscheinbaren zweistöckigen Hauses die Gaststätte „Binz“. Er ging geradeaus zur Tür, die in die Toilette führte und wusch sich die Hände.

Danach betrat er die Gaststube, zwei ineinanderlaufende Zimmer mit insgesamt acht Tischen. Ralf Schilling winkte ihm vom Tisch rechts der Tür neben dem Kanonenofen zu.

Sie begrüßten sich kurz, Lainz bestellte sich ein Bier, und sie steckten über den Tisch hinweg die Köpfe zusammen.

„Alles klar?“ Schilling spielte nervös mit den Brotkrumen.

„Ja“, sagte Lainz mit verhaltener Stimme, „und was haben Sie erreicht?“

„Ich habe Stührk Bescheid gesagt. Er kommt gleich.“

Elmar Stührk war der vierte Mann der siebenköpfigen Kampfgruppe. Er war der jüngste. Mit seinen jetzt knapp 19 Jahren hatte er vor einem Jahr noch der Hitlerjugend angehört. Er war einer von den Jungen, in denen die Saat der NSDAP voll aufgegangen war, ein verbissener Fanatiker.

Wie auf sein Stichwort erschien er in der Tür. Hager mit eingefallenen Wangen und Nickelbrille. Er streifte seinen Soldatenmantel ab, setzte sich, und Lainz unterzog ihn einem kleinen Verhör.

„Sind Sie untergekommen?"

„Ja. Bei einem Freund."

„Einem sicheren Freund?"

„Todsicher."

„Geben Sie mir die Adresse."

„Hier." Stührk schob einen zusammengeknüllten Zettel über den Tisch.

„Die Adresse muß immer besetzt sein."

„Ich weiß."

„Wer hält sie besetzt, wenn Sie mal kurz weg müssen?"

„Mein Freund."

„Ist er so alt wie Sie?"

„Älter. Ende Zwanzig."

„Gehört ihm die Wohnung?"

„Seiner Mutter."

„Wohnt sie bei ihm?"

„Ja. Die Wohnung ist groß. Da wohnen noch mehr Leute. Insgesamt zwölf."

Lainz warf Schilling einen fragenden Blick zu. Schilling sagte: „Ich habe mich vergewissert. Keine Gefahr."

Lainz wandte sich wieder Stührk zu. „Haben Sie alle Ihre Sachen?"

„Ja."

„Auch . . .?" Lainz entfaltete den zusammengeknüllten Zettel und schrieb auf die Rückseite das Wort *Munition* und schob ihn Stührk hin.

„Ja", sagte Stührk, „alles da."

„Wo bewahren Sie die Sachen auf?"

„Im Keller. In einem abgeschlossenen Schrank."

„Schlecht, Sie müssen die Sachen ständig greifbar haben."

„Ich bewohne eine winzige Kammer. Zwischen den Rohrleitungen ist ein ehemaliger Wasserbehälter mit Verschluß."

„Fürs erste besser als der Keller. Sind Sie gemeldet?"

„Ich verstehe nicht . . ."

„Ob Sie sich angemeldet haben, ob Sie Lebensmittelkarten beziehen, einen Fragebogen ausfüllen müssen?"

„Nein."

„Von was lebt er?" Die Frage galt Schilling.

„Von unserer Reserve", antwortete er.

„Gut. Eine Frage offen?" Lainz sah Stührk an.

„Ja", sagte Stührk, „kann auch ich mit Ihnen Verbindung aufnehmen?"

„Nur über Schilling."

„Danke. Sonst nichts." Stührk stockte. Er war sich unschlüssig, ob er von sich aus die Frage anschneiden durfte. Dann sagte er: „Ich habe eben Radio gehört. Clairon."

„Und?"

„Es sieht nicht gut aus für Kaltenbrunner."

„Er scheint ziemlich fertig zu sein. Mit den Nerven, und überhaupt. Frage: was ist, wenn er nicht durchhält?"

Bevor er antwortete, sah sich Lainz um, ob ihm jemand zuhören konnte.

Doch am Nebentisch saßen nur fünf ältere Frauen, die lebhaft in ein Gespräch vertieft waren.

„Nichts", sagte er leise, „es ändert sich nichts. Sobald die Sache steigt, können wir auf den einzelnen keine Rücksicht nehmen. So leid es uns auch tut."

5

Kaltenbrunner saß auf der Pritsche seiner Zelle. Er starrte gegen die leere Wand, ohne sie aufzunehmen. Es wollte ihm nicht in den Kopf, daß seine Lage so gut wie aussichtslos war, daß er sein Leben verwirkt haben sollte. –

Lainz verfolgte aufmerksam die Zeitungsmeldungen und die Radiokommentare von Raoul Clairon, soweit sie die vier zu befreienden Angeklagten betrafen. Kaltenbrunner kam dabei von Tag zu Tag schlechter weg. Von Clairon wurde er abgeschrieben.

Lainz fuhr auf dem schnellsten Weg nach Frankfurt und trug seine Meinung Hemmersbach vor. „Kaltenbrunner bedeutet ein Risiko, Standartenführer. Es kann uns passieren, daß er durchdreht." Hemmersbach ließ den Hinweis nicht gelten. Er bestand darauf, daß Kaltenbrunner befreit würde. „Es geht dabei nicht nur um die Person des Obergruppenführers, sondern auch um die Wirkung auf unsere Kameraden. Wenn es uns nicht gelingt, den Hauptangeklagten der SS den Händen der Alliierten zu entreißen, können wir mit unserer Revolutionsidee einpacken!"

Lainz kehrte nach Nürnberg zurück. Die Weichen für die Aktion waren gestellt. Ihr Beginn stand kurz bevor. Es kam jetzt nur noch auf Gisela Silinski an. –

Mittlerweile hatte Karin Ruland wieder ihre Stelle bei Clairon eingenommen. Clinton hatte sie dazu überredet. „Beschäftigung vertreibt quälende Gedanken", waren seine Worte, und sie war froh, daß er sie damit ins Leben zurückgeführt hatte. Auf diese Weise kam sie besser über den Tod ihres Bruders hinweg.

Nach wie vor sah sie Clinton in jeder freien Minute. Sie hatte angenommen, sie würde Clinton von Ralf Schilling berichten müssen. Jetzt mußte sie feststellen, daß sie das von Tag zu Tag stärker belastete, daß ihr Schweigen allmählich zu einer Wand zwischen ihr und Clinton wurde. Sie war entschlossen, diese Wand zu überwinden. Sie wollte mit Clinton über Schilling sprechen, noch in dieser Woche.

Daß der ehemalige Kriminalhauptwachtmeister Richard Billsteiner die Dienststelle des CIC aufsuchen würde, konnte sie nicht wissen. Sie hätte sonst sicher das Gespräch mit Clinton unverzüglich gesucht.

Billsteiner berichtete Clinton von dem Mann, den er in Landshut beim Treffpunkt mit dem jetzt toten Steinbronn beobachtet und seitdem aus den Augen verloren hatte. Der Mann war Ralf Schilling gewesen. Billsteiner wollte ihn am Abend vorher in Nürnberg gesehen haben. Er hatte sich zwei Stunden lang an seine Fersen geheftet und war ihm bis zu einem Haus im Stadtteil Steinbühl gefolgt. Die genaue Adresse war Schloßäcker Straße 7. Schilling hatte das Haus betreten, war nach zehn Minuten wieder herausgekommen, und Billsteiner hatte seine Spur verloren.

„Verloren?“ fragte Clinton.

„Es war abends. Dunkel. Die Schloßäcker Straße liegt direkt an der Bahn. Wenn ein Zug vorbeifährt, hört man sein eigenes Wort nicht mehr. Zusätzlich kamen drei amerikanische Lastwagen und versperrten mir die Sicht. Als ich über die Straße konnte, war er wie vom Erdboden verschluckt. Ich bin in den Steinbühler Tunnel hineingelaufen. Nichts.“

Clinton gab Billsteiner noch einen Mann bei und ordnete an, die Adresse weiterzubeobachten.

Ralf Schilling hatte natürlich nicht damit gerechnet, daß er beschattet würde. Er hatte den Fehler begangen, Peters die Nachricht für ein Treffen mit Lainz persönlich zu überbringen.

Am nächsten Vormittag legte Billsteiner die Liste der Hausbewohner vor. „Für uns kommen nur drei in Frage.“ Er war sich seiner Sache sicher.

„Für uns kommen grundsätzlich alle in Frage“, sagte Clinton, „denn jeder kann eine Mittelsperson sein oder als Deckadresse dienen. Jeder. Alte Frauen und Kinder ab vier, fünf Jahren eingeschlossen. Wer sind die drei, die Sie meinen?“

„Es sind drei Männer. Ihre Namen sind Hubel, Ebelein und Schmitt.“

Hinter dem Namen „Schmitt“ verbarg sich Peters.

„Haben alle drei ihren Fragebogen bekommen und ausgefüllt?“

„Das weiß ich nicht.“

„Der Fragebogen hilft uns schon eine ganze Menge, obwohl es ihn kaum sechs Wochen gibt. Wer keinen Fragebogen erhält, ist nicht registriert. Wie sagt man bei euch, nicht erfaßt, ja?“

Billsteiner nickte.

„Aber auch wenn einer den Fragebogen bekommen hat“, fuhr Clinton fort, „sagt uns das noch lange nicht alles. Der Erhalt des Fragebogens ist nur so etwas wie eine Vorauslese.“

„Ist mir schon klar“, sagte Billsteiner. „Angenommen alle drei haben einen bekommen, aber gefälscht?“

„Das hätten sie sich zumindest sehr genau überlegt. Allein in Nürnberg waren es in der letzten Woche über vierzig Verurteilungen wegen falscher Angaben im Fragebogen. Mit Strafen bis zu zwei Jahren Gefängnis. Nein, Billsteiner, das überlegt sich jeder sehr gründlich. Wir überprüfen zuerst einmal die Fragebogen aller Hausbewohner. Bis zum Ergebnis lassen Sie die drei Männer keinen Schritt außerhalb des Hauses ohne Bewachung tun."

Peters verließ das Haus nur einmal. Er ging zu Fuß die Fürther Straße hinunter, um sich an die Umgebung des Justizpalastes zu gewöhnen. Einer von Billsteiners Männer folgte ihm, konnte aber nichts Verdächtiges melden.

Wie die übrigen Mitglieder der „Kampfgruppe Edelweiß" wohnte auch Peters in der Wohnung eines zuverlässigen ehemaligen Parteigenossen. Natürlich ohne daß der Wohnungsinhaber über das „Warum" der Einweisung von Peters aufgeklärt worden war. Für ihn hatte es nur gegolten, einen Mann zu beherbergen, der für einige Zeit untertauchen mußte.

Peters war die Vorsicht in Person. Das nächste Mal würde er die Wohnung erst wieder verlassen, um zum vereinbarten Treffen der Kampfgruppe zu gehen.

Gisela Silinski sollte von dem Treffen durch Lainz selbst erfahren. Ihr Wohnungsinhaber hatte ihr einen Brief übergeben.

Sie saß am runden Tisch, der die Mitte ihres Zimmers beherrschte, und hielt den Brief in der Hand. Ihr Blick ging aus dem Fenster in den Hinterhof. Es war etwas nach 16 Uhr 30. In einer Stunde würde Bob kommen.

Sie verwünschte den heutigen Tag. Er hatte sie mit zwei Problemen konfrontiert, die ihr die Luft genommen hatten. Das eine der beiden Probleme war ein engbedrucktes Papier von 20 Zentimeter Breite und, rechnete man die ebenfalls bedruckte Rückseite hinzu, einer Länge von 1,72 Meter. Es war der Fragebogen des „Military Government of Germany".

Sie war der Meinung gewesen, unerkannt hier zu wohnen. Sie hatte sich weder angemeldet noch bezog sie Lebensmittelkarten, noch wollte sie eine Stellung antreten. Dennoch hatte sie den Fragebogen erhalten und war gezwungen gewesen, ihn dem Mann an der Tür mit ihrer Unterschrift zu quittieren. Wie sich hinterher herausstellte, hatte der „Hausobmann" sie fälschlicherweise auf die Liste der im Haus gemeldeten Personen gesetzt.

Sie mußte den Fragebogen ausfüllen, das war ihr klar. Mit dem Namen „Gisela Silinski". Sie zermarterte ihr Gehirn. Woher sollte sie eine den Nachprüfungen standhaltende Lebensgeschichte nehmen? Schon der geringste Fehler würde sie verdächtig machen. Von einer Verurteilung wegen Fälschung gar nicht zu reden.

Der Fragebogen kam ihr vor wie ein Röntgenapparat. Er enthielt 131 Fragen. Die vorangestellte Warnung hatte den Wortlaut: „Vor Beantwortung ist der gesamte Fragebogen sorgfältig durchzulesen. In Zweifelsfällen ist die englische Fassung maßgebend. In Ermangelung von ausreichendem Platz können Bogen angeheftet werden. Auslassungen sowie falsche oder unvollständige Angaben stellen Vergehen gegen die Verordnung der Militärregierung dar und werden dementsprechend geahndet."

Sie las sich die Fragen durch. Nach den üblichen Fragen über Geburt, Größe, Haarfarbe, Wohnsitz, Wehrpaß, Religion, Narben, Geburtsmale und Entstellungen wurde in genauer zeitlicher Folge eine Aufzählung der Beschäftigung oder des Militärdienstes ab 1. Januar 1931 verlangt. Beförderungen oder Degradierungen mußten begründet werden.

Nummer 41 bis Nummer 95 erfaßte die Zugehörigkeit zur NSDAP oder zu einer ihr angeschlossenen Organisation, wie SA, Hitlerjugend, NS-Frauenschaft, NS-Bund deutscher Technik, SS, NS-Kraftfahr-Korps, NS-Flieger-Korps, NS-Studentenbund, Reichsmusikkammer, Reichspressekammer, Reichsfilmkammer, Deutsche Jägerschaft, NS-Altherrenbund, Reichsbund deutscher Familie, Kameradschaft USA, Werberat der deutschen Wirtschaft und noch 39 weitere.

Unter Nummer 101 wurde nach Verwandten gefragt, die von den Fragen unter 41 bis 95 betroffen waren.

Sämtliche Titel und Verleger aller seit 1923 ganz oder teilweise geschriebenen, zusammengestellten oder herausgegebenen Veröffentlichungen und alle vom Befragten gehaltenen öffentlichen Ansprachen oder Vorlesungen, mit Angabe des Themas, Datums, der Auflage oder Zuhörerschaft, waren anzuzeigen.

Es wurde nach dem jährlichen Einkommen vom 1. Januar 1931 an gefragt, es waren alle eigenen Erwerbungen oder die der Familienangehörigen anzugeben, und es waren alle Reisen oder Wohnsitze außerhalb Deutschlands, einschließlich der Feldzüge, aufzuzählen. Die 131., die letzte Frage befaßte sich mit der Kenntnis fremder Sprachen und dem Grad ihrer Vollkommenheit.

Nachdem Gisela den Fragebogen durchgelesen hatte, war sie zu dem Schluß gekommen, daß ihr tatsächlich keine Wahl blieb und sie ihn ausfüllen mußte. Um jede Nachforschung von vornherein so gut wie unmöglich zu machen, würde sie unter „Schulbildung" einfach „Volksschule in Dresden" angeben. Die Stadt war völlig zerstört. Dort würde kaum jemand erfolgreiche Nachprüfungen anstellen können. Außerdem war in ihrem gefälschten Paß Dresden als Geburtsort angegeben, und auch Bob kannte ihre Lebensgeschichte nur in Verbindung mit der Stadt an der Elbe.

Auf dieser Grundlage füllte sie die 131 Fragen aus. Nicht eine der 131 Fragen beantwortete sie wahrheitsgemäß. Sie vertraute auf ihr Glück.

An diesem Spätnachmittag konnte sie nicht wissen, daß der Fragebogen sie in Gefahr bringen würde. Als sie am Tisch saß und ihr Blick hinaus in den Hinterhof ging, schob sie den Gedanken an den Fragebogen endgültig beiseite.

Sie hielt jetzt den Briefbogen in der Hand. Auf ihm stand nur ein Wort: „Morgen".

Die lakonische Nachricht war ihr zweites und weitaus größeres Problem. Die Nachricht besagte nicht weniger, als daß sie noch heute handeln mußte.

Gestern also war der letzte Tag gewesen, den ich mit Bob ungezwungen verbringen konnte, schoß es ihr durch den Kopf, und ich war nicht einmal sonderlich zärtlich zu ihm. Ab heute würde sie ihm nicht mehr offen in die Augen schauen können.

Wie würde er wohl eines Tages die Wahrheit über sie aufnehmen? Der Gedanke, daß er sie ja irgendwann einmal erfahren mußte, durchfuhr sie heiß.

Sie spielte mit dem Gedanken, ihm einen Brief zu hinterlassen, in dem sie ihm alles erklären wollte. Sie wußte, daß ihr das nicht erlaubt war. Der Brief könnte vorher gefunden werden und sie verraten.

Es blieb ihr keine andere Möglichkeit, als konsequent ihren Auftrag zu erledigen.

Sie entzündete ein Streichholz und hielt es an den Briefbogen mit der Nachricht von Lainz.

Gisela war ohne Ausweis für den Justizpalast gewesen, nachdem Karin Ruland wieder ihren Posten bei Clairon eingenommen hatte. Auf ihre Bitte hin hatte Bob ihr einen anderen verschafft.

„Warum willst du dich unbedingt länger als du mußt in dem alten Kasten aufhalten?"

„Weil mich der Prozeß interessiert. Die Atmosphäre. Das ganze Drum und Dran. Ich habe dir doch gesagt, daß ich eines Tages darüber ein Buch schreiben will."

„Okay. Ich bringe dir einen Ausweis für Personal."

Ob er hellhörig geworden war, dachte sie, ob er ihre Absicht schon durchschaute? Sie beruhigte sich. Nichts an seinem Verhalten hatte bisher darauf hingedeutet. Erst ab morgen mußte sie mit dieser Möglichkeit rechnen. Ab morgen, wenn sie ihm die Schlüssel entwendet haben würde.

Gleich nach dem Treffen mit Lainz im Kino hatte sie es eingerichtet, daß Bob im Liegen wie von ungefähr der Schlüsselbund aus der Hosentasche geglitten war. Sie hatte das Gespräch auf die Funktionen der einzelnen Schlüssel gebracht, und er hatte sie ihr freimütig erklärt. Darauf fußte der Plan der Kampfgruppe.

Bob erschien gegen 18 Uhr. Wie immer gab sie ihm einen Kuß auf die Wange, einen auf die Nase und einen ausgiebigen auf den Mund. Bob machte zwei Manhattan. Sie setzten sich auf das Sofa und umarmten sich. Sie bereitete das Abendessen. Er goß das Bier ein. Sie rauchten. Sie schwiegen vertraut.

„Du hast mich heute noch kein einziges Mal ‚Darling' genannt." Er sah ihr voll ins Gesicht. Sie wich seinem Blick aus.

Er nahm sie in den Arm. Willenlos ließ sie es geschehen. „Du bist mir eine Antwort schuldig", sagte er sanft, „du hast mich heute noch kein einziges Mal ‚Darling' genannt."

„Es ist mir nicht aufgefallen", sagte sie gepreßt. Plötzlich entschlüpfte sie der Umarmung und umschlang seinen Hals. „Darling, ich liebe dich!"

Eine Weile war es still im Zimmer. Dann sagte er: „Ich liebe dich auch, Darling. Mehr als je einen Menschen zuvor."

„Komm!" Sie zog ihn zum Bett. Er streifte seine Uniform ab, sie löschte das Licht und entkleidete sich. Er kam zu ihr.

Sie lagen eng umschlungen und sprachen kein Wort. Erschöpft schlief er in ihrer Umarmung ein. Als sie merkte, daß sein Atem regelmäßig ging, löste sie behutsam ihren Arm von ihm und glitt aus dem Bett. Mit schnellen und lautlosen Bewegungen holte sie den Ring mit den Schlüsseln aus der Uniformhose, die achtlos hingeworfen auf dem Stuhl lag.

Im Badezimmer trennte sie die zwei Schlüssel ab, auf die es ihr ankam. Mit einer Feile bog sie den Verschluß des Ringes auf. Es würde für Bob aussehen, als wären ihm die Schlüssel vom Ring geglitten. Dann ging sie zurück und versenkte den Ring mit den übrigen Schlüsseln ebenso lautlos in der Uniformhose, wie sie ihn entnommen hatte.

Gegen 23 Uhr mußte er in seine Unterkunft fahren. Sie weckte ihn mit einem liebevollen Kuß auf den Mund. Er schreckte verschlafen hoch und zog sich an, fuhr sich mit der Hand prüfend über die Taschen, ob er alles bei sich hatte, winkte ihr an der Wohnungstür noch einmal zu und verschwand in der Nacht.

Sie schloß das Zimmer hinter ihm ab. Einen Augenblick lehnte sie sich mit dem Rücken reglos gegen die Tür. Aus! Es ist aus! Zu einem anderen Gedanken war sie nicht fähig. Sie begann hemmungslos zu schluchzen. Dann warf sie sich über das Bett und vergrub ihr Gesicht in den Kissen.

Am Morgen ging sie schon um 8 Uhr in die Wiesentalstraße zu Lainz. Sie reichte ihm die Schlüssel. „Ich muß sie spätestens um fünf wiederhaben."

„Unmöglich. Es wird einen Tag dauern."

„Das geht nicht. Wenn ich sie ihm nicht heute abend zurückgeben kann, wenn ich ihm nicht sagen kann, sie wären ihm unbemerkt aus der Tasche gefallen, garantiere ich für nichts."

„Dann sagen Sie es ihm eben morgen. Sagen Sie ihm morgen, Sie hätten sie erst jetzt gefunden."

„Sinnlos. Das Zimmer ist zu klein, um zwei Schlüssel nicht sofort zu entdecken. Ich brauche sie heute abend bis spätestens fünf Uhr."

Er überlegte und sagte dann: „Sie bekommen sie."

„Und wie?"

„Seien Sie Punkt fünf hier."

Sie war pünktlich, und er händigte ihr die Schlüssel aus. „In drei Tagen brauche ich Ihren Bericht." Sein Blick sagte ihr alles.

Bob kam zur gleichen Zeit wie immer. Er war ausgelassen, wie sie ihn nie anders kennengelernt hatte. Sie begrüßten sich, und er mixte zwei Manhattan.

„Hast du nichts vermißt?" Sie schmiegte sich an ihn.

„Vermißt? Nein. Nur dich."

„Auch nicht die hier?" Sie gab ihm die Schlüssel. „Lagen heute morgen neben dem Stuhl."

„Nein. Keine Spur. Danke. Ein Glück, daß ich sie heute nicht gebraucht habe." Er holte den Schlüsselring aus der Hosentasche und schob sie hinein. „Dürften herausgefallen sein. Die Halterung ist verdammt gedehnt."

Es wurde ein Abend wie ihre anderen. Er bemerkte nicht, wie abwesend sie war. Er war glücklich, in seinem „Versteck" zu sein.

Am nächsten Tag führte sie den wichtigsten Teil ihres Auftrages im Justizpalast aus. Auch dabei fiel ihrer Bekanntschaft mit Bob eine entscheidende Rolle zu. Mehrmals in den letzten Wochen hatte sie ihn während der Verhandlungspausen auf den Fluren in ein Gespräch verwickelt. Er hatte es gern, wenn sie sich in aller Öffentlichkeit wie von ungefähr mit ihm unterhielt. Er sonnte sich in ihrer Nähe. Und ihr ging es darum, von den Männern der Wachmannschaften möglichst oft mit ihm zusammen gesehen zu werden.

Am heutigen Tag nun saß sie während der Verhandlungen als Zuschauerin auf der Pressetribüne. In den drei Pausen, der Vormittags-, der Mittags- und der Nachmittagspause, benützte sie jede Minute, um das ihr noch nicht bekannte Gelände in und um das Gerichtsgebäude zu erkunden. Während der Mittagspause schaffte sie es sogar, mit einem der gefangenen SS-Männer Kontakt aufzunehmen.

In der Kellereinfahrt zur Küche kippte er Kübel voll Abfälle in große Tonnen. Ein Posten stand gelangweilt in der offenen Küchentür. Sie sagte ihm, sie hätte sich verlaufen. Zufällig war es einer, der sie mit Bob schon öfter gesehen hatte. Das gab für sie den Ausschlag, ihr Vorhaben in die Tat umzusetzen.

Der Posten wies ihr den Weg. Sie tat, als überkäme sie plötzliche Übelkeit. Der Posten bemühte sich um sie. Auf ihren Wunsch ging er sogar in die Küche, um ihr ein Glas Wasser zu holen. Im selben Augenblick steckte sie dem SS-Mann den zusammengeknüllten Zettel zu. Er ließ den Zettel blitzschnell im Inneren seiner Tarnjakke verschwinden.

Auf dem Zettel stand die Nachricht: „Anschlag auf das Gericht. Alles vorbereitet. Ihr seid die Angreifer von innen. In den nächsten Tagen bekommt ihr Waffen und Munition. Genauer Zeitpunkt des Einsatzes einen Tag vorher. Organisiert Ausschalten der Wachen, Sperre der Kellerausfahrt, Besetzung der Telefonzentrale. Gebt Einverständnis mittels Essenträger. Dreimal Nicken bedeutet ‚ja'. Die Verbindungsperson bin ich. Melde mich in zwei Tagen. Viel Erfolg! Eure SS-Befreiungskampfgruppe. Diese Nachricht sofort vernichten!"

Der Posten brachte ihr das Glas Wasser. Sie trank, bedankte sich und ging über endlose Gänge und Treppen zurück,

Die Mittagspause war zu Ende. Gisela verließ das Gebäude. Zwei Tage später hatte sie Gewißheit, daß die Kampfgruppe auf die Männer des SS-Arbeitskommandos bauen konnte. Im Durchgang zum Aufzug hatte ihr einer der SS-Männer, die in Kübeln das Essen transportierten, von weitem dreimal zugenickt.

Sie ging zu Lainz, um ihm Bericht zu erstatten.

Er bat sie in sein Zimmer und schloß hinter sich die Tür. Es war winzig. Das schmale, von außen vergitterte Fenster führte auf eine hohe Backsteinmauer hinaus. Im Raum hing der scharfe Geruch von Lysol.

„Setzen Sie sich hierher." Er schob ihr den einzigen Stuhl hin und nahm selbst auf der Pritsche Platz, die das halbe Zimmer ausfüllte. „Ich höre."

Sie ließ sich Zeit. Umständlich knöpfte sie ihren viel zu weiten Regenmantel auf.

„Es ist warm hier." Aus der Tasche holte sie ein Päckchen Chesterfield hervor.

„Mögen Sie?"

„Ja." Er nahm eine.

Sie rauchten. „Ich glaube, ich habe jetzt alles beisammen", sagte sie.

„Es wurde Zeit. Ihrem Vater konnten wir schon eine Nachricht zukommen lassen."

„Meinem Vater?" Die Asche fiel ihr von der Zigarette.

„Ja. Der Einsatz soll jetzt bis ins kleinste festgelegt werden. Vorausgesetzt, Ihre Informationen sind umfassend."

„Sie sind es."

Er lehnte sich an die Wand zurück. „Ich bin gespannt."

Sie drückte die Zigarette aus. Einen Augenblick lang ging ihr Blick starr zur Decke. Sie mußte sich konzentrieren. Dann begann sie mit ihrem Bericht.

„Das Gerichtsgebäude unterteilt sich in den Mittelbau, den Mittelwestbau, den Westbau, den Mittelostbau und den Ostbau. Im Ostbau befindet sich der Gerichtssaal."

„Das wissen wir. Beginnen Sie bitte mit dem Gefängnistrakt."

„Der Zellentrakt ist sternförmig angelegt. Am Schnittpunkt gibt es eine Kanzel für die Wache. Mit Spiegeln hält sie alle Zellentüren unter ständiger Beobachtung. Zusätzlich steht neben jeder Zelle noch ein Posten."

„Woher wissen Sie das?"

„Von . . ." Sie wollte sagen, „von Bob", doch sie unterbrach sich und sagte: „Von Lieutenant Hammersmith."

„Weiter."

„Das Gefangenenhaus steht auf einem großen Gelände. Es ist

sowohl zum Justizpalast hin als auch zur Reutersbrunnenstraße von einer etwa vier Meter hohen . . ."

„. . . von einer Mauer umgeben. Das ist uns bekannt."

„Schräg hinter dem Gefangenenhaus, vom Justizpalast her gesehen, liegt ein niedriger kleiner Bau, die Turnhalle. Ungefähr dreißig Meter daneben ein ähnlicher, die Bäckerei. Die Amerikaner haben extra an der Stirnseite des Zellentrakts, zur Turnhalle und Bäckerei hin, einen Ausgang in den Hof des Gefängnistrakts geschaffen."

„Warum?" Er hielt den winzigen Rest seiner Zigarette mit der Glut in die hohle Hand und machte den letzten Zug. Dann trat er sie auf dem Fußboden aus.

„Ich habe vergessen zu erwähnen", fuhr sie unbeirrt fort, ohne auf seine Frage einzugehen, „daß die Gefangenen im Parterre des Zellentrakts untergebracht sind. Eigentlich ist es ein Hochparterre, denn die Kellerfenster ragen weit über den Graben hinaus." Sie sah ihn fragend an, ob er ihre Schilderung verstand.

„Weiter."

„Vom neu geschaffenen Ausgang führen acht Stufen in einen Holzverschlag, einen Gang hinunter. Der Gang ist von den Amerikanern aus Brettern erstellt worden. Er ist geschlossen und überdacht. Er zieht sich über den Hof."

„Über den Hof?"

„Ungefähr vierzig, fünfzig Meter. Hier ist keine Chance."

„Die Entscheidung treffe ich."

„Verzeihung."

„Wo führt dieser Holzverschlag hin?"

„Zu einem unterirdischen Gang, den es schon gab. Er führt unter der Umfriedungsmauer in den Keller des Gerichtsgebäudes."

„Hm." Er überlegte.

„Sinnlos", sagte sie, „da kommt man nicht heran."

„Überlassen Sie das bitte mir."

„Das Kellergewölbe ist etwa zweieinhalb Meter hoch, vier Meter breit und fünfzehn bis zwanzig Meter lang. Es ist schwach beleuchtet. Vier Lampen an der Decke. Vergittert. Die Leitungen offen. Am Ende des Gewölbes ist linker Hand eine kleine Nische. In der Nische befindet sich die Tür zum Aufzug. Der Aufzug endet direkt hinter den Anklagebänken im Gerichtssaal, der sich im zweiten Stockwerk befindet."

„Das wissen Sie auch alles von diesem Hammersmith?"

„Alles, was ich nicht selbst recherchieren konnte."

„Und er hat Ihnen freimütig Auskunft gegeben?"

„Ja." Sie senkte den Blick. „Ja, das hat er." Sie sprach jetzt leise. „Ich habe ihm gesagt, daß ich irgendwann einmal ein Buch darüber schreiben möchte. Er ist mir ..." Sie stockte.

„Er ist was?"

„Er ist mir sehr zugetan." Sie sagte es schnell, als wollte sie den Gedanken hinter sich bringen.

„Mein Kompliment." Er meinte es ehrlich. In der Art, wie ein Geheimdienstchef seinem Agenten zu guter Arbeit gratuliert.

Sie allerdings empfand es als einen Schlag in die Magengrube. Sie hoffte inständig, die Aktion werde so bald wie möglich starten. Sie wollte die Zeit mit Bob hinter sich bringen, vergessen.

„Weiter!"

„Ja also ..." Sie brauchte einen Augenblick, um sich erneut konzentrieren zu können. „Ach ja. Die Gefangenen fahren also mit dem Aufzug direkt in den Saal. Sie kommen mit keinem Menschen im Gerichtsgebäude in Berührung."

„Mit einer Ausnahme: beim Mittagessen." Überlegen verschränkte er die Arme vor der Brust.

„Ja", sagte sie, „in der Mittagspause werden sie zum Essen geführt."

„Und wohin?"

„Sie haben recht", sagte sie, „die Mittagspause ist die einzige schwache Stelle in der Bewachung."

„Sie sollen mir nur sachlich berichten. Sonst nichts. Wohin also werden die Angeklagten gebracht?"

„Sie bleiben auf ihren Bänken, bis sich der Saal völlig geleert hat. Ich muß vorausschicken, daß sich der Saal nach vier Seiten leert. Die Richter haben ihren Ausgang zu ihren Räumen durch eine Tür direkt in der Nähe des Richtertisches. Der Ausgang für die Dolmetscher befindet sich in der Ecke neben den Anklagebänken.

Aber die Dolmetscherkabinen sind durch die Glasscheiben von den Angeklagten getrennt. Die Dolmetscher verlassen den Saal durch eine kleine Tür in ihrem Rücken, gehen außen einige Stufen herunter und über einen kleinen Vorraum in ihre separaten Eßräume. Die Presse, Beobachter und Fotografen haben nicht nur einen eigenen Zugang zum Gebäude, sondern auch einen eigenen zum Saal. Sie treffen mit den übrigen Menschen im Saal nicht zusammen. Sie verlassen ihre Klappsitze und gehen links auf einen Vorplatz hinaus. Die Amerikaner haben diesen Vorplatz geschaffen, indem sie eine Mauer in den breiten Flur eingezogen haben. Die Ankläger, Stenographen, Verteidiger und das dazugehörige Personal betritt und verläßt den Saal durch den Haupteingang. Von dort führt ein breiter Flur geradeaus zu einer Treppe hinunter zum ersten Stock." Sie holte Luft.

„Und auf welchem Weg werden nun die Gefangenen wohin zum Essen gebracht?" Er erhob sich von der Pritsche und machte einen halben Schritt zum Fenster hin. Mehr ließ die Enge des Zimmers nicht zu. Er konnte seine Erregung nicht verbergen.

Sie blieb gelassen. „Die Angeklagten werden durch den Haupteingang hinausgebracht. Eine doppelte Postenkette riegelt den Vorplatz vor dem Eingang ab. Etwa vier Meter von der hohen Eichentür des Haupteingangs entfernt ist eine kleine Tür, die in ein enges Treppenhaus führt. In diesem von den übrigen Fluren und Räumen völlig getrennten Treppenhaus führt eine schmale Eisentreppe steil in ein Dachgeschoß. Dort oben sind drei ineinandergehende kleine Zimmer. In denen essen die Angeklagten."

„Ist dort oben auch eine Küche?"

„Nein. Das Essen wird in großen Kübeln von unten heraufgeschafft."

„Also führt die Eisentreppe nicht nur vom zweiten Stockwerk hinauf, sondern auch hinunter."

„Ja. Verzeihung, das habe ich vergessen zu sagen."

„Wohin führt der Ausgang des Treppenhauses im Parterre?"

„Auf den Hof."

„Wie kommt man von dort auf die Straße?"

„Rechts um das Gebäude herum."

„Keine Wachen?"

„Nur eine Schranke mit zwei Posten."

„Und der Passepartout-Schlüssel von diesem Hammersmith schließt auch die Tür zum Hof?"

„Ja." Sie erklärte ihm den Zugang zu der Tür vom Parterre aus.

„Und wer schafft das Essen hinauf?"

„Die Essenträger."

„Also unsere Leute?"

„Ja. Das Essen wird aber eine gute halbe Stunde vor Beginn der Mittagspause hinaufgeschafft. Wenn die Angeklagten essen, sind die Essensträger schon längst wieder unten im Keller."

„Wer verteilt das Essen? Ein Amerikaner?"

„Nein. Ein Deutscher."

„Einer unserer Leute?"

„Nein. Wehrmacht."

„Und er macht das seit Beginn des Prozesses?"

„Das weiß ich nicht."

„Wie stark ist die Bewachungsmannschaft dort oben?"

„Genau kann ich es nicht sagen. Mit Sicherheit aber sind dort mindestens so viele Wachen wie auch im Saal zur direkten Bewachung der Angeklagten. Außerdem sollen einige Wachen im Treppenhaus auf der eisernen Stiege stehen und zwei vor der Tür zum Treppenhaus im zweiten Stock."

„Sie meinen die Tür auf dem Vorplatz zum Saal?"

„Ja. Und dann stehen natürlich auf diesem Vorplatz und dem angrenzenden großen Treppenhaus besonders viele Wachen."

„Wie viel schätzen Sie?"

„Alle zusammen?"

„Nur die auf dem Vorplatz, vor der Tür zur Eisenstiege und im großen Treppenhaus."

Sie rechnete stumm. „Mindestens zwanzig."

„Sind in dem Dachgeschoß nur die drei Eßräume? Keine Abstellkammer, Toilette und so weiter?"

„Eine Toilette, ja. Sonst weiß ich nichts mit Sicherheit."

„Werden alle Angeklagten in einem Schub nach oben gebracht?"

„Nein. In Gruppen."
„In welcher Zusammensetzung?"
„Die erste Gruppe mit Göring, Kaltenbrunner, Seyß-Inquart, ‚Berger' und Frick."
„Gehen auf der engen Stiege alle Angeklagten hintereinander oder geht zwischen ihnen je eine Wache?"
„Das weiß ich nicht. Ich glaube auch nicht, daß ich das noch recherchieren kann, ohne Lieutenant Hammersmith hellhörig zu machen." Ihr Unbehagen, bei diesem Bericht an Bob denken zu müssen, war verflogen. Sie sprach jetzt von ihm wie von einem entfernten Bekannten. Sie fühlte sich von der in greifbare Nähe gerückten Aktion gepackt.

Er setzte sich abermals auf die Pritsche. In ihm arbeitete es. Er suchte nach einer Lösung. „Sind die Außenwachen am Gefangenenhaus Tag und Nacht gleich stark?"
„Die ständigen Außenwachen sind Tag und Nacht gleich stark."
„Wie viele sind es?"
„Zwecklos", sagte sie, „ich weiß, das hören Sie nicht gern. Die Außenwachen allein sind zusammen vielleicht nicht mehr als zehn Mann. Dazu kommen aber die Wachen an der Außenseite der Mauer, die das gesamte Gefängnis- und Gerichtsareal umschließt. Das sind insgesamt etwa – lassen Sie mich rechnen – dreißig Mann. Und dann die Panzerwagen. Zwei, die den Ostbau flankieren. Die anderen zwei, die an der Ecke des Westbaus und vor der Mauer des Gefängnistrakts postiert sind."
„Das wissen wir", sagte er nach einer Weile des Nachdenkens, und seine Stimme klang jetzt kameradschaftlich, „Ihrer Meinung nach bleibt uns also nur die Mittagspause?"
„Ja." Sie sah ihn fest an.
„Ich glaube auch. Auf der Mittagspause wird sich unser Plan aufbauen."
„Vielleicht wollen Sie aber auch berücksichtigen, daß die Angeklagten ständig Kontakt mit zwölf deutschen Personen haben?"
„Mit zwölf Deutschen? Dann waren wir also doch gut informiert."

„Ja. Und zwar: Der deutsche Gefängnisarzt Doktor Ludwig Pflücker, dann ein deutscher Zahnarzt, ein deutscher Friseur, ein deutscher Kriegsgefangener, der mit einer großen blechernen Wasserkanne von Zelle zu Zelle geht und den Gefangenen durch die Türklappe das Wasser in ihre Behälter gießt. Natürlich ist er in Begleitung einer Wache. Im übrigen wurde die Türklappe von den Amerikanern auf fünfundzwanzig mal fünfundzwanzig Zentimeter erweitert."

„Wer sind die anderen acht Personen?"

„Das ist der Mann, der das Reinigungsmaterial für die Zellen bringt, wie Besen und so weiter. Dann der Mann, der den Abfall aus den Zellen abholt. Dann zwei Mann, die die Gänge des Zellentrakts sauberhalten, und vier Mann, die als Essenträger fungieren."

„Und die Essenträger und das Reinigungspersonal, das sind alles deutsche Kriegsgefangene?"

„Ja. Alles Angehörige der Waffen-SS."

„Da waren ja unsere Sicherungsmaßnahmen in Berlin bei den Olympischen Spielen umfangreicher." Er war erstaunt.

„Aber das Unglaublichste ist", sagte sie, „die Männer der Sicherungstruppe haben zum großen Teil nur eine kurze Ausbildung hinter sich. Manche wissen nicht einmal richtig, wie ein Gewehr gehalten wird."

„Das ist ja ungeheuerlich!" Er lachte befreit und wurde sofort wieder ernst. „Haben Sie noch eine Chesterfield?"

Sie hielt ihm die Packung hin, und sie zündeten sich jeder eine an.

Für eine Weile war es still im Zimmer. Sie rauchten und hingen ihren Gedanken nach.

Lainz klopfte die Asche von der Zigarette. „Und wo nehmen die Richter ihr Mittagessen ein? Und die Ankläger? Wo ißt Jackson?"

„Ein Stockwerk tiefer gibt es eine Snackbar."

„Snackbar? Was ist das?"

„Eine Bar für kleine Imbisse. Davon soll es in Amerika nur so wimmeln."

„Und dort ißt Jackson?"

„Die Snackbar hat zwei Nebenräume. Der eine ist für die Richter, der andere für die Ankläger reserviert."

„Und die Verteidiger?"

„Die essen in eigenen Räumen."

„Ist diese – Snackbar", das Wort kam ihm nur widerwillig von den Lippen, „ist sie bewacht?"

„Nein. Nur der Zugang zum Flur, auf dem sie liegt."

„Wer bedient dort?"

„Amerikanische Soldaten."

„Wenn ich Sie richtig verstanden habe, müssen die Richter und Ankläger von ihren Zimmern aus den Flur entlang bis zur Treppe, dann einen Stock tiefergehen und wieder einen Flur entlang zu dieser . . . zu ihren Eßräumen?"

„Ja. Manchmal aber essen sie auch in ihren Zimmern."

„Na schön." Er trat die Zigarette aus und erhob sich. Die Unterredung war für ihn beendet. „Bis zum dreiundzwanzigsten Mai." Er machte einen Schritt zur Tür hin.

Sie stand ebenfalls auf und sah ihn fragend an.

„Da treffen wir uns am Dutzendteich. Alle. Morgens um neun. In der Nähe der ‚Seerose'. Von dort führt ein Weg den Teich entlang. Um diese Zeit menschenleer. Nach etwa zweihundert Metern kommt eine Ausbuchtung. Dort sind wir ungestört."

„Und was geschieht dort?"

„Da werde ich den Einsatzplan in allen Einzelheiten ausgeben. Ich muß jetzt gehen."

Sie nickte. Dann verließ sie das Zimmer, und er brachte sie durch den langen düsteren Flur zur Wohnungstür.

An der Ecke der Brückenstraße blieb sie stehen. Sie hatte das Bedürfnis, tief Luft zu holen.

In Frankfurt am Main bestand die Altstadt zwischen der Zeil und dem Main nur noch aus Schutt, Asche und toten Häuserstümpfen. Dessenungeachtet machte sich gerade hier ein geschäftiges Treiben breit: die geheimen Treffen des Untergrunds, der schwarze Markt, die freie Liebe.

Inmitten dieser Trümmerlandschaft erhob sich majestätisch der rote Sandsteinturm des Domes von Sankt Bartholomäus. Die zahllosen Bomben und Luftminen hatten ihn nicht getroffen.

Über seiner Galerie ragte der gewaltige achteckige Aufbau mit der Kuppel und der filigranen Spitze wie eine stumme Anklage gegen den Himmel.

Am Südportal waren die beiden Reliefs „Anbetung der Könige" und „Christus am Kreuz" dick von Mörtelstaub überzogen. Die Blicke ihrer Figuren trafen geradewegs auf eine Baracke am Rand einer Hausruine.

Die Baracke war aus Holz und nicht allzu groß. Sie hatte auch einen Namen: „Knusperhäuschen". In ihr residierte die 70jährige Frieda „Muttchen" Weickel. Alle einschlägigen Herren kannten sie. „Muttchen" hatte die Baracke in mehrere Verschläge unterteilt und vermietete jeden für 20 Reichsmark. Sie betrieb das erste Frankfurter Bordell nach dem Krieg.

Im „Knusperhäuschen" verkehrte auch ab und zu ein hohlwangiger Junge namens Lothar Wilfarth. Er war zwanzig Jahre alt und hatte bis zum Ende des Krieges im pommerschen Stolp einen Stamm der dortigen Hitlerjugend geführt. Der Rückzug hatte ihn in den Taunus geschwemmt. Dort war er auf Hemmersbach gestoßen, den ehemaligen SS-Standartenführer. Hemmersbach brachte ihn mit Lainz zusammen.

Wenn Lothar Wilfarth nicht gerade in der nahen Fahrgasse seinen schwarzen Geschäften nachging, verbrachte er seine Zeit unter der Erde.

Das Bauamt der Stadt Frankfurt hatte die Keller der Häuser um den Dom zu Beginn des Krieges in weitverzweigte Katakomben verwandelt. Die Wände der Keller waren durchbrochen worden. Bei Bombenangriffen waren vornehmlich die alten Giebelhäuser gefährdet. Ihre Bewohner sollten sich durch die neugeschaffenen zahlreichen Querverbindungen in die jeweils benachbarten Keller retten.

Nach dem Krieg waren diese weitläufigen Gänge und Stollen zur Unterkunft von Tausenden von Menschen geworden. Sie hausten in halbverschütteten Gewölben und verrotteten Schächten. Sie schliefen auf von Fäulnis zerfressenen Matratzen aus Seegras, zogen sich eine immerfort feuchte Decke über den Kopf und kümmerten sich nicht um verdorbene Speisereste, zerfressene Lumpen und Scherben zerschlagener Flaschen, die neben ihnen lagen.

In diesem Labyrinth fristeten die Ausgestoßenen der Nachkriegszeit ihr Dasein, hier trafen sich die Obdachlosen, die Ärmsten der Armen, die Elternlosen und die von den Besatzungsmächten aller Zonen Gesuchten.

Hier in den Frankfurter Kellerschächten zwischen Zeil und rechtem Mainufer waren sie sicher.

Mit der Zeit nisteten sich hier auch die Zuhälter, die Verbrecher und Ganoven ein und tauchten vor dem Zugriff der Polizei unter. Schon für 5 Reichsmark boten sich halbverhungerte junge Mädchen auf dem kalten Lehmboden der stickigen Keller an. Schlägereien, Raub und Mord bestimmten das Leben dieses in Deutschland einmaligen Untergrundes.

Die Bevölkerung der Stadt mied diese Gegend. Sie hatte Angst vor den Menschen dort. Sie forderte in Briefen an die Militärregierung, die Keller mitsamt ihrem schmutzigen Inhalt einfach einzudrücken. Die Zeitungen veröffentlichten Zuschriften, in denen es hieß: „Übergießt das Terrain um den Dom mit Zement, dann sind wir das Ungeziefer los!"

Die Menschen in den Katakomben hatten ihr Leben dem der Ratten angepaßt. Hier zwischen all dem Kot, dem Unrat, der Bedrückung und der Hoffnungslosigkeit hauste Lothar Wilfarth. Seit einigen Wochen hatte Hemmersbach ihm zwei Kollegen beigeben. Karl Nessen kam aus Genthin in der Mark Brandenburg, Utz Grau aus Taucha bei Leipzig.

Innerhalb weniger Tage hatten die drei in den Schächten und Kellerhälsen einen Warndienst eingerichtet. An den Ausgängen und an den Kreuzungen der unterirdischen Gänge legten sie leicht gewölbte Bleche auf die Erde. Kam ein Fremder in die Stollen, trat er unweigerlich auf die Bleche, und ihr Getöse warnte alle, die etwas zu verbergen hatten.

Seitdem waren Wilfarth, Nessen und Grau in den Katakomben anerkannt. Dennoch fieberten sie dem Tag entgegen, an dem sie von diesem Höhlenleben erlöst würden. Sie waren entschlossen, für ihre Zukunft noch einmal ihr Leben aufs Spiel zu setzen. Sie brannten darauf, von Hemmersbach nach Nürnberg geschickt zu werden.

Am 22. Mai 1946, einem Mittwoch, trafen sie dort ein. Sie verbrachten die Nacht zum Donnerstag unweit des Hauptbahnhofs auf dem Ruinengrundstück Enderleinstraße Nummer 1. Am Morgen machten sie sich schon früh auf den Weg zum Dutzendteich. Die „Seerose" war eine Wirtschaft mit Vorgarten. Sie lag links von der Bayernstraße unmittelbar vor der Bahnunterführung.

Jeder der drei bestellte sich einen Kaffee, und sie warteten, bis es neun Uhr wurde. Dann bezahlten sie und überquerten die Straße. Sie sahen Lainz schon von weitem. Er kam zu Fuß die Bayernstraße entlang. Er begrüßte sie mit leichtem Kopfnicken. Er sagte ihnen, daß ihre Unterkunft geregelt sei, und schickte sie auf den Spazierweg um den Teich bis zur Ausbuchtung.

Ralf Schilling und Bruno Peters kamen gemeinsam an. Lainz wies sie ein, und sie gingen gemächlich den anderen nach. Elmar Stührk kam von der Waldluststraße her. Er traf bei Lainz zusammen mit Gisela ein.

An der Ausbuchtung des Weges setzten sich alle auf die Böschung hinter die Büsche. Von hier aus war der Weg gut überschaubar.

Lainz begann mit der Bekanntgabe des Einsatzplanes.

„Schilling, auf Ihren Einsatz komme ich zuletzt zu sprechen. Sie beobachten inzwischen das Gelände."

„Jawohl." Schilling wollte sich erheben, doch Lainz hielt ihn zurück. „Nein, von hier aus." Dann wandte er sich an Peters. „Zuerst zu Ihnen. Der ursprüngliche Plan, der Sie als speziellen Mann für Kaltenbrunner betraf, wurde fallengelassen."

„Jawohl." Peters war erleichtert. Die Befreiung von Kaltenbrunner hatte für ihn bedeutet, daß er sich, wenn nötig, anstelle des Obergruppenführers in die Hände der Wachmannschaften begeben sollte.

„Peters, Sie erhalten einen Zivilanzug. Außerdem diesen Ausweis." Lainz zog ein Päckchen gefälschter IMT-Ausweise aus der

Tasche seines Jacketts. „Damit können Sie das Gerichtsgebäude betreten. Als Beobachter auf der Pressetribüne. Die Ausweise sind auf andere Namen ausgestellt. Ihrer zum Beispiel auf ..." Er las ab: „... auf Herbolsheimer. Klar?"

„Jawohl."

„Sie werden morgen diesen Ausweis ausprobieren. Sie nehmen an der Gerichtssitzung teil."

„Sind denn deutsche Zuschauer zugelassen?"

„Ja. Seit einiger Zeit. Die Bestimmungen wurden gelockert."

„Und der Ausweis hat kein Lichtbild?"

„Keiner dieser Ausweise hat ein Lichtbild. Das ist ja unser Glück. Es gibt sogar Sammelausweise, die lauten nur auf einen einzigen Namen. Meinetwegen: Herbolsheimer und zwanzig Mann. Aber damit wollen wir lieber nicht operieren. Also, Peters, morgen nach der Verhandlung erstatten Sie mir Bericht."

„Jawohl."

„Ich erläutere jetzt für alle den Grundriß und die speziell für uns in Frage kommenden Stockwerke und Räumlichkeiten. Schilling, können Sie beobachten und zuhören zugleich?"

„Jawohl", sagte Schilling, ohne den Weg aus den Augen zu lassen.

„Nach meiner Schilderung des Gebäudes können Fragen gestellt werden." Er holte einen selbst skizzierten Grundriß des Justizpalastes aus der Tasche, ließ ihn von Hand zu Hand gehen und gab Erklärungen dazu ab. „Hat jemand eine Frage?"

Sie schüttelten die Köpfe. Lainz räusperte sich. „Dann gehen wir jetzt ins Detail. Stührk, Wilfarth und Nessen erhalten Tarnanzüge. Sie schmuggeln sich am Abend vorher ins Lager Hersbruck ein. Dort organisieren sie eine kampfkräftige Gruppe von zwölf Mann. Am Morgen lassen sie sich dann mit dem Transport der kriegsgefangenen SS-Leute als Arbeitskräfte ins Gerichtsgebäude schleusen. Fräulein Silinski hat im Laufe der Tage genug Pistolen ins Gebäude gebracht. Sie wurden auf den Toiletten des Küchenpersonals versteckt und mit Streifband an die Innenwände der Wasserbehälter geklebt. Alles klar?" Die Angesprochenen nickten.

„Zum Mittag nehmen Sie die Plätze der Essenträger ein." Es galt nach wie vor Stührk, Wilfarth und Nessen. „Ihr zögert den Transport der Essenkübel hinaus. Wenn die Wachen zur Eile antreiben wollen, stellt ihr euch dumm. Ihr zögert eure Tätigkeit so lange hinaus, bis die Angeklagten auf der Treppe nach oben gebracht werden. Das ist etwa um dreizehn Uhr und sieben Minuten. Sobald die erste Gruppe der Angeklagten, also Göring, Kaltenbrunner, ‚Berger', Seyß-Inquart und Frick, nach oben geht, schließt ihr oben die Tür von außen mit Nachschlüsseln ab und geht nach unten. Ohne Vorankündigung erschießt ihr die Wachen. Der Überraschungseffekt wird derart groß sein, daß die übrigen Wachen im Treppenhaus, schätzungsweise vier, von einer Panik befallen werden."

Er drehte sich zu Peters hin. „Inzwischen hat Peters der Vormittagssitzung bis zwölf Uhr neunundfünfzig beigewohnt. Eine Minute vor dreizehn Uhr verläßt er seinen Platz auf der Tribüne der Beobachter und geht in den Vorraum hinaus. Von dort führt eine Tür in den Zwischentrakt und dort im Parterre eine in den Hof. Erkläre ich richtig?" Er sah Gisela Silinski an.

„Ja", sagte sie. „Im Vorraum der Presse- und Zuschauertribüne ist linker Hand ein steinernes Wasserbecken. Daneben führt eine Tür in den Verbindungsflur zum Mittelostbau. Dort ist rechts die marmorne Freitreppe in die Untergeschosse. Im Parterre führt die zweite Tür links in den Hof. Der Passepartout-Schlüssel schließt beide Türen."

„Danke." Lainz wandte sich wieder Peters zu. „Sie gehen den Hof nach rechts und stoßen auf die eiserne Tür, die zum Treppenhaus führt, in dem die Gefangenen nach oben gebracht werden. Da Sie sich keine Eile anmerken lassen dürfen und den Weg im normalen Schritt zurücklegen werden, kommen Sie genau zum richtigen Zeitpunkt dort an. Sollten Sie wider Erwarten zu früh sein, dann verzögern Sie innerhalb des Gebäudes. Verstanden?"

„Jawohl."

„Stoßen Sie vor der eisernen Tür auf einen Posten, schießen Sie ihn nieder, sobald Sie von drinnen die Schüsse hören. Dann sperren Sie die Tür auf, springen die Treppe hinauf und schießen von unten auf die noch nicht erledigten Wachen. Wer zuerst von Ihnen an der Tür ist, die zum Vorraum und Haupteingang des Gerichtssaals führt, also der Tür, durch die man die Gefangenen nach oben bringt, der schließt sofort von innen ab. Klar?“ Beinahe im Chor sagten Peters, Stührk, Wilfarth und Nessen „jawohl“.

„Jetzt also seid ihr zu viert. Jeder schnappt sich seinen Mann. Ich meine, jeder den Gefangenen, dem er am nächsten steht. Göring, Kaltenbrunner, Seyß-Inquart und ‚Berger‘. Frick wird nicht mitgenommen. Ihr verlaßt das Treppenhaus durch die Tür im Parterre, führt die Angeklagten so schnell es geht rechts um die Ecke auf die Schranke zu. Genau in dem Augenblick komme ich von der Seite der Bärenschanzstraße her. Ich erledige die Posten und nehme an der Schranke die Befreiten in Empfang.“ Er machte eine Pause, um neu ansetzen zu können. „Währenddessen haben auch Sie“ – er meinte Gisela – „die Zuschauertribüne verlassen und sind über den Umweg des ersten Stocks vom Mittelostbau zurück zum Ostbau gelangt und gehen die Freitreppe hinauf zum Haupteingang des Saals. Sobald Sie die Schüsse hören, ziehen Sie Ihre Waffe und halten die Wachen und Menschen im Vorraum in Schach.“

„Darf ich dazu etwas sagen?“ Sie sprach leise. Ihre Stimme war belegt. Ihr Gesicht hatte jegliche Farbe verloren.

„Ja?“ Mißbilligend sah er hoch.

„Wenn es sich machen läßt, würde ich gern an anderer Stelle eingesetzt werden.“

„Mit welcher Begründung?“

Sie zögerte mit der Antwort. Sie war auf diese Möglichkeit ihres Einsatzes nicht vorbereitet gewesen. Nie wäre ihr in den Sinn gekommen, Lainz könnte sie ausgerechnet an dem Platz einsetzen, an dem sie unweigerlich auf Bob treffen würde.

Ihre Gedanken trommelten wie wild auf sie ein. Sie sah sich ihre Pistole auf Bob richten, sah sein entsetztes Gesicht, sah, wie er totenbleich auf sie zugeht und ihr die Waffe entwenden will, wie sie abdrückt und er vor ihr in seinem Blut liegt.

„Ich habe gefragt, mit welcher Begründung?“

„Begründung?“ Sie kam zu sich. „Ich weiß nicht. Ich glaube nur, ich bin der Sache nicht gewachsen. Ich wäre an diesem Platz ein hundertprozentiger Unsicherheitsfaktor.“

„Aber es geht nicht anders. Einer muß uns am Vorplatz die Wachen vom Leib halten."

„Sind nicht Schilling und Grau noch übrig?"

„Sie sind die einzige, deren Anwesenheit am Vorplatz unverfänglich erscheint. Es kann sein, daß Sie gar nicht schießen müssen. Daß allein der Anblick Ihrer Waffe die Wachen zur Vernunft bringt."

„Und wenn ich schießen muß? Und versage?"

Er war ungehalten. „Warum sollten Sie versagen?"

„Weil ich mich kenne."

„Kann es diesmal nicht anders sein?"

„Wollen Sie es auf diese Probe ankommen lassen?"

Er gab sich geschlagen. „Gut. Sie wechseln mit Grau. Sie halten den Lastwagen an der Ecke zur Fürther Straße bereit. Sitzen am Steuer. Decken uns mit Ihrer Waffe notfalls den Rückzug. Klar?"

„Ja."

„Grau, Sie nehmen also die Stelle von Fräulein Silinski ein."

„Jawohl."

„Sie lassen alle mit den Gesichtern zur Wand – Hände über den Kopf – gelehnt stehen. Sie nehmen ihnen die Waffen ab. Dazu haben Sie einen dünnen zusammengefalteten Sack unter dem Anzug. Bei der geringsten Bewegung schießen Sie! Unbarmherzig!"

„Jawohl."

„Jetzt Schilling! Grau, Sie lösen Schilling als Beobachter ab!"

Schilling drehte sich zu Lainz hin.

„Ihnen kommt die schwerste Aufgabe zu. Sie nehmen wie Peters und Grau an der Verhandlung teil, gehen mit Grau über den ersten Stock des Mittelostbaus zurück zum Vorplatz des Saals und gehen dann weiter durch die Pendeltür links vom Haupteingang. Die Pendeltür führt zu einem kleinen Vorplatz. Dort sind rechter Hand die Stufen zu der Tür hinauf, die zu den Dolmetscherkabinen führt. Geradeaus ist die Tür zu den Richterzimmern. Dort hinein gehen Sie. Haben Sie die Richter vor sich?"

„Jawohl."

„Wenn es geht, nehmen Sie sich den Chefrichter, Lawrence heißt er. So wie er aussieht, wird er keinen Widerstand leisten. Sie drücken ihm Ihre Waffe in den Rücken. Mit ihm als Schild verlassen Sie als letzter der Kampfgruppe das Gebäude. Sie sind unsere Rückendeckung. Sollte Lawrence gerade nicht im Raum sein, greifen Sie sich den nächstbesten. Sie verlassen mit Ihrer Geisel das Gebäude, überqueren die Bärenschanzstraße und steigen mit der Geisel in den bereitstehenden Wagen. Kapiert?"

„Jawohl." Schilling war stolz, für diese Sonderaufgabe ausersehen zu sein.

„Sobald Schilling und die Geisel im Wagen sind, fahren wir los. Unser Vorsprung beträgt zwischen einer und zwei Minuten. Die Fahrt geht rund zweihundert Meter in Richtung Fürth, dann scharf links über die Maximilian- und Von-der-Tann-Straße bis zur Kreuzung Rothenburger Straße. Dort stehen drei Pkw startbereit. Zwei BMW und ein NSU. Innerhalb von zwanzig Sekunden wird vom Lastwagen auf die Pkw umgestiegen. Peters und Stührk mit Seyß-Inquart und Kaltenbrunner in den ersten Wagen, einem BMW. Wilfarth, Nessen und Grau mit ‚Berger' in den zweiten BMW. Und der Rest, also Schilling, Silinski, der Reichsmarschall, die Geisel und ich in den NSU. Der Wagen mit Peters am Steuer fährt über die Gustav-Adolf-, Hanse-Straße über den Äußeren Ring zur Regensburger Straße und von dort auf die Autobahn in Richtung Berlin. Wilfarth am Steuer des zweiten BMW folgt Peters bis auf die Autobahn und wendet dort in Richtung München. Und Schilling am Steuer des NSU wird von mir eingewiesen. Der Wagen mit Peters verläßt an der Ausfahrt Veldensteiner Forst'die Autobahn. Er wird von einem Mittelsmann erwartet. Das Kennwort heißt ‚Treue'. Der Mann bringt euch in sichere Verstecke und nach einigen Tagen über die deutsche Grenze in die Schweiz, dann nach Lissabon und von dort auf ein Schiff nach Buenos Aires. Der Wagen mit Wilfarth fährt bis zur Ausfahrt Hilpoltstein. Dort steigt ihr um in einen grauen Lieferwagen mit blauer Plane. Das Kennwort ist ‚Ehre'. Der Fahrer bringt euch nach Thalmässing. Von dort werdet ihr ebenfalls nach Lissabon geschleust und nach Buenos Aires eingeschifft. In Buenos Aires treffen wir zusammen. Mittelsmänner sind unterrichtet. Wer unterwegs schlappmacht, bleibt unweigerlich zurück. Verstanden?"

Sie nickten.

„Das ist der Einsatzplan für euch. Unsere Kameraden, ich meine die zwölf Angehörigen der Waffen-SS, halten die Zu- und Ausgänge im Keller in Schach. Auch sie nehmen sich Geiseln. Nach Gelingen der Aktion stehen für sie zwei vollgetankte Wagen zur Flucht bereit.“ Sein Blick ging von einem zum anderen. „Alles klar?“

Sie bestätigten es ihm durch forsche „Jawohls“.

„Noch eins. Die Aktion wird handstreichartig durchgeführt. Das Signal geben die Schüsse von Stührk, Wilfarth und Nessen. Danach dürfen nicht mehr als fünfzig, sechzig Sekunden vergehen, bis wir den Wagen erreichen. Wer nicht mitkommt, hat keine Chance. Denkt daran und prägt euch jeden Handgriff, jeden Schritt genau ein!“

Stührk hob die Hand.

„Ja?“

„Ich habe eine Frage. Könnten wir nicht auch ein paar von den Verteidigern abknallen? Diese Brüder sind mir einfach ein Greuel.“ Sein Gesicht verzog sich zu einer Fratze.

„Nein!“ Lainz fiel ihm ins Wort. Seine Stimme klang hart. „Wenn sich auch nur einer von euch nicht bis ins kleinste an den Einsatzplan hält, gefährdet er die gesamte Aktion! Noch so eine dämliche Frage?“

Sie duckten die Köpfe.

„Dann ist die Besprechung zu Ende. Ihr geht einzeln von hier weg. Einen Tag vor dem Einsatz werdet ihr von mir persönlich benachrichtigt. Sollte ich einen zufällig nicht antreffen, hinterlasse ich ein Kennwort. Das Kennwort heißt ‚Sonnenaufgang‘. Es bedeutet, daß die Aktion am nächsten Mittag steigt. Für Wilfarth, Stührk und Nessen heißt das, sie haben bis spätestens am Abend im Lager Hersbruck zu sein. Fahrt schon heute hinaus und erkundet die Lage. Ein Mann namens Koch wird euch behilflich sein. Ihr findet ihn in der Nähe des Bahnhofs. Er hat dort einen Schreibwaren- und Zigarrenladen. Ihr braucht ihm nur meinen Namen zu nennen, dann zeigt er euch, wie ihr ins Lager kommt. Für Peters, Schilling und Grau bedeutet ‚Sonnenaufgang‘, daß sie am nächsten Morgen um zehn im Gerichtssaal zu sein haben. Sie müssen sich mindestens eine halbe Stunde vorher im Justizpalast einfinden. Die Waffen für sie hängen wie für die kriegsgefangenen Kameraden in den Wasserbehältern der Toiletten für die deutschen Prozeßbeobachter. Die Munition ist jeweils selbst einzuschmuggeln. Am besten in den Schuhen. Für Fräulein Silinski heißt ‚Sonnenaufgang', daß sie sich umgehend mit mir in Verbindung zu setzen hat, um den Wagen in Empfang zu nehmen. Noch eine Frage?"

Das „Nein" war einheitlich. „Also bis zum ‚Sonnenaufgang'."

Sie gingen auseinander.

Peters überquerte die Bayernstraße und bog in die Dutzendteichstraße ab. Er bemerkte nicht, daß ihm ein Mann folgte. Der Mann war 56 Jahre alt, klein, und das Auffallendste an ihm waren seine buschigen Augenbrauen. Es war der ehemalige Kriminalhauptwachtmeister Richard Billsteiner.

Er hatte Peters von seiner Unterkunft in der Schloßäckerstraße bis zum Restaurant „Seerose" beschattet. Eine Stunde lang hatte er dann auf dem Bahndamm hinter einem Gebüsch gesessen und das Treffen der sieben Männer und der Frau aus gut 70 Meter Entfernung beobachtet. Doch außer daß sie beieinandersaßen, hatte er nichts Verdächtiges festgestellt. Gleichwohl nahm er sich vor, Clinton Keen von dem Treffen in Kenntnis zu setzen.

Zwei Stunden später stand er im Büro des CIC. Schlaksig ging Clinton auf und ab. „Und Sie haben auch den zweiten Mann, den aus Landshut, erkannt?"

„Einwandfrei." Billsteiner war sich seiner Sache sicher.

„Und die Frau?"

„Habe ich noch nie gesehen."

„Wie alt? Welches Aussehen? Groß, klein?"

„Auf die Entfernung hin schwer zu sagen. Noch dazu hat sie gesessen."

„Aber sie muß doch wie die anderen weggegangen sein."

„Ja. Aber der Mann aus der Schloßäckerstraße ging vor ihr. Ich wollte ihn nicht verlieren."

„Versuchen Sie es trotzdem mit einer Beschreibung."

Billsteiner ließ sich Zeit. „Sagen wir zwischen fünfundzwanzig und fünfunddreißig. Recht hübsch. Schulterlanges, dunkles Haar. Vielleicht braun, vielleicht rötlich." Er überlegte. „Mehr kann ich nicht sagen."

Joe Stevens stand am Fenster und notierte die Angaben. „Was können wir unternehmen?"

Clinton strich sich mit den Fingern durch seinen Bürstenhaarschnitt. Dann nahm er sein dunkelblaues Jackett vom Haken und zog es an. „Wir holen uns den Mann aus der Schloßäckerstraße. Ruf die MP an." –

Peters war gerade zum Frauentorgraben hinübergegangen. Er hatte sich auf dem schwarzen Markt ein Päckchen US-Zigaretten geholt. Als er über die Tafelfeldstraße zurückging, sah er an der Ecke zur Schloßäckerstraße zwei Jeeps der Militärpolizei stehen.

Er änderte seine Richtung und ging einige Straßen weiter. Drei Stunden lang versteckte er sich auf einem Ruinengrundstück. Dann schickte er einen Jungen zum Wohnungsinhaber seiner Unterkunft.

Wenige Minuten später wußte er, daß das zweifache Aufgebot von Militärpolizei ihm gegolten hatte.

Über Schilling nahm er Verbindung mit Lainz auf. „Quatsch!" sagte Lainz. „Sie werden gesucht? Na und? Von der Kampfgruppe wissen die Kerle nichts."

6

Wer Barbara Vesenstedt genauer kannte, wußte, daß sie nicht zu den Mädchen zählte, von denen man auf Anhieb eingenommen war.

Sie war nicht im landläufigen Sinne hübsch. Ihr herbes Gesicht faszinierte ausschließlich bei näherer Betrachtung. Sie machte sich nichts vor: die Männer schätzten an ihr vornehmlich die menschlichen und intellektuellen Qualitäten. Sie verfielen nie auf den Gedanken, sich mit ihr nur die Zeit zu vertreiben.

Die Abende, an denen sie mit ihrem Vater von ihrer Unterkunft in der Kopernikusstraße einen Spaziergang vor zur Allersberger Straße machte, empfand sie als außergewöhnliche Abwechslung. Wenn sie ihn dann noch überreden konnte, mit ihr in der Gaststätte „Binz“ ein Bier zu trinken, fühlte sie sich glücklich.

Heute nun, am 23. Mai, war ihr Vater in Coburg. Er wollte sich nach Claudius erkundigen. Eine Besserung seines Befindens käme der Verfassung von „Berger“ zugute. Nur im besten körperlichen und vor allem geistigen Zustand würde er den schweren Tagen der Einvernahme als Zeuge und des Kreuzverhörs gewachsen sein.

Barbara genoß es, einen Tag allein zu sein. Jetzt gegen Abend streifte sie ziellos durch das Wohnviertel ihrer Unterkunft. Zwangsläufig führte ihr Weg in die Gegend der Gaststätte „Binz“. Sie zögerte, ob sie als Mädchen in das Lokal alleine gehen sollte, und hatte schon die Hand auf dem Türgriff.

Am Tisch in der Ecke beim Fenster fand sie Platz. Sie bestellte sich ein Bier und fühlte sich wohl.

Bis am Tisch die Unterhaltung auf den Prozeß kam. Als ein Mann die Verteidigung „von der Besatzungsmacht infiziert“ nannte, schaltete sie sich ein. Sie gab sich zu erkennen, und es entbrannte eine stürmische Debatte um die Frage: Sind die Verteidiger im großen und ganzen für oder gegen die Angeklagten?

Auch wenn Barbara der hohlwangige Junge am Nebentisch aufgefallen wäre, auch wenn sie seine bösen eisigen Blicke beachtet hätte, hätte sie ihre Meinung kundgetan. Sie beendete ihre Darlegungen mit dem Satz: „Wenn man einen Menschen verteidigt, der einen Mord begangen hat, ist man gezwungen, sich gegen den Druck der moralischen Belastung zu stemmen. Hier wird aber nicht ein Mord, hier werden Millionen Morde angeklagt. Die moralische Belastung ist übermächtig. Man schafft es nicht, sich ihr zu widersetzen.“

Der Junge vom Nebentisch kam herüber. Es war Elmar Stührk. Er bemühte sich, seinen kalten Zorn zu verbergen, und zwang sich zu einem Lächeln. „Soll das heißen“, sagte er beinahe freundlich zu Barbara hin, „daß Sie der Ansicht sind, die Anklage bestehe zu Recht?“

„Ja“, sagte sie kaum vernehmlich, „das soll es wohl heißen.“

Stührk murmelte Undeutliches und verschwand.

Als sie auf dem Nachhauseweg die matt erleuchtete und menschenleere Allersberger Straße überquerte, versperrte er ihr den Weg. „Haben Sie vorhin nicht gesagt, die Verteidigung meine, daß die Anklage zu Recht besteht?“

Sie ging entschlossen weiter, ohne zu antworten.

„He, ich habe Sie was gefragt!“

Abermals wollte sie an ihm vorbei. Er sprang zur Seite, daß sie gegen ihn prallte. Ihre Miene drückte Verachtung aus. „Wenn Sie mich nicht in Ruhe lassen, dann hole ich die Polizei!“

Er lachte. „Die Polizei! Welche Polizei? Ich frage Sie zum letztenmal: besteht die Anklage zu Recht?“

„Ja!“ Wie zur Abwehr schrie sie es ihm ins Gesicht. Da holte er zum Schlag aus, und seine geballte Faust traf sie an der Schläfe. Sie wollte um Hilfe rufen, wollte weglaufen, doch sie war unfähig, sich zu bewegen, und Stührk schlug ein zweites Mal zu.

Sie merkte, wie aus ihrem Mund Blut quoll. –

Beim Mittagessen am darauffolgenden Tag traf sie ihren Vater. Er war eben aus Coburg zurückgekommen. Mit einem Blick erkannte er, daß etwas vorgefallen war. Sie erzählte ihm die Geschichte in allen Einzelheiten. Er hörte sie sich an, legte beruhigend seine Hand auf ihre. „Diese Zeit, mein Kleines, ist unser Schicksal.“

„Vielleicht hast du recht“, sagte sie leise, „aber kann man sich gegen sein Schicksal nicht auflehnen?“

Er nickte und änderte das Thema: „Du sollst für mich nach Burgfarrnbach fahren.“

„Zu Henrike ‚Berger‘?“

„Ja. Ich kann nicht weg. Ich erwarte einen von ‚Bergers‘ ehemaligen Mitarbeitern. Er wäre mein einziger Zeuge. Und da ich in der nächsten Woche mit dem Beginn unserer Beweisführung rechnen muß . . .“

„Du brauchst mir nichts zu erklären, ich fahre. Ich fahre sogar gern. Was soll ich mit ihr besprechen?“

„Ich möchte nur, daß sie von Claudius erfährt.“

Gegen Mittag traf sie in Burgfarrnbach ein. Henrike „Berger“ nahm ihren Bericht gefaßt entgegen. „Und welche Aussicht geben ihm die Ärzte?“

„Von einer Prognose der Ärzte hat mir mein Vater nichts gesagt.“

„Ich werde sofort morgen wieder nach Coburg fahren.“ Henrike saß ihr wie abwesend gegenüber. Ihre Hände waren derart ineinander verkrampft, daß sich die Knöchel abzeichneten. „Ich muß mir Gewißheit verschaffen. Übermitteln Sie Ihrem Vater meinen aufrichtigen Dank.“

Bisher hatte sich Barbara noch nie eingehend mit Henrike „Berger“ unterhalten. Sie war ihr nur einmal begegnet. In Nürnberg, als Henrike sie in ihrer Unterkunft aufgesucht hatte, um mit ihrem Vater die Fragen eines möglichen Zeugen-Affidavits zu klären. Damals hatte Barbara von ihr den Eindruck einer unverzagten, beherrschten Frau gewonnen. Diese Haltung hatte sie eher unangenehm berührt.

Heute nun hatte sich der Eindruck gewandelt. Henrike „Berger“ erschien ihr als eine Frau mit den ihr zustehenden Schwächen. Und mit einem Mal war sie ihr näher, verständlicher.

„Möchten Sie, daß ich Sie nach Coburg begleite?“

„Das ist sehr lieb von ihnen, danke. Aber ich glaube, ich muß dabei allein sein.“

Sie schieden als zwei Menschen, die einen Schritt aufeinander zu getan hatten.

Barbara ging die schmale Straße in Richtung Bahnhof. Hinter der Barriere reihte sie sich in die Schar der Wartenden ein. Der Zug war für die nächsten Minuten angesagt.

Die Zeit verging, und es wurde daraus eine Verspätung von mehr als einer Stunde. Inzwischen waren schon die Fahrgäste für den nächsten Zug eingetroffen. Das Gedränge hinter der Barriere wurde unerträglich.

Der Zug fuhr ein.

Die Menschen setzten sich in Bewegung, drängten zu den Türen der Abteile hin, schoben, stießen, drückten, und ehe Barbara sich versah, war sie hochgehoben und fand sich in der drangvollen Enge des Abteils dem unrasierten freundlichen Gesicht eines jungen Mannes gegenüber.

Die zerschlissene Feldmütze der ehemaligen deutschen Wehrmacht saß ihm kühn auf dem Hinterkopf. Sie erkannte, daß er die Jacke des Heeres trug. Sie war an den beiden oberen Knöpfen geöffnet und gab den Blick auf die gebräunte Männerbrust frei.

Da traf sie im Rücken ein schmerzhafter Stoß. Er nahm ihr für einen Augenblick den Atem. Der Mann in der zerschlissenen Feldmütze nahm für sie Partei.

„Euch ist wohl noch nicht aufgegangen, daß wir schon längst kein Stück Vieh mehr sind!“ rief er über ihren Kopf hinweg durch das Abteil, und seine Stimme klang klar und fest.

„He, nimm das Maul nicht so voll!“ kam es zurück.

Er ließ sich nicht beirren. „Gerempelt wird hier nicht mehr! Und schon gar nicht eine Dame! Sonst ziehe ich euch die Hosen stramm!“ Und dann mit gedämpfter Stimme zu Barbara: „Sie entschuldigen. Aber diese Kaffer meinen, wir befinden uns noch immer im Kriegszustand. Habe ich Sie mit meiner lauten Stimme erschreckt?“

„Nein, nein“, sagte sie, „ich lebe noch.“

Er lachte.

In Fürth stiegen viele der Fahrgäste aus und weitaus mehr neu zu. Die Stehplätze im Abteil wurden umgeschichtet. Barbara verlor den Mann in der Feldmütze aus den Augen.

Als sie in Nürnberg mit den anderen die Bahnsteigunterführung entlang dem Ausgang zustrebte, ging er plötzlich neben ihr. „Na so ein Glück! Ich dachte schon, Sie seien mir in Fürth entwischt.“

„Ach, Sie sind es!“ sagte sie ohne stehenzubleiben. „Habe ich etwas verloren?“

„Ja“, sagte er, „mich“, und sie lachten.

Nachdem sie die Sperre passiert hatten, blieb er stehen und sie ebenfalls. Jetzt erst sah sie, daß er einen vollgepackten Rucksack auf dem Rücken trug. „Haben Sie den die ganze Zeit über aufgehabt?“

„Natürlich. Deshalb war es ja auch so eng im Abteil.“

„Demnach kommen Sie vom Hamstern?“

„Falsch. Ich komme auf geradem Weg aus Rußland."

„Aus Rußland?" Sie starrte ihn an.

„Ist das denn so etwas Besonderes?"

„Für mich ja. Ich dachte immer ..."

„... Rußland ist soviel wie ‚lebendig begraben', stimmt's?"

„So ähnlich. Und hier in Nürnberg sind Sie zu Hause?"

„Nein. Hier mache ich nur Zwischenstation. Ich hatte hier mal eine, na, sagen wir, eine Bekannte. Aber ob es die noch gibt?" Er zuckte die Schultern. „Wissen Sie vielleicht zufällig, wo die Röntgenstraße ist?"

„Das könnte in meiner Gegend sein. Da gibt es eine Humboldt-, eine Leibniz-, eine Gabelsbergerstraße. Warum nicht auch die Straße des Herrn Röntgen? Wir können ja jemanden fragen."

„Ach was, wir lassen es darauf ankommen. Wenn es Ihnen recht ist, gebe ich Ihnen Flankenschutz bis nach Hause. Sie haben ja eben gesehen, welchen Gefahren heutzutage junge zarte Frauen ausgesetzt sind."

„Sie übertreiben. Von ‚zart' keine Spur."

„Aber wenn wir sowieso den gleichen Weg haben?"

„Meinetwegen. Ich kann Ihnen nur nicht garantieren, daß Sie dabei zur Röntgenstraße kommen."

Sie gingen durch die Celtis-Unterführung und standen eine Viertelstunde später vor dem Haus Nummer 4 in der Kopernikusstraße. „Wird Ihnen Ihr Rucksack nicht zu schwer?"

„Bis gestern habe ich sogar zwei getragen."

„Zwei Rucksäcke?"

„Ja. Übereinander. Einen von einem Kumpel, der sich mir unterwegs angeschlossen hatte. Kriegsversehrt. Nur noch ein Bein."

„Und wo ist dieser Kumpel jetzt?"

„Ab Würzburg zog es ihn plötzlich in die Pfalz. Jeder wie er kann. Ich werde mich jetzt mal auf die Socken machen ..." Er verbesserte sich: „Ich werde versuchen, die Röntgenstraße zu finden."

Einen Augenblick lang bedauerte sie, daß er jetzt gleich gehen würde. Seine unkomplizierte Art gefiel ihr. Sie sagte es ihm.

Er wurde verlegen. „Jeder hat sein Päckchen zu tragen."

„Ich wünsche Ihnen für das Ihre jedenfalls genug Kraft."

„Keine Angst, die habe ich. Also dann . . ."

„Auf Wiedersehen. Besten Dank für den Flankenschutz. Und alles Gute."

„Danke, Ihnen auch. Wiedersehen." Er wandte sich zum Gehen und blieb dann noch mal stehen. „Übrigens, Tanner ist mein Name. Paul Tanner. Schließlich gehört es sich doch, daß man sich vorstellt."

„Ich heiße Vesenstedt." Dann betrat sie schnell den Hausflur.

Dr. Gebhard Vesenstedt hatte Erfolg. Obwohl er sich nur eine Chance von eins zu hundert gegeben hatte, war sein einziger Zeuge tatsächlich ausfindig gemacht worden. Am frühen Nachmittag stand er vor der Tür. Ein Mann, unscheinbar, bieder, ohne auffallende äußere Merkmale.

„Guten Tag, ich bin Winold von Günwig." Es klang unterwürfig.

Vesenstedt setzte ihm mehr als drei Stunden lang den Sinn seiner Bemühung auseinander, warum er gerade ihn als einzigen Zeugen angefordert hatte.

„Es erscheint mir angebracht", erwiderte Günwig zum Schluß, „Sie darauf hinzuweisen, daß ich mit achtundfünfzig Jahren das erste Mal in meinem Leben vor einem Gericht stehen würde."

„Herr von Günwig, ich kann nicht mehr tun, als Ihnen und damit uns die Daumen halten."

„Herr Doktor Vesenstedt, es tut mir leid. Ich bin hier, um Ihnen abzusagen."

„Aber Herr von Günwig! Sie werden doch nicht von Hannover nach Nürnberg gefahren sein, um mir zu erklären, daß ich nicht auf Sie zählen kann. Sechshundert Kilometer!"

„Doch, Herr Doktor Vesenstedt, ich war schon immer ein korrekter Mensch."

„Das eben ist der Grund, warum ich Sie inständig bitte, für Ihren früheren Vorgesetzten in den Zeugenstand zu gehen."

„Ich kann es nicht. Ich würde ihn und mich um Kopf und Kragen reden."

„Ich will Ihnen die Angst nehmen, etwas Falsches zu sagen."

„Dazu sind Sie nicht imstande. Diese Angst ist angeboren. Wahrscheinlich war es sogar diese Angst, die mich immer nur zweiter Mann sein ließ. Ohne diesen Druck auf der Brust stünde vielleicht ich heute hier als Hauptangeklagter, und Sie wären mein Verteidiger."

„Herr von Günwig, auch als sogenannter zweiter Mann müssen Sie damit rechnen, über kurz oder lang vor einem Gericht zu stehen. Mit diesem Hauptprozeß ist ja die Anklage gegen die Führer und Unterführer des Dritten Reiches längst nicht abgeschlossen."

„Das sehe ich ein."

„Ihre Aussage, die Sie hier noch als Zeuge machen können, schlägt in Kürze für Sie als Angeklagter zu Buch."

„Sie wollten mir Ihren Vorschlag erklären."

„Ja. Wir werden jede Frage und jede Antwort bis in alle Einzelheiten gemeinsam festlegen. So können Sie frei von Angst vor unliebsamen Überraschungen in den Zeugenstand gehen."

Die unvorhergesehenen, zeitraubenden Beweisführungen von Sauckel, Jodl und Seyß-Inquart verschoben den Ablauf der einzelnen Verteidigungsvorbringen beträchtlich. Winold von Günwig bezog im sogenannten „Zeugenhaus" Quartier, einem vom Generalsekretariat des Tribunals beschlagnahmten Haus in der Novalisstraße. Er kam in den Genuß der US-Verpflegung, aß zum Frühstück gegrillten Speck und Porridge und ließ es sich gutgehen. Ein Tag nach dem anderen verging. Aus den Tagen wurden Wochen. Dann kam der 17. Juni, ein Montag.

Es war 8 Uhr morgens. Die Sonne schien. Die Gitterstäbe zeichneten lange Schatten auf den Steinboden der Zelle. Friedrich „Berger" stand an der Tür und wartete darauf, daß die Wache ihn zum Sprechraum brachte.

Heute endlich war mit dem Beginn seiner Verteidigungs-Beweisführung zu rechnen. Aller Voraussicht nach würde die Beweisführung von Seyß-Inquart nur noch die Vormittagsverhandlung in Anspruch nehmen. Vorsorglich hatte Vesenstedt deshalb für heute morgen eine abschließende Besprechung beantragt, dachte „Berger". Jeden Augenblick mußten die Schritte der Wachen durch den Flur des Gefängnistraktes hallen.

Er warf einen prüfenden Blick durch den Raum. Es war nichts zu beanstanden. Die Decke war straff über die Pritsche gespannt, der Fußboden gefegt, Waschzeug, Handtuch, Bücher und Schreibmaterial fein säuberlich auf dem Tisch geordnet, die Toilette neben der Tür in der Nische war gereinigt, die blecherne Waschschüssel ausgespült, der Eßnapf samt Löffel auf das Bord über der Toilette gestellt, der Abfalleimer geleert, der Stuhl laut Anordnung mindestens vier Fuß von der äußeren Wand entfernt.

Über den Gang hallten die Schritte der Wachen. Die Tür wurde aufgeschlossen. Zehn Minuten später saß „Berger" hinter der gläsernen Scheibe der Sprechkabine Vesenstedt gegenüber.

Seine erste Frage galt dem Gesundheitszustand von Claudius. Vesenstedt hatte die Frage erwartet. „Es geht ihm den Umständen entsprechend gut", sagte er knapp. Er erkannte, daß sein Mandant sich mit dieser Formulierung nicht zufriedengeben würde. Deshalb setzte er hinzu: „Mehr kann ich nicht sagen. Ich werde erst nach Abschluß der Beweisführung nach Coburg kommen."

Er hoffte inständig, „Berger" möge ihm die Lüge nicht von den Augen ablesen. Es war ausgeschlossen, ihn jetzt vor der unter Umständen alles entscheidenden Verteidigung mit der Wahrheit über seinen Sohn zu konfrontieren.

Wenn er sich die Szene vergegenwärtigte, die er in der Coburger Klinik erlebt hatte, schnürte es ihm die Kehle zu.

Regungslos, mit bleichen Wangen und starrem Blick, hatte Claudius in seinem Bett gelegen. Vesenstedt hatte ihm von seiner Mutter berichtet und kein Wort über seinen Vater verloren. Claudius hatte auch nicht nach ihm gefragt. Erst als Vesenstedt schon die Tür hinter sich schließen wollte, war es aus ihm herausgebrochen: „Lebt mein Vater noch?" – „Ja", hatte Vesenstedt geantwortet, und Claudius hatte die Augen geschlossen. Er wollte das Gespräch beenden.

Auf dem Flur hatte dann der behandelnde Arzt Vesenstedt beiseite genommen. „Wir müssen damit rechnen, daß ein Großteil der Gehirnnerven gelähmt bleibt."

„Heißt das, der Junge ...?“

„Ja“, hatte der Arzt gesagt, „es kann sein, daß ernste Schäden zurückbleiben und er nie mehr ganz gesund wird.“

„Berger“ tippte mit dem Finger gegen die Trennscheibe. Vesenstedt wurde in die Gegenwart zurückgerissen. „Entschuldigen Sie“, sagte er, „ich bin im Geiste noch einmal die Fragen an Günwig durchgegangen. Wir wollen jetzt die endgültige Reihenfolge innerhalb Ihrer Vernehmung festlegen.“

7

Die Plätze der Presse und Beobachter waren nur mäßig besetzt. Auch Jackson, der sich seit Wochen in den Staaten aufhielt, war nicht wie angekündigt zurückgekommen. An seiner Stelle sollte Dr. Stephen McNulty das Kreuzverhör für die US-Anklage führen.

Das Gericht betrat den Saal, und die Anwesenden erhoben sich. Lordrichter Sir Geoffrey Lawrence verbeugte sich leicht zu den Anklägern hin, zur Verteidigung, zur Pressetribüne und zum Schluß wie immer in Richtung der Angeklagten.

Er setzte sich. Mit bekannt weicher Stimme eröffnete er die Nachmittagssitzung und leitete unverzüglich auf die Verteidigungs-Beweisführung von „Berger“ über.

Er war sich mit seinen Richterkollegen einig, daß der Angeklagte „Berger“ vom Gericht eingehender als alle bisherigen Angeklagten verhört werden mußte. „Berger“ war eine Schlüsselfigur. Nicht nur was die Wirtschaft betraf, sondern vor allem in der Frage des Einsatzes ausländischer Arbeiter für die deutsche Rüstung.

Lawrence rückte seinen Stuhl zurecht, beugte sich vor, stützte die Ellenbogen auf und hielt die Hände verschränkt. Sein Blick verhieß volle Konzentration.

Dr. Gebhard Vesenstedt hatte seine Dokumente auf dem Tisch neben sich gestapelt. Er zog das Mikrofon heran. „Hohes Gericht! Herr Vorsitzender! Ich möchte meiner Beweisführung eine Erklärung voranstellen. Wie Sie wissen, hat mein Mandant sein ‚Nichtschuldig' widerrufen und seine Mitschuld an den Verbrechen des Regimes des Dritten Reiches als Angehöriger dieses Regimes auf sich genommen. Dieses ‚Mitschuldig' bezieht sich auf die allgemeine Mitverantwortung infolge seiner Rangstellung als Minister. Es bezieht sich nicht auf einzelne Verbrechen, da er solche weder begangen, noch ihnen Vorschub geleistet hat. Ich bitte Sie, dies bei Ihrer Beurteilung zu berücksichtigen."

Er nahm das erste Dokument. „Ich beginne nun mit der Argumentation des Dokuments Nummer ‚B' Strich vier Strich drei neun drei. Es behandelt die deutsche Übernahme der Eisenhütte ‚Roter Stern' in der Nähe von Tschernowitz."

„Einspruch!" Der Vertreter der sowjetischen Anklage erhob sich. „Dieses Dokument ist unerheblich. Ich wüßte nicht, was es uns Neues sagen sollte."

Lawrence forderte Vesenstedt auf, eine Begründung für dieses Dokument zu geben.

Vesenstedt räusperte sich. Ohne einen Blick zum Tisch der sowjetischen Ankläger zu werfen, antwortete er maßvoll: „Hohes Gericht, dieser Prozeß hat heute seinen einhundertundachten Verhandlungstag. An einhundertundsieben Verhandlungstagen habe ich nicht entscheidend in die Verhandlung eingegriffen. Mit dem heutigen Tag beginnt die Beweisführung für die Verteidigung meines Mandanten. Dazu gehört der Vortrag der von Ihnen zugelassenen Dokumente. Wenn man mir nicht gestattet, diese Dokumente zuerst einmal überhaupt bekanntzumachen, sondern mich zwingt, bevor ich meinen Gedankengang vollständig dargelegt habe, auf die Einwendungen der Anklage eingehen zu müssen, fühle ich mich in meiner Verteidigung ernstlich gestört."

Lawrence überlegte kurz und nickte: „Dem Einwand des Herrn Verteidigers wird stattgegeben."

Vesenstedt hatte die erste Auseinandersetzung mit der Anklage für sich entschieden. Wenn er dieser Tatsache auch kein Gewicht beimaß, so spornte sie ihn durchaus an. Am Ende seiner Erklärung aller Dokumente hatte er das Gefühl, gute Arbeit geleistet zu haben. Er rief „Berger" als Zeugen in eigener Sache auf.

Von zwei Wachen flankiert betrat er den Zeugenstand. Lawrence forderte ihn auf, die Eidesformel zu sprechen. Dann gab er das Verhör für Vesenstedt frei.

Vesenstedt eröffnete es gelassen. Er wußte, daß nichts schiefgehen konnte, solange sich „Berger“ an ihre Absprachen hielt.

Vesenstedt: „Herr Zeuge! Sie standen im Rang eines Ministers und waren von 1940 bis 1944 Generalbevollmächtigter für Fragen der Wirtschaft und des Arbeitseinsatzes in den besetzten Gebieten des Ostens, das heißt im Gebiet von Polen und ab 1942 auch in den besetzten Gebieten der Sowjetunion?“

„Berger“, mit kaum vernehmlicher Stimme: „Das stimmt.“

Nach den Fragen zum Lebenslauf kam Vesenstedt sofort auf den Kernpunkt des Anklagevorwurfs zu sprechen.

„Bestimmten Sie mit Ihrer Tätigkeit als Generalbevollmächtigter auch weitgehend den Lebensstandard dieser vorhin bezeichneten Gebiete?“

„Nein. Meine Verantwortung erstreckte sich darauf, die Wirtschaft dieser Gebiete, soweit sie für uns kriegswichtig war, in Gang zu halten und, wenn möglich, die Produktion zu steigern.“

„Eine Steigerung der Produktion aber konnte den Umständen gemäß nicht durch maschinelle Rationalisierung, sondern nur durch die Vermehrung menschlicher Arbeitskräfte herbeigeführt werden?“

„Ja.“

„Waren dazu die äußeren Voraussetzungen gegeben? Ich meine Unterkunft, Verpflegung, sanitäre Anlagen?“

„Nein. Es war ja Krieg. Wir waren nicht in der Lage, die Arbeitsbedingungen zu verbessern.“

„Waren Sie deshalb gezwungen, die Arbeitskräfte in zum Teil menschenunwürdigen Arbeitslagern zusammenzufassen?“

„Ja, wo die Unterkünfte durch Kriegseinwirkung zerstört waren, mußten wir Lager errichten. Wir bemühten uns, sie menschenwürdig zu halten. Das gelang nicht immer.“

„Haben Sie selbst solche Lager kontrolliert?“

„Ja, zum Beispiel das Lager bei Bialystok.“

„Auch noch andere Lager?“

„Ja, noch vier, fünf andere. Das Lager bei Bialystok aber war das größte und für mich in seinen sozialen Einrichtungen mangelhafteste."

„Können Sie sich noch Ihrer Eindrücke von diesem Lager erinnern?"

„Ja." „Berger" erzählte von der drangvollen Enge der Unterkünfte, von der ungenügenden Verpflegung, die zum Beispiel am Tag seines Besuchs nur aus dünner Erbsensuppe bestand, von nur einer Krankenbaracke für 4000 Lagerinsassen, von der aufgetretenen Seuchengefahr.

„Haben Sie Abhilfe geschaffen?"

„Dazu reichten unsere Kräfte nicht aus. So gern ich Erleichterungen geschaffen hätte."

Vesenstedt stellte Detailfragen über die Anzahl der Lager, über die prozentuale Belegung, die Sterblichkeitsziffern, und führte dann das Gespräch auf die Konzentrationslager hin.

„Verband sich mit Ihrer Stellung auch die Oberhoheit über die wirtschaftliche und soziale Situation der Konzentrationslager?"

„Nein. Die Konzentrationslager unterstanden in wirtschaftlicher und sozialer Hinsicht unmittelbar dem SS-Obergruppenführer Oswald Pohl, dem Chef des Wirtschafts- und Verwaltungshauptamtes der SS."

„Haben Sie je eines dieser Lager kennengelernt?"

„Ja. Das Lager Majdanek. Man zeigte mir aber nur eine Unterkunftsbaracke. Sie war besonders sauber. Mit Lagerinsassen bin ich nicht in Berührung gekommen."

„Warum haben Sie dieses Lager besucht? Aus eigenem Antrieb?"

„Ja. Ich wollte mir ein Bild davon machen." –

Die übrige Zeit der Nachmittagssitzung verging mit unerheblichen Detailfragen Vesenstedts.

Um 17 Uhr unterbrach Lawrence das Verhör. Das Gericht vertagte sich auf den nächsten Tag.

„Berger" saß gedankenverloren in seiner Zelle. Er erkannte nicht, daß er sich mit dem Satz „ich wollte mir ein Bild davon machen" eine nicht wiedergutzumachende Blöße gegeben hatte.

Am nächsten Tag setzte Vesenstedt das Verhör fort. Gegen Mittag schloß er es ab. Alles in allem genommen war er mit dem Verlauf zufrieden. „Berger" hatte sich bis jetzt gut gehalten. Die für ihn weitaus größere Klippe würde das Kreuzverhör werden, darüber gab sich Vesenstedt keinen falschen Hoffnungen hin. Erst wenn das Kreuzverhör ähnlich gut wie sein Verhör hinter ihnen lag, durften sie aufatmen.

Das Kreuzverhör wurde nach der Mittagspause vom US-Ankläger McNulty eröffnet. Er war der knochenharte Typ des Amerikaners, von hohem Intelligenzgrad und blitzschnellem Reaktionsvermögen. Wie Jackson hatte er in Washington das Amt eines Beisitzenden Richters des Bundesgerichtes inne.

McNulty ging sofort zum Angriff über. „Herr Zeuge! Sie sagten, die wirtschaftliche Situation der Konzentrationslager in den besetzten Ostgebieten stand außerhalb Ihrer Vollmacht."

„Berger" nickte. „Jawohl."

„Warum wollten Sie sich dann ein Bild von den Konzentrationslagern machen? Etwa aus menschlicher Anteilnahme?"

Plötzlich wurde es „Berger" bewußt, welcher Fehler ihm gestern unterlaufen war. Er begriff, daß er sich in eine Sackgasse manövriert hatte. Jetzt kam es auf jedes einzelne Wort an. Fieberhaft suchte er nach der günstigsten Formulierung. Sein Blick ging starr geradeaus und fraß sich an der schweren dunklen Flügeltür fest. „Nein", sagte er nach einer Weile, „nicht aus Anteilnahme. Aus Interesse."

„Und welcher Umstand hatte dieses Interesse in Ihnen erweckt?"

„Von einem meiner Mitarbeiter hatte ich erfahren, daß in den Konzentrationslagern menschenunwürdige Zustände herrschen sollten." Er fühlte sich mit einem Mal befreit. Die Last des schlechten Gewissens war von ihm gewichen. Er hatte zugegeben, daß ihm von den Zuständen in den Konzentrationslagern berichtet worden war. Er warf einen um Verzeihung heischenden Blick zu Vesenstedt hin.

Vesenstedt senkte den Kopf. Das Konzept seiner Beweisführung war zerstört. Die Zielsetzung des Anklägers war für ihn klar.

In diesem Stadium war ein Auftritt des Zeugen Günwig nicht mehr vertretbar. Er drehte sich zu Barbara um, die seitlich hinter ihm saß, und gab ihr ein Zeichen, sie möge versuchen, Günwig zu erreichen und ihn über das Verhör von McNulty informieren.

Die Statuten des Gerichts verboten derartige Maßnahmen. Vesenstedt wußte darum. Doch er fühlte sich Günwig gegenüber verantwortlich. Nur er hatte ihn dazu gebracht, hier auszusagen. Nur er erkannte in diesem Augenblick, in welche Gefahr er sich mit seinem Erscheinen im Zeugenstand begeben würde.

McNulty fixierte „Berger". „Haben Sie sich durch Ihren Besuch in Majdanek überzeugt, daß die Zustände in den Konzentrationslagern menschenwürdig waren?"

„Was man mir zeigte, machte diesen Eindruck, ja."

„Wollen Sie damit zum Ausdruck bringen, daß Sie während Ihrer ganzen Zeit als Generalbevollmächtigter nichts von den Verbrechen in den Konzentrationslagern wußten?"

„Ja, das will ich damit sagen."

„Nichts von den Tötungen in den Konzentrationslagern?"

„Nein, nichts."

„Überhaupt nichts von den Verbrechen auch außerhalb der Lager, nichts von den Massenhinrichtungen an Juden?"

„Berger" schwieg. In den Adern seiner Schläfen pochte das Blut. Seine Hände, die er auf dem Schoß hielt, krampften sich ineinander.

„Herr Zeuge, ich bitte um die Beantwortung meiner Frage. Wollen Sie allen Ernstes behaupten, daß Sie in Ihrer hohen Stellung tatsächlich nichts von den Greueltaten gewußt haben, die in den besetzten Ostgebieten speziell an den Bürgern jüdischen Glaubens begangen wurden?"

„Ja." Er hörte es sich aus weiter Ferne sagen. Seine Lippen waren ausgedörrt, die Zunge schwer, und die Muskeln des Unterkiefers wollten ihm nicht mehr gehorchen.

„Heißt das, ja, Sie wußten nichts, oder ja, Sie wußten davon?"

„Ja, ich habe davon gewußt."

McNulty machte eine Kunstpause, um die Wirkung der Worte zu unterstützen.

Die Mienen der Richter blieben undurchdringlich. Lawrence lehnte sich für einen Augenblick zurück. Ohne daß man ihm etwas anmerkte, war auch für ihn die Wendung des Verhörs eine Überraschung.

An den Tischen der Anklagebehörde, der Stenographen und der Verteidigung horchte man auf. Die Vertreter der Presse tuschelten untereinander und machten sich Notizen.

Für Vesenstedt bedeutete die Wendung des Verhörs die sichere Niederlage. Er gestand sich ein, diese Wendung befürchtet zu haben. Nur sein schier unerschütterlicher Optimismus hatte ihn bis zuletzt hoffen lassen.

Der Satz seines Mandanten, „ich wollte mir ein Bild davon machen", ging ihm durch den Kopf. Schon gestern, kaum daß er ausgesprochen war, wußte er um die Gefahr, die darin steckte. In voller Absicht hatte er es unterlassen, „Berger" darauf hinzuweisen. Er hatte ihn nicht verunsichern wollen. Seiner Meinung nach hatte er einen zu guten und ehrlichen Eindruck hinterlassen, um ihn in irgendeiner Weise aufs Spiel zu setzen.

Jetzt sah er, daß er falsch gehandelt hatte. Jetzt war es zu spät. Das einzige, was er vielleicht noch abwenden konnte, war der Aufruf seines Hauptzeugen.

Da kam Barbara in den Saal zurück. Ihrem Ausdruck entnahm er, daß sie nichts erreicht hatte.

Von McNultys harter Stimme wurde er aus seinen Gedanken gerissen. „Herr Zeuge! Sie wußten also von den Verbrechen. Wußten Sie seit Ihrer Berufung in die besetzten Ostgebiete davon?"

„Nein. Genau seit dem 2. Februar 1942."

„Erläutern Sie uns bitte die Bedeutung dieses Datums."

„An diesem Tage kam ich auf einer Inspektionsreise nach Dubno." „Berger" erzählte mit ergriffener Stimme den Vorfall in der Nähe des kleinen Flugplatzes. Als er geendet hatte, wischte er sich mit dem Handrücken über die Augen.

„Welche ähnliche Erfahrungen haben Sie noch gemacht?"

„Keine."

„Die Geschehnisse von Dubno blieben demnach der einzige

Fall, bei dem Sie sich mittels persönlichem Augenschein von den Verbrechen Ihres Regimes überzeugen konnten?"

„Ja."

„Ich habe keine weiteren Fragen mehr."

Der sowjetische Ankläger Oberst Massow beschäftigte sich ausschließlich mit dem Thema der Sklavenarbeit. Seine Stimme klang tief und grollend über die Lautsprecher. „Herr Zeuge! Stimmt es, daß unter Ihrem Oberbefehl rund 1,6 Millionen Arbeiter aus den Ostgebieten gewaltsam zur Arbeit nach Deutschland gebracht wurden?"

„Berger" stand noch unter dem Eindruck seines Berichtes über die Ereignisse von Dubno. Er antwortete kraftlos. „Es ist durchaus möglich, daß die Zahl stimmt. Ob die Arbeiter gewaltsam nach Deutschland gebracht wurden, weiß ich nicht. Ich jedenfalls . . ."

Massow unterbrach ihn. „Wollen Sie wirklich behaupten, daß der Generalbevollmächtigte für den Arbeitseinsatz keine Kenntnis hatte, in welcher Form sich dieser Einsatz vollzog?"

Hier schaltete sich Lawrence ein. „Herr Ankläger, ich glaube, zu unser aller Information wäre es angebracht, den Zeugen in seiner Antwort nicht zu stören. Stellen Sie bitte Ihre Frage zurück."

Massow: „Ich stelle die Frage zurück."

Lawrence: „Bitte, Herr Zeuge, fahren Sie fort."

Einen Augenblick lang war „Berger" verwirrt. Dann wiederholte er seinen letzten Satz und schloß daran an: „Ich jedenfalls hatte mit der Verschickung von Arbeitern aus den besetzten Ostgebieten nach Deutschland nichts zu tun. Meine Tätigkeit als Bevollmächtigter für den Arbeitseinsatz betraf allein den Arbeitseinsatz innerhalb der Ostgebiete."

Massow stand die Verärgerung im Gesicht. „Kommen wir also zum Arbeitseinsatz innerhalb dieser Gebiete. Sie sprachen vom Arbeitslager bei Bialystok, erinnern Sie sich?"

„Ja, ich erinnere mich."

„Sie erzählten uns, es gab am Tag Ihrer Inspektion eine besonders dünne Erbsensuppe, habe ich recht?"

„Ich sprach von dünner Erbsensuppe."

„Meinetwegen von dünner Erbsensuppe. War Ihnen nicht bekannt, daß anläßlich von Inspektionen die Küchen in den Lagern der ganzen Welt besonders gutes Essen verabreichen, um dem Inspekteur zu gefallen?"

„Ja, das war mir bekannt."

„Mußten Sie sich demnach nicht sagen, daß es an gewöhnlichen Tagen weitaus schlechtere Nahrung als nur dünne Erbsensuppe geben würde, zum Beispiel statt Suppe nur Wasser und steinhartes trockenes Brot?"

„Ob es nur Wasser und Brot gab, wußte ich nicht. Und wenn ich es gewußt hätte, wäre ich nicht in der Lage gewesen, es zu ändern, da mir die Mittel dazu fehlten."

„Wären Sie auch nicht in der Lage gewesen, die Arbeitsbedingungen zu ändern, die Zahl der Arbeitskräfte zu verringern?"

„Nein, dazu war ich nicht in der Lage."

„Nein? Waren es nicht Sie und Ihre Dienststelle, die in Bialystok von überall her aus Polen und der UdSSR die Menschen zusammentrieben?"

Lawrence räusperte sich. „Herr Ankläger, wäre es nicht besser, das Wort ‚zusammentreiben' vielleicht durch ‚heranschaffen' zu ersetzen?"

Massow: „Gut, ich ersetze das Wort ‚zusammentreiben' durch das Wort ‚heranschaffen'."

Lawrence: „Ich danke Ihnen. Bitte, Herr Zeuge, beantworten Sie jetzt die Frage der Anklage."

„Berger" überlegte kurz und sagte: „Ja, es stimmt, daß ich für die Heranschaffung dieser Menschen verantwortlich war."

Massow hob drohend den Finger. „Also bestimmten Sie doch auch die Anzahl der Arbeitskräfte?"

„Wenn Sie so wollen, ja. Aber ich war Berlin gegenüber . . ."

Massow: „Ich habe keine weiteren Fragen mehr."

Lawrence: „Herr Ankläger, machten wir es uns nicht zur Gepflogenheit, die Antwort eines Zeugen nicht zu unterbrechen?"

Massow, mit angespannten Wangenmuskeln: „Ich bitte um Entschuldigung."

Lawrence: „Ich danke Ihnen." Und zum Zeugenstand hin:

„Bitte, Herr Zeuge, beenden Sie Ihre Antwort."
„Berger": „Ich habe nichts mehr zu sagen."

Das Rededuell zwischen McNulty und Winold von Günwig währte kaum zehn Minuten.

Als Vesenstedt vom Gericht gebeten worden war, seinen einzigen Zeugen aufzurufen, hatte er darauf verzichtet. Da schaltete sich McNulty ein. „Herr Vorsitzender! Die Zurückziehung des Zeugen geschieht auf Kosten der Anklage. Ich bitte, den Zeugen aufzurufen, auch wenn der Herr Verteidiger beabsichtigt, keine Fragen an ihn zu stellen."

Noch bevor Lawrence zur Entgegnung ansetzen konnte, meldete sich Vesenstedt zu Wort. Lawrence lächelte. „Bitte, Herr Verteidiger."

„Herr Vorsitzender, soviel mir bekannt ist, hätte die Verteidigung keine Gelegenheit gehabt, einen Zeugen der Anklage, dessen Aufruf aus welchen Gründen auch immer von der Anklage zurückgenommen wurde, entgegen dem Willen der Anklage einem Verhör zu unterziehen."

McNulty beeilte sich mit seinem Einwurf. „Ich wüßte nicht, welchen Ihrer Zeugen die Anklage zurückzog. Abgesehen davon läßt der späte Zeitpunkt des Zurückziehens den möglichen Schluß zu, daß der Zeuge der Anklage vorenthalten werden soll."

Lawrence beugte sich zum Mikrofon vor, um seiner Stimme den nötigen Nachdruck zu verleihen. „Wir wollen weder der Anklage einen Verdacht unterstellen noch die Verteidigung beschuldigen. Wir wollen uns bemühen, die Angelegenheit nach den Satzungen des Gerichtshofes zu klären. Die Verteidigung kann hier ihre Zeugen benennen. Ohne Einfluß der Anklagenbehörde. Dennoch, Herr Verteidiger, bitte ich Sie, mir die Gründe zu nennen, warum Sie sozusagen im letzten Augenblick auf den Aufruf Ihres Zeugen verzichten."

Obwohl sich Vesenstedt darüber im klaren war, daß er auf diese Frage kaum eine für das Gericht annehmbare Erklärung geben konnte, versuchte er zu retten, was zu retten war. „Herr Vorsitzender, legen die Satzungen des Gerichts nicht eindeutig fest, daß bei der Beweisführung der Verteidiger es ausschließlich Sache der Verteidigung ist, ihre Zeugen zu benennen, aufzurufen und zu befragen?"

„Das schon, Herr Verteidiger. In Ihrem Fall stört mich nur erstens der Zeitpunkt und zweitens, daß es sich um Ihren einzigen Zeugen handelt. Ich bitte Sie also, mir den Grund anzuführen."

„Kann ich das so auslegen, daß der Grund meines Zurückziehens unter Umständen die diesbezüglichen Satzungen außer Kraft setzen kann?"

„Um das Verfahren abzukürzen", sagte Lawrence ohne die geringste Erregung, „formuliere ich es so: Wenn der Grund Anlaß geben sollte, in ihm eine mögliche Verschleierung der Wahrheitsfindung zu sehen, dann muß ich selbstverständlich alles tun, um der Wahrheitsfindung zu ihrem Recht zu verhelfen."

„Danke, Herr Vorsitzender. Der Grund meines Zurückziehens war kein anderer als die Einsicht, den Zeugen nicht mehr zu benötigen und dem Gericht Zeit zu ersparen."

„Herr Verteidiger!" Es war einer der wenigen Augenblicke des gesamten Prozesses, in dem Sir Geoffrey Lawrence, wenn auch nur unmerklich, die Stimme hob. „Ich bitte Sie, mir den Grund näher zu erläutern."

„Es tut mir leid, Herr Vorsitzender, ich fühle mich dazu außerstande."

„Dann tut es mir ebenso leid, Herr Verteidiger, dann fühle ich mich gezwungen, die Wahrheitsfindung über die kleinliche Auslegung der Satzung zu stellen. Der Zeuge ist für die Befragung durch die Anklagebehörde zugelassen."

Winold von Günwig wurde von einer Wache zum Zeugenstand geleitet und vereidigt.

McNulty ging ohne Umschweife auf sein Ziel los. „Herr Zeuge. Sie standen zuletzt im Rang eines Ministerialdirektors und waren der persönliche Referent des Angeklagten?"

„Ja."

„Kann man sagen, daß Sie in dieser Stellung auch sein engster Vertrauter waren?"

„Einspruch!" Vesenstedt schnellte hoch.

Lawrence ließ sich nicht aus der Ruhe bringen. „Herr Verteidiger, wir wollen doch den Fluß des Kreuzverhörs ebensowenig unterbrechen wie den Fluß Ihres Verhörs.“ Und dann zu McNulty: „Herr Ankläger, vielleicht wäre es angebrachter, nicht den Eindruck aufkommen zu lassen, als seien der Zeuge und der Angeklagte eng befreundet gewesen, das heißt, falls sie das nicht waren?“

McNulty nickte leicht zu Lawrence hin. „Ich will meine Frage wiederholen. Herr Zeuge, kann man sagen, daß Sie als persönlicher Referent des Angeklagten als die Instanz galten, die ihm auch die vertraulichen Reporte vortrug?“

„Ja.“

Jeder Mensch im Saal konnte es Günwig ansehen, daß er sich äußerst unbehaglich fühlte.

„Kann man auch sagen, daß Sie in Ihrer Stellung unter seinen Mitarbeitern die einzige Instanz waren, die ihm vertrauliche Reporte vortrug?“

„Ja.“ Günwig würgte das Wort hervor.

„Würden Sie mir beipflichten, daß man Reporte oder Mitteilungen über Konzentrationslager als vertraulich bezeichnen konnte?“

Günwig schluckte. „Ja.“

„Vielleicht sogar als besonders vertraulich?“

„Ja.“

„Dann konnten es demnach nur Sie gewesen sein, der dem Angeklagten über das Konzentrationslager Majdanek berichtete, stimmt das?“

Günwig gab keine Antwort. In ihm arbeitete es.

Im Saal war es für einige Sekunden totenstill. Selbst das Gesumme aus den Dolmetscherkabinen verstummte.

„Herr Zeuge! Ich habe Sie gefragt, ob Sie es waren, der dem Angeklagten . . .“

„. . . ja, ich war es.“ Günwig senkte den Blick. Kaum hörbar kam der Satz über seine Lippen.

McNulty machte eine seiner bekannten Pausen. „Sie waren also über die Zustände im Konzentrationslager im Bild?“

„Ja.“ Günwig sah starr geradeaus.

„Und da sich der Angeklagte aufgrund Ihrer Mitteilung zu einem Besuch des Lagers entschloß, dürften Ihres Wissens nach diese Zustände kaum menschenwürdig gewesen sein?"

„Ja."

„Sie haben also den Angeklagten auf menschenunwürdige Zustände hingewiesen?"

„Ja."

„Kann man sagen, auf Zustände, die für Sie so erschreckend waren, daß Sie es für nötig hielten, den Angeklagten darüber aufzuklären."

„Ja."

„Ist es richtig, daß Sie Ihrem Vorgesetzten kaum eine derart heikle Information vorgetragen hätten, wenn diese Information nicht einer absolut vertrauenswürdigen Quelle entsprungen wäre?"

„Ja."

„Haben Sie auch nach dem Besuch des Angeklagten in Majdanek noch einmal mit ihm darüber gesprochen?"

„Ja."

„Und hat Ihnen der Angeklagte dabei gesagt, daß er in Majdanek keinen Grund zur Beanstandung gesehen hatte?"

„Ja."

„Stimmt es, daß Ihre vertrauenswürdige Informationsquelle für Sie Grund genug war, die Auskunft Ihres Vorgesetzten, na sagen wir einmal, anzuzweifeln?"

„Ja."

„Haben Sie danach Ihr Wissen um die tatsächlichen Zustände in Majdanek nicht an andere Stellen weitergegeben oder sonst irgendwelche augenscheinlichen Konsequenzen aus diesem Wissen gezogen?"

„Nein."

„Sie haben also weder eine offizielle Meldung gemacht noch Ihren Dienst quittiert, noch die Öffentlichkeit informiert, ja nicht einmal ein Protokoll niedergeschrieben? Alles das haben Sie nicht?"

„Nein."

„Herr Zeuge! Soweit mir bekannt ist, haben Sie diesen Saal als freier Mann betreten?"

„Ja." McNulty wandte sich an das Gericht.

„Euer Ehren, dann beantrage ich Haftbefehl gegen den Zeugen ..." Er las den Namen von seinen Notizen ab. „... Haftbefehl gegen den Zeugen Winold von Günwig wegen Mitwisserschaft und indirekter Beihilfe der Verbrechen gegen die Menschlichkeit. Ich habe keine weiteren Fragen mehr." Er nahm seine Dokumente auf und ging an seinen Tisch zurück.

Lawrence unterbrach für wenige Minuten die Verhandlung und beriet sich mit den Richterkollegen.

Als er die Verhandlung fortsetzte, verkündete er Günwigs Verhaftung.

Vesenstedt verzichtete auf einen Einspruch. Er wußte, daß er damit nicht durchkommen würde. Er schloß seine Beweisführung ab. Er war niedergedrückt, denn er fühlte sich auf der ganzen Linie als Verlierer.

Clinton Keen hatte für Karin augenblicklich wenig Zeit. Billsteiner hatte ihm ein neuerliches Auftauchen des Mannes gemeldet, der in seiner bisherigen Unterkunft in der Schloßäckerstraße unter dem Namen Schmitt bekannt war. Clinton setzte in Zusammenarbeit mit der Militärregierung eine großangelegte Fahndung in Gang.

Karin Ruland hatte in diesen Tagen endgültig den Zeitpunkt verpaßt, um mit Clinton über Ralf Schilling und Gisela Silinski zu sprechen. Clinton hatte ihr zu verstehen gegeben, er liebe sie von Tag zu Tag mehr. Diese Liebe wollte sie nicht durch ein womöglich falsches Wort aufs Spiel setzen.

Ulrich Lainz hatte sich seinen Einsatzplan ein letztes Mal durch den Kopf gehen lassen. Er war gewillt, das Risiko so gering wie möglich zu halten. Er hatte deshalb Gisela Silinski beauftragt, erneute, und diesmal noch genauere Informationen über die Ausrüstung und Kampfkraft der Sicherungstruppen einzuholen.

Sie überraschte ihn mit der Mitteilung, daß die Truppe zum größten Teil abgelöst werden sollte.

Auf Grund dieser Nachricht schob Lainz die Aktion um weitere Tage hinaus. Sein Gedanke dabei war: eine junge, neu aufgestellte Truppe ist seit jeher ein ungefährlicherer Gegner als eine seit langem zusammengeschweißte.

Da sich aber auch nach Wochen noch nicht die angekündigte Umgruppierung der Truppe abzeichnete, setzte er sich in Frankfurt mit Hemmersbach in Verbindung.

4. Juli, ein Donnerstag. Es war der Tag, an dem die Plädoyers der Verteidiger begannen.

Kurz nach 9 Uhr morgens klopfte es an die Tür von Gisela. Sie war allein und lag noch im Bett. Sie warf sich den ihr viel zu großen Bademantel von Bob über und öffnete. Der Wohnungsinhaber überreichte ihr ein Stadttelegramm.

Sie schloß die Tür hinter sich. Ihr Herz klopfte bis zum Hals. Mit zitternden Fingern riß sie das Telegramm auf. Und obwohl sie wußte, was sie erwartete, nahm ihr doch dieses einzige Wort „Sonnenaufgang“ den Atem.

Drittes Buch
Die Plädoyers

1

Der Ort Kaaden hatte rund 7000 Einwohner. Er lag im westlichen Teil der Tschechoslowakei, im Sudetenland, 50 Kilometer von Karlsbad entfernt an der Eger.

Paul Tanner war vierzehn Jahre alt und ging in Kaaden auf die Landwirtschaftliche Mittelschule. Die Erwachsenen unterhielten sich mit leuchtenden Augen über den politischen Umschwung im benachbarten Deutschland, nannten schwärmerisch den Namen Hitler.

Mit achtzehn Jahren wurde Paul zu den „Jungmannen" überstellt. Mit wachsendem Interesse verfolgte er die sich zuspitzende politische Situation im Sudetenland. Gerüchte jagten einander. Es war von Unterdrückung der deutschsprachigen Bevölkerung, von Gewaltmaßnahmen der Tschechen, von Plünderungen, ja von Morden die Rede.

Am 29. September des nächsten Jahres unterzeichneten Großbritannien, Frankreich, Italien und Deutschland das sogenannte „Münchner Abkommen". Mit ihm fielen die deutschsprachigen Randgebiete Böhmens an Deutschland und wurden damit zum Sudetengau.

Am 2. Oktober 1938 marschierten die deutschen Truppen in Kaaden ein. Der Jubel der Bevölkerung war unbeschreiblich. Über den Marktplatz gellten die Sprechchöre „Wir danken unserem Führer!" und hallten von den Laubengängen wider.

Paul hatte die Matura bestanden. In den folgenden zwei Jahren wollte er sein Praktikum machen.

Kaum sechs Monate nach dem „Anschluß" an Deutschland aber wurden seine beruflichen Pläne durchkreuzt. Für den 1. April 1939 erhielt er den Einberufungsbefehl zur Wehrmacht. Seine nationale Begeisterung ließ merklich nach.

Im Randgebiet von Leipzig lernte er beim Flakbataillon 1/23 die Bedienung von Flugzeug-Abwehr-Kanonen. Im Herbst brach der Krieg aus. Im Frühjahr 1940 wurde er routinemäßig zum Gefreiten befördert. Nach einem weiteren Jahr zum Obergefreiten.

Am 11. März 1944 sah Paul seine letzte Stunde gekommen. Zwei T 34 rollten erbarmungslos auf sein Geschütz zu. Eine Verzweiflungstat ließ ihn zum Helden werden. Auf kürzeste Entfernung schoß er beide Panzer in Flammen. Er erhielt einen Schulterdurchschuß, kam in der Nähe von Orgejew in ein Feldlazarett, wurde zum Wachtmeister befördert und mit dem Eisernen Kreuz II. Klasse ausgezeichnet.

Von Orgejew wurde er zurück nach Javorow verlegt. Seine Einheit war bis auf wenige Mann aufgerieben worden.

Kaum war er wieder einigermaßen hergestellt, er trug nur noch einen beweglichen Verband, erschien im Lazarett ein Major des Heeres in Begleitung eines NS-Führungsoffiziers und stellte aus den Halbkranken und Leichtverwundeten einen Transport an die nahe Front zusammen. Paul gehörte dazu.

Er erkannte, daß es sich um ein Himmelfahrtskommando handelte und war entschlossen, sein Leben zu retten. Noch bevor die Lastwagen abfuhren, floh er aus dem Lazarett.

Er kam nicht weit. Bei Jarostow ergriffen ihn die „Kettenhunde", eine Streife der Waffen-SS. Ein Standgericht unter Vorsitz eines SS-Hauptsturmführers verurteilte ihn zum Tod. Als er Paul das Urteil lakonisch vorlas, wollte Paul aufschreien und ihm an die Kehle springen. Doch alles was er tun konnte, war, sich das Gesicht des Mannes für alle Zeiten einzuprägen.

Drei SS-Männer überwältigten ihn und sperrten ihn in einen Hühnerstall. Die Wände des Stalles waren morsch. Das war sein Glück. Bevor sie ihn zur Exekution führen konnten, war er erneut geflohen. Diesmal änderte er die Richtung. Er wußte, daß er keine Chance hatte, die Heimat zu erreichen. Die Feldgendarmerie würde ihn aufs neue aufgreifen. Diese Überlegung und die Kenntnis des Frontverlaufs brachten ihn zu dem Plan, sich von den zurückgehenden eigenen Truppen überrollen zu lassen, um sich der nachdrängenden russischen Armee zu ergeben.

Vor der Gefangennahme vernichtete er sein Soldbuch, um nicht als Sudetendeutscher besonderen Repressalien ausgesetzt zu sein und später seinen Heimatort mit Wien angeben zu können.

Über viele Stationen kam er in ein Kriegsgefangenenlager in Mittelrußland. Stacheldraht umzäunte eine große Wiese, sowjetische Posten wachten nur an einigen unübersichtlichen Punkten. An eine Flucht war sowieso nicht zu denken. Wohin auch?

Eines Tages hörten sie von den Wachtposten, daß der Krieg zu Ende war. Doch sie waren zu entkräftet, um ihrer Freude Ausdruck geben zu können.

Am 2. März 1946 war es soweit. Der erste Transport nach Österreich wurde zusammengestellt. Paul gehörte dazu. Die Fahrt in den Güterwaggons ging durch die endlose Weite Rußlands. In Brest-Litowsk wurden sie in deutsche Güterwagen umgeladen. Sie fühlten sich frei.

In Wien hörte er von der Vertreibung der Sudetendeutschen aus ihrer Heimat. Der größte Teil der Vertriebenen ergoß sich naturgemäß nach Bayern. Paul schlug sich bis Passau durch, nahm Verbindung mit Landsleuten auf und erfuhr, daß es in Hof ein Auffanglager gab. In Hof machte man ihm Hoffnung, in der Gegend von Würzburg Bürger aus Kaaden zu finden. Doch in Würzburg fragte er vergebens.

Mit einemmal merkte er, daß er heimatlos war. Er erinnerte sich an ein Mädchen aus Nürnberg, das er 1939 in Leipzig kennengelernt hatte.

Am nächsten Tag traf er auf Barbara Vesenstedt. Nachdem er sie bis zu ihrer Wohnung begleitet hatte, begab er sich zur Röntgenstraße. Das Mädchen aus Leipzig war verschollen. Von dem Haus, in dem es gewohnt hatte, stand nur noch die Grundmauer.

Paul entschied sich, einige Tage in Nürnberg zu bleiben. Er wollte zur Ruhe kommen. Er lebte von Schwarzmarktgeschäften und hauste im ehemaligen Tiefbunker am Königstor.

Jedesmal wenn er die steile Wendeltreppe zwei Stockwerke tief unter die Erde hinunterstieg, überkam ihn das Gefühl, er betrete ein Unterseeboot.

Die Menschen, die dort unten schliefen, kochten, vor sich hin warteten, kannten einander nicht. Ihr gemeinsames Schicksal aber verband sie.

Über den Verbleib seiner Eltern konnte Paul nichts in Erfahrung bringen.

An dem Tag, an dem er sich entschloß, Nürnberg zu verlassen und aufs Geratewohl weiterzuziehen, sah er Barbara Vesenstedt. Sie überquerte den Plärrer.

Er lief ihr nach, holte sie ein, sie freute sich, ihn wiederzusehen, und sie verbrachten den Abend zusammen.

Am nächsten Abend waren sie verabredet. Paul hatte seine Abwanderungspläne zurückgestellt. Er war froh, endlich wieder einen Menschen gefunden zu haben, mit dem er sich verstand.

Ihre Beziehung war nicht die übliche Mann-Frau-Beziehung. Sie suchten einander, weil sie es genossen, sich gegenseitig die Köpfe heiß zu reden. Ohne es näher zu beachten, sagten sie du zueinander.

Sie sprachen über ihr Zuhause, über den Krieg, über Pauls Zeit in der Gefangenschaft und über die Vorbereitung, die Barbara mit ihrem Vater für die Verteidigung von „Berger" zu treffen hatte. Und immer wieder über den Prozeß.

Sie diskutierten, bis die bevorstehende Sperrstunde sie trennte. Paul brachte Barbara bis zu ihrer Haustür und ging dann durch die halbdunklen Straßen und den Allersberger Tunnel zum Tiefbunker am Königstor.

Er überdachte den Abend. Barbara gefiel ihm immer besser. Nicht nur ihrer gescheiten Gedanken wegen. Er erkannte, daß sie es ehrlich mit ihm meinte, daß sie bemüht war, ihn aus dem Sumpf seiner Verzweiflung hochzuziehen, daß sie zu ihm stand.

Er stieg die steile Wendeltreppe hinunter, ging leise in seinen Verschlag, um die schon Schlafenden nicht zu stören, und legte sich aufs Bett. Doch obwohl er sich vorsagte, wie glücklich er sei, einem Menschen wie Barbara begegnet zu sein, schlief er mit dem Gedanken an den SS-Hauptsturmführer ein, der ihn zum Tod verurteilt hatte. Wenige Atemzüge später erdrosselte er den Mann mit seinen bloßen Händen.

2

Wie lange Gisela Silinski schon mit dem Rücken gegen die Tür gelehnt stand, wußte sie nicht. In ihrer Hand hielt sie das Stadttelegramm. Sie starrte noch immer auf das Wort „Sonnenaufgang".

Ihr erster klarer Gedanke war: Bob! Sie mußte verhindern, daß Bob wie jeden Tag heute abend hier vorbeikam. Sie hatte von Lainz den Wagen in Empfang zu nehmen und sich auf morgen einzustellen.

Sie löste sich aus ihrer Starre. Auf ihrer Armbanduhr war es 9 Uhr 25. Wenn sie Bob noch vor Beginn der Vormittagssitzung erreichen wollte, mußte sie sich beeilen.

Kurz vor 10 Uhr lief sie von der Haltestelle der Straßenbahn zum Eingang des Justizpalastes. Es regnete in Strömen. In der Tür zum Aufgang für die Presse prallte sie gegen Raoul Clairon.

„Das nenne ich einen angenehmen Tagesanfang." Er wollte sie an sich drücken, doch sie entwand sich seinem Griff. „Aber Gisela!" Er tat, als hätte er ein Recht auf sie. „Es wird Zeit, daß wir uns wieder einmal sehen. Heute abend zum Beispiel." Gegen ihren Willen hakte er sich bei ihr unter. „Ich hole dich gegen sieben ab."

„Nein. Das geht nicht." Sie entzog ihm ihren Arm und ging die Treppe hinauf.

Er hielt mit ihr Schritt. „Also heute abend!"

„Nein. Weder heute, noch . . ."

„Ach?" Er blieb auf dem Treppenabsatz stehen und hielt sie am Arm fest. „Merke dir eins: So kann man mir nicht kommen! Mir nicht! Um sieben bin ich bei dir."

„Ich werde nicht da sein."

„Wenn du um sieben nicht da bist, dann . . ." Aus seinem Ton hörte sie die Drohung heraus. Sie war ihr gleichgültig.

Sie sah ihn nicht einmal an, machte kehrt und ging die Treppe hinunter dem Ausgang zu. Sie hatte kein Verlangen danach, in Clairons Begleitung auf Bob zu stoßen. Oben wurden die Türen geschlossen, und das Gesumm der Stimmen verstummte. Die Vormittagssitzung begann.

Gisela ging erneut hinauf. Der Vorplatz zur Pressetribüne war leer. Clairon hatte schon im Saal Platz genommen. Er sann darüber nach, wie er Gisela die Abfuhr vergelten konnte. Eine Reihe hinter ihm saß ein Mann, der nur heute, als Beobachter des Prozesses, in Nürnberg war. Seine Hakennase war nicht zu übersehen. Clairon hatte ihn gestern abend kennengelernt. Er grüßte kurz nach hinten.

Gisela stand lange am Fenster und sah in den Regen hinaus. Sie dachte an Bob.

Sie wandte den Kopf und erstarrte vor Entsetzen. Bob kam von der Treppe am Beginn des Mittelostbaus den Gang herunter.

Er entdeckte sie und kam mit einem breiten Lachen auf sie zu. „Hello, Darling! Wie schön, dich schon am Morgen zu sehen!" Um die Verhandlung im Saal nicht zu stören, dämpfte er die Stimme.

„Ich habe dich gesucht."

„Gesucht? Besser kann es ja gar nicht sein. Komm!" Er legte ihr die Hand auf die Schulter und dirigierte sie in die Ecke neben dem steinernen Wasserbecken. „Ich habe eine ganz große Nachricht für dich!"

„Du hast eine Nachricht für mich?"

„Ja, Darling, eine verdammt frohe."

„Eine frohe?" Sie wußte nicht, was er meinte, aber sie glaubte, ihr würden die Beine versagen. Unwillkürlich stützte sie sich mit der Hand gegen das Fensterbrett.

„Ist dir nicht gut?"

„Doch, doch, es ist nichts."

„Aber du siehst blaß aus."

„Es ist nichts, glaube mir."

Er wandte den Kopf, um sich zu vergewissern, daß sie nicht beobachtet wurden. Dann beugte er sich halb zu ihr herunter und redete lebhaft aber leise auf sie ein.

„Ich habe dir doch gesagt, daß ich meinen Eltern von dir geschrieben habe? Ist schon eine Weile her. Ihren Antwortbrief habe ich dir dann unterschlagen. Willst du wissen, warum?" Er konnte sein Mitteilungsbedürfnis nicht zügeln. Als sie ihm keine Antwort gab, sprach er weiter. „Weil sie mir von dir abgeraten haben, deshalb. Es war mein Fehler, ich weiß. Aber ich habe ihn wieder gutgemacht, Darling, schon wenige Tage später. Ich habe ihnen noch mal geschrieben. Diesmal ausführlich. Ich habe dich ihnen bis in die kleinste Kleinigkeit geschildert. Zehn Seiten lang. Mit zwei Fotos. Das eine vor der Kommode, du erinnerst dich? Und das andere, bei dem du an der Wohnungstür stehst. Darling, was ist mit dir? Bist du traurig? Weil ich dir nichts von ihrem ersten Brief gesagt habe? Es soll nie wieder vorkommen. Jetzt ist alles gut! Heute kam die Antwort. Und weißt du, was für eine Antwort? Du errätst sie nicht? Ich soll dich Hals über Kopf zu ihnen schicken. Sobald ich hier abgelöst werde, soll ich dich an der Hand nehmen und dich nach Texarkana bringen! Sie wollen dich nicht nur kennenlernen, sie wollen, daß du drüben bleibst! Ihr Brief ist eine einzige herzliche Einladung an dich. Darling, habe ich dich eigentlich schon gefragt, ob du mich magst? Ob du – sobald sich die Bestimmungen lockern –, ob du dann meine Frau werden willst?"

Sie sah ihn fassungslos an. Ihr Kopf dröhnte.

„Ich wollte dich schon immer fragen. Ich habe es nur nie gewagt. Ich habe befürchtet, du könntest ‚nein' sagen. Ja, so idiotisch war ich. Der Brief hat mir Mut gemacht, das gebe ich zu. Aber ich hätte dich so oder so geheiratet. Ich liebe dich mehr als alles andere auf der Welt. Wir hätten geheiratet, und wenn es im tiefsten Busch von Australien gewesen wäre oder meinetwegen im nördlichen Eismeer. Das einzige, was sich durch den Brief geändert hat, ist, daß wir jetzt in Texarkana heiraten. Rede ich zuviel? Du mußt mir das sagen, ob ich zuviel rede, aber ich kann im Moment nicht anders. Bitte sag, daß du mir verzeihst!"

„Ja, Bob, ich verzeih dir." Sie wunderte sich, daß es ihr überhaupt gelang, die fünf Worte zu formen. Ihr Gaumen fühlte sich taub an. Lieber Gott, dachte sie, laß dieses Gespräch zu Ende gehen!

Er wollte ihr mit der Hand übers Haar streichen und hielt in der Bewegung inne. Die Türen zum Saal wurden geöffnet. Es war Vormittagspause. Bob gab Gisela zu verstehen, daß er sich nun um seine Leute kümmern müsse, und setzte dann schnell hinterher: „Bitte sag mir, daß wir heute abend unsere Verlobung feiern, ja?"

„Das geht nicht“, sagte sie hastig, und ihre Stimme schwankte, „ich habe heute abend keine Zeit, der Mitarbeiter meines Vaters hat sich wieder gemeldet.“

Er konnte seine Unruhe nicht verbergen. Er war wie vor den Kopf geschlagen. Er wollte ihr noch so viel sagen und konnte doch keine Sekunde länger bei ihr stehenbleiben, wenn ihre Vertrautheit nicht auffallen sollte. Er zuckte bedauernd die Schultern, und gerade in dem Augenblick, in dem er sich von ihr abwenden wollte, trat ein Mann zu ihnen heran und rief mit dem Ausdruck höchsten Entzückens zu Gisela hin: „Madame Bernsdorff! Was machen denn Sie hier in Nürnberg?“

Gisela wurde aschfahl. Bob wußte nicht, was er von dem Vorfall halten sollte. Sein Blick ging zwischen Gisela und dem Fremden hin und her. Einige Schritte entfernt beobachtete Raoul Clairon die Szene.

Der Fremde war untersetzt, trug die Uniform der französischen Armee, und sein Gesicht wurde von einer Hakennase geprägt. Er wandte sich an Gisela. „Kennen Sie mich denn nicht mehr?“

„Nein“, sagte sie. Bob sah, daß sie verlegen war.

„Aber Madame Bernsdorff“, sagte der Mann, „ich bin Commissaire Rebriere. Saarbrücken!“

Bevor er weitersprechen konnte, murmelte sie ein „Entschuldigen Sie!“, ging schnell den Flur entlang, und flüchtete in die Toilette.

Sie war am Ende ihrer Kräfte.

Sie drehte den Wasserhahn auf und kühlte ihren Nacken. Nach einer Weile konnte sie wieder klar denken. Sie entschloß sich, Bob eine Erklärung für den Vorfall zu geben. Denn wenn sie ihm nichts sagte, trieb ihn womöglich gerade seine Verwirrung über Rebriere heute abend zu ihr. Das mußte sie unter allen Umständen verhindern.

Sie wartete, bis die Pause zu Ende war. Bob ging im Flur auf und ab. Sein Blick war auf die Tür zur Toilette gerichtet. Sie waren jetzt wieder allein.

„Verzeih mir, Darling, ich wollte mich mit dem Mann nicht unterhalten.“ Sie sprach leise.

„Ich habe es bemerkt.“ Er lächelte unsicher.

„Der Mann ist mir widerlich. Mit ihm verbindet sich die Erinnerung an einen meiner schwärzesten Tage. Habe ich dir nie von Saarbrücken erzählt?“

„Nein.“

„In Saarbrücken war ich vierundzwanzig Stunden lang in französischer Haft, weil ich meinen Ausweis nicht bei mir hatte. Dieser Rebriere hat mich verhört. Auf die übelste Weise. Er hatte es weniger auf meine Papiere abgesehen als auf eine Nacht mit mir. Um jede Verfolgung von seiner Seite auszuschließen, gab ich einen falschen Namen an. Kannst du das verstehen?“

Er überzeugte sich, daß niemand sie beobachtete, und drückte verstohlen ihre Hand. Um sie zu beruhigen, ergänzte er: „Mir ist der Kerl auch nicht sympathisch.“

Sie dah ihn dankbar an. „Danke.“

„Was ist mit heute abend?“

„Bitte, Bob, quäl mich nicht. Die Unterredung mit dem Mitarbeiter meines Vaters ist für mich wichtig, das weißt du.“

„Okay. Aber muß es gerade heute abend sein?“

„Ich kann es nicht ändern, glaub mir. So leid es mir tut.“

„Tut es dir leid, ja?“ Sein Ausdruck hellte sich auf.

„Ja.“ Sie senkte den Blick. „Ja, es tut mir leid.“

„Was ist dir, Darling, du weinst ja!“

„Ich weine nicht.“ Die Tränen liefen ihr über die Wangen.

„Bitte sag mir, was dich bedrückt.“

„Es ist nichts. Wirklich nichts.“

„Aber vielleicht kann ich dir helfen?“

„Nein. Du kannst mir nicht helfen.“

„Aber ...“

„Nein, Bob, das darfst du nicht! Hörst du, du darfst nicht so etwas sagen! Darf eine Frau nicht grundlos feuchte Augen bekommen? Ich glaube schon.“

„Grundlos? Das nehme ich dir nicht ab.“

Sie merkte, wie ihr elend wurde. Sie konnte kaum noch atmen. Sie gab sich nur noch kurze Zeit, bis es ihr schwarz vor den Augen würde.

„Bitte sag, daß wir uns nicht mehr trennen wollen!"
„Ich möchte mich jetzt von dir verabschieden."
„Verabschieden? Jetzt? Das verstehe ich nicht."
„Ich muß mich etwas hinlegen."
„Fühlst du dich nicht wohl?"
„Nein. Bitte frag nicht weiter. Es ist wirklich nichts."
„Okay. Und wann sehen wir uns?"
„Wann?"
„Ja, wann. Ich meine, du bist doch spätestens zur Curfew wieder zurück?"
Die Curfew! Daran hatte sie nicht gedacht.
„Nein", log sie schnell, „ich treffe den Mann ja nicht hier in Nürnberg."
„Sondern wo?"
„Er holt mich ab. Er wohnt irgendwo außerhalb. Wo, habe ich vergessen."
„Also dann erst morgen?"
Sie schluckte. „Ja, dann erst morgen."
„Okay. Darf ich noch sagen, daß dieser Tag trotzdem der schönste in meinem Leben ist? Darf ich das?"
Sie nickte.
Es war der endgültige Abschied. Sie war darauf vorbereitet. Endlose Male hatte sie ihn sich ausgemalt und sich die Worte zurechtgelegt, die sie Bob sagen würde.
Jetzt, da es soweit war, wollten sie ihr nicht einfallen.
Sie sah sich um. Der Flur war nach wie vor menschenleer. Mit einer schnellen Bewegung gab sie ihm einen flüchtigen Kuß auf die Wange.
Ehe er reagieren konnte, wandte sie sich von ihm ab und ging langsam auf die Treppe zu.
Ihr war, als ginge sie Schritt für Schritt in eine unabsehbare drohende Dunkelheit hinein.

Gleich zu Beginn der Mittagspause suchte Raoul Clairon das Gespräch mit Rebriere.
Seine Gedanken hatten sich während des zweiten Teils der Sit-

zung ausschließlich mit Gisela beschäftigt. Er hatte genau gesehen, daß Rebriere wie ein alter Bekannter auf Gisela zugegangen war, daß sie sich von ihm abgewandt hatte, kalkweiß geworden und schließlich vor ihm in die Toilette geflohen war.

Sie schien vor Rebriere Angst zu haben. Das macht ihn interessant.

Rebriere hatte den Treppenabsatz zu den ein Stockwerk tiefer liegenden Eßräumen noch nicht erreicht, als Clairon schon neben ihm war.

„Allons, Monsieur Commissaire!"

„Monsieur Clairon?"

„Gratuliere! Sie haben meinen Namen behalten!"

„Oh, mein Gedächtnis ist mein Kapital."

„Sind Sie das erste Mal hier bei uns?"

„Das erste und aller Voraussicht nach auch das einzige Mal hier."

„Als Beobachter?"

„Als Beobachter für Saarbrücken."

Sie waren vor den Eßräumen angekommen. Clairon machte eine Geste und ließ Rebriere vorangehen. „Wenn Sie Lust haben, können wir gemeinsam essen. Ich kenne die Tricks, wie man am schnellsten an sein Menü kommt."

Er dirigierte Rebriere durch den Raum auf einen Tisch abseits der anderen zu. „Mein Stammplatz." Nach einem Glas Grapefruit kam Clairon auf den Vorfall mit Gisela zu sprechen.

Rebriere wurde nachdenklich. „Eine eigenartige Person. Sie hatte Angst vor mir. Vielleicht nahm sie an, ich sei ihretwegen hier."

„Ihretwegen? Privat?"

„Nein, nicht wie Sie denken." Rebriere lachte. „Um sie einzufangen, natürlich." Mit kurzen Sätzen weihte er Clairon ein.

„Und Sie wissen nicht", fragte Clairon, „ob Bernsdorff ihr richtiger Name ist?"

„Nein. Sie kam ja ohne jeden Ausweis zu mir. Ich weiß nur, daß sie abgehauen ist. Und daß sie vorhin einen ziemlichen Schrecken bekam."

Clairon hörte schon nicht mehr zu. Ihm war eine Idee gekommen: seine Sekretärin. Er beendete das Gespräch mit einigen Höflichkeitsfloskeln, verabschiedete sich mit dem Hinweis, daß er noch eine Besprechung zu führen hätte, und verließ den Raum, um Karin Ruland zu suchen.

Sie stand im Flur an einem der Fenster und hielt eine brennende Zigarette in der Hand.

Er fragte sie wie von ungefähr nach ihrer Freundin Gisela.

„Gisela? Was ist mit ihr?"

Wenn er sich nicht täuschte, bemerkte er ein leichtes Flackern in ihrem Blick.

„Nichts ist mit ihr", sagte er, „ich habe nur vorhin wieder einmal mit ihr gesprochen, und sie hat mir erzählt, ihr würdet euch schon lange kennen. Schon länger als ein Jahr. Stimmt das?"

Sie nickte.

„Vom Sechstagerennen in Berlin her, ja?"

„Ja, warum?"

„Und sie hieß früher ‚Bernsdorff', ja?"

„Bernsdorff?"

„Ja, Bernsdorff. Als ihr euch kennengelernt habt, sagte sie, hieß sie noch Bernsdorff. Erinnern Sie sich denn nicht?"

„O ja, natürlich. Es war mir nur entfallen."

„Also hieß sie Bernsdorff?"

„Ja." Karin drückte ihre Zigarette aus.

Er verzichtete auf die Nachmittagssitzung und fuhr zu Clinton.

Clinton hörte geduldig zu. „Und du bist der Ansicht, daran ist etwas faul?" fragte er Clairon.

„Ich bin der festen Überzeugung."

„Auch beim Gespräch mit ..." Er verschluckte den Namen „Karin". „... mit Miß Ruland?"

„Dieses Gespräch war für mich die Bestätigung."

Der forsche Ton von Clairon ließ für Clinton den Schluß zu, daß der andere anscheinend nichts von ihrem engen Verhältnis wußte, daß er nicht erkannte, auf welchen Widerstand er bei ihm mit seiner Anschuldigung gegen Karin stieß.

„Vielleicht hat Miß Ruland eine – na sagen wir einmal – nicht besonders große Sympathie für dich und wollte in der Mittagspause ihre Ruhe vor dir haben und hat deshalb deine bohrenden Fragen einfach bejaht?"

„Es geht hier nicht um die Frage, warum Karin so geantwortet hat. Es ist einwandfrei erwiesen, daß an der Person Silinski irgend etwas nicht stimmt. Was, das herauszufinden ist deine Sache."

„Moment! Ein Mädchen will nichts mit einem französischen Geheimdienstmann zu tun haben, das andere nichts mit dir. Es tut mir leid, das ist noch lange kein Fall für das CIC."

„Sträubst du dich etwa dagegen, der Sache nachzugehen?"

„Sträuben! Ein hartes Wort. Ich bin nur für unsere Arbeit verantwortlich. Und wir haben zur Zeit verdammt genug am Hals. Wir können keine zusätzlichen Fälle brauchen."

„Hier wird nichts gezüchtet. Hier gibt es Fakten. Gisela Silinski hieß früher Bernsdorff. Und wenn sie zum Beispiel einen Fragebogen ausgefüllt hat und darauf falsche Angaben . . ."

„Sekunde, Raoul. Ob sie früher wirklich Bernsdorff hieß, steht nicht fest. Sie kann den Namen auch diesem Rebriere gegenüber erfunden haben."

„Okay. Was hindert uns aber daran, zur Krelingstraße zu fahren?"

„Die Zeit, Raoul. Ich stehe unter Druck."

Clairon erhob sich schroff. „Allright. Wenn du nicht mitkommst, fahre ich allein. Es dauert nur etwas länger, bis ich die hohen Kollegen davon überzeugen kann, die Fragebogen durchzugehen, aber das ist mir die Sache wert. Was aber wird sein, wenn ich recht behalte?"

„Ich komme mit."

Im ehemaligen Finanzamt an der Krelingstraße war die Militärregierung untergebracht. Es dauerte eine Weile, bis Clinton den Fragebogen in der Hand hielt, der auf den Namen „Gisela Silinski" ausgefüllt worden war. Gemeinsam mit Clairon ging er ihn durch.

„Na bitte." Clairon triumphierte. „Kein Hinweis auf Bernsdorff!"

„Das besagt nichts."

„Das besagt zumindest, daß man der jungen Dame auf den Zahn fühlen muß!" Clairon tippte mit dem Finger auf den Punkt „B" des Fragebogens: Volks- und höhere Bildung. „Glaubst du wirklich, daß eine derart intelligente Person nur die Volksschule besucht hat? Und wenn, sollten wir sie einmal nach der genauen Adresse dieser Schule fragen! Dresden allein genügt wohl nicht. Eine so herrlich zerstörte Stadt!"

„Ich werde sie einmal fragen."

„Nein. Ich bestehe auf einem sofortigen Verhör. Wenn es dir leichter fällt, stelle ich Strafantrag gegen sie."

„Strafantrag? Weshalb?"

„Hier." Clairons Finger zeigte auf Frage 3: Andere von Ihnen benutzte Namen oder solche, unter welchen Sie bekannt sind. „Die Antwort ist gefälscht! Hier müßte der Name Bernsdorff aufgeführt sein!" Er ereiferte sich. „Wenn du darauf bestehst, hole ich mir sofort das Einverständnis von höchster Stelle."

„Nicht nötig, Raoul. Allmählich bin ich selbst davon überzeugt, daß hier etwas faul ist. Nur was die Größenordnung betrifft, bin ich skeptisch."

„Das steht dir frei. Macht es dir etwas aus, wenn ich persönlich an der Sache dranbleibe?"

„Meinetwegen kannst du mitkommen." Clinton ließ sich den Fragebogen aushändigen und quittierte den Empfang.

„Und Karin Ruland?" warf Clairon ein. „Was willst du mit ihr machen?"

„Miß Ruland?" Jetzt erst wurde sich Clinton der Gefahr bewußt, die auf Karin zukam. Er war bereit, sie zu warnen, sie auf ein Verhör im Beisein von Clairon vorzubereiten. Seine Armbanduhr zeigte kurz nach 18 Uhr. „Wir müssen noch vorher zum Büro fahren." Er wollte Joe zur Rothenburger Straße schicken. Wenn er Glück hatte, war Karin schon zu Hause.

Im Büro kam ihnen Joe voll Ungeduld entgegen. „Clinton, wir haben ihn!"

„Wen?"

„Den Mann, den Billsteiner beschattet hat. Die MP hat ihn eben gebracht."

„Wo ist er?"

„Nebenan. Einer der MP ist bei ihm. Willst du ihn gleich verhören?"

„Ja." Clinton sah zu Clairon hin. „Tut mir leid, das geht natürlich vor." Clinton verschwand in den Vernehmungsraum. Joe folgte ihm.

Clairon ballte unwillkürlich die Fäuste.

Im Vernehmungsraum saß Bruno Peters auf dem Stuhl vor dem Schreibtisch. In seinem Zivilanzug schien er eher dem Heer der Schwarzhändler anzugehören als einer SS-Kampfgruppe. Verschlossen blickte er vor sich hin. Es wollte ihm nicht in den Kopf, daß die Amerikaner ihn ausfindig machen konnten. Ausgerechnet ihn, der seine Unterkunft in den letzten Wochen kaum verlassen hatte. Ob man ihn verraten hatte? Ob die Kameraden auch verhaftet waren? Seine einzige Hoffnung sah er in der Möglichkeit, daß die Amerikaner von der Aktion „Sonnenaufgang" nichts wußten und seine Verhaftung auf einer Verwechslung beruhte.

Je mehr er diese Möglichkeit ins Auge faßte, desto eher hielt er sie für wahrscheinlich. Denn daß die Amerikaner noch 24 Stunden vor dem Anlaufen der Aktion die Kampfgruppe auffliegen lassen könnten, daran wollte er nicht glauben. Für ihn waren die Sicherheitsmaßnahmen von Lainz perfekt.

Nach und nach hellten sich seine Züge auf. Er würde ihre Fragen mit Gelassenheit beantworten. Wie gut, daß er es vorhin nicht für nötig gehalten hatte, zum Zigarettenkauf die Luger einzustekken. Sie lag wohlverwahrt hinter der Tapete. Dort würde sie niemand finden. Da schoß es ihm heiß durch den Kopf: Der IMT-Ausweis!

Der gefälschte Ausweis steckte in der Innentasche seines Jacketts. Es war ihm, als leuchte das Stück Papier durch den Stoff hindurch, als brenne es wie Feuer auf seiner Brust.

Clinton setzte sich auf seinen Stuhl, streckte seine langen Beine unter den Schreibtisch und begann mit dem Verhör. Die ersten Fragen bezogen sich auf die Personalien.

Peters gab an, Schmitt zu heißen und reichte Clinton einen Ausweis auf diesen Namen. Clinton hielt ihn Joe mit einem Wink hin. Joe wußte Bescheid. Er ging aus der Tür. Im Nebenraum prüfte er unter dem Mikroskop den Ausweis auf seine Echtheit. Dann ging er zu Clinton zurück und machte ihm ein Zeichen.

Clinton wandte sich an Peters. „Wie ist Ihr wirklicher Name?"

„Mein wirklicher Name? Das habe ich doch gesagt. Schmitt."

„Wo haben Sie den Ausweis bekommen?" Clinton hielt den Ausweis in der Hand und klopfte mit dem Zeigefinger dagegen.

„In München. Steht das nicht drauf?"

Clinton gab keine Antwort. Ein Blick zu Joe genügte, und Joe erhob sich erneut. Er ging hinüber in sein Büro und telefonierte mit dem CIC in München.

Unterdessen führte Clinton das Verhör weiter. An Stelle von Joe übernahm die Sekretärin das Protokoll.

„Wie lange sind Sie in Nürnberg?"

„Seit ungefähr zwei Monaten."

„Woher sind Sie gekommen?"

„Aus München."

„Sind Sie hier gemeldet?"

„Noch nicht."

„Wissen Sie nicht, daß Sie sich innerhalb von drei Tagen anzumelden haben?"

„Mein Aufenthalt hat sich von Tag zu Tag hinausgeschoben. Ursprünglich wollte ich nur zwei Tage bleiben."

„Und warum sind Sie immer noch hier?"

„Ich bin nach Nürnberg gekommen, um meinen kranken Onkel zu besuchen. Seine Krankheit hat sich verschlimmert. Ich muß ihn pflegen."

„Wie heißt der Onkel?"

„Ebelein."

„Wo wohnt er?"

„Schloßäckerstraße sieben."

„Wohnt er allein?"

„Es wohnen noch mehr Leute in der Wohnung. Aber mein Onkel wohnt allein."

„Wie alt ist Ihr Onkel?“

„Anfang vierzig.“

„Und welche Krankheit hat er, daß Sie ihn pflegen müssen?“

„Kreislaufschwäche.“

„Kann sich eine Kreislaufschwäche über zwei Monate hindurch steigern?“

„Nicht steigern. Aber anhalten.“

„Sagten Sie nicht vorhin, Sie wären nach Nürnberg gekommen, weil Ihr Onkel krank war?“

„Ja, das stimmt.“

„Krank an Kreislaufschwäche, ja?“

„Ja. Nach zwei Tagen nahm sie dann nicht ab, sondern zu. Seitdem hat sie sich nicht mehr gesteigert.“

„Okay. Aber sie ist so akut, daß Sie Ihren Onkel pflegen müssen?“

„Soweit wie möglich, ja.“

„Auch nachts?“

„Auch nachts?“ Peters stutzte. Er konnte sich den Sinn der Frage nicht erklären. Er überlegte fieberhaft. Warum wollte dieser CIC-Mann wissen, ob er seinen Onkel auch nachts betreute? Er setzte schon zu einer Antwort an, wollte sie kurz mit „ja“ angeben, da wurde ihm die Absicht klar, die hinter der Frage steckte. „Nein“, sagte er, „nachts nicht. Das heißt, nicht mehr.“

„Sie wohnen also nicht bei Ihrem Onkel?“

„Nein. Nicht mehr. Ich wohne jetzt in der Bucherstraße Nummer 102 bei einem Bekannten.“

„Und wie heißt der Bekannte?“

„Gallmüller. Herbert Gallmüller.“

Mit einem Blick zur Sekretärin stellte Clinton fest, daß sie alles notiert hatte. Er verließ den Raum. Draußen telefonierte Joe noch immer mit München. Mit einer Geste deutete er Clinton an, daß Clairon gegangen war. Clinton nickte. Clairon war ihm im Augenblick gleichgültig. Gisela Silinski wollte er sich später vornehmen.

Wenn der Anruf nach München keine Bestätigung für gefälschte Papiere ergab, konnte er den Mann nicht länger verhören.

Joe legte den Hörer auf. „Okay. Du hast gewonnen. In München wurde im Februar kein Ausweis auf den Namen Hubert Helmut Schmitt ausgestellt."

„Dann gehn wir doch wieder nach drüben." Clinton hielt die Tür für Joe auf. „Wir schalten ein."

Joe stellte die 1000-Watt-Lampe an. Sogleich hielt sich Peters die Hand schützend vor die Augen. Joe löste die Sekretärin ab. Clinton nahm seine alte Position ein.

„Wer hat Ihnen Ihren Ausweis ausgehändigt?"

„Das Einwohnermeldeamt in München."

„Ich frage Sie noch einmal. Sollten Sie bei Ihrer Antwort bleiben, behalte ich Sie zunächst einmal acht Tage hier, ohne mich mit Ihnen weiter zu unterhalten. Also?"

„Na schön, ich habe ihn auf dem schwarzen Markt gekauft." Peters erkannte, daß er sich völlig in der Hand des anderen befand und er nur noch auf die Nachsicht des CIC-Mannes hoffen konnte. „Ich hatte meinen Ausweis verloren, und mein Onkel sagte mir, daß der Hausbesitzer niemanden ohne Ausweis im Haus wohnen lasse."

Clinton merkte, daß er einen harten Gegner hatte. Er glaubte ihm kein Wort. Er verzichtete darauf, weiterhin die Spur des Ausweises zu verfolgen und änderte die Taktik. „Bevor Sie nach Nürnberg kamen, waren Sie in München?"

„Ja, das stimmt."

„Wie lange waren Sie dort?"

„Eigentlich die ganze Zeit."

„Welche ganze Zeit?"

„Seit Kriegsende."

„Seit Kriegsende immer nur in München?"

„Ja, nur in München."

„Und Sie haben sich seit Kriegsende an keinem anderen Ort aufgehalten, außer in München und hier?"

„Ja, das stimmt."

„Auch nicht für kurze Zeit?"

„Für kurze Zeit?"

„Sagen wir tageweise oder für Stunden?"

Von neuem sah sich Peters einer Frage gegenüber, deren Beantwortung ihm gefährlich werden konnte. Da er ihr Ziel nicht erkannte, sagte er vieldeutig: „Tageweise war ich natürlich schon in einigen anderen Städten."

„Auch in Würzburg?"

„Nein, in Würzburg nicht."

Peters glaubte sich durch die Frage bestätigt, daß er einer Verwechslung zum Opfer gefallen war. Er war erleichtert und merkte nicht, daß es sich um die Vorbereitung zu einer Fangfrage handelte.

„Auch nicht in Regensburg, Landshut oder Ingolstadt?" Clinton fragte wie nebenbei.

„Nein", sagte Peters, „auch dort nicht."

„Okay", sagte Clinton und zeigte für Joe mit dem Kopf zur Tür in den Nebenraum. Joe holte Billsteiner herein.

Clinton fragte ihn und wies auf Peters: „Ist das der Mann?"

„Ja", sagte Billsteiner, „das ist der Mann."

„Einwandfrei?"

„Völlig einwandfrei. Er trug damals einen Militärmantel."

Peters wußte nicht, wovon die beiden redeten. Er vermutete nur, daß es sich um eine größere Angelegenheit handelte, als er noch vorhin angenommen hatte.

„Okay", sagte Clinton zu Billsteiner hin und dann zu Peters: „Nennen Sie die Namen der Männer, mit denen Sie in Landshut zusammengekommen sind! Los, überlegen Sie nicht lange!"

„In Landshut?"

„Spreche ich nicht deutlich genug?" Clinton hob die Stimme an. Mit einemmal überkam ihn wieder seine Abneigung gegen alles Deutsche, und er war wie früher der erbarmungslose Jäger für jeden mutmaßlichen politischen Verbrecher des Dritten Reiches.

„In Landshut", sagte Peters zögernd, „ja, in Landshut war ich einmal kurz. Entschuldigen Sie bitte, daß mir das nicht sofort eingefallen ist. Aber der Besuch in Landshut war für mich unwichtig."

„Was haben Sie in Landshut gemacht?"

„Ich habe nach der Adresse eines Bekannten geforscht."

„Sonst nichts?"

„Nein. Sonst nichts."

„Und wo in Landshut haben Sie nach der Adresse Ihres Bekannten geforscht?"

„Überall. Im Rathaus und überall."

„In ganz Landshut?"

„Nein, natürlich nicht. In der Altstadt. Ja, und in einem Wirtshaus der Neustadt."

„Und haben Sie die Adresse ausfindig gemacht?"

„Nein, leider nicht."

„Waren Sie früher schon einmal in Landshut?"

„Nein, nie."

„Dafür kennen Sie sich aber äußerst gut aus."

„Ich habe ein gutes Gedächtnis, ja."

„Das haben Sie hier noch nicht unter Beweis gestellt." Clinton nahm sich vor, einen Trick anzuwenden. Auch auf die Gefahr hin, daß es schiefging. „Gehen wir einmal von Ihrem guten Gedächtnis aus. Erinnern Sie sich, daß eines der Landshuter Wahrzeichen die Burg Trausnitz ist?"

„Ja, ich weiß."

„Dann wissen Sie vielleicht auch, daß diese Burg auf einem Berg über Landshut liegt?"

„Ja, natürlich."

„Und wie lange, sagten Sie, waren Sie in Landshut? Einen Tag oder eine Stunde?"

„Einen Tag."

„Mit dem Zug? Mit dem Wagen?"

„Mit einem Wagen."

„Auto-Stop?"

„Ja. Ich selbst habe keinen."

„Erinnern Sie sich, wann Sie an diesem Tag aufgestanden sind?"

„Aufgestanden? Um sieben ungefähr, oder um sechs."

„Wo wohnen Sie in München?"

„In München? Am Rosenheimer Platz."

„Und wie lange braucht man vom Rosenheimer Platz zur Ausfallstraße nach Landshut?"

„Mit der Straßenbahn eine gute halbe Stunde."

„Mit Umsteigen?“

„Mit Umsteigen länger.“

„Ich mache Sie darauf aufmerksam, daß alle Ihre Antworten nachgeprüft werden. Wie lange also? Eine Stunde, zwei?“

„Mit Fußweg zwei Stunden.“

„Und wie lange mußten Sie ungefähr an der Straße nach Landshut warten, bis ein Wagen hielt? Eine Stunde, zwei?“

„Höchstens eine halbe.“

„Okay, eine halbe. Und Sie bekamen auf Anhieb einen Wagen, der bis Landshut durchfuhr?“

„Ja. Direkt.“

„Und wie lange fuhr der Wagen bis Landshut? Eine Stunde, zwei?“

„Etwas mehr als eine Stunde.“

„Also eineinhalb. Vier Stunden nach Beendigung der Curfew waren Sie also frühestens in Landshut. Das war zwischen zehn und elf. Und wann fuhren Sie abends zurück? Doch mindestens um fünf?“

„Ja, gegen fünf.“

„Sie hatten also sechs bis sieben Stunden Zeit, um sich nach der Adresse Ihres Bekannten zu erkundigen?“

„Ja, ungefähr.“

„Und Sie waren auf dem Rathaus, in der Altstadt und sogar in einem Wirtshaus der Neustadt?“

„Ja, das war ich.“

„Wie lange waren Sie schätzungsweise in dem Wirtshaus? Eine Stunde, zwei?“

„In dem Wirtshaus?“ Peters hatte auf einmal das Gefühl, daß er sich längst in eine ausweglose Situation verstrickt hatte. Er war sich nur nicht schlüssig, wodurch. Im Wirtshaus schien er zweifellos beobachtet worden zu sein, ging es ihm durch den Kopf, für diese Zeit durfte er keine falschen Angaben machen.

„Sagen wir eine gute Stunde.“

„Also eineinhalb, kann man das sagen?“

„Ja, das kann man sagen.“

„Demnach hatten Sie nur viereinhalb bis fünfeinhalb Stunden

Zeit, außerhalb des Wirtshauses nach der Adresse Ihres Bekannten zu forschen, stimmt das?"

„Ja, das stimmt."

„Und da Ihnen diese Adresse wichtig war, daß Sie an einem Tag eine Reisestrapaze von insgesamt mindestens acht Stunden auf sich genommen haben und da Sie, wie Sie sagten, die Adresse trotz eifriger Nachforschung nicht ausfindig machen konnten, nehme ich doch an, daß Sie die viereinhalb bis fünfeinhalb Stunden ausschließlich dazu verwendeten, der Adresse nachzugehen, kann man das sagen?"

„Ja", sagte Peters zögernd, „das kann man sagen."

„Wie erklären Sie es sich dann", fragte Clinton aufs Geratewohl, „daß Sie trotz des ungeheuren Zeitdrucks, unter dem Sie standen, noch mindestens eine Stunde herausgeschlagen haben, um auf den Berg der Burg Trausnitz zu steigen und dem dortigen Hofgarten einen Besuch abzustatten?" Clinton wurde laut. „Geben Sie mir darauf sofort eine klare Antwort! Sollten Sie lügen, ist das Verhör für heute beendet und wird frühestens in vierzehn Tagen wieder aufgenommen!" Er wußte natürlich, daß er zu dieser Drohung nicht berechtigt war, doch er befürchtete, dem Mann nicht anders beikommen zu können.

„Ich gebe zu, daß ich vorhin einen Fehler gemacht habe, als ich Ihre Frage nur pauschal beantwortet und meinen Besuch im Hofgarten unterschlagen habe." Peters gab sich reumütig. Daß er mit diesem Eingeständnis Clinton erst den Beweis für seine Anwesenheit im Hofgarten geliefert hatte, konnte er nicht wissen.

„Einen Fehler nennen Sie das? Ich nenne das eine Lüge! Eine bewußte, schwerwiegende Lüge!" Clintons Stimme klang scharf. Im nächsten Augenblick sagte er gefährlich leise: „Was haben Sie im Hofgarten gemacht? Wen haben Sie dort getroffen?"

„Wenn Sie so wollen, alte Freunde."

„Nein, so will ich nicht! Ich will von Ihnen eine klare Auskunft. Ich stelle Ihnen zum letztenmal die Frage: Wen haben Sie im Hofgarten getroffen? Ich will Namen hören! Die richtigen Namen!"

„Damit kann ich Ihnen leider nicht dienen. Ich wurde in den Hofgarten bestellt. Von mir nicht bekannten Männer."

„Die großen Unbekannten! Für wie dumm halten Sie mich eigentlich?" Clinton erhob sich schnell und deutete Joe an, daß er das Verhör als vorläufig beendet ansehe. Draußen nahm er Joe beiseite. „Die Sache stinkt. Wir müssen den Mann zum Reden bringen. Egal wie."

Joe Stevens wußte, wie man das macht: „Wir müssen ihn auseinandernehmen. Innerlich und äußerlich!"

„Okay. Er soll sich ausziehen."

Wenige Minuten später waren sie auf den IMT-Ausweis mit dem Namen Herbolsheimer gestoßen. Joe prüfte ihn auf seine Echtheit. Nachdem sie wußten, daß er gefälscht war, zerlegten sie alle Kleidungsstücke in ihre Einzelteile. Sie rissen die Sohlen und Absätze von den Schuhen, sie trennten die Nähte der Hose auf und schnitten die Revers vom Jackett. Sie suchten nach geheimen Papieren, nach Hinweisen auf die Herkunft des Mannes, nach jedem nur erdenklichen belastenden Material. Die Suche war ein Mißerfolg.

Joe brachte Peters eine alte US-Uniform. Ohne Protest zog er sie an. Er war sich jetzt seiner beinahe aussichtslosen Lage bewußt. Jeder Widerspruch würde sie nur verschlimmern.

Clinton entschloß sich zu einem weiteren Bluff. Er machte sich einige Notizen aus dem Protokoll von Billsteiner und legte sie in einen leeren Aktendeckel. Dann ging er mit der Akte hinüber in den Vernehmungsraum. Er setzte sich seitlich neben den Schreibtisch und schlug die Akte so auf, daß Peters nicht erkennen konnte, was sie verbarg. Joe schaltete die Lampen ein, und Clinton setzte das Verhör fort.

Er tat, als habe er den gesamten Fall „Peters" schon aktenkundig. „Wie ist Ihr wirklicher Name?"

„Kienlechner." Peters wischte sich mit dem Handrücken den Schweiß von der Stirn.

Clinton war viel zu erfahren, um die Frage nicht zu wiederholen. „Ich frage Sie noch einmal, wie ist Ihr wirklicher Name?" Sein Ton war drohend.

„Mein Name ist . . ."

„Bevor Sie weitersprechen, mache ich Sie darauf aufmerksam,

daß Sie mit Lügen nicht mehr durchkommen." Er tippte auf den Aktendeckel. „Es geht nur noch darum, das Protokoll aufzunehmen. Ihre Freunde haben schon gestanden."

„Meine Freunde?"

Peters stand die Panik im Gesicht.

„Ja, Ihre Freunde. Oder läßt Sie Ihr ausgesprochen gutes Gedächtnis im Stich?" Er tat, als lese er aus der Akte vor. „Am 23. Mai trafen wir uns morgens um neun Uhr beim Restaurant ‚Seerose'". Er blickte hoch. „Muß ich Ihnen noch mehr vorlesen. Wie also ist Ihr wirklicher Name?"

Peters saß reglos. Ihm war, als falle er ins Endlose. Sein einziger Gedanke war: „Es ist aus!" „Peters", sagte er kaum vernehmlich, „mein Name ist Peters."

„Sehr richtig." Clinton sah erneut in den Aktendeckel. „Und der Vorname?"

„Bruno."

„Wann sind Sie geboren?"

„Am 3. März 1920."

„Und wo?"

„In Gadebusch in Mecklenburg."

„Stimmt", bluffte Clinton und war davon überzeugt, daß Peters jetzt die Wahrheit sagte. Er wußte, daß er ihn nicht nach den Namen der anderen Männer fragen durfte, ohne ihn hellhörig zu machen. Abgesehen davon würden die anderen Männer ohne Frage ähnlich hartnäckig wie Peters sein. Nein, er hatte sich vorgenommen, das schwächste Glied aus der Kette herauszuschlagen. Und in diesem Fall war das für ihn die Frau, die am Dutzendteich dabei gewesen war. Noch dazu, da dank Billsteiner ihre ungefähre Beschreibung vorlag.

Clinton sah in die Akte und las von der Notiz ab. „Alter zwischen fünfundzwanzig und fünfunddreißig. Schulterlanges braunes bis rötliches Haar, hübsches Gesicht." Sein Blick ging zu Peters.

„Ich verstehe nicht . . ."

„Die Frau, die am Dutzendteich bei Ihnen war. Es geht nur um die Frau. Weder um Sie, noch um Ihre Freunde. Uns geht es ausschließlich um die Frau. Das sollen Sie wissen. Ich brauche von Ihnen nur die Bestätigung ihres Namens, verstehen Sie jetzt?"

„Ja." Peters versuchte vergeblich dem grellen Licht der Lampe auszuweichen.

„Haben Sie gehört? Sie sollen mir den Namen der Frau bestätigen. Wie heißt sie?"

„Ich . . . Ich weiß es nicht."

„Mit dieser Aussage hätten Sie sich Ihr Urteil gesprochen. Ich lasse die Aussage streichen. Sie wissen sehr gut, daß wir den Namen der Frau bekommen. Nur Sie sind der erste, den wir danach fragen. Denn erst seit wenigen Minuten wissen wir, daß es uns nur auf die Frau ankommt. Wir werden auch herausbekommen, daß Ihnen der Name der Frau bekannt ist. Nur nützt Ihnen dann eine nachträgliche Aussage nichts mehr. Ihre Chance ist einzig und allein hier und jetzt. Wollen Sie die Chance wahrnehmen? Oder muß ich Ihnen die Beschreibung der Frau noch einmal geben?"

Peters schüttelte unmerklich den Kopf. „Die Frau heißt Silinski. Gisela Silinski."

Für einen Augenblick war Clinton fassungslos. Wenn er mit jeder Möglichkeit hätte rechnen müssen, Gisela Silinski hätte er nie in Verbindung mit Peters gebracht. Er holte tief Atem. Er hatte erreicht, was er wollte.

Die eingeführte Sommerzeit bewirkte, daß es erst gegen 21 Uhr dunkel wurde. In Burgfarrnbach riefen die Eltern ihre Kinder von der Straße nach Hause. Raoul Clairon ließ Kretzschmer gegenüber dem Gasthof „Zum Bären" halten.

Er hatte bis zu dieser Stunde gewartet, da er Henrike „Berger" nicht bei Tageslicht gegenübertreten wollte. Für sein Vorhaben brauchte er die Schatten der Nacht. Er stieg aus. Allein beim Gedanken an die Frau im Zimmer 5 des Gasthofs „Zur Post" überkam ihn eine Woge von Sinnlichkeit.

Heute würde er sein Ziel erreichen. Er war sich seines Erfolges sicher. Um seine Mundwinkel spielte ein Lächeln. „Hier, Kretzschmer." Er drückte dem Chauffeur zehn Mark in die Hand. „Warten Sie im ‚Bären' auf mich. Es kann einige Zeit dauern."

Dann ging er über das holprige Kopfsteinpflaster die leicht ansteigende Würzburger Straße hoch, überquerte die Straße, die zum hinteren Dorf führte und betrat den Gasthof „Zur Post". Ohne daß ihm jemand begegnete, erreichte er über die knarrende Treppe das obere Stockwerk. Er klopfte an die Tür zu Nummer 5.

Von drinnen ertönte ein schwaches, erstauntes „Sofort". Ein Rascheln, dann Schritte, das Sperren des Schlüssels, und Henrike „Berger" stand vor ihm. „Sie?"

„Darf ich hineinkommen?"

„Ja, natürlich." Sie ließ ihn an sich vorbei und schloß die Tür zu.

Jetzt erst bemerkte er, daß sie einen Morgenmantel trug. Er reichte ihr bis zu den Knöcheln. Anscheinend will sie gerade ins Bett gehen, stellte er mit Befriedigung fest und warf einen Blick durch den Raum. Es herrschte eine peinliche Ordnung, die Vorhänge waren zugezogen und das Bett aufgedeckt.

„Es trifft sich gut, daß Sie gekommen sind." Sie hielt sich den Morgenrock vor der Brust zusammen. Ihre Stimme klang kühl.

Clairon überhörte es. Er war zu sehr mit seiner Phantasie beschäftigt. Er sah den nackten, weißen, fülligen Körper vor sich, malte sich aus, wie er sie nehmen und demütigen wollte und konnte kaum noch erwarten, bis sie den Morgenmantel ablegen oder er ihn ihr brutal herunterreißen würde.

Er holte ein Päckchen Chesterfield aus der Tasche, klopfte eine heraus und hielt sie ihr wortlos hin. Sie lehnte dankend ab. Er nahm die Zigarette für sich und steckte sie an. Nach einem tiefen Zug setzte er sich an den Tisch mit den plumpen gedrechselten Beinen. „Ich bin hier, um mein Versprechen einzulösen."

„Sie meinen unser Geschäft?" Sie stand nach wie vor an der Tür.

„Geschäft? Habe ich Ihnen nicht gesagt, daß ich nichts von einem Geschäft weiß?" Er lächelte abfällig. „O nein, meine Liebe, das Versprechen, mit Ihnen ins Bett zu gehen. Erinnern Sie sich?"

„Ich erinnere mich nur an eine widerwärtige Situation mit Ihnen." Er ließ sich nicht einschüchtern. Er umfaßte sie blitzschnell an den Handgelenken und stieß sie aufs Bett.

Ihre Augen weiteten sich vor Entsetzen. Sie rang nach Atem. „Gehen Sie oder ich schreie!"

Er warf sich über sie, bekam erneut ihre Handgelenke zu fassen und drückte sie mit Macht zurück. „Schreien Sie! Los, schreien Sie! Gönnen Sie den Leuten ein kleines Schauspiel! Los!"

„Sie gemeiner Kerl!" schrie sie ihn an.

„Gemeine Männer sind im Bett gefragt, habe ich recht?"

„Lassen Sie mich sofort los!" Ihre Stimme schlug über.

„Okay. Ich gebe Ihnen eine Hand frei. Sie werden Ihren Mantel aufknöpfen. Haben Sie mich verstanden?"

Sie gab ihm keine Antwort. Sie versuchte, sich aus seiner Umklammerung zu befreien. Er drückte sie erneut zurück. Sie keuchte.

„Sind Sie bereit, Ihren Mantel aufzuknöpfen?"

„Gehen Sie weg!"

„Dann nicht. Dann machen wir das anders." Er begann, den Mantel mit seinen Knien hochzuschieben.

„Sie sollen mich in Ruhe lassen, habe ich gesagt!" Sie nahm alle Kraft zusammen, und es gelang ihr, sich auf die Seite zu drehen. „Lassen Sie mich sofort los, oder ich stelle Sie bloß, Herr Klarmann!"

Er verharrte regungslos. Sein Griff lockerte sich. „Was haben Sie da eben gesagt?"

„Mit Ihrem richtigen Namen habe ich Sie angesprochen. Das haben Sie doch gehört."

„Sie halten sich wohl für sehr klug?"

„Ich halte Sie für einen Betrüger."

„Kapieren Sie, was Sie da sagen?"

„Ja. Ich bin mir der Anschuldigung bewußt."

„Stehen Sie auf!" Er gab ihre Handgelenke frei und glitt vom Bett.

Sie richtete sich auf, strich sich das Haar aus dem Gesicht, ordnete den Morgenmantel und erhob sich.

Er zog sich den Stuhl heran, setze sich, nahm die Brille, putzte sie umständlich mit dem Taschentuch und hielt sie dann prüfend gegen das Licht. „Was haben Sie mir zu sagen? Los!"

„Ich habe Ihnen zu sagen, daß ich von Ihnen nie mehr belästigt werden möchte. Daß es am besten ist, wir vergessen, daß wir uns jemals begegnet sind." Sie machte einen Schritt zur Tür hin.

„Sie glauben, Sie könnten Bedingungen stellen, nur weil Sie meinen Namen kennen?"

„Ja, das glaube ich."

„Haben nicht auch Sie einen anderen Namen angenommen?"

„Ja. Aber nicht offiziell."

„Aber hier im Gasthof leben Sie nicht unter ihrem wahren Namen. Ist das nicht offiziell genug?"

„Damit können Sie mich nicht unter Druck setzen. Sie vergessen, daß ich nichts zu verlieren habe."

„Was wissen Sie über mich?"

„Ich weiß, daß Sie Klarmann heißen. Genügt das nicht?"

„Woher wissen Sie es?"

„Von Menschen, die Ihrer Vergangenheit nachgegangen sind, nachdem ich ihnen von meinem Besuch in Ihrer Wohnung erzählt habe." Sie hatte jetzt keine Angst mehr vor ihm. Mit was er ihr auch drohen mochte, sie würde den Namen des mit ihr befreundeten Ehepaares, das für sie auch schon die Verbindung zu Clairon hergestellt hatte, nicht preisgeben.

„Ist das alles, was Sie über mich wissen?"

„Ja, das ist alles." Sie sagte es mit einem Nachdruck, der für ihn alle Zweifel offenließ.

„Und was wollen Sie unternehmen?"

„Nichts. Wenn Sie mich in Ruhe lassen." Sie schloß die Tür auf. „Und wenn Sie mir innerhalb einer Woche mein Rubinhalsband zurückgeben."

„Sie sind verrückt!"

„Wie Sie meinen. Sie wissen jedenfalls, woran Sie sind."

„Ich glaube, es ist besser, wir drehen den Spieß um. Wenn Sie und Ihre sogenannten Freunde nicht dichthalten, werde ich dafür sorgen, daß Ihr Mann keine Chance mehr hat!"

„Sie überschätzen Ihren Einfluß."

„Machen Sie sich darüber keine Gedanken."

Er ging aus dem Zimmer und über den dunklen Flur zur Treppe hin. Als er aus der Haustür trat, rief ihm der Wirt nach, woher er komme, doch er gab ihm keine Antwort.

Gisela Silinski schlug die Augen auf. Es war dunkel. Einen Augenblick lang wußte sie nicht, wo sie sich befand. Dann nahm sie schattenhaft den Tisch wahr, die vertraute Umgebung. Sie war auf dem Bett eingeschlafen.

Sie richtete sich hoch, tastete nach dem Schalter, machte Licht, stand auf und ging zum Fenster. Es regnete. Sie zog die Vorhänge zu. Sie fühlte sich wie zerschlagen. Es war kurz vor 21 Uhr. Sie hatte mehr als sieben Stunden reglos auf dem Bett gelegen. Wäre sie auch nur eine Stunde später aufgewacht, hätte sie ihren Einsatz verschlafen.

In fieberhafter Eile machte sie sich zurecht, fuhr sich mit dem Kamm durch das Haar, griff nach dem Regenmantel, verließ das Zimmer und schloß die Tür.

Von der nahen Kirche Sankt Michael schlug es gerade die Viertelstunde, als sie in der engen Kammer von Ulrich Lainz stand. „Sie kommen im letzten Moment."

„Es tut mir leid. Hoffentlich haben Sie nicht den ganzen Tag auf mich gewartet."

„Doch, das habe ich. Sie müssen das Telegramm ja spätestens gegen Mittag erhalten haben."

„Ich habe es schon am Vormittag bekommen. Es war nicht ganz leicht, meinem Bekannten, ich meine Lieutenant Hammersmith, zu erklären, daß er heute abend nicht . . ."

„Es geht jetzt um den Wagen. Er steht zwei Straßen von hier. Vor dem Sportplatz. Sie fahren ihn in die Nähe Ihrer Wohnung. Genau gesagt, Sie parken ihn am Palmplatz. Dort fällt er am wenigsten auf. Die Plane ist geschlossen. Die Riemen sind festgezurrt. Bevor Sie morgen früh losfahren, öffnen Sie die Riemen zum Einstieg. Klar?"

„Ja. Nur . . ."

„Sie fahren morgen um 12 Uhr 30 los. Sie nehmen den Weg über die Johannisstraße zum Neutor, von dort zum Plärrer, die Fürther Straße hinunter und parken vor der Ecke zur Bärenschanzstraße. Der Platz neben Ihnen bleibt für mich frei. Noch eine Frage?"

„Nein. Aber keine allzu schöne Nachricht."

Er sah sie ruckartig an. „Was soll das heißen?"

Sie erzählte ihm den Vorfall mit Rebriere.

„Und Sie glauben, dieser Hammersmith sei hellhörig geworden?"

„Es könnte sein. Sicher bin ich mir nicht."

„Und Rebriere? Was kann er Ihnen anhaben?"

„Hier in der amerikanischen Zone nichts. Es sei denn . . ."

„. . . er wendet sich an die Amis. An die MP, an das CIC. Und?"

„Ich kann nichts dazu sagen. Fest steht, daß ich einem Agenten der Alliierten aufgefallen bin."

„Das habe ich schon mitbekommen. Aber ich kann daraus keine Konsequenzen ziehen. Es sei denn die Erkenntnis, daß für uns wirklich morgen der letzte Termin ist. Sollte sich dieser Rebriere nämlich wirklich an die Amis gewandt haben, ich meine mit Erfolg, dann hätte man Sie schon längst kassiert. Kommen Sie, ich will mich davon überzeugen, daß Sie den Wagen beherrschen."

Clinton Keen traf mit seinem BMW 328 zur selben Zeit in der Frauenholzstraße, vor dem Haus mit der Nummer 3, ein wie der Jeep der Militärpolizei. Gisela war gerade in die Lindenstraße eingebogen. Clinton hatte sie nur knapp verfehlt.

Nachdem er sich überzeugt hatte, daß sie nicht zu Hause war, forderte er zwei weitere Streifenwagen an. Er gab den Militärpolizisten die genaue Beschreibung von Gisela Silinski. Einen postierte er in der Wohnung. Ein Jeep riegelte den Eingang zur Frauenholzstraße vom Johannis-Friedhof her ab. Einer parkte im Schutz der Dunkelheit an der Ecke zur Kirchenstraße. Der dritte stand in der Rohledererstraße mit dem Kühler zur Frauenholzstraße. Clinton selbst fuhr seinen BMW in die Lindengasse und hielt unter einem der Bäume.

Er stellte den Motor ab, kurbelte das Fenster herunter, steckte sich eine Zigarette an und sah auf die halbdunkle Straße hinaus. Seine Armbanduhr zeigte 21 Uhr 35. Er dachte an Karin. Wie würde er sich verhalten, wenn Karin ihn im Fall „Gisela Silinski" tatsächlich belogen haben sollte? Konnte er noch Vertrauen zu ihr haben? Würde er ihr Vorhaltungen machen? Mußte er sie melden? Würde er sich von ihr trennen? Trotz der kühlen Abendluft, die in den Wagen drang, wurde ihm heiß. Jetzt, seit seiner Fahndung nach Gisela Silinski, seit seiner sofortigen Meldung an die Militärregierung und an Colonel Andersen, setzte sich die Maschinerie der Abwehr in Bewegung. Er war nicht mehr imstande, sie aufzuhalten. Er konnte nur hoffen, daß Karin nicht von ihr erfaßt wurde.

Colonel William Andersen hatte die Meldung gegen 20 Uhr erhalten. Er hatte sofort für seine Truppe Alarm gegeben. Innerhalb von 10 Minuten war die zur Verfügung stehende Mannschaft im offenen Hof des Westbaus angetreten. Andersen gab seine Befehle zur Sicherung des Gerichtsgebäudes.

Zusätzliche Munition wurde ausgegeben, Maschinengewehre in Stellung gebracht, in den Fluren des Gebäudes verbarrikadierten GI die strategisch wichtigen Punkte mit Sandsäcken, die Posten erhielten je zwei Mann Verstärkung, und die Ablösung der Nachtwachen wurde auf eine halbe Stunde verkürzt.

Andersen versammelte die Offiziere in seiner Kommandozentrale um sich. Neben zwei anderen fehlte auch Lieutenant Hammersmith. Er hatte sich zu seinem Abendurlaub abgemeldet.

Es war nach Monaten der erste Abend, an dem Bob das Gespräch mit Clinton vermißte. Seit er mit Gisela zusammen war, hatte er den Freund nur noch ab und zu gesehen, im Hof des Justizpalastes oder auf einem der Flure des Hauses. Keiner jedoch hatte jemals gefragt, in welcher Gesellschaft der andere seine freie Zeit und seine Abende verbringe, keiner hatte von sich aus davon erzählt. Und keiner hatte je wieder vorgeschlagen, gemeinsam das Casino zu besuchen.

Heute allerdings war es Bob danach. Nach Dienstschluß war er mit seinem Jeep hinaus nach Erlenstegen gefahren, um Clinton wie früher zu einem Abend im Casino zu überreden. Er hatte ihn nicht angetroffen. Auch Joe konnte ihm nicht sagen, wo er sich aufhielt. Das einzige, was Bob aus ihm herausbekam, war, daß Clinton eine Spur in einer dringenden geheimen Angelegenheit verfolge.

Er fand sich mit der Auskunft ab und fuhr allein hinüber zur ehemaligen SS-Kaserne am Ende der Allersberger Straße. Das Casino war überfüllt. Er stellte sich an die Theke und ließ Bier um Bier in sich hineinlaufen. Er sah über das lebhafte Treiben hinweg, denn er war mit seinen Gedanken bei Gisela.

Er vergegenwärtigte sich die Situation am heutigen Vormittag. Er sah sich mit Gisela auf dem Vorplatz des Gerichtssaales stehen, sah den untersetzten Mann in französischer Uniform auf sie zukommen, hörte, wie er sie mit „Madame Bernsdorff" ansprach, sah, wie sie blaß wurde und wegging.

Nach dem dritten Bier glaubte er zu erkennen, daß er einen Fehler begangen hatte. Er hätte diesen für ihn geheimnisvollen Commissaire Rebriere zur Rede stellen, hätte von ihm Aufklärung fordern müssen.

Jetzt, nachdem er diese Aussprache unterlassen hatte, drohte der Vorfall von Stunde zu Stunde stärker sein Vertrauen zu Gisela zu unterhöhlen. Zum erstenmal waren sie gemeinsam unter anderen Menschen gewesen. Es hatte genügt, daß sie sich sehr merkwürdig verhalten hatte.

Nach zwei weiteren Glas Bier rang er sich zu einem Entschluß durch: Er wollte in die Frauenholzstraße fahren und sich davon überzeugen, daß sie die heutige Nacht tatsächlich nicht zu Hause verbrachte. Er wollte das nachprüfen, auch wenn er mit einer unangenehmen Wahrheit konfrontiert werden würde.

Der graue Opel-Blitz stand im Dunkel der Nacht neben der Bretterwand des Sportplatzes. Es hatte aufgehört zu regnen. Von Osten kam Wind auf. Er trieb die Wolken vor sich her. Ab und zu erhellte der Mond die Szene.

Gisela ging von der Kühlerhaube nach hinten. „Ich habe ihn mir größer vorgestellt."

„Dreieinhalb Tonnen. Haben alle Platz. Hier." Lainz gab ihr die Schlüssel. „Zeigen Sie, was Sie können."

Sie schloß auf, zog sich auf den Fahrersitz hoch, steckte den Zündschlüssel ein und startete.

„Na also", rief Lainz ihr leise zu, „es klappt ja! Jetzt wenden, dann steige ich ein."

Sie dirigierte den Wagen, als hätte sie nie einen anderen gefahren. „Und jetzt?" fragte sie, nachdem Lainz neben ihr saß.

„Am besten zur Brückenstraße vor, dann links hoch und am Friedhof entlang."

Sie zögerte.

„Was ist?" fragte er. „Denken Sie noch immer an diesen Rebriere?"

„Nein", sagte sie, „an jemand anderen. Aber es ist schon gut." Sie stieß zurück, wendete und fuhr dann in gemächlichem Tempo in Richtung Brückenstraße. „Gibt es auch Papiere für den Wagen?"

Er griff in seine Innentasche und reichte ihr die Zulassung. „Für alle Fälle. Ich kriege sie hinterher zurück."

Sie steckte sie ein. „Lauten sie auf meinen Namen?"

„Auf den der Firma, für die Sie fahren. Künzel und Walter."

„Und was transportiere ich?"

„Nahrungsmittel."

„Sind Kisten im Wagen?"

„Nein. Sie fahren leer. Sie sind morgen vormittag auf dem Weg zur Firma nach Schwabach. Sie halten an der Bärenschanzstraße nur deshalb, weil Sie auf einen Mitarbeiter warten, den Sie nach Schwabach mitnehmen müssen."

Sie schaltete zurück und bog in die Brückenstraße ein. „Haben Sie Nachricht über meinen Vater?"

„Nichts Konkretes."

„Was dann?" Sie warf ihm einen Blick zu.

„Nur, daß der Prozeß in Dachau nicht mehr allzu lange andauert."

„Was heißt das?"

„Das heißt, daß in den nächsten Wochen mit den Urteilen zu rechnen ist, und daß wir mit dem Termin der Aktion genau richtig liegen."

„Das verstehe ich nicht."

„Nach Verkündung der Urteile wird die Bewachung strenger. Jetzt ist unsere größte Chance."

„Und wo werde ich meinen Vater sehen?"

„Aller Voraussicht nach in Lissabon. Spätestens in Buenos Aires."

Sie steuerte zurück. „Was ist, wenn die Sache in Dachau mißlingt?"

„Sie kann nicht mißlingen. In Dachau setzt Hemmersbach dreißig Mann ein."

„Dreißig Mann? Genügt das?"

„Das ist mehr als doppelt soviel wie an den anderen Orten. In Passau zum Beispiel sind es acht, in Kempten neun und, soviel ich weiß, in Darmstadt fünfzehn Mann. Außerdem sind in Dachau die Kontakte ins Lager hundertprozentig. Sie können sich darauf verlassen, daß Sie Ihren Vater . . ." Er brach hart ab und griff ihr ins Steuer. „Fahren Sie geradeaus, sehen Sie jetzt nicht nach rechts, halten Sie das Tempo!"

„Ich dachte, wir fahren zum Palmplatz?"

„An der Ecke steht ein Jeep. MP. Muß nichts bedeuten. Aber wir wollen auch nichts herausfordern."

„MP? An welcher Ecke?"

„Ecke Frauenholzstraße."

„Sind Sie sicher?" Ihre Stimme klang dünn.

„Na, Sie sind gut! Auf die MP bin ich geeicht. Die Brüder rieche ich hundert Meter gegen den Wind. Biegen Sie da vorne in die Hallerstraße ein. Am Jeep sind zwar die Scheinwerfer ausgeschaltet, aber seine Stellung hat ihn verraten."

„Seine Stellung?"

„So parkt normalerweise kein Wagen. Der stand wie – ach, lassen wir das, wir wollen die Sache nicht überbewerten."

Daß er sich dennoch Gedanken darüber machte, verschwieg er ihr. Er wollte sie nicht verunsichern. Unsicherheit beschwor nur allzuleicht Gefahr herauf. Seiner Meinung nach war der Jeep derart geparkt, daß er sowohl den Eingang zur Straße kontrollierte als auch bereitstand, nach beiden Seiten eine Verfolgung aufzunehmen. Obwohl er sich nicht denken konnte, daß die Anwesenheit dieses Jeeps sich auf sie beide bezog, gebot ihm seine Vorsicht, jedem Risiko aus dem Weg zu gehen. Er nahm sich vor, Gisela die wenigen Meter vom Palmplatz zu ihrer Unterkunft zu begleiten.

Gisela bog in die Sandrartstraße ein und dann nach rechts in die Haller Straße. Am Palmplatz brachte sie den Wagen hinter der zerbombten Kirche zum Stehen.

„Gut so?"

„Ja." Lainz sprang auf das Pflaster. „Ich werde Sie nach Hause bringen."

„Sie mich? Aber warum denn?" Sie war von dem Vorschlag nicht gerade begeistert.

„Nur so. Weil ich Zeit habe."

„Weil der Jeep dort stand?"

„Nein. Der Jeep hat nichts zu sagen."

Sie fand sich mit seiner Begleitung ab, obwohl sie viel lieber noch ein paar Schritte allein durch die kühle Nachtluft gegangen wäre. Schweigend kamen sie bis auf die Höhe der Rohledererstraße, da packte Lainz sie erneut beim Arm. Er riß sie in den Schatten einer Hauswand.

„Da vorne steht ein zweiter Jeep!" flüsterte er, und sein Griff zwang sie, sich zu ducken.

„Auch MP?"

„Ja."

„Unseretwegen?"

„Zurück, sie haben uns gesehen!" Er preßte sie mit der flachen Hand gegen die Hauswand und spähte vorsichtig zum Jeep hin. „Sie kommen auf uns zu. Wir müssen weg!"

„Machen wir uns dadurch nicht erst recht verdächtig?"

„Nicht, wenn sie uns nicht erkennen und nicht schnappen." Blitzschnell erwog er alle Chancen. „Wir laufen in Richtung Friedhof. Wenn wir getrennt werden, treffen wir uns in einer Stunde beim Sportplatz. Klar?"

„Okay." In ihrer Erregung benützte sie unwillkürlich die amerikanische Vokabel, die sie durch Bob gewohnt war.

„Also, los!" Er faßte ihren Arm und zog sie mit sich. Sie rannten die Rohledererstraße vor, hörten hinter sich das weiche Tappen von gummibesohlten US-Army-Stiefeln und laute „Stop!"-Rufe, dann auf einmal das Sichentfernen der Schritte und das Starten des Jeeps.

„Zum Friedhof!" Lainz hielt Gisela immer noch am Arm fest. „Wenn er abgeschlossen ist, dann über die Mauer. Im Friedhof sind wir sicher."

„Und wenn sie uns sehen?" Sie hatte mit einem Mal allen Mut verloren. Ihr ganzes Denken, ihre ganze Kraft war auf den morgigen Einsatz ausgerichtet gewesen. Zu ihm hatte sie sich nach langem, quälendem Grübeln durchgerungen. Zu dem jetzigen Vorfall hatte sie kein Verhältnis. Es fiel ihr schwer, sich ihm zu widersetzen.

„Sie sehen uns nicht! Bleiben Sie in meiner Nähe!" Er hastete mit ihr an Ruinen vorbei, über die dunkle Kreuzung Frauenholz-/Johannisstraße in die Lindengasse hinein und an der Mauer aus Sandsteinquadern entlang. Das Tor zum Friedhof war nur angelehnt. Um das Schloß war lose eine eiserne Kette gewickelt. „Keine Gefahr mehr." Mit schnellen Bewegungen löste Lainz die Kette und schob Gisela vor sich her durch das Tor.

„Gott sei Dank!" Sie atmete auf.

In ihrer Eile hatten sie weder den Jeep bemerkt, der im Schatten der Kreuzung Frauenholz-/Johannisstraße stand, noch Clinton, der sie aus seinem BMW heraus von der Lindengasse her beobachtete. Sie hatten das Tor zum Friedhof noch nicht passiert, da sprang Clinton aus dem Wagen.

Der Friedhof Sankt Johannis zu Nürnberg gehörte kulturhistorisch und künstlerisch zu den eindrucksvollsten Friedhöfen Europas. Seine Entstehungsgeschichte reichte bis in das 14. Jahrhundert zurück. Die Gräber aus dem Mittelalter waren alle noch erhalten. Ihre Epitaphien bildeten eine kulturgeschichtliche Sehenswürdigkeit.

Jetzt im Jahr 1946 mußte der Friedhofswärter, der auf dem Friedhof in der sogenannten Kirchnerwohnung wohnte, seine volle Aufmerksamkeit nächtlichen Dieben widmen, die sich durch die Epitaphien bereichern wollten. Sie hieben, meißelten und brachen die Bronze- und Messingplatten aus dem Sandstein heraus, ließen sie einschmelzen und verkauften die Bronze und das Messing zum Materialpreis. Dem kulturhistorischen Wert schenkten sie keine Beachtung.

Heute, am Abend des 4. Juli, war der Wärter besonders wachsam. Vor einigen Tagen hatten Diebe das Schloß am Eingang bei der Lindengasse ruiniert. Seitdem waren die Flügel des Tores nur noch durch eine lose Kette zusammengehalten. Bis er ein neues Schloß bekommen würde, wollte er für den Schutz des Friedhofes weitgehend seine Nachtruhe opfern.

Der Friedhof war unterteilt in einen alten und einen neuen Teil. Der alte Teil zog sich im wesentlichen zur Lindengasse hin. In unübersichtlichen Reihen lagen die Grabsteine eng aneinander, flach, kaum dreißig Zentimeter stark, ohne hochstehende Kreuze und Aufbauten, breit, länglich, quaderförmig. Dazwischen standen wie hingestreut niedere Zypressen, Trauerweiden, Edeltannen, kleine Birken, rankte sich Efeu über die Steine.

Als Lainz das Tor hinter sich zuzog, schlug die Kette gegen das Eisengitter. In der Kirchnerwohnung horchte der Wärter auf. Er saß mit seiner Frau am Tisch. Sie betrachteten gerade ein über den Krieg gerettetes Album mit vergilbten Fotos ihrer Verwandtschaft.

„Hast du das eben gehört?"

„Der Wind. Vielleicht ein Fensterladen."

„Egal. Ich schau nach." Er stand schwerfällig auf. Sein Bein schmerzte heute stärker als sonst. Beim Rückzug aus Rußland war er am Oberschenkel schwer verwundet worden. Seit einigen Monaten hatte er sich damit abgefunden, nie mehr normal gehen zu können. Er hinkte zum Kleiderhaken und griff sich die vorgeschriebene Mütze, ohne die er nie seine Runde machte.

Ihr Fußweg zum und vom Justizpalast hatte Gisela täglich zweimal durch die Lindengasse an der mannshohen Sandsteinmauer des Friedhofes vorbeigeführt. Achtlos hatte sie ab und zu einen Blick auf die Mauer geworfen, nicht wissend, welch bekannte und eigenartige Begräbnisstätten sich hinter ihr verbargen. Nie wäre ihr beim Anblick der Mauer in den Sinn gekommen, daß eines der auf den Gräbern angebrachten Epitaphien eines Tages für sie Bedeutung erlangen würde.

„Kommen Sie!" Lainz zerrte sie zwischen den Gräbern einen schmalen gepflasterten Weg entlang. „Können Sie noch?"

„Nicht mehr lange.“ Ihr Atem ging schwer.

„Wir haben es gleich geschafft.“

„Wohin wollen Sie?“

„Wir werden uns bei der Kapelle hinter der Zypresse verstekken. Ich kenne mich da aus. Da können Sie uns lange suchen. Sobald die Luft rein ist, steigen wir über die Mauer.“ Er umfaßte ihren Arm. „Still!“ und horchte in die Dunkelheit hinein. „Können Sie das Haus dort hinten sehen?“

„Ja“, flüsterte sie, „die Umrisse.“

„Vorsicht, Grabsteine!“ Er zog sie mit sich vom Weg unter eine der Trauerweiden. „Ducken Sie sich!“ Er verharrte reglos in gebückter Haltung.

Sie tat, was er ihr sagte. Gut eine Minute lang hockten sie stumm nebeneinander. Von der Johannisstraße drang das harte Bremsen eines Wagens zu ihnen herüber. Wolkenfetzen gaben den Mond frei.

„Was ist mit dem Haus?“ Sie sah ihn an.

„Dort wohnt der Friedhofsverwalter. Ich habe von dort etwas gehört.“

„Ob er uns bemerkt hat?“

„Das wird sich zeigen. Wir dürfen uns nicht bewegen. Wenn er uns zu nahe kommt, schalte ich ihn aus.“

„Sie wollen . . .?“

„Nein, nicht schießen. Ein Schlag genügt.“ Unwillkürlich ballte er seine Hand zur Faust.

Mittlerweile hatte der Wärter die zehnte Grabreihe erreicht. Er ging in Richtung der Trauerweide, unter der Gisela und Lainz standen.

Bob Hammersmith traf gerade an der Frauenholzstraße ein, als Clinton zu dem Jeep der MP lief, der in der Deckung einer Ruine den Eingang zur Straße abschirmte.

Bob erkannte den Freund und trat hart auf die Bremse. Das sirrende Geräusch der Reifen drang durch die Nacht. Clinton drehte sich ruckartig um. „Du? Was machst du denn hier?“

Bob erkannte, daß der andere in Eile war. „Das gleiche wollte ich dich fragen.“

„Später, Bob. Wir haben einen dicken Fisch an der Angel." Und zu den zwei Militärpolizisten hin: „Los. Hinterher!" Er zeigte zum Friedhofseingang. „Achtung, sie können bewaffnet sein! Sie dürfen uns nicht entkommen! Aber am liebsten wären sie mir lebend."

„Worum geht es?" Bob wich Clinton nicht von der Seite.

„Geduld, Bob!"

Einer der Militärpolizisten trat an Clinton heran. „Wie viele sind es?"

„Soweit ich es erkannt habe, zwei."

„Zwei Männer?" Bob ließ sich nicht abweisen.

Clinton beachtete ihn nicht. „Ja, ich glaube schon." Es galt den beiden Militärpolizisten. Er zog seine Smith-and-Wesson und lief vor ihnen auf das Tor des Friedhofes zu.

Er hatte es noch nicht erreicht, da bremsten die beiden anderen Jeeps der MP aus voller Fahrt neben ihm. Hastig wies er die Männer in die Situation ein. Sie sprangen von ihren Sitzen, zogen ihre schweren Revolver und schlossen sich der Gruppe um Clinton an.

Noch im Tor teilte Clinton die Männer auf. Zwei schickte er nach links in Richtung der Holzschuher-Kapelle, die beiden anderen nach rechts die Innenmauer zur Johannisstraße entlang.

„Und ich?" Bob stand neben ihm.

„Du kannst mit mir kommen." Clinton war sich bewußt, daß er als CIC-Beamter keine Befehlsgewalt über die Militärpolizei hatte. Er setzte sich darüber hinweg. In diesem Fall galt es schnell und unkonventionell zu entscheiden. Das hatten auch die Militärpolizisten erkannt. Bereitwillig folgten sie seinen Anordnungen.

Lainz sah, daß auf dem Weg rechts neben den Trauerweiden eine Gestalt hinkend auf sie zukam. Er machte Gisela aufmerksam. „Still!" Er wandte keinen Blick von der Gestalt. Sie war jetzt nur noch einen Steinwurf weit von ihnen entfernt.

Der Wärter blieb stehen. Vom Eingang in der Lindenstraße hörte er Stimmen. Halbrechts vor ihm zeichneten sich gegen die Mauer die Silhouetten zweier Menschen ab. Er glaubte sich einer Übermacht gegenüber. Um sich Mut zu machen, rief er laut in Richtung der Silhouetten. „Verschwindet! Sonst hole ich die Polizei!"

Lainz und Gisela bewegten sich nicht. Sie hielten den Atem an.

Da griff sich der Wärter einen Stein, an den er mit dem Fuß gestoßen war, und warf ihn zu den Trauerweiden hinüber.

„Weg!“ Lainz packte Gisela am Oberarm und dirigierte sie in geduckter Haltung in das Gewirr der Gräber hinein. Sie ließ es mit sich geschehen. Zwei, drei Sprünge, dann drückte er sie mit voller Kraft auf die Erde. „Warten Sie hinter diesem Grabstein auf mich. Ich schnappe mir den Kerl.“

Sie lag flach auf sandigem Boden, mit dem Gesicht nach unten. Ohne den Kopf zu heben, keuchte sie: „Ist es nicht besser, wir klettern über die Mauer?“

„Und den Amis in die Arme! Nein. Ich schalte den Burschen aus. Dann können wir verschnaufen.“

Bevor sie noch etwas sagen konnte, robbte er sich flach liegend am Grabstein links von ihr vorbei und weiter den schmalen Gang vor. Hin und wieder hob er den Kopf über die Brüstung der Steine, sah, wie er der Gestalt immer näher kam, und gerade, als er sich hochstemmen wollte, um sie mit einem kraftvollen Satz von hinten anzuspringen, erstarrte er in der Bewegung.

Vom Eingang der Lindengasse her kamen zwei weitere Gestalten den Weg entlang. Wenn er sich nicht täuschte, hielten sie Waffen in den Händen. Er sah, wie die hinkende Gestalt sich den beiden zuwandte, und hörte, wie sie rief: „Verschwindet!“ Das Mondlicht fiel auf den Weg. Lainz erkannte deutlich, daß einer der Männer US-Uniform trug.

Clinton und Bob gingen auf den Friedhofswärter zu. Die Mütze wies ihn aus. „CIC.“ Clinton dämpfte die Stimme. „Sie sind der Wächter?“

„Ja, der bin ich.“ Der Friedhofswärter nahm das Flüstern auf.

„Wir suchen zwei Männer, die sich hierher geflüchtet haben.“

„Die sind dort drüben. Ich habe sie mit einem Stein verscheucht.“

Er zeigte in die Richtung, in der Gisela auf die Erde gepreßt hinter einem Grabstein verharrte. Der Boden war vom Regen getränkt. Sie lag mit dem Gesicht in einer kleinen Pfütze und wagte nicht sich zu bewegen. Durch ihre Kleider kroch die Feuchtigkeit.

Lainz erkannte, daß er einem Trugschluß erlegen war. Offenbar hatte die MP doch beobachtet, wie er und Gisela in den Friedhof gerannt waren. Jetzt saßen sie in der Falle.

Er traute sich zu, sich allein in Sicherheit zu bringen. Fiel aber Gisela in die Hände der MP, würde sie einem harten Verhör nicht standhalten. Er schlich zurück.

„Wir müssen hier weg." Sie lagen Gesicht an Gesicht, und sie spürte seinen Atem.

„Sind es viele?" Aus ihr sprach die nackte Angst.

„Bis jetzt noch nicht. Das ist unsere Chance. Können Sie robben?"

„Robben?"

„Sich auf Ellenbogen vorwärtsziehen."

„Wird schon gehen."

„Sie robben hinter mir her. Wichtig ist: Kopf runter! Die Sicherung übernehme ich." Er schob sich an ihr vorbei und dann rechts zwischen die Gräber.

„Okay." Sie sagte es mehr zu sich selbst und folgte ihm blind.

Sie hatten schon einige Meter hinter sich, da schwenkte plötzlich der Lichtkegel einer starken Taschenlampe über sie hinweg. Unwillkürlich verhielten sie in der Bewegung und drückten sich flach auf den Boden.

„Was war das?" Sie zitterte.

„Die haben sich ihre Lampen geholt. Es wird Zeit für uns. Wir warten den nächsten Lichtkegel ab und laufen danach in Richtung Mauer. Sind Sie bereit?"

„Ja. Und wenn sie uns schnappen?"

„Sie schnappen uns nicht. Ich weiß hier Bescheid." Er wollte ihr Mut machen, doch seine Worte klangen nicht überzeugend. „Kopf runter!" Der Lichtkegel kam erneut in ihre Richtung.

Sie vergrub das Gesicht förmlich im Boden.

Der Lichtkegel war über ihnen und tastete sich dann weiter nach links.

„Jetzt!" Lainz sprang in geduckter Haltung hoch und hetzte zwischen den Gräbern hindurch. Vom Weg herüber klang ein lautes „Stop! Bleiben Sie stehn! MP!"

Clinton hatte Mühe mit seiner Länge. Wie geduckt er sich auch vorwärtsbewegte, wie sehr er auch den Kopf einzog, er konnte nicht vermeiden, daß seine Gestalt weithin sichtbar war. Nach einiger Zeit gab er es auf, sich hinter niederen Hecken und Bäumen zu verstecken und verfolgte aufrecht die beiden Fliehenden.

Er beorderte den Militärpolizisten mit der Taschenlampe zu sich. Der Lichtkegel erfaßte eine der beiden Gestalten. „Stop! Bleiben Sie stehn! MP!“ rief er laut über den Friedhof.

Mit einem Mal war die unheimliche Stille durchbrochen. Die anderen Militärpolizisten riefen ihrerseits ihr „Stop!“ in die Dunkelheit, der Friedhofswärter sah sich ebenfalls bemüßigt, „Stehenbleiben!“ zu rufen. Alle bewegten sich ungedeckt, und ihre Schritte waren jetzt deutlich zu hören.

Gisela sprang auf und rannte hinter Lainz her.

„Stop! Halt! Stehenbleiben!“ Sie hörte die Rufe in ihrem Rükken, sah den Lichtkegel erneut auf sich zukommen und ließ sich fallen.

In diesem Augenblick peitschten Schüsse über den Friedhof. Vier, fünf, sechs, es schien nicht enden zu wollen.

Sie lag mit dem Kopf neben einer der flachen, rechteckigen Grabplatten. Hinter ihrer Stirn fühlte sie ein Brennen. Sie nahm sich vor, tapfer zu sein.

Sie wollte an Bob denken, doch der Gedanke rutschte ihr weg. Über ihr Gesicht breitete sich ein zufriedenes Lächeln.

Die Schüsse waren verhallt. Clinton lief zur Mitte des Friedhofes. Bob war nach wie vor neben ihm.

„Willst du mir nicht endlich sagen, worum es geht?“

„Es geht um zwei Männer“, sagte Clinton im Laufen, „und wahrscheinlich um eine große Sache.“

Auf einmal flammten zwei weitere Taschenlampen auf und tauchten die Grabstätten in ein gespenstisches Licht.

„Hierher!“ rief Clinton, und die Lichtkegel bewegten sich in die Richtung, in die er lief.

„Vorsicht!“ rief er. „Die Leute können bewaffnet sein!“ Doch die Militärpolizisten nahmen die Warnung nicht ernst. Sie rannten aufrecht von allen Seiten über die Grabplatten, riefen „hierher!“ und „dort hinten!“ und „sie sind weg!“ und näherten sich ungewollt dem Grab mit der Nummer 650.

Bob, der neben Clinton ging, ärgerte sich, daß er geglaubt hatte, seine Anwesenheit sei hier wichtig. Seine Gedanken waren bei Gisela. Wie gerne würde er jetzt in ihrer Wohnung auf sie warten. Er würde den Duft ihres Parfüms in sich aufnehmen, die Umgebung genießen, einen Drink machen, sich aufs Bett legen und von ihr träumen. Er war bereit, sie wegen seines Mißtrauens um Verzeihung zu bitten, nie mehr an ihr zu zweifeln und fortan jede Minute des Zusammenseins mit ihr voll auszuschöpfen.

„Clinton?“

„Was ist denn jetzt?“

„Ich haue ab.“

Clinton lief weiter.

Bob wollte sich gerade von ihm abwenden, da kam vom Grab 650 her der Ruf: „Jungs, hierher!“

„Was ist?“ rief Clinton zurück.

„Treffer“, rief einer und der andere: „Eine Frau.“

„Eine Frau?“ entfuhr es Bob. Die Tatsache, daß es sich nicht um einen Mann, sondern um eine Frau handelte, ließ ihn aufhorchen. Und ohne es sich erklären zu können, lief er hinter Clinton her.

Das Grab mit der Nummer 650 war schmal. Drei steinerne Grabplatten lagen übereinander, wobei die obere leicht überstand. Die Epitaphien waren in Form einer Tafel, eines Wappens und eines Medaillons mit Wappen auf der Platte befestigt. Die Inschriften lauteten: *I. Hans Praun, Bader und Wundarzt, gestorben 1521. II. Hans Braun, gestorben 1592.*

Als Bob herankam, standen die anderen schon beieinander und leuchteten mit den Taschenlampen auf eine Gestalt, die zu ihren Füßen lag. Einer der Militärpolizisten, ein bulliger, tastete mit dem Lichtkegel seiner Lampe die nähere Umgebung ab.

„Seht mal her, was ich entdecke!“ Ihre Köpfe fuhren herum. Auch Bob folgte dem Schein der Lampe, der das Grab nebenan erfaßte. Das Grab hatte die Nummer 649.

„Dürer!“ Der Mann, dessen Lampe die Grabplatte ableuchtete, sagte es mit Ehrfurcht in der Stimme.

„Was?“ sagten die anderen, die nicht wußten, was er meinte. „Das Grab von Dürer!“ Er leuchtete auf die Epitaphien.

„Albrecht Dürer, Maler, geboren 21. 5. 1471, gestorben 6. 4. 1528.“

Für kurze Zeit ließ Bob sich ablenken. Er dachte an die vier Apostel, an Christus, Lukretia, an Holzschnitte, Kupferstiche und die zahlreichen Selbstbildnisse. Er dachte an seinen Zeichenlehrer in Texarkana, der ihm das alles vermittelt hatte.

Als Clinton sich zum anderen Grab zurückdrehte, wandte auch Bob sich von Dürers Grabstätte ab und sah zu der Gestalt hin, die am Boden lag.

Zuerst sah er eine Hand. Im Schein der Taschenlampen wirkte sie unwirklich wächsern. Dann sah er den Ring. Panik schnürte ihm die Kehle zu. Angst ließ seine Gedanken erstarren.

Einer der Militärpolizisten trat zur Seite, und er sah ihr Gesicht. Wie von selbst formten seine Lippen leise ihren Namen.

„Gisela?“ Clinton horchte auf.

Bob nickte.

„Gisela Silinski?“

Bob schloß die Augen, als könne er damit einen Spuk vertreiben. Doch die Gewißheit, vor der Wirklichkeit zu stehen, schnürte ihm den Atem ab.

„Gisela Silinski?“ fragte Clinton ein zweites Mal.

Bob preßte die Lippen zusammen und senkte den Blick.

„Du hast sie gekannt?“ Clinton sah ihn an.

Bob schwieg.

„Du hast sie tatsächlich gekannt?“

Bob sah hoch. „Ist sie . . . tot?“

„Ja. Hast du sie gekannt?“

„Nur flüchtig.“ Bob drehte sich weg. Er ging langsam den schmalen Pfad zwischen den Gräbern entlang.

Er hatte schon den Weg erreicht, der zum Ausgang führte, da holte Clinton ihn ein. „Du mußt jetzt nicht antworten. Ich meine, wenn dir nicht danach ist.“

Ohne Clinton zu beachten, setzte Bob seinen Weg fort.

„Aber du mußt wissen, daß es sich hier um keine gewöhnliche Sache handelt." Clinton sprach leise und eindringlich. „Es ist möglich, daß deiner Stellungnahme entscheidende Bedeutung zukommt."

„Was willst du hören?" Bob wußte sich selbst nicht zu sagen, woher er die Kraft nahm, sich in dieser Situation mit Clinton über Gisela zu unterhalten.

„Setzen wir uns dazu in meinen Wagen", sagte Clinton.

Sie stiegen ein. Clinton sah eine Zeitlang durch die Dunkelheit zu dem Freund hin, bis Bob eine Geste der Resignation machte.

„Du weißt, wir sind Freunde", sagte Clinton, „und du kannst dich hundertprozentig auf diese Freundschaft verlassen."

„Danke."

„Ich mache es kurz: Erste Frage: wie gut hast du sie gekannt?"

„Muß ich das beantworten?"

„Es steht dir frei. Aber mir zuliebe, Bob . . ."

„Okay. Ich habe sie sehr gut gekannt."

„Wann hast du sie kennengelernt?"

„Wann?" Bob versuchte sich zu erinnern.

„Ungefähr?" Clinton half nach.

„Es war der Tag, an dem Göring als Zeuge in eigener Sache sprach."

„Also vor rund vier Monaten."

„Mag sein."

„Und durch wen hast du sie . . .?"

„Durch niemanden. Durch sie selbst."

„Und hast du während dieser vier Monate Freunde oder Bekannte von ihr kennengelernt?"

„Nein. Niemanden."

„Und auch von ihr keine Namen gehört?"

„Nein. Nichts."

„Keinen einzigen Namen in vier Monaten?"

„Keinen einzigen."

„Auch keinen Hinweis? Elternhaus, Krieg und so weiter?"

„Nichts."

„Bob, es ist verdammt wichtig. Hat sie nie von sich gesprochen?"

„Doch. Aber ich glaube . . ."

„Du nimmst an, daß sie dich belogen hat?"

Bob nickte.

„Hat es auch nie Unstimmigkeiten zwischen euch gegeben?"

„Mußt du das wirklich wissen?"

„Gab es wirklich keinen Vorfall, der dir wichtig genug erscheint, ihn mir zu berichten?"

„Nein. Kannst du mir sagen, was . . .?"

„In etwa. Sie stand in Verbindung mit einer Verschwörergruppe von SS-Leuten."

„Das ist ausgeschlossen!"

„Doch, Bob, das ist erwiesen. Einer dieser Leute hat sie verpfiffen."

„Ich glaube es nicht. Und wenn du es mir schwarz auf weiß zeigst, ich werde es nie glauben. Kann ich jetzt gehen?"

„Ich würde dich gerne nach Hause fahren, Bob. Deinen Jeep bringt dir einer von der MP. Darf ich?"

„Wenn du meinst." Er sah unbeweglich geradeaus. Er wollte nichts anderes als schlafen, tief und endlos schlafen.

Ulrich Lainz erreichte die Mauer. Hinter sich hörte er das Bellen von Schüssen. Er wandte sich um, aber Gisela Silinski war nirgends zu sehen. Ein kurzer Entschluß: er gab sie auf. Mit einem Sprung bekam er den Sims zu fassen, zog sich hoch, rollte sich über die Mauer und ließ sich auf den Gehsteig hinunter.

Links von sich erkannte er in der Ferne die parkenden Jeeps der MP. Er rannte gehetzt nach rechts in Richtung der Pegnitz. Er lief im Schatten der Häuser, vermied die Hauptstraßen und ging in Deckung, sobald er das Motorengeräusch eines sich nähernden Wagens hörte.

Eine halbe Stunde später stand er in der Heidelberger Straße vor dem Haus mit der Nummer 10. Die Straße lag im Halbdunkel und war menschenleer. Im Haus brannte nur im 3. Stockwerk Licht. Lainz klopfte an eines der Fenster im Parterre. Nach einiger Zeit erschien eine alte Frau am Fenster. Sie trug einen dicken Morgenmantel: „Was wollen Sie?"

Lainz entschuldigte sich für sein nächtliches Klopfen und erklärte, er habe den letzten Zug nach Hause verpaßt und wolle zu einem Freund, der hier wohne.

„Und da wecken Sie mich?"

„Es tut mir schrecklich leid, aber ich wußte mir nicht anders zu helfen. Es ist Sperrstunde."

„Wie heißt Ihr Freund?"

„Schilling."

„Und wo wohnt er?"

„Im zweiten Stock."

„Warten Sie hier."

Lainz wußte um das Risiko, das er eingegangen war. Die Amerikaner konnten auch auf Schilling aufmerksam geworden sein, seine Wohnung besetzt, das Viertel unauffällig abgeriegelt haben. Er war gewärtig, sich jeden Augenblick einem Militärpolizisten gegenüber zu sehen.

„Hallo, hören Sie?" Die Frau war zurück.

„Ja?" Lainz sah nach beiden Seiten die Straße hinunter und dann hoch zum Fenster.

„Ihr Freund kommt an die Haustür."

„Haben Sie besten Dank."

Die Frau murmelte unwirsch vor sich hin und verschwand. Lainz ging auf die andere Straßenseite und beobachtete die Haustür. Als Schilling heraustrat und ihm zuwinkte, wußte er, daß Gefahr bestand. –

Auf dem Friedhof Sankt Johannis stellten die Militärpolizisten die Suche nach der zweiten Person ein. Sie legten die Leiche von Gisela Silinski in eine Plane, und zwei Mann trugen sie zu einem der Jeeps, legten sie auf den Rücksitz und fuhren zur kriminaltechnischen Untersuchung.

Gisela war durch einen Kopfschuß getötet worden. –

Nachdem Clinton Bob nach Hause gebracht hatte, fuhr er zurück in sein Büro und unterzog Bruno Peters einem harten Verhör. Doch Peters schwieg beharrlich. Er hatte mittlerweile seine Lage überdacht und war zu dem Schluß gekommen, keine Aussage mehr zu machen.

Clinton unterbreitete der Militärregierung den Vorschlag, im Justizpalast ab sofort die Kontrolle der Ausweise aller Besucher, Presseleute und Beobachter auf Fälschungen vorzunehmen. Die Militärregierung nahm den Vorschlag an.

Auf diese Weise wurden Lothar Wilfarth, Karl Nessen und Utz Grau verhaftet. –

Lainz hatte mit Schilling gleich am frühen Morgen versucht, als nächsten seiner Männer Bruno Peters von der neuen Lage zu unterrichten. Er hatte erfahren, daß Peters seit gestern nachmittag verschwunden war, daß die MP eine Haussuchung durchgeführt hatte. Lainz entschloß sich, die Aktion abzubrechen. Vorläufig, wie er sagte. Doch es war zu spät, alle Männer rechtzeitig davon in Kenntnis zu setzen. Er erreichte nur Elmar Stührk.

So waren Elmar Stührk, Ralf Schilling und Ulrich Lainz am 5. Juli 1946 als letzte der Kampfgruppe „Edelweiß“ auf freiem Fuß. Lainz ordnete an, daß sie außerhalb der Stadt neue Quartiere bezogen. Er selbst fuhr umgehend nach Frankfurt, um mit Hemmersbach Verbindung aufzunehmen. Auch hier kam er zu spät. Karl Nessen hatte dem CIC den Namen des ehemaligen SS-Standartenführers preisgegeben. Hemmersbach war verhaftet worden.

Lainz fuhr nach Wiesbaden, nach Darmstadt, nach Augsburg. In keinem der Orte erreichte er einen Verbindungsmann der Gesamtaktion. Eine Woche später erhielt er aus der Zeitung die Bestätigung, daß auch die Gesamtaktion gescheitert war.

Lainz fuhr zurück nach Nürnberg und nahm Kontakt mit Schilling und Stührk auf.

Er war entschlossen, zu dritt und auf eigene Faust eine Aktion durchzuführen mit dem Ziel, Rache an Jackson oder einem der Richter zu nehmen. Schilling und Stührk waren von dem Vorschlag begeistert.

„Und wann?“ Schilling sah Lainz mit glühenden Augen an.

„So bald wie möglich.“

3

Vesenstedt erhob sich, ging an das Mikrofon, schlug sein Manuskript auf und begann mit seiner Verteidigungsrede. Er sprach ruhig und leidenschaftslos. Die Dolmetscher hatten mit der Übersetzung keine Mühe.

„Hohes Gericht, Herr Vorsitzender! Ihrem entgegenkommenden Beschluß zufolge stehen für einundzwanzig Plädoyers vierzehn Verhandlungstage zur Verfügung. Am Umfang der Ihnen vorliegenden Kopie meines Manuskripts können Sie ablesen, daß ich die mir von Ihnen eingeräumte Zeit bei weitem nicht in Anspruch nehme. Nicht, weil über den ehemaligen Reichsminister ‚Friedrich Berger' nicht allzuviel zu sagen wäre, sondern einzig und allein, weil ich in der glücklichen Lage bin, einen Mandanten zu vertreten, der von sich aus zu der Einsicht kam, daß er während seiner Tätigkeit als Reichsminister Schuld auf sich geladen hat, vor Gott, den Menschen und vor sich selbst."

Vesenstedt hob den Blick vom Manuskript und sah über den Saal. Alle Augen waren auf ihn gerichtet. Er hatte mit seinen ersten Sätzen das erreicht, was er beabsichtigt hatte. Er wollte erkennen lassen, daß sich sein Plädoyer von denen der übrigen Verteidiger abhob. Er fand Beachtung.

„Auf Ihre Empfehlung hin habe ich meine Ausführung thematisch und gedanklich mit meinen Kollegen abgestimmt. Ich darf deshalb meinem Vortrag ein Wort meines Mandanten voranstellen: ‚Auch wenn dieses Gericht nur ein menschliches Gericht ist und dementsprechend auch wie jedes Gericht dieser Welt nicht außerhalb jeder menschlichen Fehlleistung stehen kann, so ist doch dieses Gericht wichtig für mich, um meinen Glauben an die Menschheit wiederzufinden, die gewillt ist, ihre Ideale von Recht und Moral hochzuhalten.' Dieser Gedanke meines Mandanten will nicht die Grenzen zwischen Gericht und Angeklagten verwischen, sondern im Gegensatz die Fronten klären. Mein Mandant ist bereit, sich dem Urteil dieses Gerichts voll und ganz zu unterwerfen. Ich bitte daher um Ihr Verständnis, wenn ich nicht wie meine Kollegen auf ein Strafmaß plädiere, sondern meinen Vortrag ausschließlich der Erklärung der meinem Mandanten vorgeworfenen Anklage dienen lasse."

McNulty beugte sich zum Mikrofon vor. Seine Backenmuskeln spannten sich. Sein Blick schien Vesenstedt durchdringen zu wollen. „Herr Verteidiger! Von Moral wurde an dieser Stelle sehr oft gesprochen. Doch keiner, der diesen Begriff hier gebrauchte, verwandte ihn so nebenbei, so völlig ohne Erklärung und als derart allgemeine Entschuldigung . . ."

Lawrence schnitt ihm das Wort ab. „Herr Ankläger! Ich halte es nicht für angebracht, daß Sie hier die Rolle des Richters übernehmen. Bitte beschränken Sie sich auf Ihre Frage."

Für eine Sekunde war McNulty verwirrt. Dann sah er zu Lawrence. „Es liegt mir fern, meine Kompetenzen zu überschreiten. Ich bedaure, wenn ich es tat." Und dann zu Vesenstedt, hart betont: „Herr Verteidiger! Kann ein Minister des Dritten Reiches strenge moralische Grundsätze gehabt haben, an ihnen seine Arbeit geprüft haben und dennoch nicht zurückgetreten sein? Sollten Sie diese meine Frage bejahen, bitte ich Sie um eine ausführliche Begründung."

Vesenstedt war auf diese Frage vorbereitet. Er ließ sich mit seiner Antwort Zeit, um ihre Wirkung zu erhöhen. „Mein Mandant stammt aus einem streng evangelischen Elternhaus. Er wurde nach dem Glauben erzogen, daß jede Obrigkeit von Gott gewollt sei. Dieser Erziehung entsprang sein unerschütterliches Treueempfinden, das er auch trotz Gewissenskonflikten nicht ablegen konnte. Ich gebe zu, daß diese Begründung für viele unverständlich erscheinen mag. Ich habe sie nur auf Veranlassung des Herrn Anklägers gegeben. Mein so nebenbei und so völlig ohne Erklärung – um mit den Worten des Herrn Anklägers zu sprechen – erwähnter Hinweis auf das Moralempfinden meines Mandanten sollte beileibe nicht der Entschuldigung dienen, sondern nur dazu, das Bild von ihm, ja auch das fehlerhafte Bild, zu vervollkommnen."

Er wischte sich mit dem Taschentuch über die Stirn. Die gespannte Aufmerksamkeit im Saal zeigte ihm, daß er einen Teilerfolg errungen hatte. „Wenn ich jetzt kurz die Begegnungen meines Mandanten mit den maßgeblichen Führern des Dritten Reiches streife, so deshalb, um Ihnen zu veranschaulichen, als welcher Außenseiter mein Mandant galt. Zehn volle Jahre war er unter Hitler Minister, und nicht ein einziges Mal kam es zwischen den beiden zu einem persönlichen Gespräch. Bei Goebbels, Himmler, Bormann und Göring war es nicht anders. Mein Mandant war den Großen des Dritten Reiches zwar als wirtschaftspolitischer Fachmann willkommen, nicht aber als Mensch, nicht als gleichwertiger Parteigenosse. Ich will damit nicht behaupten, daß mein Mandant kein Nationalsozialist war. Ich möchte nur klarstellen, daß er von den führenden Männern nicht als solcher akzeptiert wurde."

Er warf einen Blick zum Richtertisch. Lawrence hatte seinen Kopf in die Hände gestützt. Die Brille war ihm auf der Nase nach vorne gerutscht. Vesenstedt wußte, daß diese Stellung höchste Anteilnahme am Geschehen ausdrückte.

Er sprach jetzt locker und überlegen. Er erläuterte die Teilung der Gewalt innerhalb des Kabinetts, verwies darauf, daß es so gut wie keine gemeinsamen Kabinettssitzungen gab, also jedes Mitglied des Kabinetts nur für seinen Zuständigkeitsbereich zur Verantwortung gezogen werden könne. Sein Mandant könne also weder für militärische noch für politische Verbrechen zur Verantwortung gezogen werden. Damit entfielen seiner Meinung nach die Anklagepunkte eins, Verschwörung, drei, Kriegsverbrechen, und vier, Verbrechen gegen die Menschlichkeit.

Der sowjetische Ankläger Oberst Massow hob die Hand. Lawrence erteilte ihm das Wort.

Massow trat an das Mikrofon. Seine Stimme klang wie ein ärgerliches Knurren.

„Herr Verteidiger! Gehört Ihrer Meinung nach die Wirtschaftspolitik eines Landes nicht zu einem unerläßlichen Beitrag zur Erhaltung des Staatswesens?"

„Die Frage kann ich nur bejahen."

„Sie stimmen mir also zu, daß die Wirtschaftspolitik ein entscheidender Faktor beim Aufbau eines Staates ist?"

„Ich stimme Ihnen zu."

„Auch des nationalsozialistischen Staates?"

„Wenn Sie so wollen, ja."

„Und wollen Sie bestreiten, daß zum Aufbau dieses Staates unter anderem nicht auch die Politik der gemeinsamen Verschwörung zählte?"

„Ja, das will ich bestreiten."

„Sie wollen tatsächlich bestreiten, daß es eine gemeinsame Politik der Verschwörung gab?"

„Nein, das wiederum will ich nicht bestreiten. Ich bestreite nur, daß sie zum Aufbau des Staates zählte."

„Wozu zählte sie Ihrer Meinung nach dann?"

„Zu den Plänen der Ausbreitung des Staates."

„Sie meinen, zur Vorbereitung des Krieges?"

„Daß es bei dem Versuch der Ausbreitung zum Krieg kam, war vorher nicht abzusehen gewesen."

„Abzusehen vielleicht nicht, Herr Verteidiger. Aber einkalkuliert mußte diese Möglichkeit werden, geben Sie mir recht?"

Vesenstedt hatte Massow unterschätzt. Er erkannte, daß er seinen Fragen nicht durch kleinliche Formulierungen ausweichen konnte. Er entschloß sich, ihm offen zu entgegnen. „Ich gebe Ihnen recht, Herr Ankläger. Aber ich gebe Ihnen auch zu bedenken, daß mein Mandant keinerlei Einfluß auf eine Vorbereitung zum Krieg hatte. Mein Mandant war für die Wirtschaftspolitik auf dem ihn betreffenden Gebiet verantwortlich. Ob diese Wirtschaftspolitik zur Vorbereitung eines Krieges herangezogen wurde oder nicht, stand außerhalb seines Einflußbereichs. Und steht meiner Meinung nach deshalb auch außerhalb des Anklagepunktes Nummer eins."

„Wollen Sie einen derartigen Gedankengang auch auf den Anklagepunkt Nummer vier beziehen?"

„Ja. Verbrechen gegen die Menschlichkeit hat mein Mandant nicht begangen."

„Rechnen Sie Versklavung und gewaltmäßige Verschickung nicht zu den Verbrechen gegen die Humanität?"

„Doch. Aber mein Mandant hat keine derartigen Verbrechen begangen."

„Danke, Herr Vorsitzender, ich habe keine Fragen mehr."

Massow begab sich zurück auf seinen Platz.

Vesenstedt war sich darüber im klaren, daß der sowjetische Ankläger geschickt vorgegangen war. Seine Fragen hatten nur dem Zweck gedient, ihn zu veranlassen, den schmalen Grat offenzulegen, auf dem sich „Berger“ zwischen reiner Wirtschaftspolitik und den ihm zur Last gelegten Anklagepunkten bewegt hatte. Vesenstedt zollte Massow innerliche Hochachtung.

Er setzte seine Ausführungen fort, sprach eingehend über den Unterschied zwischen „geordnetem Arbeitseinsatz durch Dienstverpflichtung“ und „Sklavenarbeit“, trennte die Begriffe „Strafverschickung“, „Abtransport“ und „Zwangsarbeit“, wobei er nur die „Strafverschickung“ als humanitätswidrig charakterisierte.

Er behandelte ausführlich „Bergers“ immerwährende Auseinandersetzungen mit dem Wirtschafts- und Verwaltungshauptamt der SS, seine Schwierigkeiten mit dem Reichswirtschaftsministerium und seine enge Zusammenarbeit mit den polnischen Verwaltungsbeamten.

Ein flüchtiger Blick auf seine Uhr zeigte ihm, daß er das Plädoyer heute nicht mehr zu Ende bringen würde. Er verzögerte den Vortrag, um sich für die morgige Vormittagssitzung den Schlußteil als Einheit zu erhalten.

Am nächsten Tag schloß Vesenstedt das Plädoyer ab. „Berger“ saß wie unbeteiligt auf seinem Platz in der Anklagebank. Er hatte die Augen halb geschlossen und die Hände im Schoß.

Seit Tagen wurde „Berger“ von zwei Gedanken gequält. Der eine führte ihn zu seinem Sohn Claudius. Er sah ihn vor sich, wie er ihn das letzte Mal zu Hause am Tegernsee verlassen hatte. In der Uniform des Jungvolks, blaß, schmal, mit großen, fragenden Augen.

Er hatte ihm die Hand auf die Schulter gelegt, und sie hatten sich sekundenlang stumm angesehen. Bis dann Claudius gesagt hatte: „Auf Wiedersehen, Vater, ich muß zum Appell.“

Zum Appell!

Das Wort ging „Berger“ nicht aus dem Sinn. Das letzte Wort, das sein Sohn zu ihm gesprochen hatte. Er klammerte sich an die Erinnerung, als könne sie ihm einen Weg in die Zukunft weisen.

Nie mehr sollte Claudius zu einem Appell gehen müssen, nie mehr! Er malte sich aus, wie er das Leben seines Sohnes gestalten, wie er ihn vor allen politischen Gefahren beschützen wollte. Er entwarf sich das Bild eines makellosen Vater-Sohn-Verhältnisses, und wußte nicht einmal, ob er seinen Sohn je wiedersehen würde.

Er kam zu sich. Schwer atmend hielt er sich an der Balustrade fest.

Nach und nach nahm er die Umgebung auf. Vor ihm die Rükken der Verteidiger. Dann die tiefgebeugten Köpfe der Stenographen. Den höher stehenden Richtertisch mit Generalmajor Nikitschenko, Lawrence, Biddle und den anderen. Halbrechts die Tische der Ankläger, Russen, Amerikaner, Engländer und Franzosen. Davor das Sprechpult. An ihm Vesenstedt.

Vesenstedt sah von seinem Manuskript hoch und über die Köpfe der Stenographen hinweg zu den Richtern. Nach wie vor zollten sie ihm volle Aufmerksamkeit.

Er setzte zu den letzten Sätzen an.

„In diesem Hause wurde während der vergangenen acht Monate, manchmal zu Recht, sehr oft aber auch als plumpes Alibi, die Person des sogenannten Führers Adolf Hitler ins Spiel gebracht. Ich bin von meinem Mandanten ermächtigt, zum Thema ‚Hitler' folgende Erklärung abzugeben:

Mein Mandant lehnt es ab, sich auf Hitler als seinen obersten Befehlsgeber zu berufen. Mein Mandant erkennt zwar an, daß Hitler neben Himmler die größte Einzelbefehlsgewalt ausübte. Mein Mandant weiß auch, daß Hitler allein wegen seiner Stellung und seines Einflusses auf das Volk die umfassendste Schuld aller führenden Persönlichkeiten des Dritten Reiches auf sich geladen hat. Mein Mandant lehnt es aber ab, sich auf Hitler zu berufen.

Das Vergehen, dessen sich mein Mandant hier vor den Menschen und vor Gott für schuldig bekennt, kann und konnte auch Hitler nicht von ihm nehmen. Mein Mandant war zu schwach, zu willenlos, zu rückgratlos, ja sicher auch zu feige, sich Hitler entgegenzustellen. Daraus ergibt sich seine Schuld.

Mein Mandant räumt ein, daß der Mann des Volkes keine Möglichkeit hatte, sich der Macht Hitlers und der Macht der Partei zu widersetzen. Der Mann des Volkes darf diese Machtlosigkeit, diese Schwäche zu seiner Verteidigung in Anspruch nehmen. Nicht aber ein Minister, nicht ein Mann, der Kraft seines Amtes die Möglichkeit gehabt hätte, mit seinem Widerstand gegen Hitler und die Partei, und sei es nur mit dem Rücktritt, dem unwissenden Volk die Augen zu öffnen und dem Wissenden den Rücken zu stärken.

Mein Mandant bekennt sich solcherart schuldig und sieht seiner gerechten Bestrafung entgegen.

Nicht zuletzt im Rückblick auf die juristischen Gepflogenheiten des Dritten Reiches danke ich dem Gericht, daß es mir die Gelegenheit bot, dieses Plädoyer zu halten."

Nach einer leichten Verbeugung zu den Richtern ging er auf seinen Platz zurück. „Berger" hatte den Schluß der Rede aufgenommen. Vesenstedt sah zu ihm hin. Ihre Blicke trafen sich und drückten Einverständnis aus.

Am frühen Abend dieses Tages stand Elmar Stührk auf dem Gehsteig vor der Gustav-Adolf-Kirche und sah über die abschüssige Allersberger Straße mit einer gewissen Wehmut zur Gaststätte „Binz" hinüber.

Seitdem er wie Lainz und Schilling seine Unterkunft gewechselt hatte, war er das erste Mal wieder in diese Gegend gekommen. Lainz hatte zwar ausdrücklich davor gewarnt, die Punkte aufzusuchen, an denen einer von ihnen unter Umständen erkannt werden konnte, doch Stührk war der Anziehungskraft der Gaststätte „Binz" erlegen. Jetzt allerdings war er unschlüssig, ob er es wagen sollte, drüben in der stets verrauchten Gaststube wie früher sein Bier zu trinken.

Gerade als er sich entschloß, die Warnung von Lainz zu beachten, und sich auf den Weg zu seiner Unterkunft in den Stadtteil Werderau machen wollte, kam aus der Gaststätte „Binz" ein Mädchen in Begleitung eines Mannes. Es waren Barbara Vesenstedt und Paul Tanner. Wie beinahe jeden Abend hatten sie die Gaststätte besucht und sich bei einem Bier die Köpfe heiß geredet.

Stührk erkannte Barbara nicht. Er sah nur, wie sie in seine Richtung wies, bezog es aber nicht auf sich, und begann, die Katzwangerstraße hinaufzugehen.

Barbara hatte Paul auf Stührk aufmerksam gemacht. Paul war sofort dafür, ihn zur Rede zu stellen. Sie wollte abwehren, sagte, sie habe den unschönen Vorfall längst vergessen und trage dem jungen Mann nichts mehr nach, doch Paul steigerte sich in einen wilden Haß gegen alle Nazis hinein und bestand darauf, Stührk zu folgen.

Auf der Höhe des von Bomben schwer beschädigten Hummelsteiner Schlößchens holte er ihn ein. Er versperrte ihm den Weg.

„He, bist du besoffen?" Stührk gab sich stark.

„Ich habe mit dir zu reden."

„Du kannst mich mal am Arsch lecken!" Stührk wollte an ihm vorbei, doch Paul packte seinen Arm.

„Laß ihn, Paul. Solche Leute wie er sind mit ihrer Ansicht geschlagen genug." Barbara sah Stührk fast mitleidig an.

Jetzt erkannte Stührk sie. „Ah, so sieht man sich wieder!"

„Entschuldige dich gefälligst! Bevor ich dir die Knochen einzeln breche!"

„Das könnte dir so passen." Mit einem Ruck befreite Stührk sich und rannte davon.

„Paul, laß ihn. Er ist es nicht wert."

„Barbara, ich kann nicht anders!" Er rannte hinterher.

Einen Augenblick stand sie unschlüssig. Dann lief sie den beiden nach. Sie sah noch, wie Paul die Frankenstraße hinunterlief, dann hatte sie ihn aus den Augen verloren.

Weit oben, wo die Frankenstraße in die Ulmenstraße überging, kam er ihr entgegen. „Er ist mir entwischt. Habe mir das Haus gemerkt. Den Burschen kriege ich noch." Er war außer Atem.

Sie hakte sich bei ihm unter, und sie gingen den Weg zurück. Mit erregter Stimme sagte er, daß er nicht davor zurückschrecken würde, diesen Mann zusammenzuschlagen. Sie wollte ihn besänftigen und hielt ihm vor Augen, daß es ihm anscheinend nicht so sehr um Vergeltung für sie gehe wie darum, auf diesen Mann seinen angestauten Haß gegen alles Nazistische abzuladen.

„Wahrscheinlich hast du recht."

„Paul! Wir alle müssen vergessen können. Sieger wie Besiegte. Auch du."

„Nie! Ich vergesse nie!"

„Paul, komm zu dir! Du bist jetzt frei und gesund und hast Kraft genug, dir ein neues Leben aufzubauen. Ich möchte dich nur dahin bringen, dich deiner eigenen Werte zu besinnen."

„Meine Werte sind ausgebrannt! Solange ich diesen Hund von Standrichter nicht erledigt habe, pfeif' ich auf alle Werte!"

„Wie du meinst. Dann würde ich dir raten, endlich dein Wild zu jagen."

„Das tue ich ja."

„Das tust du?"

„Verzeih mir. Ich habe dir nicht die volle Wahrheit über mich gesagt." Seine Stimme klang mild. „Ich bin nicht von ungefähr nach Nürnberg gekommen. Ich hatte einen Tip erhalten, daß dieser Kerl sich hier in der Gegend aufhalten soll."

„Du hast ...?"

„Du kennst die Zettelnachrichten?"

„An Bäumen, Häuserwänden und Bretterzäunen?"

„Genau. ‚Gesucht wird' und so weiter. Ich war aktiv. Ich hatte die Beschreibung dieses Kerls, seinen Dienstgrad und die Nummer seiner Einheit. SS-Hauptsturmführer bei der 38. SS-Panzergrenadierdivision. Ich habe Hunderte von Zetteln angeheftet. Einer hatte Erfolg. Ich habe eine Spur."

4

Donnerstag, der 25. Juli. „In Dachau wurde der zum Tode verurteilte ehemalige SS-Brigadeführer Heinrich Franz Olciomek hingerichtet." Clinton Keen las die Meldung und legte die US-Truppenzeitung „Stars and Stripes" beiseite. Er stand auf und dehnte sich, als könne er damit seine schlechte Laune vertreiben.

Die vergangenen drei Wochen hatten ihn verändert. Vor drei Wochen hatte er Karin zum letzten Mal gesprochen.

Vor zehn Tagen hatte er einen schwachen Versuch unternommen, mit ihr Verbindung aufzunehmen. Sie war nicht zu Hause, sie arbeitete nicht mehr für Clairon. Aus, vorbei. Sie war für ihn unerreichbar.

Er wischte mit einer ärgerlichen Handbewegung die „Stars and Stripes" vom Schreibtisch, als wäre die Zeitung für seine schlechte Laune verantwortlich.

Die Tür ging. „Clinton, du hast Besuch. Ein Mann."

„Und?" Clinton bückte sich nach der Zeitung.

„Heißt Lubska." Joe grinste über Clinton, der die Zeitung aufhob, und setzte hinzu: „Ist DP."

„Und was will er?"

„Das sagt er nur dir."

Clinton überlegte kurz, dann gab er Joe das Zeichen, ihn hereinzuholen. In seiner jetzigen Stimmung war ihm jede Ablenkung willkommen.

Das Ehepaar, das für Henrike „Berger" die Verbindung zu Clairon hergestellt hatte, war auf Lubska gestoßen. Lubska hatte einige Monate wie Clairon in einem deutschen Konzentrationslager verbracht. Dort hatte er von Clairons Vergangenheit erfahren. Er erzählte dem Ehepaar davon, das die Information an Henrike „Berger" weitergab. Frau „Berger" brachte das Ehepaar auf den Gedanken, mit Lubskas Hilfe das CIC auf die Vergangenheit von Clairon aufmerksam zu machen. Sie vermittelten. Lubska, der nichts von einem Zusammenhang mit der Frau eines der Hauptangeklagten ahnte, sagte zu.

Jan Lubska war 45 Jahre alt, mittelgroß und sprach ein Kauderwelsch von Deutsch, Englisch und Polnisch.

Clinton schob ihm einen Stuhl hin. „Setzen Sie sich."

„Danke."

„Sind Sie Deutscher?"

„Nein, Pole, DP."

Die Bezeichnung stand für den Begriff „Displaced Persons". So wurden die im Krieg nach Deutschland verschleppten Arbeiter aus den besetzten Ländern bezeichnet.

DP genossen nach dem Krieg bei den Alliierten besondere Vergünstigungen. In der US-Zone zum Beispiel wurden sie von der UNRRA verpflegt, bevorzugt befördert und zum Teil zur Bewachung von US-Materiallagern herangezogen und dazu in grünbraune Uniformen gekleidet.

Jan Lubska trug eine solche Uniform. Auf dem Ärmel genäht war ein roter Streifen mit der Aufschrift „Poland". „Ich komme wegen Clairon." Als Clinton stutzte, setzte er hinzu: „Raoul Clairon. Oder auch Klarmann. Josef Klarmann." Er sah Clinton erwartungsvoll an.

„Sprechen Sie weiter."

„Ich habe Klarmann jetzt entdeckt. Er ist Radiosprecher bei den Deutschen."

„Weiter."

„Ich war mit ihm in Flossenbürg. Konzentrationslager. In Nähe der deutsch-tschechischen Grenze. Er hat vorgegeben, wegen politisch zu sitzen, war aber wegen kriminell im Lager."

„Und weshalb waren Sie im Lager?"

„Wegen Sabotage der deutschen Rüstung." Lubska machte eine Pause. „Klarmann hat Gefangene denunziert. Jetzt habe ich ihn wiedergesehen. In amerikanischer Uniform. Mit einem Schild ‚Haïti' auf dem Ärmel. Ich habe geglaubt, ich sehe nicht recht. Jan, habe ich mir gesagt, das wird die Amerikaner interessieren. Und nachdem die Amerikaner meine Freunde sind, bin ich hergekommen."

Clinton war mißtrauisch. Zu viele Leute kamen zum CIC, um andere zu verleumden. Erst nachdem er Lubskas Angaben zur eigenen Person sorgfältig nachgeprüft hatte, ließ er am nächsten Tag ein Protokoll seiner Vorwürfe gegen Clairon aufnehmen.

Lubska setzte zögernd seinen Namen unter das Schriftstück.

„Und was haben Sie für diese Aussage bekommen?" Clinton sah ihn hart an.

„Bekommen? Von wem? Nichts! Was soll ich bekommen haben?" Lubska verschwieg wohlweislich den Erhalt eines Brillanten im Wert von etwa 20 000 Mark. Er hatte ihn von seinen Bekannten erhalten. Daß er in Wirklichkeit von Henrike „Berger" stammte, wußte er nicht.

Es hätte des Brillanten als Lohn allerdings nicht bedurft. Die Feindschaft zu Clairon war für Lubska Grund genug, zum CIC zu gehen.

Clinton zuckte mit den Schultern, übergab Joe das Protokoll und betraute ihn mit den Nachforschungen.

Dann kam der 31. August, ein Sonnabend. Der letzte Tag des Prozesses vor der Verkündung der Urteile. Die Angeklagten würden ihre Schlußworte sprechen.

Paul Tanner wurde an diesem Tag 27 Jahre alt.

Am Himmel zogen Wolken. Regenschauer wechselten mit Sonnenschein. Die Menschen fröstelten.

Clinton Keen fühlte sich am frühen Morgen unsanft geweckt.

„Du?" An seinem Bett stand Joe.

Er hielt ihm ein Schriftstück hin. „Hier, lies."

„Jetzt mitten in der Nacht?"

„Es wird dich munter machen."

Joe hatte recht. Clinton hatte noch nicht zu Ende gelesen, da war er hellwach. Er schlug mit dem Handrücken gegen den Bericht. „Wenn nur die Hälfte davon zutrifft, sind wir unsterblich blamiert!"

„Du sagst es. Aber was sollen wir tun?"

Clinton überflog die letzten Zeilen. Er wurde nachdenklich. „Da bleibt nur eins. Sofort Bamberg in Kenntnis setzen und das Headquarter." Mit dem „Headquarter" meinte er das Hauptquartier der US-Army in Heidelberg.

„Hm. Aber warum das Headquarter? Genügt nicht die Krelingstraße?" In der Krelingstraße befand sich die Militärregierung für Nürnberg.

„Nein, Joe. Die Sache ist zu heiß. An der sollen sich ruhig die oben ihre Finger verbrennen."

Der Bericht über Raoul Clairon, den Clinton gerade gelesen hatte, beruhte zum größten Teil seiner Recherchen auf Akten des ehemaligen Konzentrationslagers Flossenbürg in der Oberpfalz. Ehe Clairon einige Monate vor Kriegsende nach Dachau gebracht worden war, hatte er zwei Jahre in Flossenbürg verbracht.

Raoul Clairon alias Josef Klarmann wurde in Ödenburg, dem jetzigen Sopron, in Ungarn nahe der österreichischen Grenze geboren. Als Siebzehnjähriger kam er 1931 nach Wien. Mit 18 Jahren stand er das erste Mal vor einem Richter. Er hatte einem Kollegen 860 Schillinge gestohlen. Strafe: acht Tage Haft. Ein halbes Jahr danach fälschte er einen Scheck auf 5000 Schillinge und wurde zu 18 Monaten Gefängnis verurteilt. Die drei letzten Monate saß er nicht ab. Er floh, tauchte in Deutschland auf und wurde ein Jahr später in Berlin erneut straffällig. Er nannte sich jetzt Jo Hollmann, hatte ungedeckte Schecks im Wert von 30 000 Reichsmark in Umlauf gebracht und sollte, da die Gefängnisse überfüllt waren, in ein strenges Arbeitslager eingewiesen werden. Erneut gelang ihm die Flucht, diesmal nach Spanien.

Im Juli 1936 begann in Spanien der Bürgerkrieg. Josef Klarmann nannte sich Raoul Clairon und witterte die Chance seines Lebens. Über Tanger, das als „Schanghai des Westens" galt, wikkelte er Waffengeschäfte im großen Stil ab. Für Tanger brauchte er keinen Paß, hier wurden keine Formalitäten verlangt. Auf dem Boulevard Pasteur richtete er sein Büro ein. Er belieferte sowohl Franco als auch die Revolutionäre mit Waffen, die kleine Fehler hatten.

Als er im Zuge der Geschäftsabwicklungen nach Spanien kam, verhafteten ihn die Regierungstruppen. Sie wollten sich nicht mit ihm belasten und lieferten ihn ihren deutschen Bundesgenossen aus.

Am 23. April 1937 nahmen deutsche Beamte Raoul Clairon in Empfang. Sie brachten ihn in das Gefängnis von Mannheim. Von dort kam er in die Strafanstalt Straubing, dann in das Konzentrationslager Flossenbürg und schließlich in das Konzentrationslager Dachau.

In Dachau wurde Clairon mit anderen Häftlingen von den US-Truppen in Freiheit gesetzt. Er verschwieg, daß er nicht aus politischen oder rassischen Gründen, sondern als Krimineller im KZ gewesen war.

Nach seinem Beruf befragt, gab er an, Journalist zu sein. Arglos gewährten die Amerikaner ihm sofort jede Vergünstigung. Er ließ sich in München nieder, eröffnete ein Nachrichtenbüro, und erhielt innerhalb weniger Monate drei von der US-Army beschlagnahmte Wohnungen und fünf Autos zugewiesen. Er wurde zum umworbenen Mittelpunkt des sogenannten gesellschaftlichen Lebens der unmittelbaren Nachkriegszeit. Bei ihm verkehrten der Hochadel, Filmschauspieler und auch der US-Offizier, der für Radio München zuständig war.

Auf welche Weise Clairon zum Chef-Kommentator des Nürnberger Prozesses geworden war, deckte der Bericht noch nicht auf.

Das Headquarter in Heidelberg entschied, daß der Fall als Geheimsache zu behandeln sei. Um das Ansehen der Besatzungsmacht bei der Bevölkerung nicht zu schädigen, bestimmte es, Clairon bis zum Ende des Prozesses in seiner Stellung als Chef-Kommentator zu belassen, um ihn erst, wenn er nicht mehr im Bewußtsein der Öffentlichkeit stand, ohne Aufsehen zu verhaften.

Heute, am 31. August 1946, wußte außer Clinton Keen, Joe Stevens und dem Vertrauensmann noch niemand von Clairons kriminellem Vorleben.

Raoul Clairon fuhr an diesem 31. August 1946 mit Kretzschmer wie jeden Tag am Justizpalast vor. Er entstieg selbstbewußt dem Wagen und betrat das Gebäude. Er hatte sich vorgenommen, einen besonders ausführlichen Kommentar zu verfassen, denn zu den Schlußworten der Angeklagten würde gewiß viel zu sagen sein. Dieser Meinung waren auch seine Pressekollegen. Das Gedränge bewies es. Das Interesse am Prozeß war groß wie seit Monaten nicht mehr. Die Pressetribüne war voll besetzt.

Auf der dem Justizpalast gegenüberliegenden Seite der Fürther Straße standen kurz vor Beginn der Vormittagssitzung drei Männer in Zivil. Wie Hunderttausende damals trugen sie Anzüge, die aus grünlich eingefärbtem Tuch ehemaliger Wehrmachtsbestände angefertigt waren.

Mit wachen Augen beobachteten sie das Geschehen um sich herum und prägten sich die Zugänge von der Straße zum Gerichtsgebäude, die Anordnung der verstärkten Postenkette und die Schußlinien der aufgefahrenen Panzerwagen ein.

Die drei waren Ulrich Lainz, Ralf Schilling und Elmar Stührk. Sie wußten, daß ihnen für ein Attentat auf Jackson oder einen der Richter nicht mehr allzuviel Zeit blieb.

„Nächste Woche“, sagte Lainz, und gab das Zeichen zum Aufbruch, „in der sogenannten Zwischenzeit. Da dürfen die Angeklagten von ihren Familien besucht werden. Danach haben wir kaum noch eine Chance.“

Stührk und Schilling verstanden.

Viertes Buch
Das Urteil

1

Paul Tanner hatte ihn gesehen. Nur für den Bruchteil eines Augenblicks zwar, doch er hatte ihn erkannt. Das eckige Gesicht, die stechenden Augen, die dichten, leicht gewellten Haare, die Bewegungen, die denen eines behenden Raubtieres glichen.

Plötzlich stand er wieder in der niedrigen Bauernstube in der Nähe von Jarostow, seine Hände waren auf dem Rücken zusammengebunden, er hörte die Verlesung des Urteils, die gleichgültige Stimme, sah den hohen, aus Lehm gebrannten Ofen, den groben Tisch und ihn.

Jetzt, am Tag nach seinem 27. Geburtstag, war er drauf und dran gewesen, ihm ohne Überlegung den Hals zuzudrücken, auf offener Straße einen Mord zu begehen. Allein der Umstand, daß der junge Mann bei ihm war und ein dritter dazukam, hatte ihn in letzter Sekunde abgehalten.

Es war kurz nach Mittag gewesen. In Begleitung von Barbara hatte Paul einen Spaziergang entlang der Ruine der alten Stadtmauer gemacht.

In der Höhe des Frauentorzwingers waren sie der Menschenansammlung des schwarzen Marktes ausgewichen. Auf einmal hatte er den Jungen entdeckt. „Barbara, ist er das nicht?"

„Ja, Paul. Aber ich bitte dich, laß ihn."

„Du weißt, daß ich das nicht kann." Er zog sie mit sich und ließ den Jungen nicht mehr aus den Augen. Nach einer Weile löste sich der Junge aus der Menge und ging, unruhig nach allen Seiten blikkend, davon.

Sie mußten eine gehörige Strecke zu Fuß zurücklegen, bis sich eine Situation ergab, die für Pauls Vorhaben geeignet war. Sie waren jetzt in Mögeldorf, einem Vorort im Osten der Stadt. Die Schmausenbuckstraße war eine Durchgangsstraße zum Tiergarten. Unmittelbar am Forstwald bog nach rechts die Siedlerstraße ab.

Gerade als Paul seinen Abstand zu dem Jungen verringern und ihm den Weg abschneiden wollte, verschwand er durch die halbhohe Gartentür in einem der Vorgärten. Paul packte Barbaras Arm. Aus der Deckung des Forstes beobachteten sie den Vorgarten und das dazugehörige kleine Haus.

Wenig später war der Junge herausgekommen und hinter ihm ein Mann. Erst als sie die Straße betraten, sah Paul das Gesicht des anderen. Sein Herz schien stillzustehen.

Reglos hatte er zur Straße hinübergestarrt. Sein Blick sog sich an dem kantigen Gesicht mit den stechenden Augen fest. Doch ehe er einer Reaktion fähig war, war aus einer der Seitenstraßen ein zweiter Mann gekommen, ein schmächtiger dunkelblonder. Die drei gingen in Richtung Zerzabelshof davon.

Von Paul war die Spannung gewichen. Mit hastigen Worten hatte er Barbara eingeweiht. „Und du bist dir ganz sicher?" Ihre Stimme war tonlos.

„Ja", sagte er.

„Und was willst du tun?"

„Ich gehe hinter ihnen her."

Er wandte sich zum Gehen.

„Paul! Sie sind zu dritt!"

„Keine Angst, Barbara, ich sehe mich vor. Jetzt weiß ich ja, wo ich ihn finden kann. Er entkommt mir nicht mehr." Sie verfolgten die drei.

Hermetisch gegen die Außenwelt abgeschirmt, erarbeiteten die acht Richter das Urteil und dessen umfangreiche Begründung. Vor den Beratungszimmern waren Wachen der Sicherungstruppe postiert. Die Telefonleitungen zu den Räumen waren unterbrochen. Einer der Posten war ausschließlich dafür verantwortlich, den Inhalt der Papierkörbe zu vernichten, ein anderer hatte darauf zu achten, daß keiner der Hilfskräfte Durchschläge, Notizen, ja nicht einmal gebrauchtes Kohlepapier mit nach draußen nahm.

Die Dolmetscher, die den Text der Urteile und ihre Begründungen vom Englischen ins Französische, Russische und Deutsche zu übersetzen hatten, wohnten während dieser Zeit in ihren Räumen des Justizpalastes. Sie durften den ebenfalls von Wachen abgeriegelten Trakt nicht verlassen.

Kein Hinweis über ein mögliches Ergebnis der Urteilsfindungen sollte nach außen dringen. Colonel Andersen überzeugte sich mehrmals am Tag, daß seine Sicherungsmaßnahmen eingehalten wurden.

Die Sandsäcke auf den Gängen ließ er allerdings entfernen, verringerte auch die übrigen Postenketten auf ihre frühere Stärke und führte die alte Ablösung von einer Stunde wieder ein. Das Hauptquartier rechnete mit keinem Anschlag mehr. Seit einiger Zeit waren die Ausweise der im Gebäude Beschäftigten mit Fotos versehen. Sie schienen Andersen für die Zwischenzeit Schutz genug. Für die beiden Tage der Urteilsverkündung sollten ohnehin Spezialausweise ausgegeben und Sicherungsvorkehrungen umfassend wie nie zuvor getroffen werden. Bis dahin richtete Andersen sein Augenmerk vornehmlich auf die Sicherung der Richter- und Dolmetscherzimmer.

Das Generalsekretariat räumte den Angeklagten Vergünstigungen ein. Der tägliche Spaziergang im Gefängnishof wurde um fünf Minuten verlängert, die Angeklagten durften sich gegenseitig in ihren Zellen besuchen und konnten im Sprechraum Besuche ihrer nächsten Angehörigen empfangen.

„Berger" wurde von zwei Posten hinüber ins Gerichtsgebäude gebracht. „Noch ein Verhör?" Er hatte sich in den letzten Tagen daran gewöhnt, erneut mehrmals vernommen zu werden. Diese Verhöre gehörten zur Vorbereitung der nach dem Hauptprozeß anlaufenden neuen Prozesse, die sich gegen die NS-Ärzte, Wissenschaftler, Industriellen, Finanzleute und das Außenministerium richten sollten.

Der Posten, an den „Berger" seine Frage stellte, zuckte mit den Schultern. „I don't know it."

Er führte ihn in das Sprechzimmer. Auf der anderen Seite des Tisches von Kabine fünf saß Henrike.

Für einen Augenblick war „Berger" wie benommen. Seit mehr

als einem Jahr hatten sie sich nicht mehr gesehen. Und obwohl er insgeheim ihren Besuch irgendwann erwartet hatte, war er jetzt, da er ihr nur von der Glasscheibe getrennt gegenüberstand, nicht darauf vorbereitet. Er konnte nicht sofort sprechen.

Der Posten sagte, sie hätten dreißig Minuten zur Verfügung, um sich zu unterhalten, Berührungen durch den Schlitz der Trennwand hindurch seien verboten.

„Berger" schluckte. Ob Henrike bei seinem Anblick erschrak? Ob ihr die Situation Entsetzen bereitete? Ob sie sich nicht längst innerlich von ihm losgesagt hatte?

Henrike „Berger" nahm sich zusammen. Ihr Mann sollte nicht erkennen, was in ihr vorging. Sie täuschte ihm Ausgeglichenheit und Zuversicht vor.

„Friedrich, du siehst gut aus."

„Henrike . . .!"

„Ja, Friedrich?"

„Henrike . . .!"

„Meine Gedanken waren Tag und Nacht bei dir, Friedrich."

„Henrike . . ., verzeih mir, daß ich dir das angetan habe!"

„Aber du hast mir nichts angetan."

„Daß ich es soweit gebracht habe und dir in einer solchen Situation begegne! Verzeih mir, ich habe versagt."

„Nein, Friedrich, das hast du nicht. Du hast in deinem Leben viel erreicht. Du hast dein Leben ausgefüllt mit Arbeit, mit verantwortungsvoller, schwieriger Arbeit. Daß du jetzt hier bist, dafür trifft dich keine Schuld."

„Doch, Henrike. Mich allein trifft die Schuld. Keinen Hitler, keinen Goebbels, keinen Himmler . . ."

„Bitte, Friedrich, laß uns von etwas anderem sprechen."

„Henrike, ich muß es dir sagen. Bitte, laß es mich dir sagen, auch wenn es dir vielleicht im Moment anders erscheint." Er hatte sich jetzt völlig in der Gewalt. Weich ruhte sein Blick auf ihr. „Für die Dinge, die ich zu verantworten hatte, trifft die Schuld allein mich. Ich schwöre es dir vor Gott."

„Ja, Friedrich." Sie unterdrückte die Tränen. „Ich glaube dir. Ich . . ."

Ihre Stimme versagte.

„Du brauchst nichts zu sagen, Henrike. Ich weiß, daß wir uns immer verstanden haben und daß wir uns auch jetzt verstehen werden."

Sie schwiegen. Sie sahen sich in die Augen, und die Minuten verrannen.

„Henrike?"

„Ja, Friedrich?"

„Geht es dir gut? Ich meine, den Umständen entsprechend?"

„Du kannst beruhigt sein, Friedrich."

„Und – fühlst du dich nicht zu allein?"

„Das schon. Aber ich war ja bei dir."

„Hast du genug Geld?"

„Ich habe den Schmuck."

„Willst du nicht zurück nach Hause?"

„Unser Haus ist beschlagnahmt."

„Und zu deiner Mutter?"

„Nein. Ich werde auf dich warten. Egal wie lange."

Egal wie lange! Der Gedanke schnürte ihm die Kehle zu. Sie redete von einer gemeinsamen Zukunft, um ihm Trost zu geben! Er widersprach nicht. Er wollte ihr den Abschied nicht unnötig erschweren. „Ja", sagte er leise, „wir gehören zusammen."

Sie hingen beide ihren Gedanken nach und fühlten sich miteinander verbunden.

„Meiner Mutter geht es gut."

„Das ist schön. Und deiner Schwester?"

„Sie hat sich aus Konstanz gemeldet. Eugen ist noch in Gefangenschaft. Bei den Franzosen." Eugen war ihr Schwager.

„Und was macht . . .?" Er wagte den Namen seines Sohnes nicht auszusprechen. Schon seit Wochen ließ ihn ein unbestimmtes Gefühl nicht los, lebte er in der Angst, mit Claudius könnte irgend etwas nicht in Ordnung sein. Die ausweichenden Antworten Vesenstedts, der in dieser Frage unbestimmt gehaltene Brief Henrikes, sie hatten seine quälenden Gedanken eher vermehrt als beseitigt.

Der Posten räusperte sich. Die Zeit war abgelaufen. „Sorry . . .!" Er bedeutete „Berger", das Gespräch zu beenden.

„Und Claudius? Wie geht es ihm?“

„Claudius? Ich habe dir doch von ihm geschrieben. Es geht ihm gut. Hast du meinen Brief nicht bekommen?“

„Doch. Nur . . . ich meine, wo ist er? Immer noch in Rodach?“

„Ja. Da fühlt er sich wohl.“ Als er nichts sagte, setzte sie hinzu: „Ich soll dir viele Grüße von ihm ausrichten.“ Sie hatte nicht die Kraft, ihm die Wahrheit zu sagen, daß Claudius schon seit Monaten im Krankenhaus lag und die Ärzte nur noch wenig Hoffnung auf eine völlige Gesundung hatten.

„Das ist schön“, sagte er, „die kleine Edda, die Tochter von Göring, konnte ihren Vater gestern besuchen. Vielleicht darf Claudius das auch?“ Er erhob sich.

„Bestimmt, Friedrich. Ich werde dafür alles in die Wege leiten.“

„Danke, Henrike. Tausend Dank.“ Ein letzter Blick. „Kommst du wieder?“

„Ja, Friedrich. Sooft ich darf.“

Der Posten nahm ihn am Arm und führte ihn hinaus.

Viermal noch konnte Henrike ihren Mann vor der Urteilsverkündung besuchen. Seine Fragen nach Claudius beantwortete sie damit, daß er die Grippe hätte und deshalb nicht nach Nürnberg kommen könne.

Barbara und Paul waren den drei Männern schnell und unauffällig gefolgt. Paul war sich darüber im klaren, daß er abwarten mußte, bis der ehemalige Hauptsturmführer sich von den beiden anderen gelöst hatte.

Die Männer schritten weit aus. Sie bogen in die Waldluststraße ein, überquerten die Regensburger Straße und gingen hinter der Bahnunterführung nach rechts in den Luitpoldhain. Bombenkrater, verkohlte Ruinen, zerfetzte Baumstümpfe säumten den Weg.

Mitten im Hain machten die Männer halt. Paul und Barbara blieben in Deckung. „Bitte, Paul, laß den Mann laufen. Ich habe Angst um dich.“ Ihre Stimme klang beschwörend.

Paul sah sie an. „Wenn du willst, kannst du gehen.“

„Du bist ein bockiger Junge. Was hast du davon, wenn du den Mann stellst?“

„Ich kann dann wieder frei atmen. Das ist alles. Für mich ist das entscheidend."

Sie sagte nichts. Sie beobachteten gemeinsam die Männer, die jetzt seitlich des menschenleeren Weges standen und berieten. Der ältere von ihnen, der Mann, den Paul jagte, redete auf die beiden jüngeren ein. Der ältere war Ulrich Lainz und die beiden anderen Ralf Schilling und Elmar Stührk. Lainz gab die letzten Anweisungen für den Anschlag gegen den Gerichtshof, der für den morgigen Tage geplant war. Er hatte Schilling und Stührk in den Luitpoldhain geführt, da hier der neue Briefkasten für sie sein sollte. Er ging einige Schritte weiter und trat an den Stamm einer von Bomben zersplitterten Buche heran. Paul gab Barbara ein Zeichen, zurückzubleiben, und schlich ihm nach.

Lainz griff mit einer Hand von oben in den Stamm hinein und zog eine kleine Schachtel heraus. „Unsere Lichtbildausweise für den Justizpalast."

„Woher wissen Sie, daß es jetzt Lichtbildausweise gibt?" Stührk konnte die Frage nicht unterdrücken.

Lainz sah ihn mißbilligend an. „Ich habe die Situation überprüfen lassen. Von einem hiesigen Geschäftsmann. Er zeigte einen unserer alten Ausweise vor. Es wurde ihm gesagt, daß die jetzt ungültig seien. Der Rest war eine Lappalie." Er verteilte die Ausweise. „Also morgen um neun am Plärrer! Und jetzt verschwinden wir einzeln. Zuerst Sie beide!"

Schilling und Stührk nickten. Sie machten kehrt und gingen in verschiedenen Richtungen auseinander. Als sie außer Sichtweite waren, schlug Lainz den Weg zur ehemaligen Kongreßhalle ein. Da trat Paul aus seiner Deckung heraus. „Hallo, Hauptsturmführer!"

Durch Lainz ging ein sichtbarer Ruck. Doch er setzte seinen Weg fort, als sei er nicht gemeint.

„Hauptsturmführer!" Paul rief laut und deutlich und lief ihm nach.

Lainz blieb stehen. „Meinen Sie etwa mich?"

Paul hatte ihn erreicht. „Ja, Hauptsturmführer, ich meine Sie!" Er sagte es voll Genugtuung.

„Sie sind ja besoffen!“

„Besoffen vor Freude über unser Wiedersehen! Erinnern Sie sich nicht? Jarostow! Sie haben mich zum Tod verurteilt!“ Die letzten Worte schrie er ihm erregt ins Gesicht.

In dem Augenblick tauchte auf einem Nebenweg eine Frau auf. Sie schob einen alten offenen Kinderwagen voll Brennholz vor sich her.

Lainz sah an Paul herunter. „Ich weiß nicht, wovon Sie reden!“ Und als er die Frau bemerkte, hob er die Stimme an: „Lassen Sie mich in Ruhe! Sie verwechseln mich!“ Die Frau blieb stehen.

Paul beachtete sie nicht. Sein ganzes Interesse galt Lainz. „Sie kann ich nicht verwechseln! 38. SS-Panzergrenadierdivision! Sie nicht und Ihre Freunde auch nicht!“

Die Frau überlegte, daß es wohl das beste sei, sich hier nicht einzumischen, und schob den Kinderwagen weiter. Erst in gebührender Entfernung blieb sie erneut stehen und sah Lainz und Paul nach.

Paul lief neben Lainz her. „Stehenbleiben! Oder ich schlag Ihnen das Kreuz ein!“

Lainz ging ungerührt weiter. Er beschleunigte den Schritt. Wie von ungefähr faßte er mit der Hand in die Tasche des Jacketts. Er umspannte die Luger.

Paul drehte sich um. Barbara war nirgends zu sehen. Er wußte, daß ihm der Mann nicht mehr entkommen durfte, jetzt, nachdem er ihn mit seiner Anklage auf sich aufmerksam gemacht hatte. „Stehenbleiben!“ Sein Haß steigerte sich ins Grenzenlose. Er merkte, wie ihm das Blut in den Kopf schoß, wie er nicht mehr fähig war, einen klaren Gedanken zu fassen.

Plötzlich sprang er auf Lainz zu und schlug ihn mit einem Faustschlag gegen den Hinterkopf. Lainz schrie unterdrückt auf und sackte nach vorne zusammen.

Die Frau mit dem Kinderwagen blickte entsetzt. Dann lief sie, so schnell es der Wagen erlaubte, davon.

Paul warf sich auf Lainz, drehte ihn zu sich um, und schlug ihm die Faust ins Gesicht.

„Da! Und da! Und das für die anderen!“

Lainz erkannte die Gefahr. Er war beinahe kampfunfähig. Ein Rinnsal von Blut zog sich vom Mundwinkel zum Kinn. Noch immer hielt seine Hand die Luger in der Tasche umklammert. Unter Aufbietung seiner ganzen Kraft rollte er sich zur Seite, so daß er die Tasche freibekam, und drücke ab.

Paul hörte das dumpfe „Plock“ des Schusses, spürte den stechenden Schmerz im linken Unterarm, raffte sich hoch, und trat Lainz mit der Spitze seines Stiefels gegen die Schläfe.

Lainz gab keinen Ton von sich. Er biß die Zähne zusammen, schnellte herum und feuerte einen zweiten Schuß ab. Er verfehlte sein Ziel.

Paul stürzte sich mit dem Mut der Verzweiflung auf ihn, doch Lainz hatte neue Kraft gewonnen und war schneller. Er sprang auf, ließ Paul ins Leere rennen, und richtete die Luger gegen ihn. Paul erstarrte. Schlagartig setzte seine Gehirntätigkeit wieder ein. Er sah sein Ende gekommen. Er hatte auf einmal seine Eltern vor sich, den Marktplatz von Kaaden, den Klosterfelsen, den tiefblauen Himmel über Kreta. Dann sah er deutlich, wie der Mann vor ihm den Abzughahn durchzog. Ein-, zwei-, dreimal. Doch er sah kein Mündungsfeuer, hörte keinen dumpfen Knall, spürte keinen Schmerz. Er blickte dem Mann ins Gesicht und erkannte an seinem Ausdruck, daß er gewonnen hatte. Die Luger hatte Ladehemmung.

Lainz wurde klar, daß er hier keine Sekunde länger bleiben konnte. Die beiden Schüsse mußten in der weiteren Umgebung zu hören gewesen sein. In kurzer Zeit würden Menschen hier auftauchen, Menschen, die Fragen stellten, womöglich die Polizei benachrichtigen. Hastig erfaßte er die Situation. Die Kongreßhalle! Er würde seinen Gegner zur Kongreßhalle locken, dort kannte er sich aus, dort würde er ihn erledigen und sich in Sicherheit bringen können. Er rannte los.

Die Kongreßhalle war ein großer Stahlbau, der 1896 anläßlich der Landesausstellung am Rand des Luitpoldhains errichtet worden war. 1933 wurde ihr auf Befehl Hitlers der Name „Kongreßhalle“ gegeben. Bomben und Luftminen hatten sie 1942 zerstört.

Jetzt glich sie einer öden, verwüsteten Landschaft aus verbogenen Eisenträgern, stählernen Bändern, geborstenen Rohren, zerfetzten Masten, und der Boden war ein knöcheltiefer See aus zersplittertem Glas.

Lainz arbeitete sich zu der Stelle vor, an der die Empore gewesen war. Von hier hatten Hitler und Goebbels ihre Parolen verkündet, hier war ihnen das vieltausendstimmige, rhythmische „Sieg-Heil" entgegengeschallt. Er selbst hatte zu den streng ausgesuchten Parteigenossen gehört, war von seinem Sitz hochgeschnellt, als Hitler im Gefolge von Bormann, Himmler, Brückner und den anderen die Halle von rückwärts betreten hatte und durch das Spalier der jubelnden Menge nach vorne zur Empore geschritten war. In seinen Ohren dröhnte noch das „Parteigenossen! Parteigenossinnen!", er hörte noch die Sprechchöre, „Ein Volk! Ein Reich! Ein Führer!"

Das einzige, was er jetzt wahrnahm, war das Knirschen der Glassplitter unter seinen vorsichtigen Schritten.

Es zeigte Paul den Weg. Näher und näher schob er sich an ihn heran. Lainz verhielt in der Bewegung und horchte in das Gewirr der zerfetzten Eisenteile hinein. Leise nahm er die Luger zur Hand, entlud sie, zog durch, hörte erleichtert das Knacken des Hahns, und füllte die Waffe mit neuer Munition auf. Sie würde ihn jetzt nicht mehr im Stich lassen.

Er hob an, sah den Kopf des Gegners kaum zehn Schritte von sich entfernt, nahm ihn ins Visier, und drückte ab. Ein Getöse erfüllte die stählerne Ruine. Die Ladehemmung war behoben.

Paul hatte gesehen, wie Lainz die Waffe hob, hatte sich fallen lassen und im Fall das Krachen des Schusses gehört. Er war nicht getroffen. Er wußte aber, daß er einen nicht wiedergutzumachenden Fehler begangen hatte, als er dem anderen hierher gefolgt war. Er hatte sich darauf verlassen, daß die Ladehemmung anhalten würde. Jetzt, da die Waffe wieder schoß, hatte er keine Chance mehr. Das einzige, was ihm blieb, war der Rückzug. Er wollte heulen vor ohnmächtiger Wut.

Er entschloß sich zu einer Verzweiflungstat. Ein ungefähr drei Meter entfernt liegender Eisenträger sollte ihm Deckung bringen. Von dort aus würde er versuchen, aus der Halle zu kommen.

Sein Atem ging schnell. Er spannte die Muskeln zum Sprung. Mit einem gewaltigen Satz sprang er los, blieb mit einem Fuß an einem Kabel hängen, glitt ab, und schlug mit dem Knie voll gegen den Träger. Er knickte kraftlos in das knirschende Glas.

Das ist das Ende, dachte er. Sein Knie schmerzte wild. Er spürte, wie ihm über das Schienbein Blut lief. Er versuchte, das Bein anzuheben. Er biß sich in den Handballen, um nicht aufzuschreien. Jetzt! Jetzt würde der andere herankommen und ihn abknallen! Er horchte. Reifen quietschten. Autotüren knallten.

Ein ohrenbetäubender Hall zerriß die Stille der Ruine. „Attention please! Achtung! Achtung! Hier spricht die Militärpolizei!" Über ein Megaphon kam der Befehl, unverzüglich herauszukommen. Die MP hatte das Gelände umstellt. Paul blieb in Deckung. Er rief den Soldaten seinen Standort zu. Sie holten ihn ab.

Lainz leistete bis zuletzt erbitterten Widerstand. Erst nach einem Steckschuß in die Hüfte ließ er sich abführen.

Eine halbe Stunde später saß Paul im Gebäude der Militärregierung dem diensthabenden Offizier gegenüber. Nach einem langen Verhör konnte er den Sachverhalt erklären. Kurz vor der Sperrstunde war er wieder frei. Ein Jeep brachte ihn in seine Unterkunft.

Lainz blieb verhaftet. Er wurde am nächsten Tag dem CIC überstellt. Clinton Keen unterzog ihn einem erbarmungslosen Verhör. Nach neun Stunden war er sicher, daß Lainz zu den Verschwörern um Gisela Silinski gehörte. Er ließ ihn in das Kings-Camp nach Oberursel bringen, wo schon die anderen Verhafteten der Kampfgruppe „Edelweiß" waren. Nach Gegenüberstellungen mit seinen Kameraden gab Lainz auf. Um seine Lage zu verbessern, verriet er Ralf Schilling und Elmar Stührk.

Am Tag nach seiner Jagd auf Lainz erfuhr Paul, daß Barbara ihm das Leben gerettet hatte. Von Angst getrieben war sie zum nächsten Polizeirevier gelaufen und hatte von dort aus die Militärpolizei verständigt.

Der 30. September 1946, ein Montag, war ein herbstlich warmer Tag.

Jeeps der MP und Panzerwagen standen vor dem Justizpalast.

Eine zweifache Postenkette bewachte alle strategisch wichtigen Punkte. Am Eingang zum Gerichtssaal mußte sich jeder, gleichgültig ob Deutscher oder Alliierter, einer genauen Leibesvisitation unterziehen.

Den Verteidigern wollte Colonel Andersen dieses zeitraubende Verfahren ersparen. Er ließ sie schon in ihrem Aufenthaltsraum überprüfen. In ihren Aktentaschen, unter ihren Talaren und weißen Krawatten forschten GI der Sicherungstruppe nach Waffen oder waffenähnlichen Gegenständen.

Heute begann die Verlesung der Urteilsbegründung.

Der Andrang in den Saal übertraf alle Erwartungen. Die Pressetribüne war überfüllt. An die Tische der Verteidigung wurden zusätzliche Stühle gestellt, die Sitze auf 32 erweitert. Die Männer der Wochenschauen brachten ihre Kameras in Stellung. Die Assistenten der Anklage erschienen nach langer Zeit wieder vollzählig.

Die Uhr im Saal zeigte 10 Uhr 03.

Der Gerichtsmarschall verkündete mit durchdringender Stimme: „Attention! The Court!"

Die Richter betraten den Raum.

Ohne ersichtliche Nervosität eröffnete Lawrence die Sitzung. In der Reihenfolge Lawrence, Birkett, Donneideu de Vabres, Falco, Biddle, Parker, Nikitschenko und Wolchkow wechselten sich die Richter beim Vortrag ab.

Die Urteilsbegründung nahm den vollen Verhandlungstag in Anspruch.

Am nächsten Tag, am 1. Oktober, dem zweiten Urteilstag, gab das Gericht am Vormittag die Schuldsprüche und am Nachmittag die Strafsprüche bekannt.

Alle Fotografen und die Männer der Wochenschauen blieben von der Nachmittagssitzung ausgeschlossen. Die großen Zeitungen in den Vereinigten Staaten und in England protestierten energisch.

Am Vormittag waren sie noch zugelassen. Die Spannung im Saal war kaum mehr zu überbieten.

Raoul Clairon saß vornübergebeugt und tastete mit einem Fernglas die Gesichter der Angeklagten ab.

Die Schuldsprüche erfolgten nach den vier Anklagepunkten: Punkt eins: Verschwörung. Punkt zwei: Verbrechen gegen den Frieden. Punkt drei: Kriegsverbrechen. Punkt vier: Verbrechen gegen die Menschlichkeit.

„Defendant Hermann Wilhelm Göring!" Göring erhob sich. Wie Dönitz und Frank hielt er seine Augen hinter einer dunklen Sonnenbrille verborgen.

„Nächst Hitler war er der bedeutendste Mann des Regimes. Er hatte auf ihn großen Einfluß, zumindest bis 1943. Nach seinen eigenen Eingeständnissen vor diesem Gericht, nach den Stellungen, die er bekleidete, den Besprechungen, denen er beiwohnte, und nach seinen öffentlichen Äußerungen kann kein Zweifel bestehen, daß Göring die treibende Kraft zum Angriffskrieg war und nur Hitler nachstand. Die Schuld Görings ist einmalig in ihrer Ungeheuerlichkeit. Für diesen Mann läßt sich in der ganzen Materie des Prozesses keine Entschuldigung finden."

Schuldig in allen vier Punkten der Anklage.

Göring wußte, daß dieser Spruch das Todesurteil bedeutete. Mit wächsernem Gesicht starrte er geradeaus. Um seine Mundwinkel spielte ein undeutbares Lächeln.

Heß: schuldig in Punkt eins und zwei.

Ribbentrop: schuldig in allen vier Punkten.

Keitel: schuldig in allen vier Punkten.

Kaltenbrunner: schuldig in Punkt drei und vier.

Rosenberg: schuldig in allen vier Punkten.

Frank: schuldig in Punkt drei und vier.

Frick: schuldig in Punkt zwei, drei und vier.

Streicher: schuldig in Punkt vier.

Funk: schuldig in Punkt zwei, drei und vier.

Schacht: Freispruch.

Durch den Saal ging ein Raunen.

Schacht nahm den Spruch mit einem überlegenen Lächeln auf. Das Gemurmel der Anwesenden steigerte sich.

Lawrence beugte sich zum Mikrofon: „Der Gerichtshof bittet, von Meinungsäußerungen Abstand zu nehmen." Die Unruhe verstummte.

Dönitz: schuldig in Punkt zwei und drei.
Raeder: schuldig in Punkt eins, zwei und drei.
Schirach: schuldig in Punkt vier.
Sauckel: schuldig in Punkt drei und vier.
Jodl: schuldig in allen vier Punkten.
Papen: Freispruch.
Seyß-Inquart: schuldig in Punkt zwei, drei und vier.
Speer: schuldig in Punkt drei und vier.
Neurath: schuldig in allen vier Punkten.
Fritzsche: Freispruch.
„Berger": schuldig in Punkt zwei und vier.

Am Nachmittag verkündete das Gericht die Strafsprüche. Außer den Freigesprochenen Schacht, Papen und Fritzsche wurden die Angeklagten zur Anhörung des eigenen Strafspruches jeweils einzeln mit dem Lift in den Saal gebracht.

Die Tür des Lifts öffnete sich leise. Göring trat einen Schritt heraus. Die Posten, die ihn heraufgebracht hatten, gaben ihm Zeichen, stehenzubleiben.

Der Saal bot sich ihm anders als an den bisherigen Tagen dar. Die Scheinwerfer waren ausgeschaltet, die Blitzlichter der Fotografen nicht in Tätigkeit. Fahl und düster verbreiteten nur die Neonröhren ihr Licht und tauchten die Szene in ein gespenstisches Halbdunkel. Die Anklagebänke waren leer.

Verlassen stand Göring einen Schritt im Raum.

Irgend jemand hustete.

Göring setzte die Kopfhörer auf, die ein Posten ihm reichte.

„Angeklagter Hermann Wilhelm Göring. Gemäß den Punkten . . ." Da fiel die Übertragung aus. Der Dolmetscher mußte neu ansetzen.

„Angeklagter Hermann Wilhelm Göring! Gemäß den Punkten der Anklageschrift, unter welchen Sie schuldig befunden wurden, verurteilt Sie der Internationale Militärgerichtshof zum Tod durch den Strang."

Einen Augenblick lang stand Göring unbeweglich. Dann machte er eine schnelle Kehrtwendung und verschwand im Lift.

Einer nach dem anderen wurde heraufgebracht und hörte seinen Strafspruch an. Als letzter trat Friedrich „Berger“ aus dem Lift. Links neben der Tür blieb er unbeweglich stehen. Seine Augen suchten den Richtertisch. Die Stille des Raumes dröhnte ihm entgegen. In wenigen Sekunden wird alles vorbei sein, schoß es ihm durch den Kopf, alles, die Hoffnung, der Glaube an die Zukunft, das Leben.

Wie in Trance nahm er die Hörer.

„Angeklagter ‚Friedrich Berger‘!“

Die Stimme schien aus endloser Ferne zu ihm zu sprechen. Er zwang sich, ihr zu folgen, und wußte doch, daß er unfähig war, eines dieser Worte aufzunehmen. Henrike! dachte er. Claudius! Bitte verzeiht mir! Verzeiht mir, daß ich euch diese Schande bereitet habe! Vergeßt mich, entfernt mich aus eueren Gedanken!

„. . . zu lebenslänglichem Gefängnis.“

Lebenslänglich? Sein Herz schlug wild. Lebenslänglich? Nicht der Galgen? Er wagte nicht zu atmen. Lebenslänglich! Er war dem Leben wiedergegeben! Henrike, Claudius!

Die Knie drohten ihm zu versagen. Nur mit Mühe erreichte er die Tür zum Lift, sah, wie einer der Posten zu seinem Kopf zeigte. Die Hörer! Er war benommen vor Erschütterung. Er hatte vergessen, die Kopfhörer zurückzugeben.

Neben Göring wurden Ribbentrop, Keitel, Kaltenbrunner, Rosenberg, Frick, Frank, Streicher, Sauckel, Jodl, Seyß-Inquart und in Abwesenheit Martin Bormann zum Tod durch den Strang verurteilt. Heß, Funk und Raeder erhielten eine lebenslängliche Gefängnisstrafe, Schirach und Speer zwanzig, Neurath fünfzehn und Dönitz zehn Jahre Gefängnis.

Von den angeklagten Organisationen wurden die politischen Leiter, die Gestapo, der SD und die SS verurteilt. Nicht die SA, nicht die Reichsregierung und nicht der Generalstab.

Als „Berger“ im Kellergewölbe aus dem Lift trat, stand ein Posten mit Handschellen bereit, kettete ihn an sich und brachte ihn durch den unterirdischen Gang und den Holzverschlag zurück in seine Zelle.

Göring, der als erster in seine Zelle zurückgebracht worden war, hatte sich kraftlos auf seine Pritsche fallen lassen. „Tod." Mit fahrigen Händen griff er nach einem Buch. Sein Blick war starr vor Entsetzen.

Die Verteidiger verfaßten Gnadengesuche an den Alliierten Kontrollrat in Berlin. Kaltenbrunner, Schirach und Speer nahmen von einem Gnadengesuch Abstand. Die Gnadengesuche für Göring, Streicher, Frank und Neurath wurden von ihren Verteidigern ohne Einwilligung der Mandanten gestellt.

Auch „Berger" lehnte es ab, Vesenstedt für ihn ein Gnadengesuch stellen zu lassen.

Heute, am 5. Oktober, lief die Frist um Mitternacht ab. Es war der Tag, an dem die Verteidiger zum letztenmal mit den Verurteilten zusammentreffen konnten.

Vesenstedt hatte eine Sprecherlaubnis mit „Berger" für 10 Uhr beantragt.

2

Sie saßen sich im Sprechraum in der vierten Kabine gegenüber. „Berger" war an einen Posten gekettet, der neben ihm Platz genommen hatte.

Er ist sichtlich abgemagert, ging es Vesenstedt durch den Kopf. Ihm war, als hätten sie sich endlos lange nicht mehr gesehen, obwohl seit ihrem letzten Zusammentreffen kaum acht Tage verstrichen waren.

„Ich möchte mich von Ihnen verabschieden." Unmerklich beugte er sich zur gläsernen Trennwand vor. Seine Stimme wollte ihm nicht gehorchen.

„Und ich möchte mich bei Ihnen bedanken. Für Ihre Hilfe, für Ihre Aufopferung, für . . ." Auch „Berger" konnte sich der Wirkung des Abschieds nicht entziehen.

Die beiden Männer sahen sich an, und ihre Blicke sagten mehr, als Worte vermocht hätten.

„Erlauben Sie mir, daß ich noch einmal darauf zurückkomme, ein Gnadengesuch zu erwägen." Vesenstedt hatte sich gefaßt.

„Aber lieber Herr Doktor Vesenstedt! Waren wir uns nicht einig?"

„Nein. Ich habe ein Gnadengesuch befürwortet."

„Es hätte keinen Sinn."

„Darauf deutet nichts hin. Erinnern Sie sich, wir hatten vor Monaten eine ähnliche Meinungsverschiedenheit?"

„Als ich es für sinnlos hielt, mich weiter verteidigen zu lassen, ich weiß."

Vesenstedt sah „Berger" voll ins Gesicht. Er erkannte, daß er plötzlich eine Chance hatte, ihn zu überzeugen. Er ließ sich Zeit. „Sie wollten damals nicht einsehen, daß mit den Urteilen gegen die Einzelpersonen die Schuldfragen der Allgemeinheit verbunden seien. Und jetzt? Sind nicht mit Schacht die gesamte Aufrüstung und ihre Finanzierung, die Wirtschaftler und Bankleute aus der Kategorie ‚Verbrechen' herausgenommen worden? Stehen nicht mit Speer die Techniker und mit Papens Freispruch weite politische und Beamtengruppen in besserem Licht? Engen nicht die Freisprüche den Begriff der Kollektivschuld gewaltig ein? Ja, ich behaupte, sie stellen ihn völlig in Frage! Kann nicht auch Ihr Gnadengesuch ein Versuch sein, in dieser Richtung noch mehr zu erreichen?"

„Berger" dachte nach.

„Sie haben recht. Ich willige ein."

Vesenstedt atmete auf. Mit einer schnellen Bewegung zog er das vorbereitete Gnadengesuch aus seiner Aktentasche und gab es dem Posten zur Begutachtung. Wenig später reichte der Posten das Schriftstück durch den Schlitz der Trennwand. „Berger" überflog es, unterschrieb und schob es zurück.

„Und Claudius? Was haben Sie von Claudius gehört?"

„Es geht ihm gut."

„Hat er seine Grippe überstanden?"

„Seine Grippe?"

„Meine Frau sagte mir, er habe Grippe."

„Ach ja, die Grippe! Die Grippe hat er überstanden, ja. Ich soll

Ihnen viele Grüße von ihm sagen. Er freut sich schon heute auf den Tag, an dem er Sie das erste Mal besuchen kann.“

„Ja?“ „Bergers“ Gesicht leuchtete auf. „Hat er das gesagt? Freut er sich?“ Ohne Übergang wurde er nachdenklich. „Aber wann wird das wohl sein?“ Er sah Vesenstedt fragend an: „In fünf Jahren? In zehn?“

„Vielleicht wesentlich früher.“ Vesenstedt war wie befreit. Er brauchte seinen Mandanten nicht mehr zu belügen. Vor zwei Tagen war er in Coburg gewesen. Seine Jugend und seine ausgeprägte Widerstandskraft hatten Claudius über das Schlimmste hinwegkommen lassen. Die Ärzte waren zuversichtlich. Claudius würde gesund werden.

Der Posten warf einen Blick auf die Uhr an der Wand. Die Sprechzeit war zu Ende.

„Ja dann ...“ Mit seiner freien Hand machte „Berger“ eine unbeholfene Geste, als wollte er sich mit einem Händedruck verabschieden. Für einen Augenblick hatte er vergessen, daß eine Wand aus Glas sie trennte.

„Ich wünsche Ihnen Gesundheit“, sagte Vesenstedt, „und werde in Gedanken manchmal bei Ihnen sein.“

„Danke. Grüßen Sie Ihre Familie, die ich leider nicht kennengelernt habe.“

Der Posten erhob sich, und „Berger“ war gezwungen, es ihm gleichzutun.

„Und grüßen Sie meine Frau und meinen Sohn.“

„Ich werde es tun. Auf Wiedersehen.“

Der Posten machte einen Schritt zur Tür hin. „Berger“ wurde durch die Handfessel mit ihm gerissen. Er drehte sich noch einmal um. „Ich habe noch eine Bitte: Es wäre schön, wenn Sie mir ab und zu schreiben könnten.“

„Ich verspreche es Ihnen.“

Für Vesenstedt war der Prozeß endgültig zu Ende. Er ging hinüber in den Mittelbau und gab das Gnadengesuch im Generalsekretariat ab. Danach ging er zum Raum der Verteidigung. Hier herrschte allgemeine Aufbruchstimmung. Vesenstedt packte seine restlichen Akten zusammen, steckte seinen Gerichtsausweis, den von Barbara und die beiden Kantinenkarten in ein Kuvert und adressierte es an das Sekretariat.

Er ging langsam die Freitreppe mit dem breiten Geländer aus Marmor hinunter. Auf den Gängen herrschte eine alltägliche Geschäftigkeit. Die Gesichter aber waren für ihn zum großen Teil neu.

Alle Gnadengesuche wurden abgelehnt. Die Zeit nahm unerbittlich ihren Lauf.

Die Hinrichtungen waren für die Nacht vom 15. auf den 16. Oktober in der Turnhalle des Gefängnisses vorgesehen. Ort und Zeitpunkt waren den zum Tod Verurteilten nicht bekannt.

Durch das Zellenfenster drangen die Geräusche von Hämmern und Sägen. Die Galgen, schoß es Göring durch den Kopf, sie zimmern die Galgen!

Er irrte. In der den Zellenfenstern abgewandten Seite der Turnhalle wurde auf Anordnung von Colonel Andersen ein neuer Eingang geschaffen. Andersen wollte den zum Tod Verurteilten den Anblick des Antransportes der Galgen ersparen. Daß die Hinrichtung in der Turnhalle stattfinden würde, sollte bis zum Schluß geheim bleiben.

Am Abend des 15. Oktober gab Andersen wie an jedem Tag die Turnhalle zu einem Basketballspiel zwischen zwei Wachmannschaften frei. Heute forderte er die Spieler auf, besonders laut und temperamentvoll zu kämpfen. Die GI taten ihm den Gefallen, ohne den Grund für diese Aufforderung zu kennen.

Das Spiel war zu Ende, und die Spieler gingen in einem Nebenraum unter die Duschen. Während die Duschen voll aufgedreht waren, betrat durch den neu geschaffenen Eingang die Exekutionsmannschaft die Halle. Die Spieler bemerkten nichts davon.

Die Gerüstteile wurden zusammengesetzt. Die Tragbahren hereingeschafft. Die kastenartigen Särge bereitgestellt. Zwei schwere Lastwagen der US-Army hinter der Turnhalle geparkt. Auf ihnen sollten die Leichen abtransportiert werden.

Eine gute Stunde später stand in der kleinen Halle ein mit schwarzem Stoff verkleidetes, ungefähr zehn Meter breites Podest.

Auf ihm erhoben sich drei Galgen. Auch sie waren schwarz. Darunter waren Falltüren. Hinter den drei Galgen hing ein langer schwarzer Vorhang. Zu jedem der Galgen führte eine Treppe mit dreizehn Stufen. Scheinwerfer beleuchteten die Szene. Den Gerüsten gegenüber standen acht Tische für die Beobachter.

Schon seit August war Master-Sergeant John C. Woods aus San Antonio in Texas zum Leiter der Hinrichtung bestimmt. Mit dem Blick des Fachmannes überprüfte er die Anlage. Er hatte innerhalb von 15 Jahren mehr als 300 Soldaten gehenkt. Hier in Nürnberg standen ihm zwei Assistenten zur Seite.

Es war 21 Uhr 52.

In seinem Dienstzimmer zog sich Colonel Andersen die Uniformjacke an und setzte sich seinen grünen Helm auf, der ihn weit sichtbar von den anderen Angehörigen der Wachmannschaften kenntlich machte. Auf dem Tisch lag der Aktendeckel mit den Urteilen.

Andersen hatte sich vorgenommen, um 23 Uhr in der Zelle des Gefangenen Nummer eins, Hermann Göring, mit der Verlesung der Urteile zu beginnen. Bis er allen elf zum Tod Verurteilten ihre Urteile verlesen haben würde, konnte es Mitternacht werden. Vor ihrer Hinrichtung aber sollten die Verurteilten noch eine Stunde Zeit bekommen, um sich innerlich zu sammeln.

Göring ging in die Ecke der Toilette. Die Ecke war der einzige Teil der Zellen, in dem sich die Gefangenen dem Blick der Wachen entziehen konnten. Der Posten sah nur Görings Füße.

Nach einer Weile ging er zurück, legte sich auf die Pritsche, zog sich die grobe Wolldecke bis an die Brust, und behielt, wie es die Anordnung vorschrieb, die Hände auf der Decke. Nach einiger Zeit ging er noch einmal zur Toilette hinüber.

Der Posten glaubte, ein Geräusch zu vernehmen, das sich wie das Knacken einer Haselnuß anhörte. Gleich darauf kehrte Göring auf die Pritsche zurück.

Er lag still. Nach einigen Minuten begannen seine Hände wie suchend fahrig über die Decke zu streichen. Plötzlich verkrampften sie sich. Nach und nach befiel den ganzen Körper ein Zucken, das zusehends stärker wurde. Göring bäumte sich auf, seine Füße stießen und traten, der krampfartige Anfall steigerte sich. Jetzt erkannte der Posten, daß er handeln mußte.

Hastig rief er die anderen Wachen herbei, schloß mit schnellen Bewegungen die Tür der Zelle auf, und stürzte hinein. Görings Gesicht hatte sich blau verfärbt.

Der wachhabende Offizier eilte hinzu, dann drei der anderen Posten und nach wenigen Minuten auch Pfarrer Gerecke und Dr. Pflücker.

Göring war nicht mehr zu retten.

Als Colonel Andersen atemlos die Zelle betrat, war Göring tot.

Die Männer umstanden die Pritsche. Dr. Pflücker untersuchte den Toten. Er ergriff dessen Handgelenk, fühlte noch einen schwachen Puls, prüfte den Cornealreflex, und wandte sich Andersen zu. „Dieser Mann ist tot."

„Zyankali?" fragte Andersen.

Der Arzt nickte.

Der Posten, der Göring zu bewachen hatte, reichte Andersen den Brief von der Pritsche. Andersen sah, daß der Brief an ihn gerichtet war. Ohne den Umschlag zu öffnen, steckte er ihn in die Außentasche seines Jacketts.

Auf dem Fußboden lag eine kleine Messingpatrone. Es war die Hülle, in der sich die Giftkapsel befunden hatte. Andersen nahm auch sie an sich.

Dann ging er mit eiligen Schritten hinüber in den Mittelbau des Gerichtsgebäudes und hinterlegte auf dem Generalsekretariat die Messingpatrone und den Brief. Als Berufsoffizier war er streng darauf bedacht, nicht in den Verdacht irgendeiner Manipulation zu kommen.

Am nächsten Tag bildete man eine Untersuchungskommission. Der Brief und die Patrone wurden zu ihren Akten genommen. Nach der Untersuchung stellte die Kommission Vermutungen an, wie Göring an die Giftkapsel gekommen sein und wo er sie aufbewahrt haben konnte. Den wahren Sachverhalt aber vermittelte nur ein Brief. –

Göring hatte drei Briefe hinterlassen. Einen Abschiedsbrief an seine Frau. Einen politischen Nachruf an das deutsche Volk. Und den Brief an Colonel Andersen.

Den Brief an Andersen hatte er als Alibi für die Sicherungstruppen gedacht. Erst zwanzig Jahre später sollte sein Inhalt an die Öffentlichkeit kommen. Der deutschen Bevölkerung aber sollte er vorenthalten werden.

Deutschland kannte nur die Version, daß angeblich ein Pressemann die Giftkapsel für Göring mit Kaugummi heimlich unter die Balustrade der Anklagebank geklebt hätte.

Zwanzig Jahre später, genau am 10. Oktober 1966, kam über die General Service Administration, National Archives und Records Service, in Washington, eine Kopie des „Exhibit AM" vom „Report of the Board Proceedings in the case of Hermann Goering (suicide), October 1946" an die Öffentlichkeit. Es war der Brief an Colonel Andersen. Er lautete: „An den Kommandanten! Ich hatte die Giftkapsel seit meiner Gefangennahme die ganze Zeit über bei mir. Als ich nach Mondorf kam, hatte ich drei Kapseln. Eine ließ ich in meinem Anzug, damit sie bei der Durchsuchung gefunden werden konnte. Die zweite versteckte ich, wenn ich ausgezogen war, unter meinem Kleidergestell und nahm sie zu mir, wenn ich mich anzog. Ich versteckte sie sowohl in Mondorf wie auch hier in der Zelle so gut, daß sie trotz der häufigen und gründlichen Kontrollen nicht gefunden werden konnte. Während der Gerichtsverhandlungen versteckte ich sie an meinem Körper und in meinen hohen Reitstiefeln. Die dritte Kapsel ist noch immer in meinem kleinen Köfferchen, in der runden Büchse meiner Gesichtscreme. Hätte ich sie gebraucht, ich hätte sie jederzeit in Mondorf an mich nehmen können. Keine der Wachen trifft eine Schuld, denn es war praktisch unmöglich, die Kapseln zu finden. Es wäre reiner Zufall gewesen. Hermann Göring."

Im Oktober 1946, acht Tage nach Görings Selbstmord, erkannte die Untersuchungskommission die Darstellung im Brief schließlich als die einzig wahre an. Angesichts der umfassenden Sicherungsvorkehrungen waren ihr Görings Behauptungen im ersten Augenblick nicht sehr glaubwürdig erschienen. Erst das Ergebnis einer Durchsuchung aller anderen Zellen hatte sie überzeugt.

Keitel hatte vier Schraubenmuttern, zwei scharfkantige Metallbolzen, ein messerartiges Stück Stahlband und in seinem Hemd eine Sicherheitsnadel versteckt gehalten.

In der Zelle von Neurath wurden ein Handtuch, verschiedene Stücke Bindfaden und eine stählerne Schraube gefunden.

Schacht hatte es verstanden, einen Strick von einem Meter Länge vor den Kontrollen in seiner Zelle zu verbergen.

Jodl hatte ein dreißig Zentimeter langes Stück Draht, mehrere spitze Bleistifte und einen zerbrochenen Drehstift in seiner Zelle gehabt.

Ribbentrop war im Besitz einer Glasflasche gewesen.

Dönitz hatte fünf aneinandergeknüpfte Schuhbänder versteckt, Sauckel besaß einen abgebrochenen, scharfkantigen Löffel. –

Robert Houghwout Jackson war von Journalisten um eine Stellungnahme zum Selbstmord von Göring gebeten worden. Er erklärte: „Göring hat den von ihm errichteten Mythos von der Tapferkeit, der Unerschütterlichkeit und der hohen Überzeugung der Nazis selbst vernichtet. Die wahre Bedeutung des Selbstmordes liegt in seiner Bedeutung für die deutsche Öffentlichkeit. Göring war der einzige Verurteilte, bei dem sich eine Märtyrerlegende hätte bilden können, aber ihm hat der Charakter gefehlt."

Andersen eilte vom Generalsekretariat in den Zellentrakt zurück. Die Tatsache, daß es dem Gefangenen Nummer eins gelungen war, Selbstmord zu begehen, veranlaßte ihn, die Sicherungsmaßnahmen noch kurz vor den Hinrichtungen zu verstärken. Ab sofort sollten die zum Tod Verurteilten mit ihrer linken Hand an einen Posten gekettet werden.

Dann begann Andersen bei dem zum Tod Verurteilten Nummer zwei, Joachim von Ribbentrop, mit der Verlesung des Urteils. Es war 23 Uhr 38.

Andersen wurde von zehn Zeugen begleitet. Der Dolmetscher und ein Offizier der Wachmannschaften hatten mit ihm die Zelle betreten. Die anderen, unter ihnen der deutsche Arzt Dr. Pflücker und Pfarrer Gerecke, standen in der offenen Tür und draußen am Gang.

Ribbentrop war neben seine Pritsche getreten. Er hielt die Dekke vor sich und hörte die Verlesung mit unbewegtem Gesicht an.

Nachdem sie beendet war, wurde er vom Selbstmord Görings unterrichtet, und ein Posten kettete sich an ihn. Andersen und die Zeugen gingen in die nächste Zelle, in die von Wilhelm Keitel.

Ribbentrop erhielt seinen Anzug. Seit dem Ende der Verhandlungen hatte er ihn nicht mehr getragen. Zwei Wachen kleideten ihn an. Danach sprach er mit Pfarrer Gerecke ein kurzes Gebet. „Ich vertraue meine Seele Gott an."

Die Essenträger brachten die Henkersmahlzeit. Schweinefleisch aus Konserven, Tomaten- und Kartoffelsalat, Pfannkuchen und Kaffee. Ribbentrop, gekettet an den Posten, aß mit der freien Hand. Nach einigen Bissen schob er das Essen von sich.

Andersen hatte in allen Zellen der zum Tode Verurteilten die Urteile verlesen. Er kam in die Zelle von Ribbentrop zurück. „You are ready?" Ribbentrop nickte.

Ursprünglich war vorgesehen, daß die Verurteilten an der Hand gefesselt zum Hinrichtungsraum gebracht würden. Nach Görings Selbstmord ordnete Andersen an, daß ihnen die Hände auf dem Rücken gefesselt wurden. „I am sorry." Obwohl ihm bekannt war, daß Ribbentrop ihn verstehen konnte, ließ er die Anordnung vom Dolmetscher übersetzen.

Es war 01 Uhr 05.

Zwei Wachen nahmen Ribbentrop in ihre Mitte. Andersen ging nebenher. Ihnen folgten die beiden Gefängnispfarrer und ein Trupp von sechs Militärpolizisten. Scheinwerfer tauchten den Weg über den nächtlichen, regennassen Hof in milchiges Licht.

Am Tor zur Turnhalle übernahmen ein US-Major und zwei Militärpolizisten den Gefangenen. Sie führten ihn zum hell angestrahlten Podium, auf dem die Galgen standen.

Im Schatten der Scheinwerfer saßen an den acht Tischen 30 Beobachter und verfolgten die Szene. Unter ihnen: Der sowjetische General Molkow, der französische General Morel, der englische General Walsh und der US-General Richard. Je zwei sowjetische, französische, englische und US-Journalisten. Als deutsche Zeugen der Ministerpräsident von Bayern, Dr. Wilhelm Hoegner, und der Generalstaatsanwalt von Nürnberg-Fürth, Dr. Friedrich Leistner.

Die Militärpolizisten nahmen Ribbentrop die Fessel ab und banden seine Hände mit einer Schnur zusammen. Der Major forderte ihn auf, seinen Namen zu sagen. „Joachim von Ribbentrop." Die Militärpolizisten führten ihn die dreizehn Stufen zum ersten der Galgen hinauf. Oben auf der Plattform nahmen ihn die beiden Assistenten des Master-Sergeant Woods in Empfang. Sie banden ihm die Beine an den Knöcheln zusammen.

Pfarrer Gerecke sprach ein kurzes Gebet. Ribbentrop sagte erschöpft: „Gott schütze Deutschland. Gott sei meiner Seele gnädig. Mein letzter Wunsch ist, daß Deutschland seine Einheit wiederfindet, daß hierüber eine Verständigung zwischen West und Ost zustande kommt und Friede in der Welt regieren möge."

Woods legte ihm die Schlinge um den Hals. Die beiden Assistenten stülpten Ribbentrop eine schwarze Kapuze über den Kopf. Woods betätigte den Hebel der Falltür. Ribbentrop fiel nach unten. Er war sofort bewußtlos.

Es war 01 Uhr 14.

Ein sowjetischer und ein US-Arzt gingen hinter den schwarzen Vorhang und erklärten Ribbentrop um 01 Uhr 28 für tot.

In kurzen Abständen wurden die anderen Verurteilten in die Turnhalle gebracht. Um 03 Uhr 46 waren alle gehenkt.

Hinter dem schwarzen Vorhang wurden die Leichen nebeneinandergelegt. Dann brachten zwei Wachen auf einer Tragbahre Görings Leiche in die Halle. Sie war von einer khakifarbenen Decke der US-Army verhüllt. Die nackten Füße ragten weiß hervor. Die Wachen stellten die Tragbahre vor den Zeugen ab und zogen die Decke von der Leiche. In eine zerknitterte, schwarzseidene Pyjamahose und eine blaßblaue Jacke gekleidet, lag der ehemalige Reichsmarschall des Dritten Reiches vor ihnen.

Zusammen mit den anderen wurde Görings Leiche von Lieutenant Maurice S. McLaughlin, dem Bildberichterstatter des Signal-Corps, fotografiert. Viermal bekleidet und viermal in nacktem Zustand. Dann wurden die Leichen gewogen.

Die Wachen legten die Leichen in die rohen Särge und schoben sie auf die Lastwagen. Um 4 Uhr morgens, als die Menschen in Nürnberg noch in tiefem Schlaf lagen, setzten sich die Lastwagen in Bewegung.

Die Vertreter der internationalen Presse hatten die Nacht über im Regen vor der Ausfahrt des Gefängnistraktes ausgehalten. Nachdem die Lastwagen das Tor passiert hatten, fuhren sie hinterher. Einige Straßen weiter versperrte ihnen ein Jeep mit aufgebautem Maschinengewehr den Weg.

Unbehelligt von Verfolgern erreichten die Lastwagen die Autobahn und fuhren mit den Leichen nach München. Im Krematorium des Ostfriedhofes wurden die Leichen verbrannt. Militärpolizisten streuten die Asche in die Isar.

Als Colonel Andersen am frühen Morgen sein Büro betrat, überreichte ihm die Sekretärin ein Telegramm aus den Staaten. Ein amerikanischer Bürger bot 25 000 Dollar für den Strick, der für Göring bestimmt gewesen war.

Die Hinrichtungszeiten der einzelnen Verurteilten waren original durch das Radio übertragen worden. Getrennt voneinander hatten Clinton Keen und Raoul Clairon sie an ihren Geräten verfolgt. Clinton gemeinsam mit Joe Stevens in seinem Büro. Clairon im Rundfunkstudio an der Allersberger Straße.

Clinton schaltete den Apparat ab, als die Durchsage der letzten Hinrichtung, der von Arthur Seyß-Inquart, erfolgt war. „Okay. jetzt müssen wir wohl handeln." Er meinte die Verhaftung von Clairon.

„Willst du dabei sein?" Joe nahm seine Uniformjacke vom Haken.

„Nicht unbedingt." Clinton hob abwehrend die Hände. „Du und die Jungs von der MP, das genügt wohl."

Im Rundfunkstudio hatte Clairon sich kraftlos in einen Sessel fallen lassen. Sein Blick ging ins Leere.

„Mister Clairon?" Einer der anwesenden Techniker beugte sich über ihn.

„Was ist?"

Ungehalten sah Clairon hoch.

„Ein Mann möchte Sie sprechen."

„Mich? Ein Mann? Jetzt mitten in der Nacht?"

„Ja. Er sagt, es sei wichtig. Sehr wichtig."

In diesem Augenblick betrat der Mann den Raum. Er war in Zivil. „Ich bin's", sagte er entschuldigend zu Clairon hin, und gab ihm ein Zeichen, daß er es für besser hielte, ihn allein zu sprechen. Mit einer schnellen Bewegung stand Clairon auf, packte den Mann am Arm und schob ihn in das dunkle Nebenzimmer.

„Menschenskind, Dick, bist du wahnsinnig? Hierher zu kommen!"

Dick Griffith war Sergeant der US-Army und gehörte der Militärregierung an. Für Clairon war er so etwas wie eine geheime Verbindung zur Militärregierung. Clairon hatte sich mit Dick noch nie in der Öffentlichkeit gezeigt.

„Raoul, es ist dicke Luft!" In hastigen Sätzen berichtete Dick von der für Clairon geplanten Verhaftung.

Clairon war wie vor den Kopf geschlagen. Nach kurzer Überlegung hatte er sich gefangen. Sein Entschluß stand fest. Er würde fliehen. jetzt auf der Stelle. „Ein Taxi!"

„Ein Taxi? Du bist verrückt!"

„Einen Mietwagen! Schnell!"

Nach fünfzehn Minuten stand der Wagen startbereit. „Wiedersehen, Dick, und besten Dank!"

Clairon sank in den Fond.

„Wohin, der Herr?" Der Fahrer, ein biederer Deutscher, wandte sich um.

„Zuerst Richtung München."

„München? Das geht nicht. Soviel Benzin habe ich nicht. Und auch keinen Erlaubnisschein."

„Ich habe Gutscheine. Soviel wir brauchen."

„Und wenn uns die MP schnappt?"

„Ich bin amerikanischer Offizier!"

Der Fahrer fuhr los. Auf der Autobahn ließ Clairon anhalten. Seine Augen versuchten die Dunkelheit der Nacht zu durchdringen. Er war beruhigt. Niemand war ihnen gefolgt.

„Und jetzt?" Unschlüssig sah der Fahrer Clairon an.

„Nach Mannheim!"

„Ausgeschlossen! Das hätten Sie vorher sagen müssen. Meine Frau ..."

„Ich zahle mit Dollars!"

„Und wenn sie mich damit schnappen?"

„Okay. Ich tausche sie Ihnen in Mannheim um. In deutsches Geld. In amerikanische Ware. Wie Sie wollen. Hier." Er hielt ihm eine Zehn-Dollar-Note hin. „Als Anzahlung."

„Einverstanden." Der Fahrer steckte den Schein in die Tasche.

In Mannheim wechselte Clairon den Wagen.

Über Kaiserslautern kam er schließlich nach Saarbrücken. Saarbrücken gehörte zum französischen Einflußgebiet. Der Arm der Amerikaner reichte nicht bis hierher. Saarbrücken war von Nürnberg genau so weit entfernt wie Paris von Washington.

Clairon war gerettet. Wie die übrige Welt, so hatte auch er die Nacht vom 15. auf den 16. Oktober hinter sich gelassen. Der Alltag nahm seinen Fortgang.

In Portugal fand ein Putschversuch von 70 nicht aktiven Armeeoffizieren statt. Präsident Salazar ließ die Offiziere verhaften.

In den Nordprovinzen Griechenlands versuchten die Kommunisten eine eigenständige Regierung zu bilden. Die griechische Regierung bat Großbritannien um Waffen zur Aufrechterhaltung der Ordnung.

Die Bundesregierung von Österreich forderte in einem offiziellen Antrag die Auslieferung von Papen und Schirach zur Aburteilung nach Wien.

Bei einer MP-Kontrolle des schwarzen Marktes am Hauptbahnhof in Frankfurt gab es fünf Tote.

Der einundzwanzigjährige Soldat Noland G. Edington wurde von einem höheren amerikanischen Militärgericht wegen Vergewaltigung eines deutschen Mädchens zu lebenslänglichem Gefängnis verurteilt.

Der frühere Dirigent der Berliner Philharmoniker, Dr. Wilhelm Furtwängler, mußte sich dem Entnazifierungskomitee der Alliierten Kommandantur in Berlin stellen.

In der britischen Besatzungszone wurden an die 11 000 Personen wegen ihrer früheren Beziehungen zu Organisationen der NSDAP aus ihren Stellungen entlassen. Die Sperrstunde in der britischen Zone wurde aufgehoben.

In Nürnberg gab es auf den Sonderabschnitt E 93/8 der Lebensmittelkarte je 200 Gramm Maisgrieß.

Das Victoria-Filmtheater zeigte den amerikanischen Spielfilm „Der Weg zum Glück."

Auf dem Bahnsteig eins des zerbombten Nürnberger Hauptbahnhofs standen sich Barbara Vesenstedt und Paul Tanner gegenüber. Sie verabschiedeten sich voneinander.

„Ich möchte dir danken, Barbara! Du hast mir das Leben zurechtgerückt."

„Quatsch, Paul! Ich danke dir. Du hast . . . du bist . . ." Sie drehte sich weg. „Es war eine schöne Zeit mit dir."

Er packte sie an der Schulter und zwang sie, ihn anzusehen. „Barbara, na so was! Du hast ja . . ."

„Mir ist nur etwas ins Auge geflogen. Schon gut." Sie schnupfte. „Paul, ich glaube, es ist besser, wenn du jetzt gehst, sonst . . ."

„Was sonst?"

„Sonst versäume ich noch meinen Zug." An den anderen Reisenden vorbei hielt sie Ausschau nach ihrem Vater. Er wartete geduldig einige Schritte von ihr entfernt. Er wollte den Abschied der beiden nicht stören.

„Aber Barbara!" Paul lachte. „Der Zug ist doch noch gar nicht da!" Auf einmal überkam ihn ein Gedanke. „Gibt's denn auch in Hamburg einen schwarzen Markt?"

„Warum nicht?"

„Und einen billigen Bunker? Vielleicht sogar Arbeit? Als Schipper?"

„Kann sein." Ihr wurde vor Freude heiß. „Warum fragst du?" Sie wußte die Antwort und wollte sie sich nicht eingestehen.

„Wann fährt der Zug, hast du gesagt?"

„Um acht Uhr elf."

„Das sind ja noch zwölf Minuten!" Sein Gesicht glühte. Ohne Erklärung machte er kehrt und rannte zum Ausgang. Er hastete an den ihm entgegenflutenden Menschen vorbei, lief auf den breiten Rücken eines GI auf, jagte die Stufen zum Bahnhofsvorplatz hinunter, hetzte über die Straße zum Königstor, riß die Tür zum Bunker auf und flog förmlich die steile Treppe hinunter. In Windeseile raffte er seine Habseligkeiten zu einem Bündel zusammen, steckte dem Mann, der die Aufsicht über die Unterkunft führte, ein Päckchen Zigaretten in die Tasche seines Jacketts und stürmte die Treppe hoch.

Der große Zeiger auf der Uhr über dem Eingang zum Bahnhof rückte auf acht Uhr vierzehn. Zwei Minuten zu spät! Paul hielt an. Sein Atem ging schwer. Zwei winzige Minuten! dachte er, und er hatte nicht einmal die Adresse von ihr. Wie selbsttätig setzten sich seine Füße wieder in Bewegung.

Sie stand nach wie vor auf dem Bahnsteig. Ihr Vater war zu ihr getreten. Der Zug hatte über zwei Stunden Verspätung. Paul stellte wortlos sein Bündel neben sie.

Vesenstedt war mit seinen Gedanken im Justizpalast. Am 15. November sollte dort ein neuer Prozeß beginnen. Angeklagt würden Wehrmachts- und SS-Ärzte, die unmenschliche Experimente ausgeführt hatten. Im Gegensatz zum Hauptkriegsverbrecherprozeß sollten die sogenannten Nachfolgeprozesse vor einem US-Militärgericht stattfinden. Welcher Kollege würde wohl seinen Platz an den Tischen der Verteidigung einnehmen? Welcher Richter würde Lawrence ersetzen? In welcher Verfassung befand sich wohl gerade „Berger“? Ob er jemals einen Weg fand, mit seiner Schuld leben zu können?

Pauls Erscheinen brachte ihn in die Gegenwart zurück. Er sah auf das Bündel hinab und dann fragend Paul an. „Genug von Nürnberg?“

„Ja“, sagte Paul, „ich will es einmal in Hamburg versuchen. Vielleicht finde ich dort meine Eltern.“

Raoul Clairon meldete sich sofort nach seiner Ankunft in Saarbrücken beim Leiter der dortigen Rundfunkanstalt. Schon am nächsten Tag war er Chef-Kommentator von Radio Saarbrücken. Erst nach einem halben Jahr konnte die Verbindung zwischen dem

CIC und der französischen Militärregierung hergestellt werden. Französische Polizei verhaftete Clairon. Er täuschte einen Selbstmordversuch vor, um in die Krankenabteilung des Gefängnisses eingeliefert zu werden. Von dort flüchtete er nach Paris. Nach wenigen Wochen stand sein Name als Redakteur für Politik im Impressum der Zeitung „Le Monde". Erst nach einem dreiviertel Jahr wurde ein Beamter der Sûretè auf ihn aufmerksam. Wieder gelang Clairon die Flucht. Wie es schien, ein letztes Mal. Im Frühjahr 1949 tauchte sein Name erneut in der Öffentlichkeit auf. Ein schlichter Grabstein auf dem Pariser Friedhof de Belleville kündete von seinem Tod. Ob er allerdings wirklich gestorben war, wußte niemand mit Bestimmtheit zu sagen.

Clinton Keen versöhnte sich mit Karin. Er hatte erkannt, daß er sie liebte. Am 23. November, nach Aufhebung der „Non-Fraternisation", zeigte es eine kurze Notiz in fast allen deutschen Zeitungen an: „Karin Ruland aus Berlin, zuletzt Sekretärin in Nürnberg, erhält als erstes deutsches Mädchen nach dem Krieg eine Einreiseerlaubnis in die USA. Ihr Verlobter, der US-Captain Clinton Keen, wurde von Nürnberg zurück in seine Heimat beordert. Die beiden wollen noch in diesem Jahr in Texarkana heiraten."

Bob Hammersmith bat das Headquarter der Army um seine Versetzung nach Japan. Er wollte Nürnberg vergessen.

ROMAN

Ein Paradies der guten Laune vermittelt vom Weltmeister des Humors: E. Kishon.
2164 DM 6,80/öS 55,–

Über ihr Leben frei bestimmen will sie, damit sie auch in der Liebe treu sein kann.
2115 DM 6,80/öS 55,–

Kinder sind ein Segen, aber gleich fünf von ihnen schaffen Probleme. Die lustigen Erlebnisse einer großen Familie.
2257 DM 5,80/öS 45,–

Das Schicksal einer Wiener Familie in den letzten 50 Jahren: turbulent, unterhaltsam und augenzwinkernd.
2253 DM 6,80/öS 55,–

Marlis Straub
Himmelbetten sehr gefragt
2221 DM 5,80/öS 45,–

Marlis Straub
Wer nie in fremden Betten lag
2141 DM 6,80/öS 55,–

Henry Jaeger
Onkel Kalibans Erben
2120 DM 6,80/öS 55,–

Judith Richards
Auch kleine Bäume wachsen in den Himmel
2215 DM 6,80/öS 55,–

Anja Lundholm
Halb und Halb
2155 DM 7,80/öS 65,–

Pearl S. Buck
Letzte große Liebe
2103 DM 6,80/öS 55,–

Annie Francé-Harrar
Und eine Tages
2139 DM 8,80/öS 75,–

Annie Francé-Harrar
Frag nicht, woher die Liebe kommt
2197 DM 7,80/öS 65,–

Milo Dor
Alle meine Brüder
2144 DM 7,80/öS 65,–

Wälder und Seen umgeben das ostpreußische Dorf, in dem die Jeromins leben. Es ist eine harte Existenz, die ihnen beschieden ist.
2223 DM 14,80/öS 120,–
3 Bände im Schuber

Zehn Jahre lang hat er in Südamerika gelebt, doch nun besucht Wolf seine Heimatstadt Riechenberg, um seine Eltern wiederzusehen.
2211 DM 5,80/öS 45,–

Die Idylle des ländlichen Lebens in Ostpreußen wird zerstört, als ein Wanderprediger die Ehe des Fährmanns mit einem Fluch belegt.
2229 DM 5,80/öS 45,–

Er hat es satt, das Leben in der Stadt, zumal er aus dem Krieg zurückgekehrt ist und sich nach Geborgenheit sehnt.
2205 DM 6,80/öS 55,–

Nach zwanzig Jahren Krieg und Gefangenschaft kehrt Michael Fahrenholz in sein Heimatdorf zurück und liest seinen Namen auf dem Gefallenendenkmal.
2217 DM 5,80/öS 45,–

Drei adlige Brüder haben während des letzten Krieges Schuld auf sich geladen und versuchen sie danach zu sühnen, jeder auf seine Weise.
2235 DM 6,80/öS 55,–

MOEWIG

...weitere Titel aus der Reihe ROMAN erschienen im MOEWIG Verlag...

2164 DM 6,80

2168 DM 8,80

2137 DM 7,80

2138 DM 5,80

Die Reihe Roman im MOEWIG Taschenbuchprogramm besticht durch eine Spitzenauswahl großer Titel von großen Autoren. Sie bringt Bestseller großer deutscher Verlage erstmals als Taschenbuch, Originalausgaben und deutsche Erstveröffentlichungen.

2165 DM 6,80

MOEWIG TASCHENBUCHER